어느 잡범에 대한 수사 보고

초판 1쇄 인쇄 2009년 11월 25일
초판 1쇄 발행 2009년 11월 30일

지은이 유용주
펴낸이 이기섭
편집주간 김수영
기획편집 박상준, 김윤정, 정회엽
마케팅 조재성, 성기준, 한성진
관리 김미란, 한아름

펴낸곳 한겨레출판(주)
등록 2006년 1월 4일 제 313-2006-00003호
주소 121-750 서울시 마포구 공덕동 116-25 한겨레신문사 4층
전화 마케팅 02-6383-1602~3 기획편집 02-6383-1607~9
팩스 02-6383-1610
홈페이지 www.hanibook.co.kr
이메일 book@hanibook.co.kr

*값은 표지에 있습니다.
*파본이나 잘못된 책은 서점에서 교환하여 드립니다.

ISBN 978-89-8431-361-3   03810

어느 잡범에 대한 수사 보고

유용주 장편소설

한겨레출판

추천의 글

|

고맙고 축하한다

'神舞山' 자락이, 유용주의 강보였다. 별이 뜨기 시작하면, 이 山의 神들은, (北歐神話의 戰士 Einherjar들이, 전장에서 돌아와, Odin의 홀 Valhalla에 모여, 투구와 갑옷을 벗어 벽에 걸듯) 토끼며 노루, 호랑이며 반달곰, 참나무며 소나무, 재나무며 느릅나무 들이라는 有情의 記號들을 벗어, 神檀樹 가지에 걸어 놓고, 이 나무를 둘러 돌며, 춤 추고 노래하여 잔치하는 것을, 유용주는, 그들 가운데서 보고 듣고 자랐다. 그러는 새 그도, 그들의 춤을 익히고, 그들의 노래를 배웠는데, 그의 韻文的 정신은, 그렇게 살을 입었다. 별이 지기 시작하면, (아인헤르야르들이, 다시 투구와 갑옷을 쓰고 입어, 밤새껏 함께 마시고, 노래하며, 춤과 정으로 어우러졌던 동료들끼리, 적이 되어 서로 해치는 전장에로 출전하듯) 이 神들도, 벗어 뒀던 의상들을 다시 걸쳐 입고 들로 나가는데, 유용주는, 그들의 그 들에서의 고통과 슬픔을 또한 초롱히 지켜 보았으며, 함께 고통하고 슬퍼했더니, 그것이 그의 散文的 정신의 뼈를 만든 것이었다. 神

舞山은 그리고, 우리네의 江湖이다. 이 강호를 강보로, 그 곳(것+곳)의 悅과 苦의 두 젖퉁이를 빨아, '시베리아의 원목' 같이 자란 그가, 밝히고 들려주는, 저 神들의 얘기는, 우리에게는 갑자기 주어진 복이다. "김호식 씨는(물론 유용주의 익명일 테다.) 시베리아의 원목 같아, 저 거친 가지만 툭툭 잘라내면 거목이 될 것"이라고, 좋은 눈을 가진 누구들이, 술잔을 건네며 도란거리는 소리가 들리는데, 유용주는, 그 '거친 가지'를, 그 자신의 고통과 고뇌와 고역을 통해, 스스로 잘라낸 것이다. 그리고 그는, 神舞山 기슭의, 全食性 반달곰이 돼버린 것이다. 꽃이며 딸기 따위로 배를 불리는가 하고 건너다 보고 있으면, 연어며 노루 따위의 골통을 쪼개, 그 골도 탐해 먹어 치우고 있다. 言語의 이 반달곰은, 그 산불 같은 정신으로, 韻文/散文 가리지 않고, 막우 처눕히고, 막우 처먹어댄다. (반달곰이 있는 고장의) 自然이 갖는, 창조적 역동적 힘의 화신이 반달곰이라고 想定(이란 그런 것 아니냐?)하기로 하면 그렇다. 그리고는 이것에다, 무슨 말을 더 '가다듬고 가다듬어' 보탤 것인가.

 神舞山 자락에서 자라 우람해진, 말(Vāc, skt.)의, 이 춤 사이의 말의 춤이, 춤의 말이, Akshara(skt., 文字)에 묶여, 우리 손에 쥐어진 것이, (言語의 묘미를 서슴없이 아는, 임우기의, 절묘한 뉘앙스를 일으키는, 非文 하나를 '가만히' 빌려 쓰기로 하면,) 고맙고 축하한다. 고맙고 축하한다.

朴常隆

작가의 말

　대한민국 엄마들이라면 거의 다 비슷비슷한 일을 겪고 살아오셨겠지만, 고등학생인 딸아이와 섬에서 근무하는 바깥양반 때문에 몇 년, 시집살이를 하면서 절치부심했다. 인생이란 게 늘 여러 가지 길 앞에서 하나의 길을 선택하라고 강요했지만, 나는 모두 엿보고 싶어 욕심을 부렸다. 그 집착이, 그 욕망이 나를 이 지경까지 끌고 온 것이다. 이젠 어쩔 도리가 없다. 한 갈래 길을 선택해야 한다. 이 책이 첫 번째 흔적이다. 고투했던 흔적들이, 억지가 아니길, 혼자만의 만족이 아니길 기대한다. 오랫동안 마음의 빚으로 남아 흐린 날, 관절 삐걱거리게 했던 임우기 형님과 최재봉 기자께 이자라도 갚을 수 있게 되어 기분 좋다. 또한 소름끼치게 원고를 검토해준 이정록, 전성태, 김종광 세 분께 감사드리고, 수많은 결점에도 나를 버리지 않고 물심양면, 용기와 질책을 아낌없이 보내준 친구들에게 이 책을 바친다.

어쩌다보니 인생의 가을을 훌쩍 보내고 초겨울로 접어들었다. 곧 갱년기가 쓰나미처럼 몰려오리라. 다행스럽게도 별명이 버럭공주인 아이가 대학에 합격하여 더 이상 혈압 및 안압 상승할 사건이 현저하게 줄어들었고, 알콜성 건망증과 복부비만에 시달리는 세대주도 육지로 복귀하여 도시락 반찬 때문에 스트레스 받을 일이 없어졌다. 이 얼마나 고마운 일인가. 아이가 대학에 합격했다는 전화를 받은 대낮, 나는 대글라스에다가 소주를 듬뿍 따라놓고 부르르 떨었다. 고백하자면, 홀딱 벗고 춤이라도 추고 싶었다. 와우! 노예 해방이다! 올레! 주부 해방이다!

2009년 겨울 문턱 서산에서

유용주

|차례|

추천의 글 5
작가의 말 7

프롤로그 11

1부 … 어느 잡범에 대한 수사 보고 13
2부 … 어느 잡범에 대한 중간 보고 59
3부 … 어느 잡범에 대한 최종 보고 235

에필로그 334

프롤로그

　여러분들 나는 여러분들 인격을 존중한다 이거야 이것도 인연이란 말이야 이거야 언제 어디서 여러분들 만날지도 모른다 이거야 만나면 포장마차에서 소주 한잔 할 수 있다 이거야 돈이야 본인이 낼 수도 있고 여러분이 낼 수도 있다 이거야 허심탄회하게 이야기할 수 있다 이거야 그런데 정말 여러분들 진심으로 반성하는 빛이 보이지 않는다 이거야 복창 소리가 그것밖에 나오지 못해 이 쌍 박어 원위치 앞으로 취침 뒤로 취침 어허 동작 봐라 좌로 굴러 우로 굴러 자동 개스 다리 똑바로 하지 못해 이 씹새끼들아…… 여러분들이나 나나 똑같은 인격체다 이거야 본인은 말로 하지만 여러분들은 몸으로 때워야 한다 이거야 최대한 여러분들의 편의를 구십구 프로 보장해준다 이거야 단 그러나 일 프로 하지 말라는 것 절대 하지 마라 이거야 반성문 암기하는 것 애국가 제창 국기에 대한 경례 이것 하나 똑바로 하지 못하냐 이거야 여러분들 여기까지 와서 정말 진심으로 반성하는 거야 뭐야 봄 소풍 나온 거야 뭐야 여러분들 서로서로 상부상조하란 말이야 이거야 서로 돕고 힘이 돼주고 비방하지 말고 가혹 행위 하지 말고 서로서로 상부상조하라 이거야 어떤 놈이야 이 씨부랑탕 개자식들아 어느 놈이 본인 허락 없이 땀 닦느냐 이거야 이낙근! 넷, 삼방 이낙근! 복창 소리 불량, 이낙근! 넷, 삼방 이낙근! 쪼그려 뛰기 오십 회, 오십 회 실시 마지막 구호는 원기 왕성하게 생략한다 알았나 실시!

| 제1부 |

어느 잡범에 대한
수사 보고

어이, 김씨. 그래도 그렇지 무전취식이 뭐여. 당신 기록을 훑어보니 이 바닥에 꽤나 이골이 났더구먼. 오성장군도 아니고 북두칠성이 찬란히 더구먼. 당신 거지여 뭐여. 지금 시국이 어느 땐데 무전취식이여? 왜 그랬어? 응, 말 좀 해봐.

에이, 그만 합시다. 지금 생각해도 얼굴이 화끈거려 고개를 들 수 없는데, 부끄러운 과거를 들추어내서 뭐 하겠습니까. 한심한 인생, 따라지 인생이지요.

그래도 그렇지, 오늘 같은 공휴일 날, 시간 때우는 셈 치고 얘기나 들어봅시다. 뭐 하다가 무전취식으로 걸렸는지, 겉으로는 멀쩡한 것 같아도 당신 참 사연 많은 사람 같어. 그러지 말고 내 나중 야간근무 때 강아지 두어 마리 잡아줄 테니께. 언제 그랬어? 당신 말이여, 공방(공무집행방해)은 어려워. 공방은 보석도 없고 기소유예나 선고유예도 어려워. 더군다나 당신은 한두 번도 아니고 전과가 너무 많어. 변호사 선임해서 삼, 사백 쓰면 혹시 몰라, 집행유예로 빠져나갈지. 그러니까 왜 그렇게 술을 많이 먹어. 술 먹었으면 곱게 집에 들어가서 자야지 경찰은 왜 패. 그것도 진단 나온 사람이 둘이나 되고, 파출소 기물을 부수고 출동한 순찰차까지 박살냈으니 당신은 어려워. 우리같이 불쌍한 경찰 패서 뭐가 나오겠나. 때리려면 더 나쁜 놈들을 패야지. 아무튼, 구속영장 떨어지고 검찰 조사 받고 저쪽 넘어갈 때까지 여기서 오래 있어야 하니까 푹 쉰다고 생각하고, 그러니까 여기가 집이려니 생각하고 편안하게 맘먹으라고, 응. 얘기 좀 해봐. 무전취식은 언제 그랬어?

차암, 정 경장님도…… 지금 내 마음이 얘기할 마음이겠어요, 환장하겠구만. 강아지를 줄 거면 당장 주든가.

알았어, 알았어. 지금 줄 테니까 빨리 환풍기 밑에 가서 한 마리 잡고 와. 또 한 마리는 방장과 좌장하고 나누고. 다른 사람들은 다음에 줄게.

휴, 오랜만에 강아지 구경을 했더니 어지러워서 하늘이 뱅뱅 도는군요. 가만있자, 그러니까 그게 군대 제대하고 어머니가 돌아가시던 그해 초여름이었으니까 팔칠년도 장마철이었나 봅니다. 그날도 시내에서 이곳저곳 따라다니면서 제법 얼큰하게 술을 얻어 마셨지요. 다른 건 몰라도 우리 모임이 술 인심 하나는 후하거든요. 예? 무슨 모임이었냐구요? 시내 신문사 문화센터에서 운영하는 시 창작 모임이었거든요. 거 있잖아요. 시간하고 돈 많은 아줌마들이 학교 다닐 때 저마다 가지고 있던 문학 소녀의 꿈을 이루고 싶어 모이는……, 그러니까 자기 이름 뒤에 시인이라는 멋있는 간판을 하나 달고 싶어 안절부절못하는 사람들 말이지요. 거기에는 예비역 장성, 정신과 의사, 인쇄업자, 퇴직

공무원, 모 대기업의 간부들을 포함해서 남자들도 대여섯 명 끼어 있었구요. 저요? 저야 제대하고 갈 곳이 없어 식당 주방에서 뚝배기 닦을 때 처음 들어갔지요. 일식집이었는데 아침 일곱 시부터 저녁 열두 시까지 시간이 없어요. 맨 밑바닥 뚝배기 닦는 놈이 짬을 낼 수가 있어야지요. 보통 점심시간에 매운탕만 이백 그릇 이상 나가는 큰 식당이었거든요. 몇 달을 설거지에 생선 다듬고 밑반찬 준비하고 주방장이나 칼판이 쓰는 열 개가 넘는 칼을 가는 일로 정신없이 살다 보니 어느 땐가 한심한 생각이 들어요. 내가 지금 뭐 하나, 이렇게 살아도 되는 건가, 남자가 불알 달고 태어나서 이 좁은 주방에서 뚝배기 닦다가 세월 다 보내면 나중에 무엇이 되겠는가 하는 회의감이 들더라구요. 고민에 고민을 거듭하던 어느 날, 점심시간 끝나고 잠깐 틈이 나는 시간에 화장실에서 똥을 푸지게 때리다가 우연히 신문을 보고 결정한 일입니다. 오후 두 시에 시작하는 문화센터 시 창작반이 눈에 딱 들어온 겁니다. 예? 모르겠습니다. 왜 그랬는지. 그냥 군대 있을 때 국방부 시계 돌리느라고 편지 좀 써봤거든요. 누구 하나 면회 올 사람도 없고 탄약고 말뚝근무를 서는데 왜 그렇게 쓸쓸하고 허무하고 서럽던지, 그냥 누구엔겐가 무작정 편지를 쓰고 싶더라구요. 그러다 보니 고참들 편지 대필도 꽤나 했지요. 아무튼 간에 내무반에 있는 낡은 월간잡지에서 베낀 그럴듯한 구절을 많이 써먹었지만 그게 여기까지 이어질 줄 저도 몰랐습니다. 무슨 말을 하다 여기까지 샜지요? 그렇죠. 하여튼 한 이태 정도 뒤풀이를 줄기차게 따라다녔는데, 습관이 되어서 그런지 식당을 나와 동가식서가숙할 때도, 수강료 없이 자리 차고 앉아 있어도 아무도 뭐라 하는 사람도 없고, 사람 좋은 강사님도 저만 보면 술 사주고 밥 사주면서 "숟가락은 저렇게 큰데" "김호식 씨는 시베리아 원목 같아. 저 거친 가지만 툭툭 잘라내면 거목이 될 터인데" 하면서 용기를 북돋워 줍디다. 그날도 수업은 대충 듣고 오로지 뒤풀이 자리에 나오는 술을 몇 차에 걸쳐 얻어먹고 돌아오는 길이었지요.

저야 삐뚤어지도록 마시고 어디가 되었든 뻗어버리고 싶었지만 다들 가정을 가지고 있는 사람들이라 적당한 시간에 헤어졌지요. 예? 물론 갈 곳이 없었지요. 서부면 광암리라고, 어머니 돌아가시기 전에 같이 살았던 코딱지만 한 방이 있었지만, 방세 밀린 게 보증금을 까먹고 새끼를 치면 가마니 열두어 채 치고도 남을 만큼 불어 있는 방이 있긴 했지요. 거기로 기어들고 싶은 생각은 없었지만 딱히 갈 곳이 마땅찮아 천호동 네거리에서 버스를 내렸습니다. 건너편 골목에 시외버스 터미널이 있었지만 이미 막차는 끊어진 지 오래, 길동을 거쳐 보훈병원 뒷고개를 넘어 양계장과 꽃 재배하는 하우스까지 걸어볼 생각이었지요. 까짓것 누구 하나 기다릴 사람도 없고 주머니에는 늘 돈이 없었고 밤은 길고 시간은 주체할 수 없이 많이 남아 있을 때였거든요. 그때는 왜 그렇게도 시간이 느리게 가던지, 낮이 없고 밤만 계속 이어졌으면 하고 바라던 때였거든요. 잠이 들면 영원히 깨지 않고 그냥 흘러갔으면, 죽어버렸으면 하던 때였거든요. 뭐라구요? 어떻게 돌아가셨냐구요? 거기까지 설명하자면 얘기가 길어질 것 같고, 그럼요, 한없이 길어지지요. 그 얘긴 다음에 시간 나면 해드릴게요. 그날 저녁, 버스정류장에서 사건이 일어난 거예요. 빛나는 별, 그 별을 태어나서 두 번째 달

뻔했던, 지금 생각해도 얼굴이 화끈거리고 등에 식은땀이 나는 무전취식을 했던 그날 밤 말이에요. 그때는 제가 삶을 완전히 포기한 상황이어서 되는대로 살다가 죽어버려야지 하던 때였지요. 시커먼 매연을 무슨 선물인 양 한 아름 쏟아놓고 버스는 매정하게 떠나고 비를 머금은 눅눅한 바람이 허섭스레기를 이리저리 몰고 다니고 있더군요. 막막했습니다. 주머니를 아무리 뒤져봐도 버스 토큰 두어 개가 달랑거릴 뿐, 그 흔한 천 원짜리 지폐 한 장 없었으니. 참, 그럴 때가 있잖아요? 돈이 없을 때는 십 원짜리 동전 한 닢 없을 그런 경우 있잖아요? 걷기에 만만찮은 광암리입니다. 빠른 걸음으로 걸어도 두 시간은 족히 걸리는 곳이었으니, 술도 한잔 더 먹고 싶은 마음 간절했지요. 그러나 꿈은 꿈, 현실은 현실, 천민이 넘는 사람들이 우글대는 서울에 단 한 사람도 찾아갈 이 없는 것을 인정할 수밖에 없더군요. 걸었지요. 신문 가판대를 지나 몇 걸음 옮겼나요? 뭔가 발끝에 툭 걸리는 게 있어요. 에이, 별 것이 다 걸리는구나 하며 냅다 차버렸죠. 츠츠츠 하며 바닥을 미끄러지는데 감촉이 이상해요. 비닐봉지도 아니고 종이뭉치도 아니고 나뭇가지도 아니고 부드러운 게, 예, 지갑이더라구요. 순간 주위부터 살폈지요. 밤늦은 시간이라 사람들은 없었고 바람이 서쪽으로 밀려갔나, 빗방울이 한두 방울 떨어진 거 말고는 아무도 없더라구요. 재빨리 주워서 주머니에 넣고 그대로 걸었죠. 물론 사주경계를 철저하게 하면서요. 가슴이 마구 뛰면서 누군가 뒤에서 목덜미를 잡아당기는 거 같았어요. 뛰다시피 걸어서 어느 건물 뒤에 숨어 지갑을 꺼내봤더니, 그러면 그렇지, 아무것도 들어 있지 않더군요. 재수 없는 놈은 꼭 넘어져도

어느 잡범에 대한 수사 보고   19

낙엽 속에 숨은 묵은 똥 위로 미끄러지잖아요. 어떤 놈인지 이 지갑 주인도 나처럼 한심한 놈이구나, 버렸죠. 버리려고 하는데 지갑 속 명함 들어가는 끝에 뭐가 희끗 보이더라구요.

그, 그래서…….

어떤 물건인가 꺼내봤죠. 어떤 멍청한 놈이 길에 지갑을 흘리고 다니나, 꺼내봤더니, 와아 카드였어요, 카드. 그때는 정말 카드가 귀할 때거든요. 지금이야 너도나도 지갑 속에 카드 서너 개는 넣고 다니는 신용사회가 되었지만, 그때는 여간해선 카드 가지고 다니는 사람이 드물던 시대였는데. 묘하대요, 기분이. 언젠가 본 영화 장면이 퍼뜩 떠오른 것도 순간이었는데 그, 생각 안 납니까? 프랑스 국민배우인 알랭 드롱이 주연했던 〈태양은 가득히〉라고, 못 봤다구요? 근무 끝나면 한번 꼭 보십시오. 괜찮은 영화인데 비디오 가게에 가면 있을 겁니다. 줄거리는 하나도 기억이 안 나고 유독 주인공이 부자 친구를 죽이고 그 친구 행세를 하는데 말이에요. 그 친구 신용카드를 쓰려고 친구 글씨체 연습을 피나게 하는 장면은 선명하게 떠올라요. 신용카드를 쓰려면 명세서에 사인을 해야 하잖아요. 얼른 뒷면을 봤죠. 착하게도 약간 비스듬히 흘림체로 '모윤길' 이렇게 씌어 있더군요. 이런 건 식은 죽 먹기 아니에요? 내 알량한 머리를 굴려 추리해보니 이 사람 소매치기 당한 게 분명해요. 우선 주민등록증과 지하철공사 신분증과 신용카드는 그대로 있고 현금만 쏙 빼간 게, 틀림없어요. 아, 방송이나 신문 못 봤습니까, 소매치기들은 현금 말고는 절대로 다른 건 손대지 않는다구요. 뭘 어떻게 해요. 카드만 슬쩍 집어넣었죠. 그래도 최소한 양심은 있어

지갑은 우체통에 넣어줬지요. 이 사람이 술에 취했는지, 맨 정신인지는 모르지만 아마 집에 가서 도난 신고를 하더라도 그날 저녁에 바로 정지 먹는 것은 아니니까 써먹는 데는 지장이 없는 것도 알고 있었지요. 왜 몰라요? 눈칫밥으로 여태까지 살아남았는데 그걸 몰라요? 갑자기 벼락부자가 된 것 같이 어깨에 힘이 들어가면서 가슴이 턱하니 풀리더라구요. 그때부터 술집을 찾아다녔습니다. 포장마차나 호프집 같은 데는 약간 무시하고 천호동에서 길동으로 가다 왼쪽으로 커다란 네온사인이 번쩍거리는 룸살롱에 들어간 거예요. 간이 부었죠? 입구에 '카드 환영'이란 돌출간판이 나를 유혹했다는 말은 차마 못하겠습니다. 기왕 먹는 거 크게 한번 놀아보자 이런 심보였지요.

이 사람 이제 보니 나쁜 사람이었구먼.

예, 에. 나쁜 놈이고 말굽쇼. 백 번 천 번 생각해도 천하에 나같이 파렴치한 놈은 없을 거구만요.

당신이 제대로 된 인간이라면 이런 데 들어오지를 않지. 그래서 어떻게 됐어. 거하게 먹었나?

들어갔더니 늦은 밤인데도 술집에 손님이 별로 없는 것 같더군요. 입구에 나비넥타이를 맨 웨이터가 구십 도 각도로 절을 하고 한 열 명 정도는 앉아도 헐렁한 큰 방으로 안내를 받았는데, 들어가자마자 천국에 온 기분 그대로예요. 에어컨 바람이 시원한 게 온갖 먼지와 시큼한 땀 냄새로 범벅이 된 내게 얼음물과 물수건을 대령하고 메뉴판을 허리 굽혀 바쳐 올리는데 와아, 왕이 된 기분이었지요. 나는 마치 이 바닥에서 오래 놀아본 사람처럼 메뉴판을 멀찍이 던지면서 큰소리쳤지요. 이봐, 여기 마담 좀 불러와. 조금 기다리고 있자니 흰색 투피스 정장을 한 마담이 들어오는데 예상보다 점잖게 생겼더군요. 그런 데 있을 것 같지 않게 뭔가 기품이 서려 있는, 배운 티 나는 여자였어요.

아, 그래서 빨리빨리 진도 좀 나가보자.

삼십대 초반쯤 됐을까, 오히려 아가씨보다 마담을 앉혀놓고 술 먹고 싶을 정도였으니까요. 근데 이 마담이란 여자가 웃기는 여자예요. 공손히 인사를 한 뒤에 앉자마자, 피곤하시죠? 하고 묻는 겁니다. 속으로는 왜 이러지 싶었지만 약간……, 하면서 말을 흐렸지요. 근데 뒷말이 더 가관입니다. 아저씨, 오늘은 사복 입고 오셨네요, 하기야 학생들 데모가 얼마나 심한지……. 어랍쇼, 나를 사복 입은 경찰로 착각을 했나봐요.

그래서, 그래서 어떻게 했어?

뭘요? 천연덕스럽게, 하루 종일 최루탄가스 맡았더니 골이 아프고 짜증만 나, 이랬지요.

정말 이 사람 안 되겠구먼. 그래서 경찰 사칭까지 한 거야? 그 마담 눈이 삐었군.

뭐, 내가 일부러 그러려고 그런 건 아니지만, 어떻게 하다 보니 그렇게 됐구만요. 속으로는 뜨끔하더라구요. 하긴 머리를 바짝 깎아 처음 보는 사람들은 군인으로 볼 때가 많았거든요. 어쨌든 졸지에 데모를 진압하는 사복 경찰이 된 겁니다.

근데, 이상하네. 공무원 사칭은 전과 조회에 나오지 않았던데?

그걸로 걸린 적은 없어요. 운이 좋은 건지 나쁜 건지 몰라도……, 여하튼 마담에게 현금이 없다고 카드로 계산한다고 미리 일러놓고 이차 나갈 아가씨를 불러달라고 했지요. 까짓것 이왕 버린 몸, 양주도 큰 것으로 두 병, 안주는 마담이 알아서 갖다달라고 호기를 부렸습죠. 밴드까지 불러다가 아가씨와 마담을 앉혀놓고 신나게 놀았습니다. 이 세상 끝나도 좋다는 식이었지요. 손님이 없어서 그랬는지 경찰이라고 그랬는지는 몰라도 극진히 대접받고 영업 끝날 때쯤 나왔습니다. 계산서를 보니 한 이십만 원이 조금 넘게 나왔는데 내 카드, 아니 모윤길 씨 카드 한도액이 이십만 원이라 두 번 긁었습니다. 카드 조회기에다 검사를 할 때 가슴이 철렁하더군요. 혹시나 해서 입구 쪽으로 바짝 몸을 붙였죠. 여차하면 튀어 달아날 생각으로 술이 확 깨는 느낌이었는데 다행히 카드는 정상으로 체크되어 나왔습니다. 속으로 가슴을 쓸어내렸습니다. 하느님이 도우셨구나. 공짜로 고급 양주와 여자까지 살 수 있다니, 아까울 게 하나도 없었지요. 술값 빼고 마담 팁과 밴드 사용료를 제하고도 돈이 십만 원이 넘게 남더라니까요. 처음부터 끝까지 내 곁에 있던 홍양에게는 십만 원을 아낌없이 줬습니다.

어이, 사람아. 카드로 계산을 했다면서 현금을 팁으로 줬다구? 이거 어디 앞뒤가 안 맞는 얘기잖아.

아이고, 보기보다 정 경장님 어리보기시군요. 매사에 윤똑똑이처럼 행동하시더니……, 그러니까 카드를 두 번 긁었다는 거 아닙니까. 한도액이 이십만 원이라면 두 번 긁어 사십만 원을 만든 뒤, 술값을 계산하고 나머지는 현금으로 돌려받는 거지요. 호호…….

그러니, 자네는 그런 쪽으로 뇌 기능이 발달되었구먼. 암, 그렇고말고. 자네 처음 들어왔을 때 바로 알아봤지. 바로 범죄형이었어. '사'자, '타' 자가 꽉 끼었더라구.

어이구, 정 경장님. 저, 옥녀봉 올라가는 길가에 돗자리라도 깔아놔 드려야겠어요. 대나무 간짓대에 독일 나치 친위대 비슷한 깃발 올리구요.

저, 저, 화상 같으니라구. 맹물 먹구 찬밥 말아 먹는 시늉 말구 그냥 저냥, 마저 하라구. 난 자네한테 앞뒷발 다 들었어, 다 들었다구.

아, 예, 어쨌거나 마담은 술집 바깥까지 따라나와서 홍양아 아저씨 잘 모셔라 하고 신신당부를 하더군요. 근무하다가 오늘처럼 피곤하면 언제든지 와서 스트레스를 풀고 가라구요, 화끈하게 잘 모시겠답니다. 예? 여관에 갔냐구요? 아니에요. 홍양은 천호시장 뒷골목 허름한 언덕배기에 숙소를 정해놓고 출퇴근하는 여자였어요. 마담보다는 나이가 어렸지만 얼굴이 길쭉한 말상에다가 피부가 술과 담배에 찌들어 부스스한, 그야말로 복 없게 생긴 여자였어요. 하지만 인물 따지고 뭐 할 상황이 아니었지요. 홍양 숙소는 과거에 여인숙 자리였습니다. 블록으로 급조한 디귿자 슬레이트 건물이었는데 대문에 들어서면 마당 한가운데 수도가 있고 빙 둘러가면서 방이 붙어 있는, 현관도 없는, 문 열자 바로 방인 그런 곳이었습니다.

맥주를 몇 병 들고 간 것으로 기억합니다. 홍양은 땀 냄새가 많이 난다고 수돗가에서 씻고 오라더군요. 생각 같아선 샤워를 하고 싶었지만 술도 취하고 빨리 하고 싶어서 대충 씻고 들어가니 그런 대로 오종종한 방이 정리가 잘되어 있더군요. 그 흔한 돗자리 하나 없는 좁은 방에 화장품과 올망졸망한 가방과 비키니 옷장이 형광등 밑에서 졸고 있더군요. 벗었지요. 누웠습니다. 홍양은 형광등 불을 끄고 화장대 앞 갓등을 켜더니 뒷물을 하러 나갔습니다. 십촉 전구는 짙푸른 바다색이었습니다. 하얀 갓은 바다 위에 떠 있는 구름이었구요. 방 안은 외로운 섬이었어요. 어디선가 칙칙대면서 텔레비전 소리가 들리는가 싶더니 투툭 슬레이트 지붕에 빗방울이 듣기 시작합디다. 빗소리를 들으니까 아득해지고, 아늑해지고 그냥 잠이 몰려오면서 바다 위에 둥둥 떠 있는 기분이었습니다. 오랜만에 고향에 온 기분이랄까, 그냥 편안해졌습니다. 막 삼교대 근무가 끝나고 집에 들어와 아내가 차려준 조촐한 밥상을 물리고 누워 쉬는 가장이 된 그런 느낌도 들었습니다. 그런 기분도 잠깐, 덜컹 문이 열리고 홍양이 들어서면서 깨졌지요. 화장을 지운 여자는 더 늙고 파리해 보이더군요. 물론 전등 빛 탓에 그렇게 느꼈는지도 모르겠지요. 맨 얼굴과 질끈 이마에 두른 머리 끈에선 아련하게 물비린내가 풍겨왔지요. 맥주를 따는 손목은 왜 그렇게 가냘프던지 덥석 끌어안고 말았습니다. 사 들고 간 맥주를 다 비우지도 못하고 쓰러졌지요. 내일 날이 밝기 전에 죽을지도 모른다는 절박감이 성욕에 불을 당깁디다. 몇 번을 했는지 모르겠습니다. 새벽 쪽으로 기울수록 비는 더욱 세차게 퍼붓고 바람까지 불어서 수돗가에 양철동이와 바가지들이 날아가는 소리를 들었습니다. 대문이 심하게 덜컹거리면서 삐그덕거렸지요. 아마 돌쩌귀 하나가 빠졌거나 경첩이 삐뚜름하게 박혔거나 문을 해 달 때 수직과 수평을 제대로 보지 못했는지도 모르지요. 들어올 때 언뜻 보았는데 안쪽에 벽돌을 괴어놓은 모양으로 미루어 한쪽

돌찌귀가 빠져나간 게 분명한 것 같았습니다. 제 몸 속에서도 돌찌귀 하나가 스르르 빠져나가는 것을 느꼈을 때는 짧은 여름밤이 지나고 부옇게 창이 밝아올 무렵이었습니다. 코에서 소독약 냄새가 날 때까지 그 짓을 되풀이했으니 무릎이 다 까진 나야 그렇다 치고 밑에서 끙끙대던 홍양이야 오죽했겠습니까. 땀으로 목욕을 다시 했지요. 그런데 이게 뭡니까? 하도 목이 타서 남은 맥주를 들이켜려고 일어나자 얇은 여름 이불 아래쪽이 거의 포도주로 염색해놓은 상태였어요. 깜짝 놀라 물어봤죠. 여자는 공사 중이었답니다. 어쩐지 여자 몸 속으로 들어갈 때 꼭 코피 삼키듯 물큰한 게 느껴지더라니 말이지요. 한마디로 핫도그가 된 셈이지요.

약 오른 고추를 고추장에 찍어 먹은 격이군.

그것보다는 장아찌가 된 거지요. 고추장아찌. 하지만 대수롭지 않게 생각했어요. 그런 사실을 미리 얘기하지 그랬냐고 했더니 땀에 젖은 머리칼을 쓸어 올리며 요 며칠 손님이 뜸해서 계속 공친 날들이었답니다. 직업소개소에서 팔려올 때 주인이 낸 소개비에다 방세, 옷값, 화장품값까지 선불 내어 꼬박꼬박 일수를 찍는데 오랜만에 온 손님을 놓치기 싫었다며 담배를 빼어 물더라구요.

또, 일을 하면서도 각종 공과금, 낙태 비용, 무슨 무슨 약값 명목으로 선불금이 눈덩이처럼 불어나 빚이 엄청 쌓였다고 한숨을 쉬더라구요. 나는 엉뚱하게도, 공사 중일 때 더 적극적이고 강한 쾌감을 느끼는 사람도 더러 있다고 귀동냥으로 들은 말이 생각나면서도 나만큼이나 절박한 사람이 또 있구나, 씁쓸했습니다. 더군다나 뒤에 덧붙이는 말이

헛웃음 나오게 만들더군요. 홍양이 다니는 업소에서 제일 밥맛으로 치는 축들이 검찰이나 경찰, 세무 공무원이나 구청 위생과 직원이래요. 뻑적지근하게 처먹고 아가씨들을 붙여줘도 돈 한 푼 내지 않는 날강도들이라구요.

미친 년, 공무원 사칭하는 범죄자에게 별 지랄을 다 떨었구먼.

그럴 만도 하죠. 선금으로 십만 원을 내놨으니. 그래, 제일 기분 좋은 손님은 누구냐고 물었더니 건축업자들이래요. 돈을 아끼지 않고 쓰는 사람들을 보면 범법자들을 포함해서 거의 다 뒤가 구린 사람들이라는 것이 그쪽 종사자들의 통계인데, 생각해보세요. 정상적으로 돈 번 사람들이 여자들 나오는 고급 술집을 어떻게 드나들겠어요. 하기사 서로 피장파장이지만, 룸살롱 하는 사람들 가짜 세금계산서에다 세금 떼먹는 것은 식은 죽 먹기고 가짜 양주에다 술 취한 사람들에게 바가지 씌우는 건 삼척동자도 다 아는 사실이니 썩었지요, 썩어도 한참 썩었어요.

김호식 씨, 당신이 그렇게 말할 자격 있어? 무전취식에다 무학에다 무식하기까지…… 생긴 건 꼭 무문토기 같아가지고, 완전히 무 자(字) 돌림이구만 그랴.

뭐요? 무슨 토끼라구요?

토끼가 아니라 토기야.

그게 뭐 하는 데 써먹는 거요?

무식한 데는 약도 없다니까. 거 중학교 역사책에 나오는 석기시대 때 유물도 안 배웠어? 무늬가 없는 토기 말이여.

글쎄올시다. 책가방 메고 학교 다닌 적이 별로 없어 가지고…… 근데 그 알량한 옹구 단지하고 내 가방 끈하고 무슨 상관이 있다는 거요?
　한마디로 줄인다면 눈도 코도 없고 두루뭉술한, 고구마같이 못생겼다는 뜻이지.
　잘 나가다가 왜 생긴 것 가지고 트집 잡는 거요? 내가 생긴 것 가지고 언제 정 경장님께 피해준 적 있어요?
　말이 그렇다는 것이제. 그만 핏대 올리고 남은 얘기 마저 하셔. 그래서 그걸로 걸린 거야?
　아니죠. 거기서 끝났으면 얼마나 좋았게요. 날이 새는 걸 보면서 쓰러져 푹 잤습니다. 세상모르게 자고 일어나니 오후 두 시가 지났나, 그새 날은 개어 여름 한낮이 펼쳐져 있는데, 뭉게구름은 두둥실, 실바람은 하늘하늘 코를 간질거리고 거리는 깨끗하고 오고 가는 사람들은 가로수 아래 밝고, 시장 골목에는 여름 과일 냄새가 가득합니다. 청천 대낮에, 어젯밤에 같이 잔 여자의 얼굴을 똑바로 볼 수가 없어 눈을 가늘게 찌푸렸는데, 급하게 겉옷만 걸친 홍양은 잽싸게 얼음 넣은 꿀물까지 타주더군요. 아랫도리가 통째로 없어져 윗몸만 가진 외계인처럼 둥둥 떠서 그곳을 빠져나왔죠.
　지나가는 사람들이 모두 나만 쳐다보는 것 같고 모든 사람들이 내 쪽으로 걸어오는데 나만 혼자 거꾸로 걸어가는 느낌이었지요. 고개를 푹 숙이고 걸었습니다. 젖은 보도블록이 마르면서 내 젖은 몸 속으로 후끈한 열기가 들어오더군요. 식은땀이 나면서 또 지긋지긋한 현실이었습니다. 꿈에서 깨어난 것이지요. 여전히 지리멸렬한 생활이 나를 기다리고 있었습니다. 일을 했지요. 숨이 붙어 있는 한 어쨌든 살아야 하니까. 닥치는 대로 했습니다. 양계장에서 거름 퍼내기, 조경회사에서 목도질과 나무 심기와 잔디 다듬기, 공사장 막노동, 후추 까불기……, 내 몸을 학대하듯 일했습니다. 한 동네에 사는 나와 비슷한 사람들과 서울 변두리를 시작으로 양평, 광주, 여주, 용인, 가평, 의정부, 동두천…… 안 돌아다닌 데가 없을 정도로 바닥을 기었습니다. 하다하다 안 되면 아무도 모르는 후미진 곳으로 들어가 죽어버리자, 항상 그런 생각만 했습죠. 삶에 대해선 미련이 없었습니다. 그래도 되도록 일주일에 한 번 가는 시 창작반은 빠지지 않으려고 노력했습니다. 거기 가면 숨구멍이 트였거든요. 그냥 편했어요. 말을 안 해도 다 통하는 느낌을 받았기든요. 죽기 전에 뭔가 할 말이 있다면 근사한 유서 한 장은 쓰고 싶더라구요.

시답잖은 얘기 그만 하고, 언제 걸렸냐구? 카드는 어쨌구?

카드는 버린다 버린다 하면서도 그냥 가지고 다녔어요. 며칠 지나자 이제 분실신고도 접수되었을 것이고 아무 쓸모가 없다는 것을 알면서도 그냥 막연히 한 번은 더 써먹어야지 하는 미련이 남아서…….

예끼, 이 사람아. 사람이 맺고 끊는 걸 분명하게 해야지.

왜 그걸 몰랐겠습니까. 뻔히 알면서도 빠져나오지 못하는 게 삶이라는 구덩이 아니겄슈? 그렇게 정확하게 살았다면 지금 이 모양, 이 꼴로 여기 갇혀 있겄습니까?

사투리를 쓰려면 똑바로 쓰라구, 거기는 여기 사람도 아닌 것 같은디. 조금 있으면 일직사령 돌아다닐 시간이여. 다음 근무자도 들어올 거구. 빨리 끝냅시다.

　그러는 정 경장님도 급할 때는 꼭 사투리가 나옵디다. 진짜 여기 토박이 맞아요? 아, 얘기나 빨리 끝내라구요? 그러지요. 그날도 강의가 있는 날이라 신문사 근처에 있는 찻집과 여러 술집을 순례하고 돌아오던 길이었습죠. 시간대도 비슷했을걸요, 아마. 다르다면 비가 내리지 않은 것 정도였고. 저번처럼 룸살롱 〈월드컵〉에 가서 마담과 홍양을 보고 싶었지만 같은 돌에 두 번 걸려 넘어지는 바보가 어디 있겠습니까. 슬슬 천호동 뒷골목을 어슬렁거렸죠. 조금은 허름하지만 카드를 받는 곳을 물색하느라구요. 찾았지요. 근데, 딱 하나 찝찝한 게 술집이 지하여서 여차하면 내빼기가 불리한 곳이 아닐까 하는 생각은 했습니다. 술이 얼큰해서 판단을 정확하게 내리지 못한 게 실수였습니다. 술집은 굴속같이 침침했습니다. 혼자라는 것을 확인한 웨이터가 스스럼없이 룸으로 나를 안내하고 부르지도 않았는데 아가씨가 한 명 쪼르르 따라오더니 옆에 찰싹 달라붙습디다. 맥주를 시켰지요. 처음부터 양주를 시킬 생각이 없었어요. 사실 독주에는 좀 약하거든요. 블루스 곡처럼 부드럽게 맥주가 넘어가는데 금방 열댓 병을 비웠죠.

　하여튼 간에 당신은 그놈의 술 때문에 망할 겨. 그래서……

　안주는 그 흔한 과일과 오징어에 특이하게 밤 깎은 게 한 접시 올라온 걸로 기억합니다. 바가지 씌울 때 흔히 쓰는 수법이죠. 대수롭지 않게 생각했습니다. 문제는 옆에 있는 아가씨였는데 하도 살갑게 구는 터라 일당으로 받은 돈 중에서 만 원짜리 하나를 가슴속에 쑥 넣어줬죠. 노련한 술꾼처럼 말입니다. 이차는 생각하지도 않았고, 아뇨? 솔직히 고백합니다. 그날은 그랬어요. 차비나 하라고 준 겁니다. 그랬더니 아뿔싸, 이 여자 슬그머니 술병과 안주를 치우고 테이블로 올라가더니 팬티를 벗는 겁니다. 황당했지요. 흐릿한 조명 속에서도 시커먼 거웃이 선명하게 보이더라구요. 얼굴이 달아오르고 숨이 가빠집니다. 웬걸요, 그런 술집은 처음이었어요. 만지고 싶으면 만지고 하고 싶으면 하라는 겁니다. 이게 아닌데 싶더라구요. 그냥 박차고 나왔어야 했는데……, 정 그러면 이차를 나가자고 그랬지요. 영업시간이 끝나지 않아서 곤란하긴 하지만 숏타임 정도는 괜찮다고 팬티를 끌어올립니다. 계산을 하러 나왔지요. 영업상무는 몸이 다부져 보였어요. 카드를 내밀고 입구 계단 쪽에 섰습니다. 가슴이 마구 뛰기 시작했어요. 옆에 꼭 붙어 있던 아가씨가 화장실에 가는 바람에 그나마 다행이었습니다. 카드 조회기에다 몇 번 검사를 하던 영업상무가 고개를 갸웃하더니 손님, 잠깐 기다려주십시오, 카운터를 돌아 나오더군요. 직감을 했죠. 총알처럼 튀었습니다. 마지막 계단을 오를 때 헛다리를 짚어 무릎이 깨졌지만 정신없이 튀었습니다. 백 미터를 달리는 선수처럼 최대 출력을 뽑아 올렸는데도 얼마 못 가서 잡히고 말았습니다. 그놈의 술 때문이었지요. 술만 먹지 않았다면 달리기는 자신 있었거든요. 시골에서 학교 다닐 때 근 이십 리 길을 늘 뛰어다녔거든요. 동네 대항 마라톤에도 선수로 뽑혀 나간 적도 있고, 그 높은 산을 동네 골목처럼 헤집고 다닌 경력은 누구도 못 따라올 거예요. 술에는 장사가 없다는 옛말 하나 그른 것 없어요. 얼어터졌지요. 신나게 두들겨 팬 다음 넘깁니다. 강동서 유치장에 넘어갔을 때는 새벽이었고, 들어가자마자 정신을 잃고 잠이 들었습니다. 얼마나 잤을까요. 갑자기 청천벽력 같은 고함 소리 때문에 잠을 깼지요. 애국가 소리가 온 유치장을 흔들고 있었습니다. 부스스 일어나 상황을 보니 나는 맨 구석, 그러니까 유치장 맨 뒤 뻥끼통 앞에서 모로 쓰러져 잠들었던 모양이에요. 스무 명이 훨씬 넘을 것 같은 대학생들이, 대나무 같은 푸른 학생들이 맨발에 질서정연하게 서서 애국가를 사 절까지 부르더군요. 장엄했습니다. 유치장이 아니라 장충체육관 같은 곳에 들어온 듯한 착각을 불러일으켰지요. 학생들은 반달 같은 유치장 일, 이층을 가득 채우고 있었습니다. 어림잡아 이백 명은 훨씬 넘어 보였어요. 애국가가 끝나자 왼손은 허리에 반동 준비 자세를 하고 오른손은 불끈 쥐어 전방을 찌르면서 구호를 외치는데 대단합디다. '호헌철폐!' '독재타도!' '미국반대!'의 고함 소리가 하늘을 찌를 듯합디다. 구호가 끝나면 박수를 치고 박수가 끝나면 노래를 부르는데요, 〈솔아 솔아 푸르른 솔아〉 〈마른 잎 다시 살아나〉 〈타는 목마름으로〉 같은, 내가 생전 들어보지도 못한 노래를 부르는데요, 그냥 가슴이 싸아 해지면서 눈물이 나오려고 그래요. 유장하고 장엄하고 슬프고 기쁩디다.

생각 같아선 나도 같이 일어나 두 주먹을 불끈 쥐고 구호도 외치고 노래도 따라 부르고 싶었지만, 구호를 외칠 줄도, 가사를 아는 것도 없었습니다. 더군다나 술도 덜 깬 내 몰골을 보십시오. 경찰들요? 근무자들이 몇 명 있었지만 제지하는 사람은 아무도 없어요. 세상이 바뀌어도 한참 바뀌었더군요. 제가 남한산성에 있을 때 생각하면, 죽었지요. 어디 수감자들이 단체행동을 할 수 있습니까. 상상도 할 수 없었던 일이지요. 웬일인지 근무자들도 싱글벙글 웃으면서 가만히 구경만 합디다. 오히려 슬슬 학생들 눈치를 살피더라니깐요. 억울하게 당한 종철이와 한열이에 대한 묵념으로 아침 점호는 끝이 났고 곧 밥이 들어왔습니다. 그해 여름, 전국에 걸쳐 수백만 명이 들고일어나 전두환, 노태우를 박살내자는 시위가 일어났던 바로 그 여름 아닙니까. 서울에서는 날마다 학생, 노동자, 도시빈민, 넥타이부대까지 합쳐서 수백만 명이 거리로 나와 군부독재에 항거했고 그 전날에도 도심에서 시위하는 학생들을 경찰이 붙잡았는데 학생 수가 너무 많아 서울 각 경찰서에 골고루 분산해서 가두었다고 나중에 들었습니다. 그러니 각 경찰서 유치장에 있던 잡범들은 한마디로 신세 펴진 거지요. 한꺼번에 너무 많은 학생들이 들어오자 죄목에 관계없이 무조건 방 배치를 한 겁니다. 내가 들어간 방에도 서른 명 가까운 사람들 중에 잡범은 나 혼자밖에 없었으니까 알 만하죠. 밥이 들어와 빙 둘러앉았는데 나만 관식이고 학생들은 죄다 사식이에요. 부끄럽더군요. 누런 깡보리밥에다 단무지가 얹혀 있는, 어쩌면 그 누런 양은도시락도 내 인생을 닮았는지, 여기저기 찌그러지고 기스가 많이 나 있더군요. 입이 깔깔하고 속이 타서 연거푸 물만 먹고 있는데 옆에 있던 학생이 자기 밥을 크게 한 숟갈 떠서 내 밥 위에다 올려놓습디다. 그걸 기화로 가까이에 앉아 있던 학생들이 도시락 뚜껑에다 하얀 쌀밥을 얹고 반찬을 나누어주는데 정말 쥐구멍이라도 있으면 들어가고 싶었습니다. 어쩌다가 내 인생이 이렇게 구겨졌을까요. 학생들은 아랑곳하지 않고, 아저씨 많이 드세요, 그러면서 국도 따로 떠서 줍디다. 눈물이 나오려고 했다고는 말하지 못하겠습니다. 그냥 목이 막히더군요. 목이 멨어요. 얼굴을 들 수가 없었지요. 밥을 먹고 난 다음에도 학생들은 치약, 칫솔, 비누, 수건을 어디서 구했는지 내게 다 새것으로 주고요, 청소도 시키지 않더라구요. 허나 그것보다 더 참을 수 없는 것은 그다음 일이었지요. 아침을 먹고 나면 여기처럼 통상적으로 근무자가 바뀌는데, 바뀐 근무자들은 인원 점검을 하고 난 뒤에 유치인 현황표를 살펴보게 되어 있거든요. 거기서 또 내가 걸린 겁니다. 모두들 집시법 위반, 집시법, 집시법…… 쭉쭉쭉 내려가다 개밥에 도토리처럼, 삼베중우에 튀어나온 좆처럼, 그 무전취식이 톡 불거져 끼어 있었으니 이건 또 뭐여, 어이 김호식 씨, 김호식 씨가 누구여, 창살 앞으로! 이렇게 큰 소리를 치니 사방이 벽으로 둘러싸인 대용 감방이 우렁우렁 메아리를 치는데 정말 숨을 곳이 없었습니다. 구멍이란 유일하게 뺑끼통밖에 없었거든요. 여러 학생들 틈을 비집고 창살 앞에 서면 근무자가 혀부터 찹니다. 쯧쯧, 당신도 참 한심한 사람이구먼, 아 이 사람아, 때가 어느 땐디 무전취식이여, 무전취식이.

　당신보다 나이가 훨씬 어린 학생들도 나라를 위해, 민주화를 위해 밤낮 없이 몸을 던지는 시대에, 부끄럽지도 않소? 그래 어디서 뭘 얼마나 훔쳐 먹었소? 하면서 사건의 전말을 육하원칙에 따라 설명을 하라는 거요. 죽을 맛이더군요. 왜냐하면 한 번으로 끝나는 게 아니라 근무자가 새로 바뀔 때마다 똑같은 풍경이 펼쳐지니 말을 더 해서 뭣 하겠어요. 그냥 죽으로 조용히 지냈지요. 도시락 뚜껑처럼 찌그러져 있었지요. 그렇게 일주일 내내 시달렸소. 구류로 치면 일주일은 무기형이나 마찬가지로 최고형이오. 그나마 한 가지 위안이라면 학생들의 물심양면 구호 덕분에 호강하고 나왔다는 겁니다. 때마다 나누어주는 사식에다 빵과 우유, 과자, 과일을 비롯해서 밖에서 들어오는 것은 모두 노나 먹어요. 오갈 데 없다는 내 처지를 듣고 어떤 학생은 취직 걱정까지 해주는데, 지금도 잊지 않고 있지요. 경희대 무역학과 삼학년에 재학중이라는 학생은, 이름요? 소중하게 기억하고 있지요, 홍광표라고. 자기 집이 중곡동에서 표구점을 한대요. 일하는 사람이 필요할 거라고, 나가면 연락하라고 전화번호까지 적어주더군요. 또 한 사람, 광운대 다닌다는 학생은 자기 집이 장안동에서 가구점을 하는데 공장에 사람을 쓸 거라며 전화하라고 내 손을 꼭 잡아주더군요. 학생들은 천사 같았어요. 저렇게 싱싱한 학생들이 있으니 이 나라가 쓰러지지 않고 그런 대로 버틸 수 있겠구나, 저 학생들이 어른이 되면 정말 좋은 세상이 오겠구나 생각했죠. 인간 쓰레기 같은 나도 한번 살아봐야겠다 다짐했지요. 마음은 늘 몸보다 먼저 반성하잖아요? 일주일을 꼬박 살고 아침에 나왔습니다. 나오는데, 나랑 한방을 썼던 학생들이 쭉 서서 박수를 쳐주더군요. 먼저 나간다고 축하를 해주는데 참 머쓱했지요. 무전취식 아저씨 힘내세요, 이젠 무전취식하지 말고 잘살아보라구요. 박수를 치고 응원을 해주는데요, 구호가 너무 멋져요. 호헌철폐, 무전취식! 독재타도, 무전취식! 나는 어색하게 웃으면서 손을 흔들었지요. 내 소지품은 빈 지갑, 허리띠, 토큰 하나, 현금 백이십 원이 전부였어요. 잔뜩 흐린 하늘이었습니다. 곧 비가 쏟아질 것 같은 날이었지요. 남하했던 장마전선이 북상 중이라는 말을 언뜻 들었습니다. 혼자 경찰서 마당을 가로질러 정문을 나오는데 보초를 서는 전경이 충성! 구호 소리 요란하게 거수경례를 턱 하니 붙이더군요. 신참인가 봐요. 제 군대 시절 졸병들이 생각납디다. 그때는 구호가 단결이었거든요. 우리 부대에서는 졸병들이 거수경례를 하면 손으로 받지 않고 오른쪽 다리를 십오 도 정도 벌리면서 쭉 뻗는 걸로 대신했거든요. 그때를 떠올리며 옆차기 하듯 시원스레 받아주면서 정문을 통과했죠. 신참 전경은 이제 퇴근하십니까, 하고 한술 더 뜨더군요. 응, 그래 수고해라, 하고 냉큼 받아먹었죠. 눅눅한 바람이 아침 공기를 가르고 있더군요. 내가 나오고 며칠 있다가 전두환, 노태우는 항복 선언을 했습니다. 백성들을 우습게 봤다가 큰코다친 거죠.

이 사람 이거, 큰일 낼 사람이군. 정말 웃기는 사람이여. 정말 군대 갔다 오긴 갔다온 거야? 혹시 방위병 출신 아니여? 배운 것도 없다면서.

이거 왜 이러십니까? 이래 뵈도 주특기 일빵빵에 삼 년 꼬박 채우고도 모자라 몇 달 더 살다 나왔시다.

알았어. 인정할게. 하여튼 내일이나 모레쯤 검찰 조사가 있을 거구먼. 거기서는 무조건 사실을 인정하고 잘못을 빌어. 그렇지 않으면 힘들어. 여기보다 거기는 깐깐할 거여. 좋은 꿈꾸고 푹 자두라구. 다음 근무자는 나하고 딴판이여. 성질 더러우니까 반성문 암기 잘하고 정자세로 착실히 해야 돼. 약점 잡힐 일 하지 말아요. 내일 봅시다.

정 경장이 나가고 근무자가 바뀌었다. 눈매가 쭉 찢어진, 꼴통(별명은 '이거야')으로 불리는 이파리 두 개짜리다. 각방의 유치인들은 허리를 곧게 펴고 삼선에 정렬하여, 차트 글씨체로 엉성하게 써서 벽에 붙여놓은 반성문을 암송하기 시작했다.

반 성 문

하나. 헐벗고 살아도 죄 짓고는 못산다.
하나. 값싼 물건 훔치고 비싼 고생 하지 말자.
하나. 죄 짓고 후회 말고 준법으로 명랑하게 살자.
하나. 남의 인권 존중하고 내 권리 주장하자.
하나. 내 힘으로 내가 노력하여 스스로 행복을 창조하자.
하니. 남의 눈에 눈물 내면 내 눈에 피눈물 난다.
하나. 진정으로 뉘우쳐서 밝은 내일 약속하자.

다시 십 년 전으로 돌아왔다. 그때가 스물네 살이었던가. 하나도 변하지 않았다. 회색과 흰색이 삼분지 이쯤 섞인 벽과 굵은 쇠창살, 군용 모포, 흠집 많고 틈 벌어진 마룻바닥, 벌레가 기어 나오는 뺑끼통, 똥 냄새와 지린내와 크레졸 냄새…… 프로 야구 보고 싶고, 노래방에 가고 싶고, 소주나 실컷 마시고 싶고, 내일 나가면 막걸리 한 통 들고 올 게, 밥만 먹으면 하루 종일 운동하는 사람, 꾸벅꾸벅 조는 사람, 제발 구름과자 한 번 먹어봤으면 하는 그저 고만고만한 동상이몽 사이에 나 또한 십 년 세월을 뛰어넘어 또 잡범이 되고 말았구나. 애국가를 부르고 반성문을 외우고 힘찬 구령조정 삼 회 실시! 원기 왕성! 복창 소리가 그것밖에 안 돼! 속에서 수갑을 차고 조서를 받고 오오, 도대체 십년 세월 동안 무엇을 바라고 살았던가. 시계 초침 소리와 방귀 소리와 코 고는 소리에 밤은 깊어, 근무자는 졸고 끝내 구속영장은 떨어졌다. 공방은 무섭단다. 십 년을 뛰어넘어 변한 것은 변호사를 선임할 수 있고 면회 올 사람도 있고 눈물의 아내와 토끼 같은 아이가 있고 내가 선택한 책이 있고 메모지가 있으며 사식을 먹을 수 있으며 턱없이 간식 먹을 기회가 많다는 것. 분명한 것은 그때나 지금이나 이곳에도 사람이 살고 있다는 것. 그 속에서 나도 숨 쉬고 있다는 것. 빛나게 살아야 한다. 여태까지는 가짜였다. 가짜의 생활을 즉석에서 벌주시는 하느님, 감사합니다. 다시 한 번 살아보겠습니다.

잠자리가 바뀌어서 잠을 설쳤다. 새벽에 깨어나 문득 걸레 생각을 했다. 나는 정말 걸레처럼 살아왔다. 걸레는 빨아도 걸레라는데, 기왕이면 깨끗하게 빨아 써야 하지 않겠는가. 아무리 걸레라지만 빨지 않고 계속 쓰면 닦을수록 주위를 더 더럽히는 게 아닌가. 깨끗한 걸레가 되기 위해 바닥으로 더 밑바닥으로 기어야 하리. 뱃가죽이 다 닳아 생살이 보일 때까지 살아가야 하리.

장암 지방검찰청 산서 지청 앞마당에는 진분홍 장미가 활짝 피었다.

피의자 신문 조서

아래 피의자에 대한 폭력 행위 등 처벌에 관한 법률 위반, 동 공무집행 방해 등 피의 사건에 관하여 199X. 6. 1. 장암 지방검찰청 산서 지청에서 검사 임용만은 검찰 주사(보) 박병준을 참여시키고 피의 사건의 요지를 설명하고 진술을 거부할 수 있는 권리가 있음을 알려준즉 피의자는 신문에 따라 임의로 진술하겠다 하므로 다음과 같이 심문한다.

성명: 김호식
주민등록번호: 590510-1234567
야이, 씹세끼야. 누구 맘대로 앉으리고 했이?
예??
여기는 니 맘대로 앉고 서고 하는 데가 아니야, 알았어? 앉어, 새끼야.
아, 예.
문: 너, 김호식 맞어?(신문 조서에는 '이름을 말하세요' 라고 타자를 친다. 이하 조서에는 모두 존대어로 기재되어 있음.)
답: 예.
문: 나이 삼십사세. 생년월일 천구백오십구년 오월 십일 생. 직업은 우유 배달원. 본적은 아랫녁. 주거는 현주소지, 맞어?
답: 예.
문: 너, 결혼했어? 안 했어?

답: 결혼했습니다.

문: 그래? 니 마누라는 뭐 해?

답: 학교에 나갑니다.

문: 이 새끼 봐라? 산서 시내 학교가 전부 니 마누라 꺼야? 어디서 근무하냐구, 응? 서무실이야? 급식실이야?

답: 선생입니다.

문: 뭐라구? 이 사기꾼 같은 놈. 너 같은 놈에게 학교 선생이라니? 너 결혼할 때 폭력 휘둘러서 강제로 했지? 사기 쳤지, 너?

답: 아닙니다.

문: 그러면 너 같은 인간 말종에게 어떻게 학교 선생이 달라붙었겠냐? 당장 교육장에게 전화 걸어서 니 마누라 학교 그만두게 할까?

답: 아니, 너무하시는 거 아닙니까? 이 사건하고 제 아내하고 무슨 상관입니까?

문: 이 새끼 봐라. 뚫린 입이라고…… 왜 상관이 없어? 너 사건 나던 날 밤 파출소에 연행되어 얼마나 많은 경찰들에게 피해를 준지 알기나 해? 너 이 새끼, 파출소장에게, 산서 시내 유력인사들과 친하다며, 파출소에서 나가면 반드시 복수하겠다고, 파출소장 부인과 아이들까지 갈아 마신다고 이빨을 갈았다며 이 개자식아. 니 마누라는 중요하고 남의 가정은 니 마음대로 파괴해도 괜찮다는 거야, 뭐야. 이 새끼야.

답: 그거야, 수갑을 뒤로 채워 나무 의자에 묶은 다음, 물도 안 주고 화장실도 못 가게 해서……

문: 니가 얼마나 지랄발광을 했으면 그랬겠냐. 니가 지역 국회의원

과 현역 육군 법무관과 변호사, 신문사 무슨 부장이 선배라면서, 풀려 나가면 반드시 죄 없는 경찰관들 목을 자르겠다고 새벽까지 길길이 뛰었다며, 씨벌놈아.

답: 제가 정말 그랬답니까?

문: 이 새끼가 지금 누가 누구에게 묻고 있어? 너 정말 나하고 장난할래? 너 죽고 싶어? 좋아, 죽고 싶다면 죽여주지.

답: …….

문: 너, 이 새끼. 전과 있어? 없어?

답: 있습니다.

문: 얼렁뚱땅 넘기지 말고 자세히 말해, 이 자식아.

답: 군내 있을 때 상관 상해와 싱관 폭행으로 징역도 갔다 왔고 사회에서는 이런저런 일로 벌금을 낸 적이 있습니다.

문: 말 안 해도 다 알아, 이 새끼야. 찬란하구만. 니가 깡패야? 말해봐. 니가 깡패냐구? 왜 걸핏하면 사람을 쳐? 너 깡패 맞아?

답: 아닙니다.

문: 아니라구? 웃기고 있네, 씹새끼. 너, 지나가는 사람을 때리고, 신고 받고 출동한 경찰관을 박살낸 사실 있어? 없어?

답: 저는 기억이 없는데 다른 목격자들이 저한테 얻어터진 사람을 봤다고 해서 인정할 수밖에 없습니다.

문: 잔머리 굴리지 마, 이 씹새끼야. 내가 그럴 줄 알고 그날 밤 기억을 되살려줄 테니까. 들어봐, 알았어?

〔이때 검찰 주사(보)는 사법경찰관 작성 의견서 기재 범죄 사실을 읽어준다.〕

범죄 사실

피의자는 주거지에서 우유 배달을 하면서 시인으로 창작 활동을 하는 자인 바 199X년 5월 25일 20시경 후포읍 남문리 소재 뷰티미용실 앞 노상에서 술에 취하여, 그곳을 지나가던 피해자 구자운(남, 41세)의 승용차(충남 2초 4274)를 가로막아 정차시킨 후 산서까지 태워다줄 것을 요구하였으나 불응한다는 이유로 우측 손바닥으로 그의 얼굴 등을 4회 때리고, 부근을 지나가다 폭행하는 것을 제지하는 피해자 박성화(남, 35세)의 멱살을 잡고 흔들고 주먹으로 우측 복부 등을 5, 6회 폭행한 뒤, 이 사건 신고를 받고 출동한 산서경찰서 남문파출소 소속 112순찰차(충남 3모 2583호) 근무 순경 황개한(남, 23세)과 같이 출동한 류봉희(남, 29세)가 피의자를 현행범으로 체포하려 하자 '죄 없는 사람을 왜 연행하려 하느냐' '이 새끼들아, 너희들 말리면 죽인다' 고 욕설을 하면서 순경 황개한의 목 부위를 양손바닥으로 5, 6회 때리고 순경 류봉희의 목 부위를 4회 때리고 양손으로 왼쪽 팔목 등을 잡아 비트는 등 폭력을 가하여 위 황개한에게 요치 10일간, 동 류봉희에게 요치 약 5일간의 전경부 발적상 및 약간 종창상 등을 각각 입히는 바 폭력을 가하여 피의자 검거 연행을 위한 수사 업무의 공무집행을 방해한 것이다.

문: 이래도 기억이 없어? 빠져나갈 생각하지 마, 씹새끼야. 너, 글도 쓴다며? 글쓰는 놈들은 다 이렇게 잔머리 굴리는 놈들이야? 너 시인도 샀지? 돈 주고 샀지?

답: 그런 적 없습니다.

문: 그래……, 그러면 너 모항에 사시는 추백 선생과 샘골에 계시는 심오 선생 알아?

답: 존함은 많이 들어봤지만 잘 모르는 분들입니다.

문: 봐, 이 새끼야. 어른 아이 할 것 없고 이 근동에서 글쓰는 사람 치고 추백, 심오 선생 모르는 사람이 없는데, 그 유명한 양반들을 모른다니, 너 틀림없이 가짜지?

답: 글쎄요, 가짜는 아닙니다.

문: 그리고 임마, 내가 다 알아봤어. 내 처제가 임마 수필가여.《갯터문학》동인으로 활동한 지가 십 년이 넘었는데 너 이름 말하니까 모르는 사람이래. 그래도 니가 시인이란 말이야? 개새끼, 너 같은 놈이 시인이라면 대한민국에서 시인 아닌 사람 어디 있겠냐. 개나 걸이나 시인이라고 폼잡기는…… 너는 깡패도 못 되고 건달도 못 되고, 한마디로 양아치여 새끼야, 알았어?

답: …….

문: 너 술 얼마나 마셔? 주량이 얼마나 되냐고?

답: 글쎄요. 술 마실 때 숫자 세어가면서 마신 적이 없어서…….

문: 그날은 얼마나 마셨어? 자세하게 말해, 새끼야.

답: 예. 당일 십사 시경부터 어은들 소재 바다횟집에서 술을 마셨는

데 함께 마신 사람들은 제가 우유 배달하고 있는 산서 소재 고려우유 보급소장 김강훈과 서울에서 내려온 판촉사원 두 명입니다. 함께 소주를 일곱 병 정도 마셨고, 이차는 파도리로 가서 파도횟집에서 또 소주와 맥주를 섞어서 많이 마셨습니다.

문: 그러면 거기서 깨끗이 끝내고 집으로 갈 일이지, 후포는 왜 갔어?

답: 고려우유 후포 보급소가 있어서 그곳으로 삼차를 하러 갔습니다.

문: 미친 새끼. 거기서는 얼마나 마셨간?

답: 체육관을 하는, 산서 보급소 소장 후배를 불러내어 무슨 단란주점에 갔는데요, 거기서 후포 보급소 소장인 이장운과 함께 어울려 양주를 큰 거로 두 병 정도 마신 것으로 기억합니다. 그 뒤로는 필름이 끊어져서······.

문: 야, 이 새끼야. 나도 이 바닥에서 산전수전 다 겪은 놈인데 그까짓 양주 두 병 먹고 필름이 가? 야, 임마. 우리 좃 달린 놈들끼리 솔직하게 얘기해보자. 나도 임마, 우리 부서에서 회식하면 폭탄주에 회오리주에 은하철도 구구구주에 한강철교주까지 새벽까지 마시고도 끄떡없이 집에 들어갔다가 정시에 출근해 임마. 너 전과가 많으니까 잘 알겠지? 어떻게 해서라도 빠져나가려고? 웃기지 마, 새끼야. 너 같은 놈들이 한둘인 줄 알아? 니가 무슨 5공 청문회 때 증인이라도 된다고, 뭐, 기억이 안 나? 필름이 끊어졌다고? 내가 너 같은 놈 상대하는 데 전문이야, 알았어? 너 같은 놈은 피해자 진술 조서와 참고인 진술 조서, 목격자 증언으로도 충분해. 너 같은 인간 쓰레기들은 넘어가서 푹 썩

어야 해. 콩밥 한번 원 없이 먹게 해줄 테니까. 좋게 말할 때 순순히 불고, 남자답게 인정할 것은 인정하고, 용서를 빌어, 혹시 아냐? 정상참작이란 말도 있으니까. 지나가는 차는 왜 가로막고 세웠어?

답: 택시인 줄 알았습니다.

문: 기억이 없다며? 그건 어떻게 기억해, 새끼야. 너 계속 거짓말할래?

답: 기억이 없지만, 생각해보십시오. 자가용인 줄 알고 차를 잡는 사람이 어디 있겠습니까?

문: 니가 있잖아, 임마. 너 같은 놈이 있잖아? 그러니까 양아치지. 제정신 가진 놈이 멀쩡한 승용차를 가로막고 시비를 걸어? 그런 줄 알고 내 여기, 피해자 구지운 씨 진술 조서를 보여주지. 구지운이 지가 용이라고 밝히고 거절을 하자 니가 '이 새끼, 그것도 태워다주지 못하냐'고 구자운의 멱살을 잡고 손바닥으로 구자운의 얼굴을 수차례 때렸다고 씌어 있잖아. 그러면 괜히 구자운이 너를 엮어 넣으려고 거짓말했게? 어때? 그래도 기억이 안 나?

답: 기억이 없습니다.

문: 왜 기억을 못 해, 이 새끼야.

답: 술을 많이 마셔서 정신이 없었기 때문에 기억을 하지 못합니다.

문: 그래, 그러면 그때 어느 정도 술에 취했다고 생각하나?

답: 정신이 전혀 없을 정도로 먹었습니다.

문: 좋아. 그렇다면 어떻게 집에 갈 생각을 했나, 응? 정신이 전혀 없었다면 길거리에서 쓰러졌다든지, 인사불성으로 잤다든지, 니 말을 인

정할 수 있는 무슨 행동이 있어야 이해를 하지, 안 그래? 집에 갈 마음이 있었다면 정신이 살아 있었다는 증거 아냐?

답: 그 점은 저도 신기합니다.

문: 너, 정말 얄팍한 수 쓰는데 너, 거짓말을 하기 위해서 술에 취해 기억이 없다고 지랄 떠는 거 아냐? 똑바로 말해봐.

답: 아닙니다.

문: 아니라고? 어이가 없군. 임마, 니가 구자운을 일방적으로 때리고 있을 때 지나가던 박성화가 '왜 그러시냐' 며 말리자 '너는 뭐야 이 새끼들아. 다 죽여버리겠어' 하면서 박성화의 배와 머리 부분을 여러 차례 때리고 발로 차고 또 뷰티미용실 출입문을 주먹으로 치고, 깨진 보도블록을 집어 길가에 주차되어 있는 트럭에 던지고, 주먹으로 차문짝을 사정없이 부수고, 임마, 난동을 부렸잖아. 이 미친 자식아.

답: 기억이 전혀 없습니다.

문: 좋아. 이 씹새끼. 끝까지 가보자 이거지. 너 그때 미친개처럼 난동을 부리고 있을 때 주민 신고를 받은 남문파출소 경찰관 두 명이 순찰차를 타고 출동했는데, 그것도 기억이 없지?

답: 기억이 없지만 인정합니다.

문: 시절 같은 놈, 잔머리 굴리는 걸 스스로 인정하는구만. 야, 이 새끼야 기억이 안 나는데 인정한다는 건 또 뭐야? 누굴 놀리는 거야, 뭐야. 너 정말 혼 좀 나볼래?

답: 제가 여기까지 와서 잔머리 굴려봐야 뭐 하겠습니까? 저는 있는 사실 그대로, 제 솔직한 심정을 그대로 말씀드린 것뿐입니다. 인정한

다는 것은, 남문파출소에 연행되어 하룻밤을 자고 이튿날 술이 깨어 피해자들을 만나 전후 사정을 들어보니 인정할 수밖에 없더군요. 아무리 제가 이렇게 살아왔어도 거짓말은 안 하고 살려고 노력했습니다.

문: 웃기고 있네. 지나가던 개가 들어도 웃겠다. 이 씨벌놈아. 주둥이 찢어놓기 전에 아가리 닫아, 이 새끼야. 아가리만 벌리면 거짓말이 줄줄 쏟아지는 잡범 주제에. 하여튼 너 같은 쓰레기하고 시간 낭비하기 싫으니까 빨리 끝내자구. 황개한, 류봉희 두 경찰관이 정복 차림으로 순찰차를 타고 와서 니가 구자운과 박성화를 일방적으로 때리던 장소에서 싸움을 말리고 현행범으로 체포하려고 하자 '너희들은 뭐야. 이거 놓지 못해, 새끼들아. 너희들, 나 말리면 모두 죽여버리겠어' 하면서 경찰관까지 쥐어팼다며? 어때, 또 기억이 안 나?

답: 경찰관을 때리지는 않았습니다.

문: 야, 야 이 새끼야. 너도 참 보기보다 멍청한 놈이구나. 니가 놓은 올가미에 니가 걸린 거야, 임마. 기억이 없다면서 경찰관을 때리지 않았다는 것은 어떻게 기억하나? 정말, 기가 막혀 말도 안 나온다, 개자식아.

답: 때리지 않았습니다. 술에 취해서 내 몸 하나도 주체할 수 없는 상황인데 어떻게 남을 때릴 수 있겠습니까? 제가 아무리 짐승이라지만 그런 적은 없습니다.

문: 뭐? 이 새끼 봐라. 정말 보자보자 하니까 보이네. 그러면 임마, 여태까지 술을 마셔서 전혀 기억이 나지 않는다고 발뺌을 하다가 유독 경찰관을 때리지 않았다고 하는 것을 보면, 술을 마셔 기억이 안 난다

는 말은 전부 거짓이라는 게 증명이 되잖아.

  답: 아닙니다.

  문: 그래, 쥐새끼 같은 놈. 그러면 이 사진은 뭐야?

  (이때 본건 기록 제35, 36쪽 피해자 황개한, 류봉희 경찰관의 피문은 사진을 열람시킨 후)

  문: 그럼 이건 누가 때려서 이렇게 된 걸까? 이 피투성이 경찰 제복이 안 보여, 응? 이래도 거짓말할 거야? 이 씨부랑탕 개자식아. 꿇어, 바닥에 무릎 꿇어. 이 새끼, 너 정말 한번 죽어볼래?

  답: 제가 당시에 손가락을 다쳐 손가락에서 피가 많이 나왔는데, 모르겠습니다.

  〔이때 2호 검사실 문이 벌컥 열리더니 검사 임용만(남, 33세)이 '이 새끼 진짜 나쁜 놈이네' 하며 무릎 꿇고 있는 피의자의 뺨을 주먹으로 사정없이 친다. 피의자, 수갑과 포승줄로 묶인 채 바닥으로 나뒹군다. 제 분에 못 이겨 씩씩대던 임용만 검사, '너 이 새끼, 재판할 때 보자'며 문을 쾅 닫고 들어가자, 사건계장이며 검찰 주사(보)인 박병준(남, 36세)은 담배를 꼬나문다.〕

  문: 내가 너 같은 인간 쓰레기하고는 더 이상 말싸움하기 싫고, 그렇다면 나도 내 식대로 하겠다. 사실, 조서 끝나면 얘기하려고 했는데, 이 지방에서 존경받고 있는 추백 선생이나 십오 선생도 경찰서로 찾아와

서 선처를 부탁했다고 들었고, 니가 회원으로 있는 환경단체 공동대표인 변호사들과 YMCA 이사장인 의사 선생들과 청년문학회 회원들이 탄원서를 제출했다고 해서 어느 정도만 인정하면 좋은 게 좋다고, 좋게 끝내려고 했는데 말이야, 도저히 참을 수가 없어. 이제 욕하기도 싫고 욕을 해봤자 내 입만 더러워지니까, 지금부터 너를 인간 대접하지 않겠다. 그 자리에서 박아! 누가 이기나 해보자, 이 새끼 좀 보소. 벌써 요령 피워! 군대도 갔다 왔다며, 그 혹독한 남한산성에서도 견뎌냈다며, 똑바로 못해! 좋아, 지금 그 자세로 묻는 말에 대답한다! 알았어?

답: ……

문: 피의자 손가락에서 나온 피가 경찰관들의 제복에 묻은 것을 보면 피의자가 정복경찰관인 위 항개한과 류봉희를 때린 것이 분명한데, 어떤가요?(이때부터 욕을 하지 않고 평상문으로 복귀함)

답: 아, 아마, 그 겨엉찰관들이 저, 저를 연행하는 과, 과정에서 피, 피가 무, 무든 거어 가씁니다.

문: 그러면 경찰관들이 피의자를 연행한 것을 어떻게 기억하나요?

답: 나, 나중에 들어서 아, 알았습니다.

문: 피의자로부터 약 삼십 분간 행패를 당하고 맞아 황개한은 진단 십 일, 류봉희는 진단 오 일의 상해진단서가 나왔는데 어떤가요?

답: 요, 용서해, ㄲ응, 허, 허, 헉, 주세요오.

뭐, 뭐라구, 니 아가리에서 용서라는 말이 나와, 야, 씹새끼야. 내가 창피해서 얘기 안 하려고 했는데, 니가 사건 현장에서 워낙 난동을 부려서 남문파출소 경찰들이 체포하지 못하고 서문파출소 다른 경찰관

두 명을 지원 받고도 제압하지 못해 본서에서 기동타격대가 출동하여 체포했다는 말을 들었다. 인간 쓰레기 같은 난동꾼 하나를 잡는데, 비상시에나 출동하는 5분대기조까지 나섰으니, 얼마나 심각한 국가 공권력 낭비겠냐, 응? 말 좀 해봐? 니가 그렇게 근력이 쎄? 나하고 한번 붙어볼까? 응, 야 이 개새끼야, 술을 똥구녁으로 처먹었냐? 왜, 경찰관 네 명과 기동 타격대까지 박살낸 새끼가 꼬라박아 오 분도 못 버텨? 참 세상 좋아졌다. 위대한 문민정부가 아니었다면 너 같은 놈은 총 한 방에 깨끗하게 보낼 수 있었는데…… 왜, 여기도 한번 박살내보지 그래. 나도 패고 싶지? 수갑 풀어줄까? 니가, 이 자식아, 얼마나 망나니처럼 굴었으면 이것 좀 볼래? 선량한 시민들이 우리에게 무엇을 바라는지. 이 새끼, 엄살은…… 어이구, 성질대로 한다면, 너 같은 놈은…… 야, 새끼야, 일어나.

〔이때 검찰 주사(보)는 사정없이 피의자의 옆구리를 걷어찬 다음, 쓰러져 있는 피의자를 의자에 앉히고 사법경찰관이 작성한 피해자 진술 조서와 목격자 증언을 다시 한 번 열람케 한다.〕

피해자 박성화(남, 35세, 중기사업): 시민들이 안심하고 밤거리를 다닐 수 있도록 저런 난동꾼은 꼭 처벌해주십시오.
목격자 장효탁(남, 20세, 꽃집 종업원): 저는 사건 현장을 보고 무서워서 많이 떨었는데 다음부터는 이런 일이 없도록 혼내주세요.
피해자 구자운(남, 41세, 유통업): 국가 공권력에 대한 심각한 도전입니다.

일벌백계해서 실추된 공권력을 회복해야할 것입니다.

문: 어때?

답: 죄송합니다.

문: 나한테 죄송할 것까지는 없고……, 피의자는 술을 핑계로 기억이 없다고 거짓말을 하는 것이 분명한데 사실대로 말하는 것이 어떤가요?

답: 글쓰는 사람이 어떻게 거짓말을 합니까.

이 새끼 봐라, 자꾸 열 받게 하네. 또 꼬라박아 한 번 더 할까? 너 어디 가서 글쓴다고 하지 마 새끼야. 넌 처음부터 끝까지 거짓말만 하고 있잖아. 주둥아리에 똥만 가득 찬 게 시전 떨고 있어. 씹세끼. 너, 빨리 끝내자. 내가 귀찮고 피곤하니께.

문: 피의자는 위와 같이 피해자 구자운, 박성화를 때리고, 신고 받고 출동한 경찰관 황개한, 류봉희를 때린 사실에 대해 인정을 하는가요?

답: 예, 모두 인정합니다.

문: 피의자는 피의자가 구자운과 박성화를 때리던 장소에 제복 경찰관 황개한, 류봉희 순경이 왜 왔다고 생각하는가요?

답: 제가 구자운과 박성화를 때리고 행패를 부리니까 황개한 순경과 류봉희 순경이 신고를 받고 저를 연행하려고 출동한 것으로 생각합니다.

문: 그러면 당시에 경찰차(순찰차)가 왜 사건 현장에 왔었다고 생각하나요?

답: 경찰들이 저를 잡으러 왔다고 생각합니다.

문: 피의자는 위 사건 현장에서 다른 사람들로부터 얻어터진 사실이 있나요?

답: 글쎄요, 술에 너무 취해서 기억이 없습니다.

문: 피의자는 위 구자운과 박성화를 때리고, 신고 받고 출동한 경찰관인 황개한, 류봉희를 때리고 순찰차를 부수고 파출소 기물을 파괴한 사실에 대하여 어떻게 생각하는가요?

답: 잘못하였습니다.

문: 피해자들과 합의한 사실이 있나요?

답: 일반 피해자들인 구자운과 박성화와는 합의를 했는데 경찰관들과는 합의하지 못하였습니다.

문: 피의자는 군대에서도 상관을 상해, 폭행해서 징역 일 년을 선고 받았고, 제대 후에도 팔십년대 내내 감옥을 들락거리면서 폭력을 휘둘렀는데, 왜 자꾸 다른 사람을 때리나요. 또한 유독 경찰관들을 많이 팼는데 혹시 개인적인 원한이 있습니까?

답: 없습니다. 그때도 술을 많이 마시고 정신이 없었습니다.

문: 술을 많이 마셨으면 인사불성이 되어 몸을 움직이지 못한다든지 하는 상태여야 이치에 맞지, 어떻게 돌아다니면서 선량한 시민들을 때리고 욕을 하고, 출동한 경찰관을 폭행할 수 있나요?

답: 모르겠습니다. 그때만큼은 정신병자였던 것 같습니다.

문: 유리한 증거나 더 할 말이 있나요?

답: 없습니다. 용서해주십시오.

위의 조서를 진술자에게 열람하게 하였던 바 진술한 대로 오기나 증감 변경할 것이 전혀 없다고 말하므로 간인 후 서명(무인·날인)케 한다.

진술자 김호식(무인)

199X. 6. 1.

장암 지방검찰청 산서 지청

검사 임용만 (인)

검찰 주사(보) 박병준 (인)

자, 자 휴지로 손 닦고, 잘 안 지워질 거야. 침 좀 발라봐요. 조서 받느라 고생했어. 기분 나빴지?

 ……

이 사람아, 나도 기분 좋아 이 짓 하는 줄 알아? 밥 먹고 살자니께 헐 수할수없어서 하는 일이지. 내가 당신하고 무슨 사사로운 감정이 있어서 이러는 줄 알아?

당신 같은 사람은 창피를 톡톡히 당해서 나가야 이런 델 다시는 안 들어오는 거야. 이리저리 알아보니까 당신도 꽤나 착하게 살아보려고 노력했더구만. 그놈의 술이 웬수지. 담배 하나 줄까?

됐습니다.

아직도 감정이 안 풀렸구만. 풀으라구. 당신이나 나나 나이도 비슷하고 밖에 나가면 이 좁은 도시에서 틀림없이 얼굴 스치며 지날 텐데, 만나면 대포라도 한잔 나누자고.

그런 일은 없을 겁니다.

이 사람 이거 왜 이러나? 돼지 발톱처럼 뻐드러지긴…….

안 그러게 생겼습니까? 아무리 죄인이라지만 '새끼'에서 시작해서 '새끼'로 끝난 조서는 저도 처음입니다. 아저씨 상관 이름 닮아 그런가요? 병 주고 약 주고 하는 아저씨 이름도 직업하고 딱 어울리는군요. 아무리 제가 잡범이라 하더라도 인간이 가지고 있는 최소한의 자존심은 있는 겁니다.

그러니까 내가 먼저 풀자고 안 그러나. 이런 데서는 그 알량한 자존심 같은 것은 빨랫줄에 내걸어야 할 거여. 아무튼, 당신 동료들이 탄원서도 제출했고…… 서명을 한 오백여 명 받았드라고, 당신이 아는 변호사가 변호를 맡았는데 담당 검사 대학 선배라는 거야. 잘하면 넘어가자마자 풀려날지도 몰라. 무조건 잘못했다고 빌라고. 자, 여기 탄원서 들어온 거 읽어보고, 평소에 신세 진 사람들에게 나가면 인사라도 하고 다니라구.

걱정해주셔서 눈물이 나오려고 그러네요.

이 사람아, 너무 그러지 말게. 하긴, 억울한 면도 있을 거야. 경찰관들이 진단만 끊지 않았어도 벌금 조금 내면 끝날 건인데. 요즘 멀쩡한 사람도 병원 가면 진단 일,이 주는 우습잖아?

근데 왜 이렇게 됐습니까?

그건 자네가 더 잘 알잖나. 파출소에 끌려가서 고분고분 잠이라도 잤으면 일이 잘 풀렸을 텐데, 소장 책상을 쳐서 유리를 깨고 만류하는 직원들을 모두 때려 눕혔으니, 뒷말이지만 파출소 직원들이 모두 당신이 씨름 선수나 유도 선수쯤 되는 걸로 알고 있더라니까. 아무도 자네

근력을 당할 수가 없었다는 거여. 그러니까 이건 순전히 괘씸죄여. 더군다나 본서에서 기동타격대까지 출동했으니 이건 빼도 박도 못한다니까. 그쪽에서 엮어넣으려고 작심을 했더라고. 했튼, 잘 아는 친구나 가족을 보내 우선 피해 경찰관들 마음을 돌리는 게 급선무일 거야. 내 말 알아들었소?

탄원서

존경하는 재판장님!

저는 새너울 신문사의 객원기자이면서 소설을 쓰는 한싱규입니다. 김호식에 대한 선처를 부탁드리고자 이 글을 올립니다. 저와 그는 함께 문학 활동을 하는 선후배 사이입니다. 선배인 그가 지역 문학의 활성화를 위해 함께 일하자고 제의해와 '청년문학회'라는 모임을 꾸려나가면서 절친한 사이가 되었습니다.

김호식은 고려우유 후포 보급소를 운영하고 있는 후배 이장운(전 《서해신문》 편집국장)을 도와 일하고 있었는데 사건이 일어난 날, 새로 들어온 직원 환영회에서 과음을 하여 본의 아닌 실수를 저지르게 되었습니다. 고된 영업일 뒤라서 평소보다 술이 과했던 것 같습니다. 김호식 자신도 그날의 일을 잘 기억하지 못하며 심한 부끄러움과 자책감에 빠져 있습니다.

김호식은 1959년 시골의 가난한 집에서 자랐습니다. 그는 국민학교를 마치고 홀홀단신으로 상경하여 서울과 대전 등지를 떠돌며 스무 가지가 넘는 직업을 전전했습니다. 열네 살에 중국집 배달부로 일할 때는 남들이 먹다 남은 자장면을 설거지하듯이 먹어 치우며 허기를 채웠다고 합니다. 구두닦이, 제과점 사환, 일식집 주방보조, 현장 잡부를 거쳐 목수가 되기까지 험난한 삶을 꾸려나가면서도 그는 한 번의 탈선 없이 성장했습니다. 밤마다 졸음을 참고 공부하여 1979년 스무 살 되던 해엔 '정동 제일교회 배움의 집 3기'를 수료했습니다.

저는 그가 자신의 어려운 삶을 하소연하거나 주위 사람들에게 부담을 지우는 것을 본 일이 없습니다. 오히려 주위 사람들의 사소한 어려움까지 가슴 아파하고 발 벗고 나서서 도와야 스스로 편안해지는 사람입니다. 한 가지 예를 들면, 지난 5월 10일 밤 8시경 계내면 삼송리 도로에서 교통사고가 났었습니다. 관유리에 살고 있는 주민 부부가 오토바이를 타고 가다 변을 당한 것입니다. 줄 지어 선 승용차들 중 누구 하나도 나와 보지 않는데 마침 봉고 트럭을 운전하며 일하러 가던 김호식이 사고 현장을 목격하고 부랴부랴 달려갔습니다. 안타깝게도 남편은 즉사했으나 부인은 김호식의 차에 실려 의료원 응급실로 급히 후송되어 목숨을 건질 수 있었습니다. 그는 온통 피범벅이 되어 돌아와서 숨진 남편에 대해 두고두고 애달파했습니다(객관적인 사실임을 증거하기 위해 관유리 이장과 사고 현장에서 구사일생으로 목숨을 건진 부인 문경순 씨의 서명을 첨부합니다).

그가 평탄치 못한 삶을 살면서도 그렇듯 올바르고 건강한 정신을 잃지 않은 것은 타고난 심성이기도 하지만 무엇보다도 삶 자체를 있는 그대로 인정하고 사랑하는 한 사람의 '시인'이기 때문이 아닌가 합니다. 그의 눈에는 흡사 풍랑과도 같았을, 험하고 살벌한 세상살이 속에서 그는 소박하고 깨끗하고 부드러우며 꿋꿋하고 아름다운 것들을 찾아내곤 했습니다. 그는 그것들을 시로 적어내 사람들에게 힘을 주는 시인입니다. 작년에 그가 낸 시집을 첨부하니 부디 시간 나시는 대로 읽어주시길 부탁드립니다.

시에서도 이야기하고 있듯이 그는 또한 목수입니다. 아직 자신의 집을 짓지는 못했습니다만 고된 목수 일을 하면서도 늘 즐거워하고 새벽에 일어나 우유 배달을 한 뒤에도 틈만 나면 책을 읽고 공부를 하는 목수 시인입니다. 그렇듯 건강하고 꿋꿋한 그의 가슴 한 켠엔 알게 모르게 긴 세월 쌓여왔을 외로움과 상처도 많아서 술이 과해질 때도 있고 어린아이처럼 통곡을 터뜨리는 때도 있습니다. 이번 사건도 이러한 여러 가지 맥락에서 헤아려주시길 빕니다. 다행히도 그에겐 남편의 그러한 한을 이해하고 감싸주는 아내가 있습니다. 주변 사람들이 우스갯소리로 국졸 남편과 내쫓 출신 교사 아내를 놓고 인간시대 감이라고 놀리기도 합니다만, 밤 잠 못 이루는 착한 아내와 네 살 된 딸아이를 생각하셔서, 그리고 그의 넉넉한 마음을 아는 수많은 사람들의 애통함을 참작하셔서 너그러이 선처해주십시오. "도대체 내가 왜 그랬는지……" 그 말 한 마디만 되풀이하며 자책하고 있는 그의 반성을 인정해주시길 빕니다. 비록 13평 임대 아파트에 세 들어 살고 있지만 그가 다시 건강한 시를 쓰며 아름다운 가정을 일구어내는 본래의 모습으로 하루빨리 돌아올 수 있게 선처해주시길 간절히 호소합니다.

존경하는 재판장님.

위의 모든 이야기가 김호식을 조금이라도 과장하거나 미화한 것이 아님을 믿어주십시오. 다시 한 번 부탁드리건대 시간 나시는 대로 그의 시집을 읽어주시고 그의 심성과 삶에 대한 태도가 어떠한지 헤아려주시면 고맙겠습니다.

끝까지 읽어주셔서 감사합니다.

199X년 X월 X일

청년문학회 회원 한상규 올림(인)

| 제2부 |

어느 잡범에 대한 중간 보고

우리는 어쩔 수 없이 신병, 위장도 보호색도 할 줄 몰랐고 은폐, 엄폐의 정의도 내릴 줄 몰랐다 소총만 34기 우리들은 걸고 겨울 양평을 잊지 못한다 해마다 무좀, 동상, 치질, 변비를 번갈아 가며 선물했고 영하 이십 도가 넘는 공수타워에서 팬티만 입고 견뎌냈으므로, 본창이는 내무반장인 조 하사를 사회에 나가기만 하면 밟아버리겠다고 이빨을 갈았고 승준이는 씨팔 좆으로 밀어도 국방부 시계는 돌아가니까 청기와집에나 갔다 오자고 했다 위병소 앞으로 펼쳐진 텅 빈 들녘과 마를수록 빛을 더하는 남한강, 덕평리의 저녁 연기, 그 뒤로 꺼멓게 지는 해를 바라보면서 나는 지난번 위문공연 때 마지막 순서로 나온 스트립 걸을 생각했다 꽁꽁 언 땅을 혼신의 힘으로 꼬아 올려 회청색 하늘을 만들던 그 허리와 허벅지, 야윈 가슴만을 생각했다 아주 굵은 모기가 되어 그 여자의 사타구니를 피나게 한번 물어뜯고 싶었다

어이, 조서는 잘 받고 왔는가?

아이구, 말도 마십시오. 어찌나 사람을 닦달하던지, 혼이 다 빠져나간 기분입니다. 처음부터 끝까지 욕에서 욕으로 퍼 먹이는데 하도 많이 받아먹어서 넘어오려고 그럽니다.

그럴 거여. 거기는 엘리트 집단이라 깐깐하다니까. 그냥 어영부영 넘어가지는 않을 거여. 그러니까 내가 당부하잖던가. 무조건 인정하고 잘못을 빌라고 말이여.

글쎄 잘못을 빌고 자시고 할 것 없이 몰아세우는데, 참말로 군대 갔다 와서 처음으로 원산폭격까지 했다니까요. 수갑에다 포승줄로 묶여서 손목이 끊어지는 것 같았어요.

어쨌든 고생했네. 거기에 비하면 여기는 푸근하지? 같은 처지에 있는 사람들도 많고…… 저기, 이방, 이방 교특 아저씨들 좀 조용히 하세요. 아저씨들은 사람 죽이고 뺑소니치고 들어와서 뭐가 그리 좋다고 웃고 떠드는 겁니까? 그리고 저 뒤에 혼빙 아저씨, 자세 좀 바르게 하세요. 아저씨는 멀쩡한 마누라를 죽었다고 해놓고 젊은 여자하고 딴살림 차린 게 뭐 잘한 짓이라고 누워 있어요? 근무자가 있을 때는 최소한의 예의는 지켜야 할 거 아니오. 공문서 위조 아저씨도 마찬가지, 남의 땅 이만 평을 하루아침에 꿀꺽하고 땅주인이 자살까지 한 마당에 간식이 입에 들어갑니까? 반성 좀 하세요. 그래도 당신들보다는 공방으로 들어온 김씨는 나은 편입니다. 술이 죄지 사람이 무슨 죄가 있겠어. 당신들은 술도 안 먹고 맨 정신에 사기 치고 사람을 죽였으니 진짜 나쁜 사람들이야. 어이 김씨, 앞으로 나와보세요.

왜 그러십니까?

당신 말이야, 그저께 당신 부인 면회 온 거 봤거든. 참하게 생겼더라구. 선생이라며? 어떻게 만났어? 어디 사람이여?

아이구, 그만 하십시다. 지금 집사람하고 아이를 생각하면 가슴이 찢어집니다. 제가 만약에 결혼을 안 했다면 당장 검찰지청부터 폭파했을 겁니다. 검찰이라는 조직이 국가 공권력을 확립하는 곳이 아니라 국가 반발력만 높이는 곳이라는 것을 새삼 깨달았습니다. 지금도 그 생각만 하면 가슴이 떨려 주체할 수 없을 정도예요. 기관총 한 자루만 있다면 이놈의 세상을 다 쓸어버리고 싶다니까요. 집사람 얘기는 꺼내지도 마세요.

이 사람 좀 봐. 그러니까 당신은 안 된다니께. 그런 맘보 쓰면 여기시 영원히 못 나가지. 참을 줄도 알아야제. 말이 씨가 된다고. 그럼 부인 얘기는 나중에 하고 군대 얘기부터 해봐. 어떻게 남한산성까지 갔다 왔는지.

정 경장님도 참 그렇게 남 얘기를 듣고 싶습니까? 얘기 좋아하는 사람치고 잘사는 사람 없답니다. 세상에 군대 얘기처럼 재미없는 얘기가 또 어디 있겠습니까?

이 사람 왜 이러나? 나 이래 뵈도 인지에 땅이, 평생 직장 생활 안 해도 먹고살 만큼 있는 사람이여. 당신한테 손 벌릴 일은 없을 거니께. 마저 이야기 좀 해보라구. 언제 입대했나? 어디서 군 생활을 했느냐구?

이거 꼭 해야 됩니까? 정말 재미없는데…… 뭐라구요……? 또 시간 때우자구요? 왜 나만 못살게……, 아, 알았어요, 할게요…… 그러니까 그게, 팔십일년 십이월이었습죠. 그해 겨울엔 유난히 눈도 많이 오고 추웠는데, 하루저녁 보내기가 한 삼 년 보내기보다 더 느릴 만큼 추웠지요. 의정부 가기 전에 망월사역이라고, 그 근처에 101보충대가 있더군요. 우리 고장 장정 구백육십여 명이 긴긴 밤을 군용열차에서 보내고 아침을 맞은 게, 수락산이 눈을 뒤집어쓰고 거뭇거뭇 바위틈으로 보충대 연병장을 내려다보고 있는 망월사였죠. 거기서 사흘인가 대기를 하면서 군복과 전투화를 지급 받고 육군본부 명령을 기다리고 있었지요. 내무반 분위기는 사회와 별로 다를 것이 없을 정도로 자유로웠어요. 아침저녁 점호도 헐렁해서 인원 점검을 받으면 나머지는 간단한 청소 외엔 자유시간이었거든요. 우리는 마치 소풍 나온 학생들처럼 서로 추렴을 해서 라면을 끓여 먹고 헤어지기 전날 밤은 사람 좋아 보이는 임시 내무반장과 송별주를 나눠 마시기도 했습니다. 그때까지만 해도 이렇게 좋은 군대를 왜 모두들 가지 않으려고 기를 쓰나 의문이 들기도 했죠. 얼마 있지 않아 보기 좋게 깨지긴 했지만. 장정으로 대기한 마지막 날 아침이 밝아왔습니다. 청명한 하늘이었습니다. 아침부터 수송관들이 바삐 움직이고 관광버스 수십 대가 질서정연하게 연병장 한쪽에 정렬을 하더니 하나둘 무리 지어 보충대를 빠져나가기 시작했습니다. 누구는 백마부대로, 누구는 인제, 원통, 화천, 양구 쪽으로 떠나고 누구는 철책선 근처라고 한숨을 쉬더군요. 물론 같은 학교 동기들끼리 큰소리치는 걸 들어서 하는 소립니다. 천여 명 가까운 장정들이 다 빠져나가고 마지막으로 남은 사람들은 나를 포함해서 정확하게 일흔두 명이었어요. 해는 떠올라 하늘 한가운데 수정처럼 박혀 있고 점심때는 되었는데, 그 많던 관광버스들도 다 빠져나가고 연병장엔 쓸쓸한 바람만 이리저리 몰려다니더군요. 주위에선 과연 어디로 팔려갈 것인가, 초조하고 불안해서 그런지 잔뜩 굳은 얼굴로 쫄아 있더라구요. 저요? 저야 편안했지요. 어디로 가든 그게 무슨 대숩니까? 가능하면 유디티 같은 특수부대로 가는 게 소원이었거든요. 제 스스로 공수특전 하사관 시험을 보고 하늘을 날다 죽고 싶었는데 이까짓 육군 보병으로 어디로 가서 무슨 짓을 하든 모두 가소롭고 하찮은 시절이 되겠구나 생각했지요. 근데 한쪽에서 환호성이 터져 나옵디다. 양평이래요. 모두들 기뻐서 어쩔 줄 몰라 하더군요, 후방이라고. 참 한심한 놈들, 똑같이 군복 입고 삼 년 때우는데 전방이면 어떻고 후방이면 어떻습니까.

　시간이 늦어서 사병 식당에서 점심을 먹었습니다. 예정에 없던 일이라 보충대 기간병들이 먹고 남은 밥을 먹었는데 대부분 남기더군요. 저는 씩씩하게 다 먹었습니다. 세상에서 제일 보기 싫은 풍경 중의 하나가 밥이 남아 버려지는 것 아니겠습니까. 굶어본 사람들은 압니다. 밥이 얼마나 엄정한 것인지를. 밥을 제대로 알아야 삶을 제대로 볼 수 있지요. 죄송합니다. 제가 원래 이런 유식한 말을 싫어하는데 가끔 가다 저도 모르게 튀어나오거든요. 하여튼 제대로 맞지 않아 무슨 꼭두각시 같은 군복과 전투화 차림으로 다시 역으로 나왔습니다. 거기서 청량리까지는 전동차를 탔지요. 며칠 전까지 우리랑 똑같은 생활을 했던 사람들이 동물원 구경하듯 우리를 쳐다보더군요. "잘 봐두어라. 지금 들어가면 최소 육 개월에서 최대 일 년까지 사제 인간을 볼 수 없다. 특히 여자는 오늘로 마지막이 될지 모른다. 눈요기라도 실컷 해두어라." 우리를 인솔하던 갈매기 하나가 슬쩍 농담을 하는데요, 이빨 사이에 고춧가루가 끼어 있더군요. 그것을 보고도 웃는 동료가 아무도 없었어요. 왜냐면 어떻게 알고 왔는지 옆 칸에서 가족들과 애인들이 연신 손수건에 눈물을 찍어내고 호송관들 통제에도 아랑곳하지 않고 먹을 거에다 돈에다 막 찔러주는데요, 은근히 부아가 나요. 여기까지 와서도 돈 없고 빽 없고 가족 없는 놈들 불쌍하게 만드는구나, 저 여자는 저렇게 눈물이 많은 걸 보니 제일 먼저 고무신 거꾸로 신을 게야, 이놈의 전동차는 왜 이렇게 늦는 게지, 빨리 저 측은한 표정들을 보지 않았으면 좋겠구만, 엇나가는 마음들도 있었지요. 청량리에서 양평까지는 일반 기차 한 칸을 통째로 썼습니다. 드디어 민간인과 완전하게 격리된 삼엄한 공간에 오후의 나른한 햇볕이 먼지 알갱이를 피어올리며 들어섰습니다. 스르르 졸음이 몰려오더군요. 눈을 감았습니다. 아아, 이렇게 끌려가고 마는구나. 내 서러울 것도 없고 아까울 것도 없는 청춘의 한 시절이 끝나고 드디어 군바리가 되는구나. 눈보라 속에서 발길을 돌린 어머니는 속울음을 얼마나 우셨을까, 망우리 고개를 넘어 양수리까지 자전거 하이킹을 같이 했던 재홍이 형과 금은방 식구들은 어떻게 지내는지, 호수약국 재희는 무엇을 할까, 내 생각을 하기는 할까, 유림싸롱 아가씨들은 아직 일어나지도 않았을걸, 정동 교회 친구들은 잘 있을까, 누구는 재수를 하고 누구는 방위 소집에 응하고 누구는 다시 공장으로 돌아갔다는데 만덕이, 귀곤이, 영석이, 성철이, 병한이…… 짜식들, 조금만 기다려라, 빛나는 작대기, 풀 먹여 다림질하고 휴가 나가마. 그때 만나서 회포를 풀자꾸나. 미화는 계속 표구점에 나갈까, 선머슴 같았던 안군은, 누구보다도 정희 누야는, 이렇게 허무하게 군대로 끌려올 줄 알았다면 더 적극적으로 누야를 찾아볼걸, 그 고무공같이 팽팽한 누야의 젖가슴에 얼굴을 묻고 오래오래 잠들었으면…… 다 때늦은 후회다. 동덕여대를 다니던 마린은 다시 만날 수 있을까, 지금은 겨울방학이겠지, 아니다, 다시 만나지는 못할 것이다. 기회란 그리 자주 오는 것은 아니니까. 잘 있거라, 내 몸이 닿지 못해 마음까지 사랑하지 못했던 사람들아. 잘 있거라. 내 서투른 고백 속에서 미숙하게 꿈꾸었던 희망들아, 시처럼 명멸했던 별똥별들아, 잘 있거라.

　더듬더듬 시트 쪽으로 고개가 돌아갈 때 호송병이 어깨를 툭툭 치더군요. "정신 차려, 이 새끼야. 군기가 쪼옥 빠져 가지고." 잠깐 졸았던 모양이에요. 침을 닦으면서 기지개를 켜자 기차는 벌써 양수리를 지나고 있더군요. 오른쪽으로 반짝이는 강이, 왼쪽으로 눈 뒤집어쓴 산이, 그 사이로 완만하게 휘어지고 구부러지면서 기차는 미끄러지는데요, 역 주변이나 산 아래쪽 인가에는 눈이 많이 녹아 누런 억새와 부서져 내리는 계곡 물과 빽빽하게 서 있는 상수리나무가 넘어가는 해를 받아 평화롭기만 했습니다. 예상보다 산은 장대했고 강은 도도했습니다. 잊을 만하면 장난감 같은 작은 역을 스쳐 지나갔는데요, 양수, 신원, 국수, 아신역이 그러했습니다. 저 작은 역에 화부로 취직을 할 수 있다면 석탄난로에 라면을 끓여 먹어도 한평생 순한 초식동물처럼 후회가 없을 텐데, 저 이름 없는 골짝 어디쯤 흙집 하나 지어놓고 또 한 생애 나무 지게나 지고 살았으면 하는 착각이 들 정도로 양평 가는 길은 아름다왔습니다.

　이 사람 이거, 시 쓰는 거여? 소설 쓰는 거여? 군대 가는 사람이 별 생각을 다 했구먼.

　꿈을 꿀 수 있을 때가 그래도 가장 행복하다고 하잖습니까?

　아, 꿈이고 나발이고 불알 하나 덜렁 차고 군대 가는 주제에 무슨 얼어 죽을 아름다움이 어떻고 평화가 어떻고 지게 짐이 다 무슨 소용이여. 훈련은 받을 만하던가?

　남들 다 하는데 못할 게 뭐가 있겠습니까?

　허허, 이 사람 왜 그러나. 남들 다 가는 군대 안 가려고 잉크를 마시질 않나, 멀쩡한 무릎 연골을 들어내고, 척추 수술에다, 과다 체중으로 빠지기 위해 일본 스모 선수처럼 먹어대는 사람도 있다던데.

　그런 것들이야 호강에 빠져 똥물에 밥 말아 먹을 것들이니 두말하면 입이 아플 것이고, 거두절미한다면 우리와는 다른 족속이겠지요. 누군 군대를 가고 싶어 갑니까. 헐수할수없이 가는 거지요. 돈이나 권력이나 하여튼지 간에 뒷배가 든든한 놈들은 어떻게 해서든지 미꾸라지처럼 빠져나가는 세상 아닙니까? 옛날에도 그랬고 지금도 그렇고 다음에는 더 그럴 겁니다. 그러니 제 옹졸한 생각으로는 의무병 제도를 폐지하고 모병제로 바꾸어야 한다는 말입니다.

　어랍쇼. 이 사람아, 우리나라는 다른 나라와는 달리 북한과 대치하는, 그 뭐라더라, 한반도의 지정학적인 특수성 뭐 어쩌구저쩌구 떠들더구만.

　저도 말은 많이 들었습니다. 거기까지 가면 복잡하고 골치 아프지만, 한마디로 줄이면 이 복잡다단한 미로 속 맨 끝에는 항상 미국이라는 거대한 검은 손이 있다는 거죠. 이 땅에서 미국을 완전하게 몰아내지 않으면 정치고 국방이고 경제, 사회, 문화뿐만 아니라 모든 면에서 독립된 나라라고 말하지 못하겠지요. 우리가 북한하고 통일을 하는 데 가장 걸림돌이 되는 나라도 미국 아닙니까? 그쪽뿐만 아니라 일본 사람들도 우리가 통일로 갈까 봐 엄청나게 겁내고 있잖아요. 그러니 국방의 의무 하나만 보더라도, 통일만 된다면 모병제로 전환되는 것은 너무나 자연스런 일이 아니겠어요? 하기사 몇몇 고위층을 빼놓고는 우리나라 사람들 대부분 착하잖아요. 군대 가서 착실히 복무하고 오잖아요. 정 안 되면 산업체에서 일할 수도 있고 다른 방법으로 국가에 도움을 주는 경우도 있고 방위병 제도니 공익근무제 같은 것도 마찬가지 아니겠어요? 요는 공정한 게임을 하자는 겁니다. 누구는 쎄 빠지게 달리는데 누구는 자가용 타고 마라톤을 한다면 이거 웃기는 얘기 아닙니까? 사실, 삼 년이란 세월이 짧은 시간은 아니잖아요? 특히 인생에서 가장 중요한 이십대, 한창 공부할 나이에 누가 삼 년 동안 아까운 청춘을 군대 가서 썩고 싶겠어요? 문제는 손가락 하나 까딱 안 하고 코 풀려는 못된 심보 아닙니까? 공으로 먹자고 덤벼드는 것들은 다 도둑놈들이지요.

당신, 잡범 주제에 생각보다 아는 게 많구먼. 자자, 엉뚱한 곳으로 빠지지 말고, 군대 생활은 어땠나? 언제쯤 양평에 도착하는 거여?

기차가 멎었다. 우리 예비 훈련병들은 일반 출구가 아닌 석탄이 산

더미처럼 쌓여 있는 대한통운 블록 건물 쪽으로 내렸다. 작은 논매미만 한 역 광장에는 강 쪽에서 몰려온 바람이 스산했다. 그 바람을 공중으로 들어 올리며 사단 군악대의 팡파르가 돌연 양평 TMO(여행장병안내소)의 거울을 흔들어 깨웠다. 거울은 미세한 파장을 그리며 건너편에 서 있는 양평군 안내도와 향나무와 헝클어진 개나리와 넘어가는 햇빛을 되받아 부서지며 떨었다. 거울 위쪽에는 '복장 단정 · 군기 확립'이 부동자세로 서 있고 아래쪽에는 '여행 장병을 친절히'라고 씌어 있었다.

"먼 길 오느라고 수고 많았다. 육군의 최정예 부대, 우리 20사단 신병교육대대에 입소한 여러분들을 환영한다. 우리 올빼미 사단은 그 유명한 광주 투입 사단으로 국민의 생명과 안전을 위협하는 어떠한 상황이 발생하더라도 즉시 출동하여 적으로부터 국민의 생명과 재산을 보호할 것이다. 특히 우리 61연대 신병교육대대는 이러한 사명을 완수하기 위해 오랫동안 강도 높은 충정훈련을 실시해왔다. 이제 여러분들은 명예로운 올빼미 부대의 일원이 된 것이다. 국가와 국민을 위해 지금부터 개인 생활은 엄금한다. 여러분들 몸은 여러분들 개개인 것이 아니라 국가의 것이다. 오로지 국가와 국민을 위해 몸 바쳐서 충성을 다할 것을 바라 마지않는다. 여기 옆에 있는 교관들과 조교들이 여러분들의 임무 완수를 위해 최선을 다할 것이다. 다시 한 번 20사단 신병교육대대에 입소한 여러분들을 진심으로 환영하는 바이다. 이상!"

까만 안경을 쓴, 무궁화 두 개짜리가 간단한 환영사를 끝냈다. 쑥색 장교 점퍼에 달린 털이 담비 털처럼 부드러웠다. 대대장이 지프에 오르자 옆에 서 있던 부하들이 거수경례를 올렸다. 지프 문짝 아래에는 자루를 빨간 페인트로 칠한 삽이 달려 있었다. 단결!이라는 구호가 붉은 벽돌 단층 건물인 역사를 뒤흔들었다. 평소에는 저러하지 않았으리라. 겁먹은 훈련병들에게 위엄을 보이기 위해 목소리에 더 힘이 들어갔는지도 모른다. 환영사를 하는 내내 나는 역 건물 오른쪽에 버티고 있는 거대한 플라타너스를 바라보았다. 플라타너스 가지 끝에는 다래보다 조금 큰 열매 몇 개가 달랑거렸다.

그 뒤쪽으로는 버드나무와 향나무가 두 손을 약간 벌린 자세로 역사를 감싸고 왼쪽 대한통운 블록 담장 앞으로도 버드나무, 소나무, 느티나무가 듬성듬성 울타리를 만들어놓고 있었다. 이제부터 내 몸은 내 몸이 아니라고 그랬지. 그렇지만 내 눈은 내 눈일 것이다. 모자를 깊게 눌러써서 눈치 채지 못하겠지만 다 볼 수 있다. 〈양평역〉, 내 너를 잊지 않으마. 〈楊平驛〉, 그래 오랫동안 비추어다오. 내 몸 속 응달까지도 골고루 햇볕 들게 해다오. 〈Yangpyeong Station〉, 내 너를 삼 년이 아니라 삼십 년이 지나도 잊지 않으마. 나를 지켜다오. 나는 겨울을 견디려 홀로 여기까지 왔다. '더욱 정성껏 모시겠습니다.' 플래카드까지 왔을 때 갈매기 하나가 날카롭게 소리쳤다.

"뒤로 돌아!"

"사열종대로 헤쳐 모여!"

마악 해가 넘어가고 있었다. 강 건너 산등성이는 갈치 비늘처럼, 도마뱀 비늘처럼 꿈틀거렸다. 역에서 강까지는 양쪽으로 은행나무가 곧게 도열했다. 겨울 해는 마지막 힘을 모아 강으로 투신했고 강은 햇몸을 사뿐히 받아 군악대의 트럼펫을 주황색으로 물들였다. 복숭아꽃 살구꽃 아기 진달래가 악기의 구멍 속에서 흘러나왔다. 하얀 바지와 붉은 상의와 새의 깃털이 달린 모자, 어깨 견장에 달린 노란 휘장이 꼭 서커스 단원 같았다. 그러면 우리는 조련사의 구령에 따라 재주를 넘는 원숭이란 말인가. 등나무 휴게실 앞 등나무가 산발한 머리카락을 늘어뜨렸다. 쥐똥나무는 어디서 옮겨다 심었을까. 영양이 부실해 보였다. 역전 휴게실 앞 롯데 아이스크림 박스 유리창은 깨진 채로 방치되어 있었다. 오와 열을 맞추어 양근교를 건넜다. 다리 밑으로는 맑은 물이 흐르고 둔덕 쪽으로는 살얼음이 끼어 있었다. 물이 흐르면서 쌓아놓은 부드러운 삼각주에 키 큰 미루나무가 우뚝 서 있고 까치집이 덩그렇게 놓였다. 허공에 집을 짓다니, 새들이 자유로운 건 집에 집착이 없기 때문일까. 저 새들처럼 겨울 하늘을 박차고 날아오를 날은 언제쯤일까. 발에 맞지 않은 군화가 자주 허방을 짚었다. 이렇게 다리가 무거운 걸 보니 당분간은 날아오르기 틀렸다. 군복처럼 무거운 깃털이 세상에는 없을 것이다. 다리를 건너자 곧바로 오른쪽으로 꺾었다. 피엑스 건물과 연쇄점과 식당과 여인숙에서 더러 주민들이 나와 박수를 쳤다. 어떤 사람은 군용 털모자를 썼다. 고무털신을 신은 중늙은이도 보였다. 어디선가 자장 볶는 냄새가 맹렬하게 침샘을 자극했다.

"시선은 전방 십오 도 각도, 앞사람 뒤꼭지만 쳐다본다, 알았나!"

호루라기를 불던 완장 하나가 낮게 속삭였다. 기차가 지나갔다. 서울 쪽으로 올라가는 기차다. 터널 빠져나가듯 차츰 개울이 넓어지면서 갈대 숲과 남한강 본류가 보일 때쯤 개울을 건넜다. 방금 기차가 지나간 철길이 보이고 굴다리가 나왔다. 시멘트 포장이 끝나고 자갈투성이 신작로가 굴다리를 넘어 완만하게 구부러져 올라가는데, 시선이 끝나는 자리쯤 해가 산중턱에 수평을 그어 봉우리 쪽은 환하게, 그 밑은 어슴푸레하게 두 개의 세상을 만들고 있었다. 산은 암소의 잔등을 닮았다. 어림잡아 천 고지가 넘어 보였다. 꼭대기에는, 밭과 논을 갈고 갈아 한평생 바람의 풍상을 뼈로 겪었을 암소의 상처 난 뿔처럼 회색 바위가 늠연한 기상을 뿜어내고 있었다.

강이 아름다운 건 저 듬직한 산이 있기 때문이지. 눈도 많이 오겠군. 방송에서 자주 들었다. 오늘의 최저 기온 양평 영하 이십이 도. 이렇게 아름다운 곳에서 생활하려면 반드시 대가를 치러야 한다. 세상에는 공짜가 없기 때문이다. 굴다리를 지나자 경유 타는 냄새가 낙엽처럼 은은하게 퍼졌다. 저 상행선 기차를 타고 무사히 서울에 도착할 수 있을까. 그것보다 당장 신병교육대는 어디쯤 있는 걸까.

"나는 제1내무반장 하사 조한길이다. 너희들과 앞으로 육 주 동안 생사고락을 같이할 것이다. 여태까지는 민간인들 눈이 있어 봐줬다. 너희들 학교 다닐 때 교련 시간에 배우지 않았나? 오와 열 하나 제대로 못 맞추고……, 완전히 엉망진창이야, 이거. 도대체 너희들이 사제 인간이야 뭐야. 지금부터 너희들 몸 안에 있는 사젯물을 완전히 빼주겠다. 여기서 교육대대까지는 걸어서 이십 분 정도 걸린다. 그러나 너희들 태도 여하에 따라 이백 분이 될 수도 있고 이십 시간이 걸릴 수도 있다. 알았나!"

"예."

"복창 소리 좀 봐라, 이 개새끼들! 저기 저 논두렁 끝에 전봇대 보이지? 전봇대까지 선착순 삼 명, 선착순 삼 명 끊겠다. 알았나? 출발!"

어쩐지 잠잠하더라. 굴다리를 건너면서 그 전에 있었던 일은 불살라 버려야 했다. 다시는 굴다리를 넘어 서럽고 달콤했던 과거로 되돌아갈 수 없을 것이다. 그러나 단칼에 과거를 잘라내기란 얼마나 어려운 일인가. 우선, 전투화를 물고 한사코 놓지 않으려는 논바닥 진탕 흙부터 처리해야 되겠다.

먼지가 피어올랐다. 무릎이 돌에 부딪혔다. 흙을 씹어 먹었다. 깻잎 냄새가 났다. 해가 완전히 저물고 달은 없었다. 왼쪽으로는 듬성듬성 묘지가 보였다. 인가는 멀다. 성대가 찢어졌다. 힘찬 구령조정 삼 회 실시가 푸른 밤하늘로 퍼져나갔다. 오리걸음은 한 시간에 오 리도 못 가게 했다. 콩깍지 타는 냄새가 났다. 모래를 씹어 먹었다. 누구든지 너희들 중에 다섯 명 이상은 의무대에 입원하게 될 것이다. 몽둥이 타작이 시작되었다. 피가 섞인 말들이 튀어 올랐다. 이 근처 밭에서는 분명 가을걷이 때 도리깨질을 했을 것이다. 쪼그려 뛰기, 쪼그려 앉아 밭을 매고 있는 어머니가 보였다. 수건 아래로 굵은 땀방울이 흘렀다. 낮은 등성이는 높은 포복으로, 경사가 심한 오르막길은 낮은 포복으로 넘었다. 몸으로 때운다는 말이 이래서 나왔구나. 길과 밭고랑과 논둑길을 온몸으로 써래질하고 쟁기질했다. 지금부터 너희들은 인간이 아니다. 너희들은 개다. 개차반이다. 사회물로 썩은 놈들이다. 우리 20사단 신병교육대대가 너희들을 개조시킬 거다. 새로운 몸으로 태어나게 해줄 것이다. 아아, 이럴 때 달이라도 떴다면 얼마나 처량했을까. 땀과 피와

침이 뭉쳐 소금이 될 정도로 시간이 흘렀다. 멀리서 구슬픈 나팔 소리가 들렸다. 몇몇 동기들이 들것에 실려 먼저 올라갔다. 이거 장난이 아니군. 비릿하게 웃음이 삐져나왔다. 허벅지 근육이 터질 듯 부풀어 올랐다. 닭똥 냄새가 났다. 돼지똥 냄새가 났다. 훗훗, 이 여행도 막바지에 이르렀군. 양계장과 축사를 덮은 보온 덮개가 흐릿하게 보이고 길은 외낫처럼 휘어졌다. 휘어진 길 중간에 관사가 있고 길 끝에는 위병소가 서 있다. 채 십 리도 안 되는 길을 네 시간이 넘게 청소하며 올라왔구나.

이렇게 바닥을 혹독하게 치르지 않으면 세상 어떤 여자를 안을 자격도 없을 것이다. 삼천대천세계의 큰 우주를 껴안지 못하리라. 시큼한, 보리밥 쉰내가 났다. 이제 손가락으로 슬쩍 건드리기만 해도 관등성명이 자동 발사될 정도로 군기가 바짝 들었다. 먼지와 모래와 흙을 말아 식은 짠밥을 먹고 내무반에 들어가기까지 얼마나 많이 굴렀던지, 시커먼 공수타워와 거대한 보일러 굴뚝 사이로 별들이 저희끼리 익어 말똥말똥했다. 저 별을 삼 년 동안 익혀야 한다. 정말, 기적처럼 멀리서 야간열차 지나가는 소리가 들렸다.

양평은 물의 고장이었다. 구름과 안개와 바람으로 이루어진 고장이었다. 비의 마을이었고 눈의 마을이었고 얼음으로 둘러싸인 마을이었고 햇볕이 오래오래 머무는 강촌이었다. 별들이 강물 속으로 쏟아지는 동네였고 밤기차가 반딧불이 날개처럼 깜빡이며 지나가는 꿈속의 고장이었다. 이 아름다운 것들이 눈 깜짝할 사이에 머물렀다 사라지는 게 아니고 대부분 오래오래 머물렀다. 인이 박이도록 머물렀다. 뼈에 물리도록 머물렀다. 그 무엇이든 양평에 오면 쉽게 떠나지 못한다. 외로움 같은 것들은 더 그럴지도 모른다. 지독하게 추위를 앓는 도시였다. 양평은 해가 끌어주고 달이 밀어주면 산이 보듬었다가 비로 내리고 강물은 뒤척이며 안개를 피올려 자주 손목을 부여잡는 고장이었다. 눈은 발자국을 만들어 자꾸자꾸 돌아보게 만드는 고장이었다. 밤 깊은 기차역은 한사코 옷자락을 부여잡는 고장이었다. 아름다운 것은 마땅히 혹독한 대가를 지불하고 봐야 한다. 양평은 그런 곳이었다. 가만히 있어도 눈이 맑아지는 곳이었다.

그해 겨울부터 그 이듬해 봄까지 눈은 줄기차게 내려쌓였다. 눈을 뜨고 훈련을 받고 눈을 뚫고 밥을 먹고 눈을 걷어내고 똥을 쌌다. 아침 여섯 시 기상, 점호, 밥 먹고 오전 교육을 받을 때도 눈은 내렸고 점심 먹을 때 잠깐 그쳤다가 오후 교육을 시작할 때는 다시 굵어졌다. 체력 단련과 저녁식사, 자유시간(말이 자유시간이지 얼차려와 기합이 전부인)을 보내고 내무교육과 수양록 작성을 끝내고 점호 받고(이때가 하루를 마감하는 마지막 한 따까리 하는 시간이다) 자리에 누울 때도 창밖에는 눈이 내렸다. 소리 없이 내려 두텁게 두텁게 쌓였다. 강물 소리는 눈에 파묻혀 들리지 않았다. 아마 가장자리부터 얼어 갈대들을 한 몸으로 묶어두었을 게다. 직속상관 관등성명을 외울 때는 눈보라가 지나갔다. 사단장 소장 최□창, 연대장 대령 함×선, 대대장 중령 김△성, 이 사람들은 훈련병들과 너무 멀리 있었다. 군대는 높낮이가 뚜렷한 계급사회였다. 먹는 것과 입는 것과 자는 곳도 달랐다. 딱 한 가지 공통점이 있다면 양평 땅에서 숨 쉬고 있다는 것이다. 땅과 공기와 물은 어디서

나 공평했다. 공휴일에도 제설작업을 했다. 군대 예절을 배우고, 충·
효·예 교육을 받고 제식훈련을 받을 때도 먼저 연병장에 쌓인 눈부터
치웠다. 연병장은 넓었다. 도수체조를 하고 A연병장을 치웠고, 사격술
예비 훈련을 받고 공수타워 밑을 치웠다. 태권도를 하고 신병 막사 앞
을 쓸고, 사격과 행군이 끝나면 B연병장을 닦았다. 각개전투와 총검술
과 수류탄 투척 훈련이 끝나면 위병소에서 본부중대까지 모래를 뿌렸
다. 화생방과 구급법을 배우고 난 뒤에도 취사장 앞 넓은 마당을 쓸고
또 쓸었다.

지긋지긋한 눈이었다. 저 눈을 내리 삼 년 동안 치워야 하리라. 건빵
에 별사탕을 먹을 때쯤, 잘 피우지도 못하는 담배를 꼬나물고 눈 덮인
백운봉을 올려다볼 때쯤 제법 짠밥 물이 들었다. 그동안에 크리스마스
특식이 나왔고 신년 연휴 동안은 줄기차게 군가를 배웠다. 공휴일이
하도 많아서 육 주간 훈련에서 일주일을 더 배웠다. 훈련병으로 일주
일은 사회에서는 한 달만큼이나 긴 시간이었지만 이 모두가 사흘 걸러
한 번씩 내리는 눈 때문이라 믿었다. 춥고 졸리고 배고픈 훈련병 시절
도 정신없이 흘렀다. 무엇보다 참을 수 없는 게 배고픔이었다. 먹어도
먹어도 배가 고팠다. 야간 동초를 돌 때는 취사장에 몰래 들어가 두부
를 훔쳐 먹고 물 당번일 때는 이 리터짜리 주전자에 라면을 하나 가득
퍼내 입천장 데이면서까지 먹어도 배가 고팠다. 배가 고프면 마음이
약해지고 마음이 약해지면 작은 일에도 눈물이 났다. 각개전투가 끝나
고 온몸이 진흙투성이가 되었을 때 부대 옆 개울에서 빨래를 했다. 얼
음을 깨고 얼음물에 행군 훈련복이야 오죽했겠는가. 돌아오는 길에 팬

티 바람으로 휘파람을 불었다. 제목은 〈고향의 봄〉. 동기들은 끝까지 부르지 못하고 울었다. 울다가 웃었다. 그런 날 밤에는 언 손을 비비며 편지를 썼다. 물론 내게는 답장이 없는 편지였다. 육주, 칠주차에는 종합평가와 군사보안 교육이 들었는데 밤에는 자주 행정반에 차출되었다. 교안 작성 작업을 하는데, 글씨를 제법 반듯하게 쓰는 동기들이 차출되었다. 글씨를 잘 쓰는 것도 특기에 속했다. 행정반에 들어가면 우선 그 무서운 일석점호를 피할 수도 있고 늦게까지 작업을 하면 건빵과 별사탕을 먹을 수 있어 좋았다. 화기학, 일반학, 전술학뿐만 아니라 화생방과 구급법까지 교관들이 들고 다니는 방대한 분량의 교안을 새로 정사하는 작업이었다. 다행이라면 다행이랄까, 나는 글씨를 거의 인쇄체에 가깝게 쓸 수 있는 특기(?)를 가지고 있었다. 누구한테 배운 적은 없지만 자연스레 터득한 것인데 이게 군대라는 꽉 막힌 사회에서 탈출구가 될 줄은 꿈에도 몰랐다.

수료식 날은 쨍하니 맑았다. 홍천이나 여주 쪽에서 올라온 바람이 연병장 앞 배나무 과수원을 넘어 기분 좋게 불어왔다. 동기들 눈이 긴장과 설렘으로 반짝반짝 빛이 났다. 어떠한 고통도 지나고 나면 견딜 만하고, 견딘 만큼 연대의식도 생겨 계급장도 달아주고 전투화도 침 발라 닦아 서로서로 복장을 챙겨주었다. 푸른 제복 위에 노란 작대기가 하나 민들레처럼 피어올랐다. 야전 상의에는 조금 더 긴 작대기가 빨간 동백꽃으로 눌러 붙었다. 격렬한 추위를 이기고 드디어 작대기 하나의 꽃이 피었군. 한 명의 낙오도 없이 잘 버텼다. 작대기 하나로 우리 칠십이 명은 평등했다. 몇 번 훈련병에서 정식 군번이 달린 명찰에 자기의 이름이 새겨진 걸 자랑스럽게 내려다보았다. 사단장이 떴다. 사단 군악대가 양평역에서 연주했던 팡파르를 울렸다. 보름 가까이 일과 시간이 끝나고 목이 터져라 수료식 연습을 했는데, 고작 삼십 분 만에 싱겁게 끝이 났다. 내무반장 두 명은 포상휴가를 받아 기분이 좋아서 그런지 뱀처럼 웃었다. 헹가래를 하고 악수를 하고 어깨를 두드리는 시간도 잠시, 육공트럭 서너 대에 실려 동기들이 떠나기 시작했다.

조교들과 기간병들이 나란히 서서 모자를 흔들었다. 사단본부나 직할부대로 가는 특기병은 고작 운전을 할 줄 아는 예닐곱 명이 전부였고 대부분 60연대, 61연대, 62연대나 수색대 같은 소총부대로 팔려갔다. 나는 속으로 여유 있게 웃었다. 이미 신병교육대로 배속을 내락 받아놨기 때문이다. 훈련을 받으면서도 밤늦게까지 교안 작성 작업을 기들었던 공이었다. "너는 드물게 운이 좋은 놈이다. 와서 생활해봐. 신교대 기간병들은 카투사 저리 가라야, 인마. 얼마나 편하다고." 16중대 교육서기병으로 교안 필사작업을 총괄했던 박홍민 일병이 속삭였다. 연대인사과에 내 이름을 올렸단다. 그럼 신교대 조교가 되는 건가. 하긴, 목청이 좋다는 소리는 가끔 들었다. 훈련병 눈으로는 조교 파이바만 봐도 저승사자처럼 끔찍했는데……

더플백을 메고 육공트럭에 올랐다. 개같이 기어, 길을 닦으면서 올라왔던 덕평리를 대낮에 덜컹거리며 내려갔다. 양계장을 지나 돼지 축사를 돌아 흙먼지를 일으키면서 달린다. 굴다리를 지나 야간 동초를 설 때 꿈결처럼 바라봤던 철둑을 끼고 오른쪽으로 방향을 튼다. 양평 읍내는 들리지도 않고 서울 쪽으로 몇 분 달렸을까. 강물은 하늘 빛이고 하늘은 강물 빛이군, 내 너를 무척이나 보고 싶었다, 까지 왔을 때 연대본부 위병소를 통과한다. 61연대 본부는 예상보다 작았다. 신교대에 비교하면 연병장이 시골 국민학교 운동장만 했다. 키 큰 포플러나무가 덩그러니 서 있고 부대 철조망 뒤로는 퇴락한 다방과 구멍가게 창문이 먼지를 뒤집어쓰고 봄을 기다리고 있었다. 세상에, 대기막사에는 페치카가 놓여 있질 않은가. 신교대는 최신식 건물로 모든 시설이 훌륭한 편이었다. 수세식 화장실에다 스팀이 들어오는 기름보일러, 목욕탕에 가면 뜨거운 물이 콸콸 쏟아졌는데 말이다. 물론 분이나 초로 시간을 다투어서 고양이 세수나 하고 나왔을 뿐이지만, 탄광촌도 이렇게 어둡지는 않을 것이다. 그러나 시골 사랑방처럼 훈훈했다. 내무반에는 오래 묵은 된장 냄새와 고구마 굽는 냄새가 났다. 명령을 기다리는 대기 시간은 달콤했다. 기합도 없고 몽둥이 타작도 없고 점호도 느슨했다. 우리는 느긋하게 피엑스를 출입해서 군것질을 했고 연대 기간병을 통해 집으로 연락하는 동기들도 있었다. 달콤한 시간은 빠르게 가는 게 흠이다. 일석점호가 끝나고 취침 시간에 입대하고 처음으로 술을 마셨다. 기간병들이야 꿩 먹고 알 먹는 데 이골이 나 있었다. 대기병들이 십시일반으로 모은 돈으로 소주와 라면을 사서 숨겨놓았다가 밤에 몰래 먹는 맛이란 대단했다. 페치카 속 은은한 불에다 반합을 올려놓고 군용라면이 끓기를 기다려 취사장에서 얻어온 김치, 그리고 반합 뚜껑에 철철 넘치게 따른 얼음보다 차가운 경월소주를 먹는 맛이란 이제 막 훈련 기간을 통과한 이등병의 신분을 잊기에 충분할 정도였다.

삼박사일 대기 기간이 끝나고 자대 배치 명령이 떨어졌다. 신병교육대대로 배속 받은 동기는 두 명이 더 있었다. 키가 멀대같이 커서 기린이라는 별명이 붙은 본창이와 계집아이처럼 속쌍꺼풀이 여린 승준이었다. 공교롭게도 본부중대까지 포함해서 다섯 개 중대가 있는 신교대에 우리가 훈련을 받았던 16중대로 한꺼번에 배치를 받은 것이다. 군대에서 동기들은 사회에서 형제와 다름없어 같은 대대로 가더라도 다른 중대로 갈라놓는 것이 정상인데, 하여튼 일이 잘 풀린 거였다.

본창이는 그때 한창 잘 나가던 유명 가수, 입 큰 여자와 국민학교 동창으로 만경평야 출신이었다. 어렸을 때부터 제법 공부를 잘해 군산에서 고등학교를 졸업하고 서울에 와서 D대학교 회계학과 삼학년을 다니다가 입대한 녀석이었다. 고문관까지는 가지 않더라도 도대체 군대하고는 영 체질에 맞지 않은 놈인데 어떻게 신교대에 배치 받을 수 있었을까. 조교로는 너무 자세가 안 나왔고, 글씨를 잘 쓴다거나 목청이 좋다거나 체육 특기생도 아니어서 내가 봐도 도무지 쓸모가 하나도 없어 보이는 녀석이었는데 말이다. 훈련 받을 때 군장이나 소총을 주체 못해 몇 번 대신 들어준 경험이 있어 물었다.

"야 구둣창!(우리 동기들은 본창이를 모두 꺽다리나 구둣창으로 불렀다) 어떻게 된 거야, 자식아?"

"뭘, 인마?"

"너같이 일세기에 한 번 나올까 말까 한 고문관 녀석이……, 너 훈련 성적도 안 좋아 유급될 뻔했잖아?"

"하마 같은 놈, 별소리 다 하고 자빠졌네. 짠밥 생활이 성적순으로 하는 줄 아냐. 인마, 군대는 사바사바 세계야."

"뭐라고, 청천하늘에다 목탁 두드리는 소리하고 있네. 그럼 너 내무반장 말처럼 벌써 윗선에다 짜웅을 한 거야? 손 비벼 넣었냐구?"

"지렁이가 어떻게 독수리 마음을 알겠냐. 국방부 시계 돌아가면 차차 알게 될 것이니."

녀석은 포장을 단 부식차 뒤칸에서 흔들리면서도 싱긋 웃었다. 본창이는 백팔십삼 센티미터가 넘는 키에 몸무게가 육십오 킬로그램밖에 나가지 않았다. 바람이 불면 버드나무처럼 흔들거렸다. 관자놀이가 움푹 들어가 흡사 뼈를 감추기 위해 살갗이 존재하는 것 같았다. 길쭉한 얼굴, 선한 눈매와 눈초리에는 거미줄 같은 주름그물을 담고 있어 웃으면 귀에서 볼 쪽으로 작은 파도 고랑을 만들기도 했다.

"얀마, 본창이 무시하지 마. 제 매형이 행정 부사단장이래."

전투화 끈을 다시 죄어 묶으며 승준이가 거들었다. 승준이는 훈련 받을 때부터 조교들이 점찍어놓았던 녀석이었다. 운장산 기슭에서 태어나 지방 공업전문대를 졸업했는데 계집아이처럼 예쁘장하게 생긴 데다가 어찌나 동작이 재빠르고 눈치가 밝은지 단박에 인기를 끌었다. 짓궂은 기간병들은 승준이가 신병으로 들어오면 서로 자기 옆에다 재우겠다고 야단이었다. 특히 우리 동기들 중에 사회에 있는 여자들로부터 가장 많은 편지를 받아, 저마다 자기들에게 떡고물이 떨어지지 않을까 기대가 이만저만 아니었다.

"뭐라구? 그게 참말이냐? 그럼 너, 사단본부로 들어가지 왜 신교대냐?"

"야, 처남이랍시고 가까이 데리고 있다가 사고라도 쳐봐라. 당장 진급 대상에서 잘릴 텐데."

승준이는 가벼운 축농증이 있어 코맹맹이 소리를 냈다. 어쩐지, 큰 소리치더라니. 짜식 굼벵이도 기는 재주가 있다더니 아니, 좋은 누님 두었구나.

"구본창, 너 부대에 들어가면 피엑스에서 한턱 쏴. 짜아식 양말 잃어버려서 징징거릴 때 본부중대까지 숨어 들어가 훔쳐준 거 잊지 말라구."

"알았어, 임마. 술독에다 폭 빠뜨려 단무지 만들어줄 테니 걱정 붙들어 매셔."

단결! 부식차가 정문을 통과했다. 낯익은 풍경이 눈앞에 펼쳐졌다.

매서운 바람 속에서도 봄기운은 실핏줄처럼 살아 있어 나무와 풀을 꿈틀거리게 했다. 멀리 보면 안개와 같이 아지랑이가 흔들거리면서 신기루를 만들었다. 하지만 우리는 봄을 느끼기에는 너무 추운 신입병이었다. 대대장 신고와 중대장 신고와 내무반 신고가 끝났다.

"그놈 전봇대 세웠으면 좋겠구먼."

"아따 그놈 입도 크다. 메기 매운탕 끓이면 중대 회식하고도 남겠네."

"여자깨나 밝히게 생겼네. 눈가에 잔주름 보니."

공수타워 기둥만큼 뻣뻣하게 굳은 우리 세 사람을 세워놓고 중대원들이 저마다 한마디씩 품평을 했다. 승준이에게 여자 친구 소개해달라는 말을 잊지 않았다. 훈련 받을 때 다 익은 얼굴들이다. 더플백을 꺼내서 관물대에 정돈하고 소총을 지급 받고 개인 면담을 하고 고참들 가운데 한 사람이 형식적으로 책임 전우조가 되어 자대 생활의 어려움을 헤쳐나가기로 했다. 처음 사나흘은 아무 일도 시키지 않았다. 식기도 닦지 않았고 일과 시간에 조교로 훈련병 교육에 투입되지도 않았으며 취침 시간에 불침번도 서지 않았다. 그러나 군대에서 몸이 편하다는 것은 바늘방석에 앉아 있는 것보다 참기 어려운 일이었다. 승준이는 눈치가 밝아 이것저것 쓸고 닦고 치우고 정리를 하는데 본창이와 나는, 거들자니 좀 그렇고 가만히 앉아 있자니 그것도 참 거시기해서 꼭 마려운 똥 참는 강아지처럼 눈만 껌뻑이며 낑낑대고 있는데 중대 선임하사가 내무반 문을 벌컥 열고,

"모래 사역병 차출!"

하고 큰소리친다. 훈련 받을 때부터 악명 높은 찰거머리 독사 박형우 중사다. 제대 날짜가 얼마 남지 않아 심심하던 파주 출신 김동현 병장이 후닥닥 일어섰다.

"선임하사님, 저도 좀 가면 안 되겠습니까?"

"야, 김 병장, 말년에는 떨어지는 낙엽도 조심하라 안 했나."

"괜찮습니다. 하루 종일 내무반에 앉아 있으려니 좀이 쑤셔 미칠 지경입니다."

"좋다. 신병 데리고 바람이나 쐬고 오자."

승준이는 대대 정비실에 간 모양이다. 어떻게 그렇게 손이 섬세한지, 아마 고참들 전투복을 다림질하고 있겠지. 육공 덤프 적재함에는 김 병장과 본창이와 내가 타고 조수석에는 선임하사가 올랐다. 운전병

은 작대기 두 개인데 면도를 언제 했는지 수염이 산도적 같다. 트럭은 끊임없이 흔들리고 덜컹거려 앉아 있지 못할 정도였다. 양평 읍내에 들어서자 강바람이 마구 몰려왔다. 트럭이 강을 거꾸로 거슬러 달리기 시작했다. 멀리 서울 쪽으로 흐르는 강물과 가로수들이 다가왔다가 휙휙 멀어졌다. 낮게 웅크리고 있는 회색 건물들이 쭉쭉 늘어났다. 가평여인숙, 강상이발관, 용문상회, 설악문구점, 여주쌀상회를 지나쳤다. 우리 차를 따라오던 대원여객은 홍천 쪽으로 좌회전을 하고 우리는 양평 삼거리에서 오른쪽으로 살짝 틀어 여주 가는 길로 들어섰다. 강이 더 가깝게 보였다. 굵은 포플러나무가 도열해 있는 도로를 따라 헌병대를 지나고 공병대를 거쳐 사단사령부를 통과했다.

얼마쯤 달렸을까. 트럭은 도로를 벗어나 강 쪽 비포장 길로 들어선다. 모래가 곱기로 소문난 이포 나루란다. 저 강원도 오대산에서 발원한 남한강은, 강원도의 산과 바위의 즙으로 이루어진 평창강과 영월 주천강을 껴안고, 소나무와 단종의 유배지로 유명한 단양의 눈물을 보태 맑음을 더한 다음, 충주 달천과 원주 섬강을 아우르면서 우국충절의 푸르름을 더했을 것이다. 그러니 모래는 강물이 싸질러놓은 똥이다. 강원도의 산과 바위와 충청도의 나무와 들이 푸르게 싸질러댄 똥인 것이다. 세상 모든 똥이 부드러운 이유를 알겠다. 경기도의 쌀이 맛나기로 소문난 이유를 이포 나루에서 깨달았다. 푸르고 푸른 강물이 수천 년 쌓아놓은, 곱삭은 모래 언덕에 덤프트럭을 대고 똥을 퍼 담기 시작했다. 내무반에 앉아 있을 때는 꼭 등덜미에서 이가 스멀거리는 것처럼 몸이 근질거려 참기 힘들었는데 삽아, 너 참 오랜만에 본다. 어떤 무식한 놈이 자기 아버지를 내동댕이쳐놓고 뭐니 뭐니 해도 근력이 보배라고 했다던가. 모래는 곰삭아 물비린내도 나지 않았다.

"야, 신병!"

"옛! 이병 김호식."

"야, 인마 십 년 전에 밴 우리 큰아들 떨어지겠다. 목소리 좀 낮춰."

"옛! 알겠습니다."

"침 튀긴다 인마. 너 삽질하는 거 보니 공병대 체질인 거 같은데. 어떻게 신교대로 왔지? 목청 때문인가?"

"잘 모르겠습니다."

채 이십 분도 걸리지 않아 트럭 적재함이 그득해졌다. 강변에는 오히려 바람이 없었다. 강은 깊어서 소리를 삼키는지 흐르는 것 같지도 않았다. 강둑에 서 있는 버드나무도 둑 아래에 군락을 이루어 살고 있는 갈대(내 고향에서는 우둥대라고 그랬는데)도 움직이지 않았다.

"야, 봇대!"

"넷! 이병 구본창."

"너는 삽질을 하는 거냐, 호미질을 하는 거냐? 어이, 김 병장, 쟤 데리고 저기 나루터나 갔다 오지."

한 차 가득 흰모래를 실은 트럭을 빼 한쪽에 세워두고 평평한 모래 바닥에서 술판이 벌어졌다. 이포 막걸리에다 신 김치, 김이 무럭무럭 나는 두부가 안주였다.

"지금부터 조촐하게 신병 환영회를 실시하겠다. 단, 이 술 먹고 취하는 놈은 연병장 오십 바퀴다. 알았나? 자, 이포 막걸리 일발 장전!"

"발사!"

순식간에 막걸리 대여섯 병이 빈 통이 되어 모래사장에 누웠다.

"김 병장, 부대 연병장에 부리고 올 때까지 신병 단속 잘하고 있어라. 술 너무 많이 먹이지 말고."

육공트럭은 곧 사라질 한 무더기 검은 연기를 토해놓고 뒤뚱거리며 강둑으로 올라섰다. 아릿해졌다.

"씨팔, 술 맛 한 번 기가 막히는구만. 가평여인숙 김양 생각난다. 야, 구본창! 주막집 한 번 더 갔다 와라."

김 병장은 강물 쪽으로 오줌을 누면서 낄낄거렸다. 모자는 삐뚜름하게 쓰고 야전 상의는 풀어헤쳤다. 저 작대기 네 개를 달기까지 얼마나 많은 강물이 흘러야 할까.

문득 대전 빵공장 영만이가 생각났다. 뺨이 붉고 오동통해 천도복숭아 같았던 녀석, 옥천 금강가로 야유회 갔을 때는 한여름이었다. 지금은 기술자가 다 되었겠지. 혹 군대에 가지 않았을까. 빵 반죽보다 더 부풀어 올라 출렁거렸던 경호제과 주인 아줌마의 알몸이 불쑥 떠올랐다. 물안개처럼 자욱한 목욕탕 안을 훔쳐보면서 바람의 언덕과 신비의 계곡을 꿈꾸었던 성수와 종환이는 어디서 무엇을 하고 있을까. 스르르 눈이 가늘어졌다.

이포 나루의 모래는 열여섯 계집아이 겨드랑이에서 가슴으로 이어지는 언덕처럼 희었다. 이른 새벽부터 천지를 뒤덮는 양평 땅의 안개는 이 모래의 영혼이 승천하는 과정에서 뿜어내는 날숨이 모여 이루어진 것이 아닐까. 물의 영혼과 돌의 영혼은 결국 하늘에서 만나게 되어 있으니까. 이포 나루의 막걸리는 물안개를 발효시켜 짜낸 것이 분명하다. 젖빛으로 달콤했다. 부대도 잊고 계급도 잊고 세월도 잊고 젖배 곯은 아이가 되어 막걸리를 빨고 또 빨았다. 내일 아침 안개는 우리가 먹는 막걸리만큼 줄어들지도 모른다. 뿌옇게 강물이 다가왔다. 버드나무가 휘청거렸다. 갈대 잎이 부드럽게 얼굴을 핥았다. 저것들은 안개의 정액, 안개의 뿌리이리라. 햇볕의 뿌리, 햇볕의 줄기, 햇볕의 꽃대궁이리라. 한 통 먹고 삽질하고 두 통 먹고 트림하고 세 통 먹고 땀을 훔쳤다. 세 번째 모래를 실은 트럭이 떠났다. 서서히 전투화가 물귀신이 되어 강심 쪽으로 몸을 끌어당겼다. 나루터가 아리아리하다. 그 무슨 손수건 적시는 이별 없이 아련해졌다. 짠밥에 부실해졌구나. 막걸리 요 몇 잔으로 흐릿해지다니. 가물거리는 눈, 쫑긋 귀 세워 강물을 보면 누군가 자꾸 내 이름을 부르며 손짓하는 것 같았다.

"이 새끼들 봐라. 쪼옥 빠져 가지고…… 그것 먹고 헤롱거려. 열중쉬엇, 차렷, 열중 차렷, 열 차, 열 차, 앉아, 일어서, 뒤로 취침, 앞으로 취침, 자동, 박어, 원위치, 박어, 원위치, 자동, 됐다, 됐어, 일어서. 차려엇, 열중 쉬어엇, 편이 쉬어. 지금부터 세상에서 제일 편한 자세로 눕는다."

"……"

"뭐 해, 새끼들아. 세상에서 가장 편한 자세로 누으라는데."

"옛! 알겠습니다."

본창이와 나는 헐떡이는 숨도 고르지 못한 채 큰대 자로 뻗었다. 하늘엔 엷은 구름이 지나가고 일찍 나온 낮달이 싯누렇게 떠 있다. 잠잠했던 갈대가 서걱인다. 머지않아 짧은 해가 이울고 어스름이 내릴 것이다.

"야, 구둣창."

"옛! 이병 구본창."

본창이가 벌떡 일어나 차려 자세를 취했다. 모래가 어지럽게 흩날렸다.

"야 인마, 세상에서 가장 편한 자세를 취하라고 했지? 지금부터 관등성명 대지 않아도 된다. 알겠나?"

"넷! 알겠습니다."

녀석이 더 큰 목소리로 대답을 하며 볼고족족한 눈을 찡긋 감으며 내게 눈웃음을 보내왔다.

"사회에서는 뭐 하다 왔나?"

"학교 다니다 왔습니다."

"그건 저번 신고식 때 말했잖아, 임마. 너 애인 있어 없어?"

"없습니다."

"이 새끼 봐라. 봐주니까 올라타려고 그러네. 한 번 굴러볼래? 다시 한 번 묻겠다. 있어 없어?"

"있습니다."

"좋아. 군대 오기 전에 했어 안 했어?"

"안 했습니다."

"너 이 씹새끼, 고참 희롱죄는 성모 마리아 강간죄보다 더 크다는 거 알아 몰라? 한 번만 더 거짓말하면 저 강 속에다 수장시켜버리겠다. 알아들었나? 했어 안 했어?"

"했습니다."

"좋아. 몇 번 했어."

"……세, 꼭 세 번 했습니다."

"어때, 좋았나?"

"넷! 좋았습니다."

"어떻게 좋았나?"

"넷! 꼭 구름 위에 둥둥 떠 있는 거 같았습니다."

나는 모로 누워 본창이를 보면서 윙크를 살짝 터뜨려 보냈다.

"솔직해서 좋다. 애인이 니가 경험한 첫 여자였나?"

"……"

"앞으로 이 하늘 같은 고참께서 반복해서 묻게 되면 빤빠라를 시키겠다. 첫 경험은 누구랑 했나?"

"유부녀였습니다."

"좋다. 지금부터 유부녀를 만나 딱지 뗀 경험을 육하원칙에 따라 소상하게 보고한다."

본창이는 엉거주춤 일어나 야전잠바 윗주머니를 뒤진다.

"죄송하지만 김 병장님, 담배 한 대 피워도 되겠습니까?"

"이 새끼 진즉 말하지. 좋다. 담배 일발 장전!"

"발사!"

구수한 담배 연기가 본창이 콧구멍에서 흘러나왔다. 커피 냄새 비슷했다. 담배 맛이 구수하다는 것은 훈련 받을 때 알았다.

"제가요, 고등학교 졸업하고 재수를 할 때였걸랑요. 서울 작은누나 집에서 밥을 부쳐 먹고 독서실에서 공부를 했습니다. 낮에는 종로에 있는 단과반에서 영어와 수학을 듣고 밤에는 그냥 독서실에서 꼬박 새우고 공부를 했는데요. 제 옆자리에 부산에서 올라온 선배뻘 되는 사람이 있었걸랑요. 최평엽이라고 키도 저하고 비슷하고 비쩍 마른 사람인데 독서실 학생들은 우리보고 쌍봇대 형제라고 놀릴 정도였거든요. 눈매가 날카로운데 비해 한없이 순하고 부산 사투리로 농담을 잘해 누구나 스스럼없이 좋아하는 타입이었어요. 평엽이 형은 부산에서 공전을 졸업했는데 전공하고 어울리지 않게 경찰 시험을 준비하고 있었어요. 부모님은 소위 딴따라고 불리는 사람들로 아버지는 야간 업소 기타리스트였고 어머니는 소리를 하는 분이었는데요, 돈벌이는 시원치 않았나 봐요. 형이 장남이라 식구들 책임져야 한다고 도시락을 두 개씩 싸 가지고 와서 맹렬하게 공부를 합디다. 우리는 가끔 가다 도시락을 나눠 먹기도 하고 제가 작은누나를 속여 용돈을 두둑이 타내면 영양 보충한다고 삼겹살에 소주를 마시기도 했습니다. 그 좋아하는 담배도 끊고 치질로 고생하면서 용맹정진을 하더니 공채 시험에 덜컥 붙은 겁니다. 시험에 붙으면 금방 이파리 달고 파출소나 경찰서에서 근무하는 줄 알았더니 경찰종합행정학교라는 곳에 입교를 하더군요. 거기서 꽤 오랫동안 교육을 받는 모양이에요. 독서실에서 가까이 지내던 학생들이 마련한 축하 자리에서 그러더군요, 토요일이나 공휴일에 면회 오라구요. 저도 예비고사 날짜는 자꾸 다가오지요, 코가 석 자나 빠진 신세였지만 그동안의 의리를 생각해 시간을 내서 면회를 갔습니다."

"야, 새끼야. 왜 이렇게 서두가 길어. 유부녀는 언제 만나는 거야?"

 "곧 만나게 됩니다. 조금만 기다려주십시오. 경찰행정학교는 멀리 부평역 근처에 있더군요. 지리도 잘 모르고 경찰학교는 좀 무섭기도 해서 평엽이 형 친구를 한 사람 모시고 갔습니다. 남기홍이라고, 여의도에 있는 해운회사 경리과에 근무하는 평엽이 형 불알친구인데 시험 공부할 때 가끔 독서실에 놀러와 평소 안면을 튼 사람이었습니다. 우리는 김밥에다 과일도 사고 행정학교 입구에서는 통닭을 제일 큰 것으로 두 마리나 튀겨 면회 신청을 했습니다. 행정학교 면회실은 무척 컸습니다. 전국에서 올라온 교육생들이 왁자지껄 토요일 오후를 즐기고 있었고, 저는 여자 경찰들의 트레이닝 운동복 속에 숨어 있는 불룩한 젖가슴을 훔쳐보느라 시간 가는 줄 몰랐지요. 워낙 여경들이 적어서 더 도드라지게 보였습니다. 곧 이어 방송이 나오는데요, 최평엽 교육생은 외박을 나갔다는 겁니다. 허탈하더군요. 면회실에서 평엽이 형 집으로 전화를 했습니다. 고등학교 다니는 동생이 받았는데, 집에는 연락도 없고 오지도 않았답니다. 몰래 애인을 만나러 간 모양입니다. 기홍이 형하고 터덜터덜 내려왔습니다. 비닐봉지 속 통닭 냄새가 지나가는 사람들 흘깃거리기 딱 좋게 만들더군요. 과일은 기홍이 형 가져가라고 하더라도 이 많은 김밥과 통닭을 들고 전철을 타려니 퍽 난감하더군요. 생각다 못해 기홍이 형 보고 '형, 김밥은 몰라도 통닭은 아까 그 치킨집에 들어가 먹고 갑시다.' 그랬지요. 좋다고 하더군요. 제가 아무리 말랐다고는 하지만 재수할 때니 한참 먹을 때 아닙니까. 생맥주를 시켰지요. 기홍이 형은 덩치가 아담했지만 주량이 만만치 않기로 소문난 사람답게 벌컥벌컥 잘도 마시더군요. 두 번째 잔부터 알딸 딸해지기 시작하데요. 술은요, 맨 처음에는 이마를 지끈거리게 하다가 관자놀이를 뜨겁게 하고 눈두덩이 쪽으로 올라오는데요, 그다음에는 볼 쪽으로 올라오고 목덜미로 퍼지면서 가슴 쪽으로 넓게 훈풍이 불어 삼삼해지더라구요. 거기다 서너 잔을 더 하고 일어섰습니다. 기홍이 형이 안양에 살고 있는 여자 친구를 만나러 간다고 해서 아쉽지만 어쩔 수 없었습니다. 밖은 알맞게 어두워졌고 비가 한두 방울 성글게 내리기 시작합디다. 전철 안은 환하고 적당히 붐벼 손잡이를 잡고 멍하니 광고판을 올려다봤죠. 전동차가 막 송내를 지나고 있는데 앞에 앉아 있던 여자가 갑자기 '여기가 어디죠?' 하고 묻는 겁니다. '여기요? 송냅니다, 송내. 그다음은 부천·소사·역곡·오류동이지요.' 안내도를 보면서 제가 줄줄이 꿰어나갔더니 '참 재미있는 사람이네. 시간 있으면 내가 차 한 잔 살게요.' 그러는 게 아니겠어요. 그냥 농담인 줄 알았는데 전동차가 부천역에 멈추자 '뭐 해요, 안 내리고' 하면서 장난스레 제 어깨를 툭 치며 눈을 예쁘게 흘기더라구요. 삼십대 중반쯤 되었을까. 눈매가 꽤 서글거리는, 어떻게 보면 이슬방울을 새치름히 달고 다니는 타입이랄까 하여튼 해맑은 얼굴이었습니다. '고맙습니다만 일행이 있어서……' 말꼬리를 흐렸더니 '잘됐네, 같이 가요.' 스스럼없이 웃더군요. 슬쩍 기홍이 형 눈치를 살폈더니 말없이 그냥 수긍하는 눈치였어요.

부천역 앞 커피숍에서 차를 마셨습니다. 아줌마는 파인주스를 시켰고 기홍이 형과 저는 커피를 주문했습니다. '아까 전철 안에서 계산기를 열심히 두드리던데, 뭐 하시는 분입니까?' 기홍이 형이 물었습니다. 아줌마는 자기 이름은 이은애라고 밝히면서 부천 변두리에서 벽돌 공장을 운영하고 있는데, 그날은 인천 거래처에서 수금을 하고 돌아오는 길이었대요. 그냥 누나처럼 편하게 부르라고 눈웃음을 살짝 치더군요. 그럴 때마다 가슴에서 뜨거운 바람이 불끈불끈 솟구쳐 오르더라구요. 틀림없이 생맥주가 회오리를 만들고 있었나봅니다. 일이 풀리려고 그랬는지 기홍이 형이 안양에 있는 여자 친구를 만나러 간다면서 먼저 일어섰습니다. 저는 따라 일어서기도 그렇고 그냥 앉아 있자니 그것도 이유가 없어 엉거주춤하게 서 있는데 은애 누나가 '그럼, 키 큰 동생은 저녁이나 먹고 가지' 하면서 은근히 제 옆구리를 잡아 앉힙디다. 기홍이 형을 보내고 우리 둘은 꽤 오붓한 오누이처럼 나란히 역 앞 삼층 건물에 있는 경양식집에 들어갔습니다. 경양식집 〈파라다이스〉 통유리로는 역 광장이 한눈에 내려다 보였고 그사이에 제법 초겨울 빗줄기가 굵어져 퇴근길 우산들이 분주하게 움직이고 있었지요. 조용한 음악과 살구빛 전등, 사선으로 내려와 방울을 만들면서 끊어졌다 이어지는 빗줄기를 바라보는 제 마음은 평화롭기 그지없었습니다."

"그 새끼, 되게 뜸들이네. 막걸리 남은 거 없냐? 속이 탄다, 타. 야 구본창, 그래서 어쨌다는 거야, 한 거야 못한 거야?"

"죄송합니다, 김 병장님. 제가 말주변이 없어서……, 곧 하게 됩니다. 조금만 참고 기다리십시오. 밥만 먹는 줄 알고 돈가스를 시켰는데 이렇게 분위기 좋은 날 술 한 잔 안 먹을 수 있냐고 은애 누나가 맥주를 시키더군요. 조명발을 받아서 그런지 웃을 때 눈가에 잔주름 겹치는 거 빼고는 정말 시원스럽게 빠진 미인이었습니다. 벽돌 공장을 경영하는 사람답지 않게 단정해 보였습니다. 달그락 달그락 조심스럽게 칼질을 하며 가끔 눈도 마주치면서 맥주를 마셨는데요, 처음 만난 사람 같지 않았어요. 오랫동안 만나왔던, 그러니까 제 고등학교 시절에 독일어를 가르쳤던 오수희 선생 닮았다고나 할까요. 회색 투피스에 하얀 블라우스, 길게 출렁이는 생머리, 웃을 때 입술이 왼쪽으로 빗금을 그으면서 일그러지는 모습까지 어쩌면 그렇게 쏙 빼닮았는지 하마터면 '선생님, 제가 얼마나 좋아했다구요' 라는 말이 나올 뻔했습니다. 후식으로 나온 커피를 먹으면서 누나는 요즈음 좀 외롭대요. 남편은 서울에서 오퍼상을 하는 사람으로 해외 출장이 잦고 집에 들어오는 날이 드물다구요. 안팎으로 사업을 해서 돈은 풍족하고 애들도 건강하게 학교 잘 다니고 있는데 뭔가 자꾸 잃어버리고 있는 느낌이 든대요. 일에 쫓겨서 정신없이 돌아다닐 때는 몰랐지만 집에 돌아와 아이들 뒤치다꺼리해서 재워놓고 혼자 침대에 누우면 왜 그렇게 등이 허전한지 술로도 담배로도 메우지 못할 커다란 구멍이 하나 생겨났다는 겁니다. 해서 얼마 전부터는 교회에 나간답니다. 새벽기도에 한 번도 빠진 적 없이 신심 다해 기도를 하고 십일조 또한 꼬박꼬박 바쳐 권사로 승진했지만 하나님께서도 크게 뚫린 사람의 마음 구멍을 막아주지 못하더라며 얼굴을 돌려 비 내리는 역 광장을 바라보더군요.

  옆모습이 어찌나 쓸쓸하게 보이던지 마음 같아서는 누나 옆자리에 앉고 싶더군요. 술이 서너 순배 돌자 누나는 엷게 홍조를 띤 얼굴로 하루 종일 수금하러 돌아다녔더니 피곤하다면서 어디 가서 잠시 쉬었다가 가면 어떻겠냐고 묻더군요. 저는 단박에 알아차렸습니다. 그 물기 젖은 눈이 무엇을 원하는지 말이죠. 우리는 나란히 경양식집을 나와 길을 건너 여관에 들어갔습니다. 여관은 시설이 꽤 좋은 편이어서 자동차 소음이 들리지 않았고 대중목욕탕에 처음 들어갈 때처럼 후끈했습니다. 아마 천천히 마신 술이 부채질을 했을 겁니다. 누나는 덥다고 침대 위에다 옷을 훌렁훌렁 벗어 던지고 난 뒤 욕실로 들어갔습니다. 샤워하는 소리가 밤 파도 소리 같았어요. 그사이 밤비는 더욱 깊어지고 그윽해졌나봐요. 저는 누나의 옷을 얌전하게 정리해서 옷장에 걸고 가방도 거울 앞에다 다소곳이 놓았습니다. 얼핏 보니 장부책이며 성경책이 들어 있고 지갑도 두툼한 편이었습니다. 저는 텔레비전도 켰다가 끄고 침대에 엉덩이를 대고 몇 번 출렁거려보기도 하고 거울에 붙은 수많은 식당과 야식집 광고도 봤다가 커튼을 열고 바로 옆 건물 홈통으로 내려오는 물소리를 듣기도 했습니다. 이상하게 떨리지도 않고 마음이 편하더군요. 마치 오랜전부터 이런 일이 예비되어 저를 기다리고 있기나 한 것처럼 담담했습니다. 덜컹 샤워실 문이 열리면서 은애 누나가 나왔습니다. 여관 이름이 바다 색으로 뚜렷이 찍힌 하얀 수건을 가슴에서 허벅지 위까지 아슬아슬하게 가리고 걸어오는데요, 뒤꿈치를 들고 꼭 무용수처럼 춤추듯 다가오더니 제 입술에다 뽀뽀를 살짝 하더군요. 저는 더 참을 수가 없어 누나를 번쩍 들어 침대에다 던졌습니다. 그 바람에 수건은 날아갔고 누나 알몸이 고스란히 드러났는데, 정말 숨이 턱 막히더군요. 피부가 얼마나 흰지, 백옥 같다는 말이 거기서 나온 모양입디다. 가슴은 약간 처진 편이지만 알맞게 부풀어 올랐고 젖꼭지가 꼭 우리 시골 마을 뒷동산에 보리통처럼 붉게 익어 말랑말랑했습니다. 배꼽은 살구씨 같았구요, 그 밑으로는 무성한 숲이, 그렇게 빽빽이 들어차 있을 줄은 몰랐습니다. 누나 입술은 차고 뜨거웠습니다. 곧 이어 미끄러지면서 혀가 들어와 제 혀를 감았다가 풀어주고 물었다가 놓아주기를 여러 차례, 저는 함부로 옷을 벗어 던졌습니다. 제 물건은 더 이상 주체할 수 없을 정도로 커져 폭발 일보 직전이었으니까요. 누나는 밑에서 제 볼기짝을 가볍게 때리면서 '이 사람아 서두르지 말게, 씻어야지.' 그러더군요. 제가 급히 몸을 일으키자 누나는 제 목을 감싸 안고 코를 살짝 물면서 '서두르지 말라니까, 내가 씻겨줄게.' 또 자상하게 엉덩이를 토닥거리는 거였어요. 샤워실에는 김이 자욱했습니다. 비누 냄새와 샴푸 냄새와 향수 냄새가 뒤범벅이 되어 아찔했습니다. '이렇게……, 됐어. 가만히 서 있어.' 인애 누나는 욕조 안에 저를 세워놓고 샤워기를 이리저리 돌려가면서 물을 뿌린 다음 비누칠을 하기 시작했습니다. 눈을 꼭 감았습니다. 아주 어렸을 때 어머니께서 커다란 함지박에 더운물을 붓고 꼭 그렇게 비누칠을 해주셨거든요. 얼마나 간지럽던지 몸을 배배 꼬며 키득거린 기억이 아슴하게 떠오르더군요.

　누나의 손길이 스칠 때마다 풀에 베인 듯 선뜩선뜩했습니다. 춥고 뜨겁고 간지럽고 오금이 저려오더군요. 제 몸 모든 기운이 허리 근처로, 엉덩이 쪽으로, 사타구니 쪽으로 쏠리기 시작했지요. '참 잘생겼네. 나는 이렇게 큰 남자가 좋더라' 하며 누나는 제 불알을 쓰윽 문지르는 걸로 비누칠을 끝내고 샤워기로 골고루 거품을 씻어냈습니다. 저는 그걸로 끝나는 줄 알고 욕조에서 나왔지요. '아냐, 그대로 서 있어.' 나를 돌려세운 누나는 욕조에 걸터앉자마자 참 잘생겨서 큰 제 뿌리를 덥석 무는 것이었습니다. 엉겁결에 저는 누나의 어깨를 짚었습니다. 하마터면 무릎을 꿇을 뻔했지요. 이미 고등학교 다닐 때부터『꿀단지』라는 빨간 책을 섭렵했고 군산 비행장 미군부대 근처에서 흘러나온 성인 잡지를 친구들과 돌려 본 전과가 있었지만 숙달된 조교로부터 이렇게 화끈한 시범이 있을 줄은 몰랐습니다. 누나는 오른손으로 제 뿌리를 잡고 왼손으로 엉덩이를 끌어당기면서 맹렬하게 머리춤을 추기 시작했습니다. 처음에는 느리게, 아주 느리게, 잠시 멈췄다가 다시 감아올리면서 빠르게, 조금 빠르게, 그 다음엔 아주 빠르게 머리를 흔들기 시작했습니다. 아아, 나는 바다뱀에게 물린 거였습니다. 단 몇 방울의 치명적인 독에 전신이 마비된 거였습니다. 정신은 살아 있되 몸은 말을 듣지 않는 얼얼한 상태로 끝없이 끌려 들어갔습니다. 나오려고 발버둥 칠수록 더 깊숙이 빨려 들어갔습니다. 이빨이 안쪽으로만 휘어져 있는 바다뱀에게는, 한번 잡은 물고기를 내뱉는다는 사실 자체가 무리였던 거지요. 저는 있는 힘을 다해 누나의 머리를 끌어안았습니다. 캄캄했지요. 에베레스트 산을 빠뜨리고도 흔적이 남지 않는다는 필리핀 해저까지 빨려 들어갔습니다. 해저 바닥에는 뜨거운 용암이 들끓고 있었습니다. 화산이 분출되고 있었습니다. 싯누런 먼지 구름이 거대한 기둥을 만들면서 폭발하고 있었습니다. 숨을 참고 있는 것에도 한계가 있지요, 우지끈, 관자놀이가 터지고 대폭발이 일어났습니다. 용암을 분출하던 구멍이 일시에 소용돌이치면서 거대한 블랙홀이 생겨났습니다. 그 구멍 속으로 허우적대며 끝없이 빨려 들어갔습니다. '으으윽' 갑자기 사래 들린 사람처럼 누나가 욕조에다 머리를 숙이면서 기침을 하더군요. '괜찮아요?' '으응, 나는 괜찮아. 나가 있어.' 무척추 동물처럼 흐느적거리며 욕실을 나온 저는 침대에 벌렁 누웠습니다. 담배 생각이 간절하더군요. 목이 마르기도 했구요. 그사이 양치질까지 마친 은애 누나는 바알갛게 상기된 얼굴로 제 옆에 누웠어요. '어때, 좋았어?' 또 예쁜 눈을 흘기며 저를 바라보는데요, 여태까지 보지 못했던 볼우물이 옅게 파이더라구요. 저는 대답 대신 누나의 보조개에다 슬쩍 혀를 갖다 대었습니다. '이렇게 큰 남자가 귀여운 구석도 다 있네.' 누나는 자기 젖가슴을 제 몸에 실었습니다. 저는 눈깔사탕을 녹여 먹는 아이가 되어 천천히 빨기 시작했습니다. 부드럽고 달콤했어요. 세상 어떤 사탕보다 오래 녹여 먹을 수 있는 아이처럼, 입 안에서 뱅뱅 돌려가며 핥아 먹었지요. '어어, 또 서네.' 누나는 열에 들떠 속삭였지요. 그랬습니다. 제 몸 구들장 저 아랫목부터 군불이 들어 따뜻하게 퍼지기 시작하는데요, 그 불기운은 물거리가 타면서 내는 들큰한 나무 내음이었습니다. 쉭쉭 타다닥 타다닥 물방울을 만들면서 천천히 타올랐어요.

 어느 정도 불이 괄게 들어가자 바짝 마른 장작더미를 집어넣었습니다. 불길은 걷잡을 수 없이 커졌지요. 쇠죽솥이 들썩였습니다. 이슬이 흘러내리면서 솥뚜껑이 들썩이는데요, 압력을 견디지 못해 분출하는 김이 직선으로 올라 아스라이 흩어졌습니다. 저는 함부로 아궁이를 휘젓고 다녔습니다. '너무 좋아, 이렇게…… 이렇게, 이번에는 뒤에서 해줘.' 누나는 침대 끝 부분에 엎드려 엉덩이를 크게 들었습니다. 제 눈앞에 한가위 보름달이 둥실 떠올랐습니다. 계수나무도 보이고 방아를 찧는 토끼도 보이더라구요. 절구통 속에는 찰진 인절미가 들어 있구요. 저는 물을 발라가며 오래오래 떡방아를 찧었습니다. 얼마나 세게 찧었는지 절구통 바닥에 닿을 때는 아프기도 하더라구요. 아프면서도 말로 할 수 없는 쾌감이 혈관을 타고 전신으로 퍼졌습니다. 달은 익어 으스러지기 시작했지요. '더, 더, 세게……, 더 깊이, 오오, 좋아…….' 달은 납작하게 오그라들었습니다. 밑에 깔린 누나는 꼭 접영을 하는 수영 선수 자세로 허리를 활처럼 구부리면서 손을 뒤로 뻗쳐 제 엉덩이를 잡으려고 안타깝게 애쓰더군요. 팔이 짧아 허벅지를, 그것도 반밖에 잡지 못했지만요. 또 한 번 불덩이가 정수리에서 뒤꼭지와 목덜미를 거쳐 척추를 타고 내려와 터졌습니다. 일시에 둑이 무너진 거지요. 게릴라성 폭우가 휩쓸고 지나간 자리에는 물 빠진 모래 언덕과 뿌리까지 드러난 나무, 함부로 살 깎인 돌무더기가 수북했습니다. '어쩌면, 마른 장작이 불땀 좋다고 그러더니, 이리 와.' 땀으로 범벅이 된 은애 누나는 머리를 뒤로 넘기면서 저를 끌어안습디다."

"야, 이 씹새끼야. 꼴려 미치겠네. 그래 그걸로 끝이야?"

"아닙니다. 더 했습니다."

"너 코피 흘렸겠다. 니가 그렇게 쎄?"

"그런 게 아니고, 김 병장님, 그때쯤이면 다 그렇잖습니까? 해도 해도 또 서는 나이잖아요?"

"그래도 그렇지. 그래서 어떻게 됐어?"

"어떻게 되긴요, 계속했지요. 잠시도 가만 놔두질 않더라구요. 뒤로 하고 앞으로 하고 거꾸로 하고 앉아서 하고 서서 했지요. 나중에는 인애 누나가 먼저 떨어집디다. 아파서 못 하겠다구요. 저는 배가 고파서 못 할 정도였으니까요. 저녁 일곱 시엔가 들어갔는데 하마 열한 시가 넘었더라구요. 은애 누나는 전화로 음식을 주문했습니다. 탕수육 안주와 맥주를 시켰는데, 생각보다 이런 일에 꽤 경험이 많은 사람 같았어요. 모든 일을 미리 알고 있는 것처럼 능숙하게 처리하는데요, 전혀 어색하지 않았어요. 우리는 샤워를 하고 땀을 식힌 다음 벌거벗고 앉아서 탕수육과 맥주를 마셨습니다. 한바탕 전쟁을 치른 뒤라서 그런지 꿀맛이었습니다. 특히 맥주는 얼마나 시원한지 숨도 쉬지 않고 들이켰지요. 배도 부르고 갈증을 풀이시 그런지 눈꺼풀이 무거워지고 나른해지더군요. 비로소 물밀 듯 잠이 쏟아지기 시작했지요. 은애 누나는 아무 일 없었던 사람처럼 콧노래를 부르며 옷을 입고 머리를 말리더니 '전화할 수 있어?' 하며 명함 한 장을 주더군요. 명함 밑에는 빳빳한 수표가 깔려 있었습니다. 거금 십만 원짜리였어요. '푹 자. 내일 아침 늦게 와서 그때까지 있으면 해장국 사줄게.' 누나는 제 뺨을 가볍게 꼬집더니 방문을 닫고 나갔습니다."

"야, 이 새끼 대단하네. 그래서 한 쾌에 십만 원이나 올렸단 말이야?"

"그게, 어떻게 하다 보니 그렇게 된 거지요. 저는 피곤해서 거들떠보지도 않았습니다."

"하여튼 끝내준다, 구본창. 그 뒤로 또 만났겠지?"

"예, 몇 번 더 만났습니다. 독서실로도 두 번인가 더 찾아왔더라구요."

"미치겠네. 야, 릴라!"

"……"

"이 새끼 봐라. 김호식!"

"넷, 이병 김호식!"

"이 새끼 닭대가리 아냐? 얀마, 관등성명 대지 말라고 했잖아? 막걸리 남은 거 없냐?"

"한 통 남았습니다."

"좋다, 한 잔 따라봐라. 그리고 센 놈한테도 한 잔 줘라. 근데 저 새끼 물건이 그렇게 크냐?"

"넷, 저도 훈련 받을 때 목욕탕에서 봤는데 우리 동기들 중에 제일 컸습니다."

"부럽다, 부러워. 야, 근데 김호식, 너…… 하 이 새끼 봐라. 너 임마 야전텐트 쳤잖아. 그것도 팽팽하게 쳤는데, 어쭈."

"……"

"하긴, 짐승도 종족 보존의 욕구는 있을 테니까. 다음은 너 차례다. 너 이 새끼, 구본창보다 삼삼하게 한번 풀어볼 수 있지? 있어 없어?"

"김 병장님, 저는 별로 경험이 없는데요."

"이 새끼 봐라. 너 죽고 싶어 환장했냐? 군대에서 고참이 까라면 까야지. 너 좆으로 밤송이 한번 까볼래?"

"곧 선임하사님이 올 텐데요."

"얀마, 육군 병장 김 병장 짠밥 하루 이틀 먹냐? 모래 사역 한두 번 해보냐구? 보자……, 한 십 분 정도 더 남았다. 잔말 말고 구라 한번 멋들어지게 풀어봐, 뜸들이지 말고."

"알겠습니다. 제가요, 군대 오기 전에 예비고사를 보고 시험 결과를 기다리고 있을 때 얘기인데요, 부산에서 봤거든요. 십일월에 예비고사를 봤으니까 결과가 나올 때까지는 몇 달 시간이 있잖아요. 애매한 시간인데, 그냥 놀기도 그렇고 다른 사람들처럼 편하게 놀면서 기다릴 처지도 못되어서 설렁탕집에 취직을 했거든요. 어디냐구요? 부산에서 제일 번화한 남포동 근처에 극장 골목 있지요, 혹 아실는지 모르지만 부영극장 건너편에 있는 조그만 설렁탕집인데요, 메뉴는 딱 세 가지였어요. 설렁탕, 우족탕, 수육 이렇게요. 가운디는 늙수그레힌 이줌미기 보고 홀에서는 사천 출신인 고군이 뚝배기를 날랐고 주방에서는 주방장인 고령 출신 하군과 밥하는 아줌마와 설거지 담당인 저까지 포함해서 네 명이 일을 했는데요, 손님이 많은 편이었습니다. 보통 아침 열 시쯤 문을 열어 저녁 열한 시쯤 문을 닫는데, 저는 연탄 배달하는 아저씨들이 끼는 시커먼 고무장갑을 끼고 하루 종일 뚝배기를 닦았습니다. 손가락이 너무 굵어서 여자들이 쓰는 고무장갑은 맞지 않았어요. 주방에는 어지간한 송아지는 통째로 삶을 수 있는 커다란 무쇠솥이 두 개나 걸려 있고 스물네 시간 연탄불이 살아 있어 주방 안은 해수욕장 같았어요. 장화에다 반팔을 입고 땀깨나 흘렸습니다. 기름이 많은 뚝배기는 고무장갑 속에서 자주 미끄러졌지만 설설 끓는 설렁탕 국물에 국수를 양껏 말아 먹는 맛에 그럭저럭 버틸 만했습니다. 한 달 정도 일을 해서 손맛을 익힐 무렵 사건이 하나 터졌습니다.

홀에서 일하는 고군이 주인 아줌마가 잠깐 자리를 비운 사이에 카운터에 있는 현금을 홀랑 털어서 달아난 것이었습니다. 난리가 났지요. 액수는 그리 크지 않았지만 주인 아줌마의 노여움은 대단했습니다. 그런데 신기한 일이, 주방장 하군의 태도였어요. 키는 저하고 비슷했지만 하마처럼 거대한 몸집에다가 어울리지 않게 계집아이처럼 단발을 한 형은 늘 그렇듯이 싱글벙글 웃음을 잃지 않더라구요. '글마, 오래 몬 간다. 돈 떨어지면 와서 무릎 꿇고 한바탕 난리 직일 꺼다.' 하긴 저도 처음에 고군을 봤을 때 꺼림칙했습니다. 키가 아주 작고 바짝 말랐는데, 늘 눈동자가 불안해요. 사람을 똑바로 쳐다본 적이 없구요. 눈 밑이 거무스레한데다가 머리카락이 이마를 가리고 있고 손목에는 담배로 인두질한 자국이 징검다리처럼 놓여 있었거든요. 술꾼인 우리 아버지가 버릇처럼 말씀하신 게 하나 있는데요, 머리카락으로 이마를 가린 놈하고는 친구 삼지 말라고 그러셨는데 주방장 형 말을 들어보니 저보다도 더 측은한 사람이었어요. 조실부모하고 고아나 다름없이 크면서 소년원을 제 집 들락거리듯 별을 달고 살아왔대요. 부산에는 먼 친척이 살고 있다는데 그 사람들은 남보다 못한 친척이구요. 설렁탕 집에 취직시켜준 것도 주방장이었답니다. 몇 날 며칠을 굶어 길바닥에 쓰러져 있던 고군을 주방장 형이 데려다 이날 이때껏 돌봐주었대요. 저 들어오기 전에도 한두 차례 그 못된 손버릇을 발휘했나봐요. 여하튼 주방장 말대로 사흘을 못 넘겨 반쯤 거지가 된 고군이 돌아왔습니다. 삼만 원도 안 되는 돈 가지고 어디 가서 무엇을 했겠습니까. 카운터 앞에서 무릎을 꿇고 용서를 비는 고군의 뒷모습은 측은했습니다. 한바탕 혼이 난 다음에, 주방장이 신원 보증을 확실하게 서고, 쓴 돈은 월급에서 까기로 하고 다시 일을 하기에 이르렀습니다. 나보다 네 살인가 많은 사람이었는데 주방에 빈 그릇을 갖다줄 때 계면쩍은 얼굴로 씩 웃던 모습이 지금도 선합니다."

"야, 김호식. 너 왜 그러냐. 구본창이 애써 세워놓은 거 다 시들었잖아, 임마. 여자 얘기 하랬지, 무슨 고군이 어떻고 하군이 어떻고…… 불알 달린 동물들은 다다 국물 쏟아 붓고, 쏙 들어가고 톡 튀어나온 짐승들 얘기만 하란 말이야, 알아들었나?"

"예, 예. 지금 나옵니다. 그때 우리 세 명 사이에 제 별명이 '십분만'이었거든요. 예? 그때는 고릴라 아니었습니다. 분명 '십분만'이었이요. 고군 별명은 '족제비', 하군 별명은 '하마'. 예? 왜 '십분만'이었냐구요? 지금 그 얘기를 하려던 참이었습니다. 식당이 문을 닫으면 밥하는 아줌마는 영주동에 있는 집으로 돌아가고 주인 아줌마는 이층 살림집으로 올라가고 우리 셋은 주방에 딸린 방에서 대충 식탁을 걷어치우고 잠을 잤는데요, 텔레비전도 심드렁하고 민화투도 밋밋하고 장기판은 졸떼기 판이었구요. 겨울밤은 물심양면으로 길었습니다. 유일한 위안거리가 수육을 따끈하게 데워 소주를 마시는 일이었는데, 김 병장님 말씀대로 생강쪽 두어 개 달랑거리는 놈들이 뭐가 재미있겠습니까. 고민고민하다가 주방장 제안으로 계를 하나 묻기로 했습니다. 거창하게 말하자면 '씹계'였지요. '십계'가 아니라 '씹계'.

고군이 돈을 훔쳐 나간 이유 또한 여자 생각이 하도 간절해서 부산

진역 앞에 갔다 온 때문이기도 했구요. 완월동은 엄두도 못 내고 부산 진역 앞에 가봐야 숏타임도 그렇고 긴 밤을 자도 수없이 들락거리면서 다른 손님을 받으니 어디 조용한 데 가서 하룻밤 본전을 뽑고 오자는 거였습니다. 주방장이 잘 아는 매미집이 있대요. 거기는 상떼기로 술을 파는데 일단 파트너가 정해지면 이튿날 아침까지 완전히 독차지한다는 겁니다. 누구보다 고군이 환호성을 올리더군요. 머리를 맞대고 의논한 끝에 다음 월급날 각자 오만 원씩 추렴을 하기로 했습니다. 저는 망설였습니다. 제 월급이 십이만 원인데 오만 원을 까면 칠만 원밖에 안 남잖아요. 사연을 말했더니 '그라마, 니는 삼만 원만 내라. 까짓것 내가 부족한 거로 메꾸면 안 되것나.' 역시 주방장은 통이 컸습니다. 우리 모두는 신이 나서 일을 했습니다. 고군은 얼마나 몸이 빠른지 날다람쥐 같았어요. 주방과 홀에서 손발이 척척 맞으니 주인 아줌마도 모처럼 웃는 날이 많아졌습니다. 주방장은 별로 내색하지도 않고 듬직듬직 수육을 썰고 설렁탕을 말았는데요, 우족을 삶고 난 뒤에는 꼭 저를 부르더군요. 우족을 삶고 나면 소 발굽 있잖아요, 그 큰 발굽을 도려내면 꼭 성게알같이 노란 결정체가 나오는데요, 그게 커다란 소 발굽에 손톱만큼밖에 안 나와요. 달걀노른자처럼 생긴 게 젤처럼 둥그렇게 고리를 이루고 있는데 이게 남자들 정력에 최고랍니다. 그때 그걸 뭐라고 알려줬는데 지금은 까먹었구요. 하여튼 그것을 하루에 대여섯 개씩 간장에 찍어 먹었는데 고소한 향내가 입 안 가득 퍼져 말로 표현할수 없을 정도로 맛이 좋았습니다. 원래는 그대로 손님상에 나가야 하는 건데 손님들은 그 속에 그게 들어 있는지도 대부분 몰랐던 거지요.

저는 마치 몸에 좋은 한약을 먹듯 꾸준히 받아먹었습니다. 한 달이라는 세월은 느리지도 않게 빠르지도 않게 흘러 드디어 월급날이 돌아왔습니다. 우리는 최상의 컨디션이었지요. 생각해보십시오. 삼시 세 끼를 푹 고아낸 진국 설렁탕에다 질 좋은 수육으로 보신을 했으니, 특히 저 같은 경우는 얼굴이 부잣집 큰며느리처럼 훤하게 살이 올라 탄탄한 몸매를 자랑했습니다. 식당 문을 닫고 주방에서 더운물로 목욕을 했습니다. 가슴이 두근거리더군요. 왜냐하면 이층 살림집으로 올라간 주인 아줌마가 잠들기를 기다려야 했으니까요. 섣불리 셔터를 들어 올렸다가 들키는 날엔 이 모든 노력이 수포로 돌아갈 게 뻔하잖아요. 입주로 소주를 두어 병 나누어 먹으면서 참을성 있게 기다렸지요. 자정이 가까워졌습니다. 살금살금 홀로 나간 주방장이 조심스럽게 셔터를 들어 올리더군요. 아무리 섬세하게 힘을 준다 해도 수평이 잘 맞지 않아서 그런지 삐걱거리면서 잘 올라가지가 않아요. 고군과 제가 귀퉁이에 가서 한껏 집중을 해 들어 올렸더니 간신히 사람 몸 하나 빠져나갈 틈이 생기더라구요. 고군이 족제비처럼 빠져나가고 저는 엉금엉금 기어나가고 마지막 주방장 형이 뒤룩뒤룩 빠져나온 뒤에 똑같은 방법으로 셔터를 내렸습니다. 마지막에 시멘트 바닥에 셔터가 닿아 철렁 소리가 났을 때는 제 가슴 또한 철렁 내려앉았지요. 우리는 도둑고양이처럼 뛰어 큰길을 건넜습니다.

큰길 건너에는 자갈치 시장이 있고 자갈치에서 부산 공동 어시장 쪽으로, 그러니까 자갈치 시장이 끝나고 군용물품을 파는 가게 언저리에 주방장이 미리 예약해놓은 매미집이 있었습니다. 우리가 들어간 곳은 일본식 적산 가옥으로, 이층에는 다다미가 깔려 있는 방이 양쪽으로 다닥다닥 붙어 있고, 복도는 사람 하나가 간신히 지나다닐 정도로 좁은 곳이었습니다. 우리가 들어가자 꽃 그림이 얼룩덜룩 그려져 있는 접이식 상에 안주 세 접시와 맥주가 두 박스 나왔구요, 곧 이어 아가씨 세 명이 들어오는데요, 저는 첫눈에 맨 마지막에 들어온 검은 옷 입은 아가씨를 찍었습니다. 그건 느낌이었어요. 분명히 저 아가씨가 제 파트너가 될 것이라고 생각했지요. 처음 들어온 아가씨는 둥글넓적 서글서글 주방장 파트너였고, 그 아가씨는 주방장과 평소 잘 아는 사이 같았어요. 문제는 두 번째 아가씬데 웃을 때 덧니가 드러나는 야리야리한 여자로 어쩌면 고군하고 그렇게 잘 어울리는지요, 꼭 일본 여자같이 살랑대더군요. 누가 시키지 않았는데도 맨 마지막에 들어온 아가씨가 제 옆에 다소곳이 앉으면서 인사를 해요. 속으로 하느님 감사합니다 했죠. 어쩌면 그렇게 제가 좋아했던 누나를 닮았는지요."

"얌마, 또 누나야? 이 새끼 되게 재미없네."

"그게 아니구요. 제가 야학에서 검정고시 공부할 때 무척 좋아했던 누나가 있었거든요. 정희 누야라고, 삼천포가 고향이고……"

"됐네, 이 사람아. 하여튼 재미만 없어봐라. 너 삽자루가 울고 있는 게 보이지? 똑바로 해, 이 새끼야."

"옛서얼! 잘 알겠습니다. 우리는 잔을 높이 들어 건배를 했습니다. 분위기는 거품처럼 부글부글 끓어 넘쳤지요. 젓가락 장단이 울려 퍼지고 고군의 앉은뱅이 춤과 곱사등이 춤이 배꼽을 물고 늘어지더라구요. 가만 보니 고군은 꽤나 재주꾼이에요. 못 추는 춤이 없고 못 부르는 노래가 없어요. 남자들이 나훈아 남진을 휘돌아 배호와 배성에 닻을 내리면 여자들은 조미미 김추자 이수미로 그물을 끌어올렸어요. 합창을 할 때는 조용필의 〈돌아와요 부산항에〉가 단연 톱이었습니다. 저는 어쭙잖게 팝송을 부르기도 했습니다. 지금 생각하면 한심하기 짝이 없는 짓이었지만 그때는 그런 게 멋인 줄 알았을 정도로 철이 없었지요. 제 파트너는 그런 곳에서 일할 것 같지 않은 수수한 사람이었어요. 화장도 거의 하지 않은 맨 얼굴에다 웃을 때도 소리를 내서 웃지도 않고 살짝 귀 쪽에서 입술을 끌어당기는 정도랄까요. 특히 수평으로 까맣게 그어나가다 끝에서 갈매기 날개처럼 꺾인 눈썹과 그 밑에 검게 빛나는 눈망울이 제 가슴을 서늘하게 훑고 지나갔습니다. 반듯한 이마에다 광대뼈에서 턱으로 이어지는 선이 조금씩 넓어지면서 약간은 고집이 있어 보이는 콧대와 야무진 입술도 정희 누나와 비슷했습니다. 상 위에 있던 안주가 떡라면 그릇으로 변하고 제각각 담겨 있는 맥주컵이 분식집 물컵으로 보였습니다. 환청을 들었을까요, 갑자기 갈매기 우는 소리가 들렸습니다. 화장실에 갔다 온다는 핑계를 대고 좁은 복도를 빠져나와 지저분한 골목과 빽빽이 들어찬 어선 사이로 바다를 바라봤습니다. 캄캄한 바다에서는 기름 냄새가 물씬 풍겨왔지요.

갈매기는 보이지 않구요, 잔잔한 겨울 바람이 머리카락을 어루만지고 지나갔습니다. '정희 누야!' 가만히 불러보았습니다. 왼쪽 허리께에서부터 둔중한 통증이 치받쳐 올라오더군요. 분명 이 큰 도시 부산 어딘가에는 누나가 살고 있을 것인데, 딱 한 번만이라도 만나고 싶은데, 누나는 없고 기름 냄새나는 지저분한 바다만이 출렁거리고 있었습니다. 이렇게 망가지는구나. '누나 용서해주세요. 제 목숨이 붙어 있는 한 누나를 위해 기도할게요.' 울컥 눈물이 솟구치더군요. '임마, 어디 갔노? 김군아, 이놈 보래이, 야가 토하나?' 어느새 주방장이 허리띠를 풀며 나옵디다. '아닙니다. 잠깐 어지러워서.' '이놈 자슥, 덩치는 산만 한 게 그리 술이 약해 어디다 써먹겠노. 퍼뜩 들어가그라.' 들어가 보니 파장이었습니다. 고군은 자기 파트너 허벅지를 베개 삼아 모로 쓰러졌고 맥주병도 맥주잔도 비슷하게 기울어져 있더군요. 우리는 각자 파트너를 따라 방으로 들어갔습니다. 두 사람이 누우면 좋을 정도로 작은 방이었습니다. 공교롭게도 제가 들어간 방이 가운데 방이라 양쪽에서는 '왜 그렇게 급해, 이리 돌려봐라, 저리 누워봐라' 키득거리며 난리가 한바탕 벌어지더군요. 엉성하게 나무판자로 벽을 막았으니 오죽했겠습니까. 저는 가만히 누워 가슴에 손을 얹고 붉은 전등을 바라봤습니다. 파트너도 옷차림 그대로 내 옆에 눕더니 가만히 손을 잡아요. 그대로 한참을 있었습니다. '왜 그래요? 무슨 생각을 그렇게 오래 해요? 제가 마음에 들지 않나요?' 크고 검은 눈이 걱정스레 저를 내려다보고 있더군요. 쑥 냄새가 났습니다. 지금처럼 초봄 들판에 나가면 저 남쪽에서 불어오는 바람 속에 섞여 있는 풀 냄새 말입니다. '아니, 아니에요, 너무 마음에 들어서, 너무 고마워서 무슨 말을 할까 생각 중이었어요.' 그랬지요. '그랬군요. 학생이에요? 이런데 첨인가 봐요? 하고 싶지 않아요?' 장난치듯 숨 돌릴 틈도 없이 물어오는데요, 저는 대답 대신 있는 힘을 다해 여자를 끌어안았습니다. 어깻죽지에서 뚜둑하며 관절 풀리는 소리가 날 정도로요. '이러지 말아요. 숨 막혀요. 어,

이쁘게도 솟아올랐네.' 제 바지 지퍼를 내리면서 소곤대더군요. 여자는 전혀 서두르는 기색 없이 제 옷을 벗겨 한쪽에 치워놓고 자기도 옷을 벗었어요. '어쩌면 남자가 이렇게도 피부가 곱지, 꼭 다비드 상 같네.' 까만 망사로 된 팬티를 먼저 벗고 브래지어 끈을 풀어달라는 듯 등을 돌려대며 혼잣말처럼 중얼거리는데요, 저는 몇 번이나 고리를 잘못 잡아당겨 실수를 하고 말았지요. 여자의 몸은 딴딴했습니다. 탄탄한 게 아니라 무슨 운동선수처럼 딴딴했는데 피부는 엷은 갈색으로 부드럽기가 종이 같았어요. 우리는 오래오래 서로의 몸을 쓰다듬었습니다. 밤 파도가 모래 어루만지듯, 키 큰 느티나무에 바람 스며들 듯, 미꾸라지가 진흙탕 속에 엉키듯 떨면서도 차분하게 쓸고 닦고 핥았습니다. 이상하게 착 가라앉아 슬프기까지 했습니다. 말을 할 필요도 없이 다 안다는 듯 곰살궂게 서로를 탐했지요. 뜨겁지도 않았고 질탕하지도 않았어요. 차라리 누가 한 사람 울었다면, 소리 없이 눈물이라도 흘렸다면 더 격렬하게 살을 섞었을지도 몰랐겠죠.

이러다가는 둘 다 밤새도록 몸만 쓰다듬고 핥다가 아이스크림처럼 녹아내릴지도 모르겠더라구요. 어미 소와 새끼 소가 따로 없었지요. 제 물건은 박달나무처럼 딱딱해졌고 파트너는 자목련처럼 벌어졌습니다. 올라탔습니다. 짧게 탄성을 지르더군요. 빡빡했어요. 미끄러울 줄 알았는데 의외로 작은 고무장갑을 낀 것 마냥 꽉 조여옵디다. 천천히 움직였죠. 여자는 자기 베개에다 내 베개를 더 고여 상체를 조금 높인 뒤 두 손바닥으로 제 얼굴과 가슴을 부지런히 맞비벼댔어요. 딴딴한 유방도 조금씩 출렁이기 시작했습니다. 왼쪽 유방 밑에는 까만 점이 하나 박혀 있더군요. 저는 혼신을 다해 등을 구부려 까만 점에다 제 혀를 들이밀었습니다. 젖무덤이 제 코를 막아 숨 쉬기가 거북했지만 줄기차게 핥아 먹었죠. 열리나봐요. 조금씩요. 제 엉덩이는 체중을 싣고 빠르게 움직였어요. 소 족발에서 나온 성게알을 장복해서 그런지, 삼시 세 끼 진국 설렁탕에다 수육을 먹어서 그런지 하면 할수록 제 물건은 더 굵어지고 더 길어지고 더 높이 치솟았습니다. 쇠뿔만큼이나 단단해졌지요. 규칙적으로 불알이 여자 엉덩이와 맞부딪쳐 철벅이는 소리만 들리구요. 숨소리는 거칠어졌어요. 어디에선가 살랑살랑 마른 바람이 불어와 땀을 씻고 달아나 처음하고 똑같이 미끄럽지도 않았고 끊임없이 움직이기만 했어요. 얼마나 더 깊게 파고들었는지 여자 머리가 벽에 부딪치기 일보 직전이었어요. 저는 베개 두 개를 한꺼번에 감싸 안으면서 맹렬하게 움직였죠. 어느 순간 여자가 척추를 들어 올려 터널을 만들면서 부들부들 떨기 시작했습니다. '아, 아, 와요, 나 먼저 와요……, 지금 오고 있어요' 하더니 검은 동자를 허옇게 뒤집어 까며, 꼭 숨이 넘어가는 사람처럼 뻣뻣해지더라구요. 저는 깜짝 놀라 피스톤 운동을 멈추고 '괜찮아요?' 하고 물었죠. 여자는 갑자기 제 허리에 깍지를 끼워 힘껏 당기면서 '괜찮아, 오오, 괜찮아, 조금만 더, 조금만 더 해줘요.' 그러더니 이내 땅이 꺼지게 숨을 몰아쉬며 널브러지더군요. 처음에는 타이어처럼 탱탱했던 몸이 어느 순간 꼭 바람 빠진 튜브처럼 흐느적거렸어요. 체질인지는 모르지만 땀은 없구요, 등덜미가 촉촉한 정도랄까요. 잠깐 누웠다가 옆으로 몸을 돌려 턱을 괴며 '어떻게 해요? 나 먼저 해서……, 이런 맛 처음이에요. 당신 지금부터 타잔이라고 부를래요. 요, 이쁜 타잔 아저씨' 하면서 제 엉덩이를 토닥거렸다가 불알을 쓰다듬고 귀두에다 뽀뽀를 하고 젖꼭지를 깨물면서 어쩔 줄을 몰라 하더군요. 어느새 눈동자는 샛별처럼 반짝거렸어요. 저는 뿌연 강물 속에서 집채만 한 악어와 사투를 벌인 끝에 제인을 구해낸 타잔처럼 의기양양하게 여자의 머리카락을 애무했습니다. '이거 봐요, 타잔 아저씨. 아직도 그대로네. 타잔 동생도 탱글탱글하고, 이걸 어쩌나. 가만있어봐요. 별 보여드릴게.' 제인은 원래 모습으로 돌아왔어요. 흐트러진 머리를 두툼한 귓바퀴 뒤로 사려 넣더니 그대로 제 물건을 빨기 시작했어요. 미치겠더군요. 왜냐하면 몸속에 무슨 실리콘 덩어리가 굳어 있는지 이 정도면 벌써 제인이 말한 대로 별을 무더기로 보고도 남았을 텐데 전혀 반응이 없어요. 항문과 괄약근을 조이면서 오직 하나의 점을 향해 온 정신을 집중시켰는데 말이죠.

제인은 불공을 드리는 사람 같았어요. 삼신 할매께 치성 드리는 할매 같았어요. 구부릴 땐 구부리고 엎드릴 땐 엎드리고 앉아서 할 때는 노 젓는 사공 같았어요. 이것도 안 되고 저것도 소용없자 제인은 벌떡 일어나더니 자기 밀크로션을 두 손바닥에 듬뿍 바르더니 제 물건을 잡고 뽑아 올리기 시작하더군요. 얼마나 빨리 퍼 올리던지 정신이 아득해지며 가물가물 한 점 불빛이 보이기 시작했어요. 점점 불빛은 직선으로 빠르게 다가오는데요, 할 것 같았어요. '됐어요, 아까처럼 엎드리세요' 했죠. 제인은 잘못한 학생처럼 무릎을 꿇고 얼굴을 베개에 묻더군요. 뒤로 할 때가 가장 깊고 가장 기분이 좋았거든요. 밀크로션 때문인지 이번에는 쑤욱 들어가더군요. 저도 무릎을 꿇고 제인의 허리를 단단히 부여잡고 온 힘을 다해 불빛을 부여잡았어요. 타잔이 아니라 고릴라였어요. 얼마나 힘을 주었는지 제인이 견디지 못하고 엎드리더군요. 엎드리면서도 엉덩이를 최대한 올려 제 몸과 밀착을 시키는데요. 저는 거의 절정에 와 있더라구요. 그 짧은 순간에도 제가 커오면서 겪고 보았던 많은 여자들이 쏜살같이 스쳐 지나갔습니다. 경호제과 아줌마의 출렁거리는 젖가슴과 대전역 앞 역전목욕탕에서 보았던 수많은 여자들의 삼각주와 정희 누야의 스킨로션 냄새와 아야, 그리고 마린의 쌍꺼풀 진 눈망울과 주름진 스커트 자락 속에 팔랑거리던 허벅지를 떠올렸습니다. 우리는 슬프게도 먹이를 놓고 물어뜯는 하이에나처럼 울부짖었습니다. 제 머리털이 일제히 하늘로 곤두서면서 뇌 속으로 이만 이천 볼트의 고압 전선이 관통하고 지나갔습니다. 혼신을 다해 마라톤 풀코스를 뛴 선수처럼 콧구멍을 비롯해 온몸의 구멍이란 구멍을 최대한 벌려놓고 고목처럼 쓰러졌지요. 어디선가 멀리 구급차 사이렌 소리가 들리고, 가까이에서는 자갈치 시장 노점에 천막 포장이 펄럭거리는 소리가 들렸어요. 더 멀리 아득한 곳에서는 기적 소리와 뱃고동 소리가 밤 파도와 함께 실려왔겠지요. 지금처럼 세상에서 가장 편한 자세로 누웠습니다. 옆방은 고요했어요. 방 안에서는 소독약 냄새와 밤꽃 냄새와 말똥 타는 냄새 비슷한 게 서로 뒤섞여 가라앉으면서도 평화로웠어요. '목마르죠? 타잔. 정말 대단해요. 아까 먹다 남은 술이 복도에 있을 거예요.' 젖가슴만 수건으로 살짝 가린 아가씨가 무릎걸음으로 문을 열고 나가 맥주를 가져왔어요. 저는 이빨로 뚜껑을 따고 숨도 안 돌리고 병째 쏟아 부었지요. '어쩜 그렇게 먹을 때도 터

프해요. 술 마실 때나 그거 할 때나 똑같네' 하면서 제 가슴 위로 쓰러지더군요. 비로소 머리카락이 간지럽게 느껴져요. 좀 전까지는 전혀 그런 느낌이 없었거든요. 이 여자가 정희 누야라면, 이 여자가 내 목숨 다 던져 짝사랑했던 마린이라면 한평생 함께해도 아깝지 않겠지, 이제 그만 쓰다듬어요, 간지럽잖아요, 까지 속으로 얘기하고 있는데요, 여자가 반짝 고개를 들고 정면으로 저를 뚫어지게 바라보는 거예요. '당신 같은 남자라면 이대로 한세상 끝이 난다 해도 원이 없겠어요' 하지 않겠어요. '좋지요. 나도 금방 그 생각하고 있었는데요.' 그랬더니 '피이, 거짓말 말아요. 타잔 아저씨 눈에 다 씌어 있는걸요. 당신 같은 사람은 거짓말하면 금세 탄로 나요. 여태까지 딴 여자 생각해놓고선……'

뜨끔했지요. 역시 여자들의 직관은 정확한가봐요. 저는 말없이 손가락을 부드럽게 펴서 등덜미와 목 언저리 귓바퀴와 머리카락을 부드럽게 쓰다듬었죠. 어디쯤에선가 아주 가늘게 코고는 소리가 들려요. 여자가 베개 대신 볼을 묻은 제 가슴에도 땀이 돋아나고요. 살며시 몸을 빼내 보석 만지듯 소중하게 자리에 눕히고 이불을 끌어 덮어주었지요. 가끔씩 속쌍꺼풀이 떨리는 순간도 있었지만 파트너는 아주 달고 편안한 잠 속으로 들어갔습니다. 담배 생각이 간절했지만 혹시 부스럭대는 소리에 깰까 봐 그대로 누워 오래오래 잠자는 여자를 내려다봤습니다. 코에다 바짝 얼굴을 대보기도 했는데, 어린아이처럼 단내가 고르게 나더군요. 짙은 눈썹, 소복한 눈두덩, 고집스런 코, 야무진 입술이 약간 벌어져 고른 이빨이 가지런히 늘어서 있는데 갑자기 눈물이 툭 떨어져요. 숨을 들이켜고 참으려니 사래가 들어 기침이 나오려고 합디다. 기침마저 참으려니 제 상체가 울컥울컥해지더라구요. 반대로 돌아누워 저는 소리 죽여 오랫동안 울었습니다."

"이 새끼 잘 나가다가 청승맞게 지랄이야."

"시정하겠습니다."

"시정이고 나발이고 별명은 어떻게 된 거야? '십분만' 이었다며?"

"아, 예. 그게 다른 게 아니구요. 저도 예비고사 점수가 어떻게 나왔나 걱정을 했다가, 부산 어딘가에 살고 있을 정희 누야 생각도 했다가 설풋 잠이 들었는데요. 바람은 또 얼마나 궁금증이 많은지 밤새 창문을 두드렸나봐요. 꿈속에서 수많은 손들이, 그 둥근 바람 주먹들이 창문을 두드리는 소리를 들으며 달고도 깊은 잠을 짧게 잤다고 생각했는데, 그새 새벽이 다가와 통금이 풀렸나봐요. 적산 가옥을 부르르 집어삼키며 자동차들이 지나다니고 경적 소리와 자갈치 시장 깨어나는 소리로 바깥이 부산해졌어요. 옆방의 주방장과 고군도 깨어났는지 부스럭거리는 소리가 들리더군요. 마음이 급해졌습니다. 왜냐하면 이층에서 자는 주인 아줌마가 아침 시장을 보기 위해 일찍 내려오거든요. 그 전에 식당으로 돌아가야 했기 때문입니다. 벌떡 일어나 주섬주섬 옷을 챙겨 입으려는데 파트너가 눈을 가늘게 찌푸리면서 '벌써 일어났어요, 타잔 아저씨? 아함, 잘 잤다. 근데 아저씨 이걸 어떻게 해. 또 하고 싶나봐' 하질 않겠어요. 제 물건은 제주도 수말만큼이나 커져 있었어요. 밤새 바닷바람에 씻기고 말러서 더 그랬니봐요. 이슬 머금은 푸른 풀밭으로 새벽 안개가 쫘악 깔리고 저는 알몸뚱이로 뛰어다니는 한 마리 싱싱한 수말이 되었습니다. '하고 싶으면 하세요.' 여자는 스스럼없이 다리를 벌리고 저를 받아들이더라구요. 준비가 덜 되어 힘이 들었는데 여자는 우선 급한 대로 자기 그것에 침을 바르고 제 거기에다가도 골고루 침을 발라 어렵사리 한 몸이 되었습니다. 어젯밤처럼 묵지근하고 빡빡하게 들어갔지만 선택의 여지가 없었지요. 마음이 다급해서 함부로 엉덩이를 놀려댔습니다. 옆방에서는 부산스럽게 일을 끝내고 신발 신는 소리가 들리더니 우리 방 앞에서 주방장 하군의 하마 같은 소리가 납니다. '김균아, 시간 됐다. 퍼뜩 가자.' '예, 예, 다 돼갑니다. 십 분만 기다려, 허헉, 십 분만 기다려주십시오.' '이놈 보래이, 아줌마한테 걸리면 우리 셋 다 하루아침에 모가진기라. 퍼뜩 나오그라.'

미치겠어요. 하면 할수록 강해지면서 별은 아스라이 밀어졌습니다. 안간힘을 다했지요. 더 빨리, 더 깊이, 더 힘차게 요분질을 쳤습니다. 아래에 깔린 파트너도 엉덩이를 이리저리 돌려 조이면서 최선을 다했지만 힘만 들어갔지 절정의 순간은 오지 않았습니다. '하이고 이놈, 큰일 났대이. 퍼뜩 빼고 나온나, 으잉.' 주방장은 방문을 쾅쾅 쳐대더니 계단을 내려갔습니다. '예, 예, 알겠습니다. 십 분만, 헉헉, 십 분만, 헉헉, 시간을……' 아무 생각을 할 수가 없었습니다. 불을 급히 때느라 석탄을 잔뜩 퍼 넣은 형국이었지요. 불은 급할수록 더디 타올랐어요. 압력을 견디다 못한 김이 피스톤을 자극해 석탄 기차가 움직이기까지, 타오르던 별이 한데 엉기어 녹아내리기까지 안간힘을 다해 왕복운동을 했습니다. 제 귓속에는 회오리바람이 맹렬하게 불었습니다. 반경 수십 제곱미터의 숲이 초토화되어 하늘로 끌려 올라갔습니다. 사막의

어느 잡범에 대한 중간 보고 117

폭풍 작전이 따로 없었지요. 드디어 숨이 턱에 닿고 저는 거품을 물면서 쓰러졌어요. 빼자마자, 숨도 못 고르고 옷을 입었습니다. 여자도 따라 일어서더니 제 목을 껴안고 매달리더군요. '타잔 아저씨, 정말 좋았어요. 이런 경험 처음이에요. 또 올 수 있죠? 오면 꼭 나를 찾으세요. 내 이름은 십 분만, 아니 그냥 숙이라고 불러요.' 저는 대답 대신 여자를 번쩍 들어 올렸다가 바닥에 내려놓고 계단을 뛰어 내려갔습니다. 겨울이었지만 자갈치 시장을 휘도는 바람은 봄날만큼 상쾌했습니다. 몸도 거뜬했구요. 마치 몸 안에 오래 고여 있던 묵은 독이 한꺼번에 빠져나간 것처럼 가뿐했습니다. 다행히 주인 아줌마에게 들키지도 않았고, 우리는 공범자가 되어 눈이 마주칠 때마다 키득거렸지요. 그 뒤로 무슨 일이 있어 제 말이 나오면 주방장이나 고군이 '십분만'이라고 자주 놀려댔어요."

"이 새끼, 언제는 계집애처럼 찔찔 짜더니 본전 뽑고도 남는 장사했네? 근데 임마, 밤에 할 때는 괜찮았는데 새벽에는 엄청 재미없게 끝냈잖아?"

"그게…… 그러니까……, 시간이 없어서."

"그래도 그렇지 씹새꺄, '십분만' 이래서 잔뜩 기대했는데……."

"죄송합니다, 김 병장님. 사실 여자들하고 할 때 뭐 복잡할 거 있습니까? 벗었다, 올라탔다, 했다, 내려왔다 그리고 끝 아닙니까?"

"이 새끼 봐라. 우리가 싸리 작업 한다고 백운봉에 올라갔다고 치자. 올라가서 싸리나무만 꺾어 오냐? 풀도 보고 벌레도 보고 계곡과 나무와 돌과 이끼까지 다 더듬어 올라가잖아. 날아가는 새도 보고, 목마르면 물도 마시고. 인마, 무식한 놈들이나 산 정상에 올라 먹따는 돼지처럼 고래고래 소리나 지르고 내려오는 거지. 팔베개하고 누워서 구름도 맛보고 하늘도 맛보고 별똥별도 맛보고 슬금슬금 내려오는 맛을 누가 제대로 알겠냐, 짜샤. 니 말대로 별이 타올라 재가 될 때까지, 한마디로 숨이 꼴깍 넘어가 뒈질 때까지 우리 군바리들은 여자들에게 무릎 꿇고 최선을 다해야 된다 하는 말씀이 오늘 육군 병장 김 병장의 막걸리 야외 교육이었다, 알아듣겠냐?"

"넷, 명심하겠습니다."

야외 교육은 끝났다. 트럭이 왔다. 먼지를 피어올리며 덜컹거리며 왔다. 막차였다. 본창이는 토끼눈에 휘청거린다. 걱정이다. 포플러나무만큼 큰 저 녀석이 휘청대기 시작했으니 저녁 바람이 불지 않아도 불안하다.

육공트럭은 천천히 출발했다. 모래 위에 누운 고참 하나와 졸병 둘은 흔들리면서 편안했다. 어스름처럼 막걸리 기운이 푸른 혈관을 타고 서서히 퍼졌다. 잠깐 쪽잠을 잤나보다. 위병들의 벽력같은 고함 소리에 눈을 떠보니 그새 부대 안이다. 취사장 앞에는 온통 흙투성이가 된 훈련병들이 M16 소총을 세워놓고 군가를 부르고 있었다. 저녁 먹을 시간이었다. 우리가 정신없이 퍼 올린 이포 모래는 A연병장에 골고루 뿌려져 언뜻 보면 강물만 흐르지 않았지 넓은 모래사장에 온 착각을 일으켰다. 육공트럭이 모래를 부리자 평탄 작업에 차출된 훈련병들이 벌 떼처럼 달려들어 모래를 깔았다. 건빵 두어 박스가 당근으로 뿌려졌으리라. 갑자기 주위가 어수선했다. 저 멀리 지휘대 뒤 계단으로 까만 안경을 쓴 대대장이 참모들을 대동하고 내려오고 있는 모습이 보였다. 일이 더럽게 꼬여가기 시작했다. 바람이 불어와 눈에 모래라도 들어갔나, 본창이가 허리를 꺾으며 엉금엉금 포플러나무 밑으로 기어가고 있었다. 미처 손을 쓸 틈도 없이 잔돌과 가랑잎이 어수선하게 쌓여 있는 배수로에 한 무더기의 토사물이 분수처럼 퍼져 나갔다. 마른 체구에 그렇게 많은 내용물이 들어 있다니. 등을 두드리는 내 손바닥에는 뼈밖에, 느낄 수 있는 다른 신체 구조는 없어 보였다.

"얀마, 괜찮아?"

"괜찮아, 씹새끼야."

돌아보는 본창이 두 눈이 뻘겋다. 눈물이 그렁그렁 매달렸다. 휘청 일어선 본창이가 비척비척 걷기 시작했다. 야전 상의는 풀어헤치고, 모자는 반쯤 하늘을 보고, 전투화 끈은 풀어져 제각기 놀고, 손을 바지 주머니에 푹 찔러 넣었다. 이건 최악의 상황이다.

"전체 동작 그만! 차려엇, 단결!"

"쉬어! ……수고 많다. 그런데, 박 중사?"

"넷! 중사 박형우."

"저 사병은 뭐 하는 사람인가?"

"신병입니다."

"모래 사역 보냈더니, 술 사역을 했구만. 지금 즉시 16중대장, 대대장실로 올라오라고 해!"

일과가 끝나고 장교식당으로 내려가던 대대장에게 걸렸으니 이건 빼고 박고 할 건덕지가 없었다. 그 자리에서 조인트나 몇 방 얻어까이고 원산폭격하는 것으로 끝나기에는 상황이 너무 엉망이었다. 평소 독사라는 별명으로 유명한 선임하사에게 아구통이 좌우로 번갈아 돌아가고 김 병장에게는 군화발로 마구 짓이겨졌다.

"야, 김호식. 이 새끼 내무반으로 업고 가."

본창이는 코와 입에서 피를 흘리면서도 빙긋이 웃고 있었다. 어느새 소식을 듣고 달려왔는지 승준이가 뒤를 받치고 따라왔다.

"야, 구본창. 정신 차려 이 새끼야. 죽으려고 환장했구나. 야, 인마. 대대장한테 개기면 어떻게 해."

"그래, 나 죽으려고 환장했다. 저 씹새끼들이 사람인 줄 알았냐? 광주에서 얼마나 많은 사람들을 죽인 놈들인데."

"이 새끼, 완전히 맛이 갔구나. 너 지금 그 말 누구 귀에 늘어가면 우리 셋 다 남한산성에 끌려가 귀신도 모르게 죽는다는 거 몰라?"

"가면 가는 거지, 씹새끼야. 저 새끼들은 사람이 아냐, 인간 백정이라구. 저 개 같은 놈들에게 왜 우리가 충성하냐구."

"하, 이 새끼, 돌아버리겠네. 김호식 너, 어떻게 했길래 본창이가 이 모양이 되도록 퍼 마시게 놔두었냐? 완전히 군기가 빠졌구만. 우리는 오늘부로 사망이야, 새끼야."

"시팔, 죽으면 한 번 죽지 두 번 죽겠냐? 야 이, 개새끼들아! 살인마들아! 흡혈귀들아! 맞장 한 번 떠보자, 씨부랑탕 개지식들아! 너 죽고 나 죽고 한 번 붙어보자구!"

본창이는 고래고래 고함을 치며 거품을 물었다. 몸은 늘어져서 무거운데 목소리는 살아 있어 사뭇 분기탱천한 기세가 신교대를 갈아 먹고도 시원찮을 판이었다. 담요를 깔아 눕히고 군화와 야전 상의를 벗기고 찬물 찜질을 시켜 겨우 진정 기미를 보일 때까지 승준이와 나는 정신이 없었다. 어디서 그런 힘이 나오는지 몇 대 얻어맞기도 했다. 승준이가 화를 낼 만했다. 그러나 저러나 본창이가 취중에 한 말은 처음 듣는 얘기였다. 천구백팔십년 오월, 광주에서는 무슨 일이 있었던가. 관제 신문이나 방송 보도 내용을 보면, 북괴의 사주를 받은 불순분자나 폭도들이 '비상계엄 해제하라' '김대중 석방하라' '전두환 물러가라'며 데모를 하다가 이를 진압하려는 경찰과 군인들을 폭행하고 관공서를 때려 부수고 무기를 탈취하여 정당한 공권력 집행을 방해했다는 소식밖에 듣지 못했으니 말이다. 본창이 말이 사실이라면 나는, 아니 우리 국민들 대부분은 청맹과니에 불과했단 말인가. 나보다 훨씬 많이 배운 본창이가 거짓말할 리는 없을 것이다. 오랫동안 독재권력을 휘둘렀던 대통령이 갑자기 죽고 난 뒤 오늘에 이르기까지 얼마나 많은 일들이 일반 백성들 모르게 벌어졌던가. 군대 오기 전에 분명히 목격한 일도 있다. 보문동에서 돈암동 시장 우리 금은방을 거쳐 삼선교 쪽으로 스크럼을 짠 고대생들이 폭풍처럼 몰려가면서 '독재타도'와 '유신철폐'를 외치지 않았던가. 또 내가 다녔던 고려학원 야간반 학생들도 가만히 있을 수 없다며 수업을 거부하고 시내로 진출하려고 하지 않았던가. 권력을 잡은 이놈들은 분명 무언가를 숨기고 있는 것이 틀림없다. 오늘 일이 잘 수습되고 언제 한가하면 몰래 물어봐야지. 제법 어두워졌다.

"야, 빨리 취사장에 내려가자."

"그래, 씨팔 이거 배식 끝난 거 아냐."

복장을 점검하고 전투화에 땀이 나도록 뛰었으나 국기 게양대 앞을 지날 무렵 귀청을 때리는 스피커 소리에 우리 둘은 멈춰서고 말았다.

"……전달한다, 전달한다. 현재 시각 십팔 시 공오 분. 상황실 탄약고 근무자를 제외한 16중대 기간병들은 십팔 시 십 분까지 완전군장을 하고 알철모에 판초우의를 착용한 뒤 오른쪽은 전투화, 왼쪽은 영내화를 신고 전원 A연병장에 집합할 것! 이상, 전달 끝."

올 것이 오고 말았다. 저녁을 먹고 나면 2.4종 창고 뒤에 끌려가서 곡괭이 자루가 말랑말랑해질 때까지 얻어터지고 의무대에 며칠 입원하면 상황 끝일 줄 알았다. 우리 중대장 장경기는 이등병으로 시작해 히시퀸을 기쳐 다이아몬드 세 개를 달기까지 월남전까지 참전한 백전노장이었다. 까막떼기란 별명에 잘 어울리게 저승사자 같은 눈매를 자랑하고 있었다.

군대에선 개인이란 없는 것이다. 오로지 명령에 살고 명령에 죽을 뿐. 개 같은 날, 미친개에게 물린 격이다. 고참들이나 선임하사, 중대장 입장에서 보자면 기가 막힐 일이겠지. 이제 막 훈련 기간을 끝내고 자대 배치 받은 지 일주일도 안 된 신병이 하늘 같은 대대장 앞에서 사제 인간보다 더 개개풀린 모습을 보였으니 이건 한심하다 못해 천지가 개벽할 일이다. 고문관으로 찍힌 건 말할 필요도 없고 길고도 험한, 너러운 내무반 생활이 이어질 것이다. 총알같이 뛰어 내무반에 올라갔을 때 고참들은 벌써 완전군장 차림으로 계단을 내려오고 있었다. 관물대 속옷과 편지지와 봉투가 쏟아지고 세면도구가 으깨어지고 반합 뚜껑이 제멋대로 굴러다니는 와중에서도 본창이는 코를 골며 자고 있었다. 가뜩이나 정리 정돈에 자신이 없었던 나는 승준이가 도와줘서 겨우 군장을 꾸려 알철모를 덜렁이며 뛰어나갔다. 새로 신어 아직 길이 나지 않은 전투화 한쪽이 마음에 걸렸다. 휴가자 빼고 신병 내무반장 빼고 취사장 위병소 파견 빼고 상황실 탄약고 근무자 빼고 겨우 열대여섯 명이 초라하게 연병장 사열대에 집합을 했다. 가만히 꼴을 보니 가관이다. 정상적인 동절기 복장에다 판초우의를 뒤집어쓴 것까지는 좋았는데 한쪽은 운동화 한쪽은 전투화 바람에 그 무거운 알철모를 쓰고 판초우의 겉에는 군장을 짊어지고 소총을 파지하고 있는 모습이란 한마디로 코미디가 따로 없었다. 계급 순대로 승준이와 나는 맨 뒤에 섰다. 더럽게도 일진이 사나운 날이었다. 특히 제대를 얼마 안 남기고 모래 사역을 같이 갔다 온 김동현 병장은 더욱더 화를 냈다.

"씨팔, 군대 좋아졌다. 이거 쫄따구 무서워서 어디 군대 생활 제대로 하겠나?"

중대장은 대대장에게 변명 한 마디 제대로 못하고 재떨이 세례를 받고 군화발로 몇 대 얻어맞은 모양이다. 소대장에게 하도 기가 차서 말도 안 나온다고 익일 아침까지 뺑뺑이를 돌리라고 훈시해놓고 퇴근해버렸다. 정병구 소위는 ROTC 출신으로 평소 독실한 천주교 신자였으며 냄새를 잘 맡아 별명이 개코였다. 명령이 떨어졌다. 연병장 오십 바퀴. 뺑뺑이 치고 그렇게 무거운 건 아니었지만 문제는 신발과 알철모다. 낙오는 있을 수 없다. 하늘 같은 고참이 앞에서 뛰고 더군다나 소대장은 구령을 붙이면서 사병들이랑 함께 뛰고 있지 않은가. 불행 중 다행이랄까 이포 모래는 감촉이 좋았다. 연병장은 넓었다. 열 바퀴 정도는 그런 대로 군가를 부르면서 뛸 만했다. 〈행군의 아침〉〈진군가〉〈진짜 사나이〉〈전선을 간다〉〈조국이 있다〉〈너와 나〉〈사나이 한 목숨〉〈멋진 사나이〉〈팔도 사나이〉까지 왔을 때는 드디어 전투화가 무겁기 시작했다. 스무 바퀴 정도 돌았나, 제일 먼저 행정반 교육병 박홍민이 쓰러졌다. 우리 중대에서 제일 뚱뚱한 사람이었다. 이를 악물고 뛰었다. 반합과 야전삽이 불규칙적으로 부딪히는 소리가 들렸다. 불쑥 산이 다가왔다가 물러서고 훈련병 내무반이 솟아올랐다가 꺼졌다. 하얀 페인트로 칠한 지휘대와 심은 지 얼마 안 된 은사시나무, 연병장 건너 배나무 과수원과 축구 골대, 높은 축대 위에 버티고 서 있는 공수타워를 들었다 놓았다 하기를 사십여 바퀴, 이제 모래 한 알만큼의 힘도 남아 있지 않았다. 몸은 인내의 한계를 훨씬 벗어나 있었다. 악밖에 남지 않았다.

군대라는 조직은 악을 이렇게 키우는구나. 이렇게 키운 악으로 선량한 광주 시민들을 폭도로 몰아 죽였단 말인가. 신물이 올라왔다. 중대원들은 하나같이 오래 해소를 앓아온 늙은이처럼 가래를 끓이며 뛰었다. 뛰는 것이 아니라 전투화가 땅을 끌고 가는 거나 마찬가지였다. 알철모는 무거운 돌덩어리로 바뀌고 군장은 천근 무게로 어깨를 짓누르고 소총을 짊어진 오른쪽 어깨는 자꾸 한쪽으로 무너졌다. 땀이 소금으로 변해 전투복 속에서 서걱거리는 소리가 분명히 들렸다. 밤하늘엔, 별 무더기가 가득 피었다. 강물을 바라보며 막걸리를 마신 대가치고는 너무 가혹했다. 이등병들의 화려한 외출이었다. 마지막 한 바퀴를 혼신의 힘을 짜내 돌고 난 뒤 강물 냄새가 밴 모래 위로 쓰러졌다. 입 안은 한 움큼 모래알을 퍼먹은 것처럼 깔깔했다. 비로소 검은 산 등고선과 회청색 하늘과 사파이어 가루 같은 별 무더기가 한꺼번에 보였다. 살아 있구나. 이마에 커다란 혹을 붙인 외계인으로 다시 태어났다. 누군가가 철모를 툭툭 털며 일어났다. 모두들 말이 없었다. 말이 없을 때의 서늘한 공간, 침묵의 무서움을 오래전부터 터득하고 있었다. 이것은 시작일 뿐이다. 내무반에 들어가 군장을 풀고 고참들 관물 정리가 대충 끝났을 때 보급창고 뒤에서 집합이 있었다. 본창이는 보이지 않았다. 누군가의 손에 의해 의무대에 입원했거나 내무반장실에 숨겨 놓았는지도 모른다. 눈에 띄면 누구든지 박살을 내고 싶어 했으리라. 시커먼 보급창고 뒤에는 상병 이하가 모였다. 내무반장이 병장을, 병장이 상병을 줄줄이 조지고 난 뒤에 따르는 당연한 순서다. 상병 하나가 선임 일등병에게 대형 곡괭이 자루를 열 대 정도 알뜰하게 안겼다. 보통 체격인 청년들도 두어 대 맞으면 무릎을 꿇지 않을 수 없을 정도로 충격이 큰 매였다. 선임 일등병부터 군번 순으로 쭉 내려왔다. 승준이가 맨 끄트머리였다. 묵직했다. 뼈까지 진통이 왔다. 또 한 번 이를 악물었다. 공동전범인 나는 맞아도 싸다. 죄 없이 맞은 중대원들과 승준이에게 미안하기는 했다. 어차피 군대에선 개인이란 존재하지 않는 것 아닌가. 먹고 자고 매 맞는 시간도, 심지어 똥 누는 시간도 마음대로 할 수가 없었다. 군인은 국가의 몸이기 때문이다. 처음 맞을 때는 불에 맨 살이 데인 것처럼 화끈거렸으나 시간이 지날수록 무감각해졌다. 나중에는 춥기까지 했다. 승준이가 맞을 때 가장 애처로웠다. 선이 여린 녀석인데, 다섯 대쯤 얻어맞더니 그대로 널브러진다. 덕분에 엄살 부린다고 군화발로 몇 대 더 얻어터졌다. 녀석, 울음을 참느라고 꽤나 힘들었겠지. 군기 확립에 대해 짤막한 야간 교육이 끝나고 곡괭이 자루는 보급창고 뒤 원래의 자리로 돌아갔다. 황량한 신병교육대대 막사 위로 구슬픈 취침 나팔 소리가 퍼졌다. 하루가 한 달 정도 지난 것처럼 느껴졌다. 이렇게 하루가 느려터지게 간다면 도대체 제대 날짜는 오기는 오는 건가. 습관처럼 멀리 강물을 내려다봤다. 강물은 말이 없다. 바람은 깊이 잠든 은사시나무를 흔들어 깨우고 대전차 사격장으로 달아났다. 중앙선 야간열차는 언제쯤 지나갈까. 기적 소리라도 들을 수 있다면, 연등처럼 환한 유리창을 달고 지나가는 야간열차를 볼 수 있다면, 온몸의 피로가, 고통이 씻은 듯이 나을 텐데. 기차는 끝내 지나가지 않았다.

　맺힌 게 있으면 풀어야 하는 법. 선임 일등병은 눈치가 빨랐다. 어디서 긁어모았는지 늦은 시간에도 만 원짜리가 왔다갔다한다. 선임 일등병을 따르는 보급병에는 승준이와 내가 뽑혔다. 일과가 끝나고 취침 시간에 간혹 왕고참들이 술추렴을 벌이는 것을 본 적이 있었다. 대부분 소주나 막걸리에 두부김치가 전부였지만 취사장 쉰내에 찌든 군바리들에겐 잠이 오지 않을 정도로 군침이 도는 별식이었다. 오늘의 메뉴는 막걸리와 비빔국수. 좀더 빠른 곳을 택한다면 위병소 옆 대대장 관사 사이를 빠져나가면 금방 나오는 덕평상회가 무난하겠지만 오늘 같은 밤은 위험했다. 거리가 멀다는 흠이 있었지만 오늘 야간 보급투쟁할 곳은 청기와집으로 정했다. 여름에만 사용하는 옛날 내무반과 공수타워를 돌아 사격술 예비 훈련장을 지나면 동쪽으로 낮은 등성이가 엿가락처럼 구부러져 있고, 화생방 교육을 받았던 야외 훈련장에서 꺾어 내려가면 파란 기와집이 나왔다. 부대 기간병 사이에는 청기와집이라고 널리 알려진 민가였는데, 주로 신병교육대 사병들과 인근 마을 사람들이 들르는 한적한 주막집이었다. 밤이 깊을수록 별은 파랗게 빛을 뿜었고, 어두컴컴한 산길이 희미하게 이어졌다. 옛날 산사람들은 배고픔과 추위를 견디며 수많은 날들을 밤을 낮 삼아 산길을 걸으면서 높낮이가 없는 평등한 사람살이에 대해 고민했을 것이다. 태어난 곳과 학벌과 재산과 신분과 계급에 관계없이 서로 때리지 않고, 욕하지 않고, 죽이지 않는 세상은 없는 것인가. 그런 세상은 정녕 오지 않을 것인가. 총칼과 대포와 전투기를 녹여서 막걸리와 비빔국수를 만든다면 온 나라 백성들이 먹고 남을 만큼 차고 넘칠 것이다. 창자가 뒤틀리면서 맹렬하게 먹을 것을 요구했다. 창자만큼 정직한 놈도 없을 것이다. 선임 강연근 일등병은 시골에서 농사를 짓다 끌려 온 사람이었다. 이미 결혼을 해서 아이도 둘이나 딸린, 그러니까 고참들보다도 나이가 많은 사람이라 하대를 하면서도 어려워하는 큰형 같은 사람이었다. 자박자박 별빛을 즈려 밟고 청기와집 지붕이 보였다.

"너희들 배고프지? 아까 많이 아팠냐?"

"……."

"이 씹새끼들 귓구멍에다 팔십일 밀리 박격포를 박았나, 고참이 물어보는데."

"옛! 고픕니다."

"맞은 거 섭섭하게 생각하지 마라. 다 좆같은 세월 만나 군대 끌려온 게 죄지. 하여튼 아줌마가 비빔국수를 준비할 동안 최대한 빨리 막걸리와 두부김치를 먹어 치운다, 알았지? 단 표시를 내면 우리 셋 모두 십종 처리다. 그때 가서 후회하지 말고 솔잎을 계속 씹을 것! 무슨 말인지 알겠지?"

세상에서 가장 맛있는 막걸리였다. 묵은 김장김치는 이가 시리면서 달았다. 두부가 그렇게 고소한 음식이란 걸 처음 알았다.

"얀마, 그렇게 뺑뺑이를 돌고도 막걸리가 넘어가냐?"

승준이가 측은하게 눈을 흘기며 물었다.

"당장 목구멍이 포도청인데 어떡하라고?"

"넌 자식아 간도 쓸개도 없는 놈이야."

"헛소리 집어쳐. 고참들이 안 그러디? 군대에서 남는 건 먹는 것밖에 없다고."

나는 두부에다 김치를 크게 싸서 볼이 미어지게 집어넣었다.

선임 일등병이 막걸리 잔을 내려놓으면서 거들었다.

"그건 호식이 말이 맞다. 죽어도 먹고 죽은 놈은 때깔이 좋다고 말야. 군대에서는 중뿔나게 나설 것도 없고 맨 꼬래미에 처져서 고문관 소리 들어도 괴롭기는 마찬가지다. 항상 중간에 있어야 한다. 있는 듯 없는 듯, 언제 저 새끼가 우리 부대에 있었지 할 정도로 중간에만 서 있으면 아무런 문제가 없다. 뭐니 뭐니 해도 몸뗑이 하나 잘 건사해서 제대하면 그걸로 축복인 셈이지. 늦었다. 어서 가자."

돌아오는 길은 약간 가파른 산길을 올라야 했다. 허벅지가 당기고 군복이 엉덩이에 달라붙어 걸음을 옮길 때마다 쓰라렸다. 앞으로도 수없이 많은 밤길을 걸어야 하리라. 그때마다 나무들아, 이 길을 지켜주렴. 하늘의 별들아, 이 길을 오래 비추어 비틀거리지 않게 밝혀주렴. 바람아, 쓰라린 청춘의 가슴을 위로해주렴.

본창이 사건은 다행히 더 크게 번져 나가지 않았다. 군기교육을 위해 사단헌병대 영창에 들어가지 않고 그냥 자대에서 얼차려 받는 걸로 일단락되었다. 얼차려 교육은 일과 시간 끝난 다음에 완전군장으로 보름 동안 날마다 연병장을 오십 바퀴씩 도는 일이었다. 덕분에 승준이와 나는 번갈아 가며 따뜻한 보리차를 준비하고 피엑스에 가서 단팥빵을 사다 날랐다. 넓디넓은 연병장에서 뺑뺑이를 돌고 있는 본창이는 도보 고행승 같았다. 혼자일 때 사람은 구도자가 되나보다. 그동안에 봄을 재촉하는 비가 내리기도 했다. 과수원을 빠져나가는 바람 소리를 듣기도 했다. 바람은 모래와 낙엽을 몰고 배수로 쪽으로 내달았다. 배수로에는 물보다 높게 낙엽이 쌓여 있었다. 습기가 죄 빠져나간 나무의 시체, 희디흰 갈비뼈가 고스란히 드러났다. 나무가 자신의 살을 버리는 것은 겨울을 견디기 위한 고행이리라. 어둠이 내리면 소총도 들어주고 군장도 나누어 지고 같이 걸었다. 고참들은 알면서도 눈감아주었다. 산의 실핏줄이 풀리면서 물소리가 분명해졌다. 물은 산의 피, 나무의 즙, 어떠한 보약도 이를 따르지 못할 것이다. 부대 옆에 산이 있고 숲이 있어 눈만 뜨면 나무를 볼 수 있다는 사실이 그나마 크나큰 축복이었다. 그래, 얼마나 시달리며 사시는가. 늙은 싱수리나무가 안쓰러워했다. 바람을 머금은 나무들은 잔잔한 말씀을 풀어놓았다. 참고 견디는 자에게 반드시 봄은 오는 것이니. 어떤 큰 나무도 작은 나무를 업신여기지 않고 작은 나무 또한 큰 나무를 질투하지 않는 그들만의 질서. 그 밑에는 또 얼마나 많은 벌레와 풀들이 옹기종기 일가를 이루어 살고 있는지. 추운 밤하늘에 맨발로 떠다니는 달이 초라한 이등병 계급장 위로 내려앉아 희미한 그림자를 만들었다. 그림자는 모래 바닥을 만나 파도 거품처럼 스며들었다.

봄은 바람도 아니고 구름도 아니고 강물도 아니고 과수원 한복판에 있는 무덤에서 먼저 왔다. 지난겨울, 얼어붙은 흙, 곡괭이로 풀어서 진눈깨비 함박눈 뜯어내며 회다짐 야물게 했는데도 하루가 다르게 살이 올랐다. 가슴 풀어서 숨을 쉬고 새치름히 겨웃 돋아났다. 덕평리 사람들이 논흙을 갈아엎고 물을 대고 모를 심었다. 논과 밭은 하루가 다르게 푸르러지고 개구리가 울고 꽃이 피었건만 용문산 정상에는 눈이 허옇게 쌓인 날들이 많았다.

본창이도 정상적인 생활로 복귀했다. 우리 셋은 나란히 일등병 계급장을 가짜로 달고 조교 노릇을 했다. 승준이는 체질이어서 자세도 잘 나오고 그런 대로 적응하는 것 같았지만 본창이와 나는 자세는 말할 것도 없고(아예 시범 조교로 명단에서 빠졌다), 그저 느린 국방부 시계를 한탄하며 주야장천 남한강이나 바라보는 게 일과였다. 기상 나팔이 울리고 일조점호를 받기 위해 모포를 개면서 창 너머 사격술 예비 훈련장 언덕을 보면, 잔디는 푸르른데, 그냥 숨이 턱 막혀 죽을 것 같았다. 산소가 희박한, 사방이 막힌 밀폐된 공간에 나 혼자 남아 있는 것 같았다. 시간이 그 자리에 우뚝 멈춰 수천 년 동안 흐르지 않을 것 같은 공포가 온몸을 휩싸고 돌았다. 탈영을 할까, 비겁한 짓이었다. 탈영을 한다 해도 이 나라에선 도망갈 곳이 한정되어 있었다. 배를 타고 다른 나라로 밀항을 하기 전에는 이 좁은 나라에서 숨을 곳이 없다. 그것보다는 나보다 체력이 약한 동료들도 다들 잘 버티고 있는데 사지 멀쩡한 놈이 아무런 대책 없이 탈영을 한다는 건 비겁한 짓이었다.

무엇보다 참을 수 없는 건 돈이었다. 군대에 가면 먹고 자고 입는 것부터 모든 것을 국가에서 지급해주는데 무슨 돈이 필요할까 하겠지만 그것은 군대를 경험해보지 못한 사람들의 얘기다. 우선 본창이와 승준이네 가족들이 면회를 와서 한바탕 잔치를 했다. 본창이네는 집안이 좋아서 그런지 부모님과 누나 가족들이 총출동해서 술과 음식을 준비해와 토요일 오후에 때 아닌 중대회식까지 할 정도로 인심을 쓰고 갔다. 승준이는 본창이만큼은 아니었지만 시골에서 떡을 해와서 온 중대를 돌리고도 남았고 기간병들에게 사제 담배를 한 보루씩 안기기도 했다. 자대 배치를 받고 신병 생활을 시작할 때 중대 간부들이나 고참들에게 떡고물을 발라놔야 내무반 생활이 편해진다는 것쯤은 누구나 알고 있는 사실이다. 하지만 내게는 술과 음식을 살 돈도 떡을 쪄오고 담배를 사 가지고 올 사람이 아무도 없었다. 가난은 우리 식구들이 가진 유일한 재산이었다. 겨울이 오면 윗목 두지에 쌓아놓은 생고구마가 양식의 전부였다. 내 주위에 있는 가족과 친지들, 친구들은 모두들 하루 벌어 하루 살기에도 어려운 사람들이었다. 먹는 음식이 군대 짠밥보다 못하고 입고 다니는 옷이 군복보다 못하고 잠자리가 군대 내무반도 보다 못한 사람들이 부지기수였다. 그런 사람들에게 면회를 와달라고 할 수는 없었다. 그런 면에서 본다면 나는 고아나 다름없었다. 해가 넘어가고 달이 떠올라도 나는 혼자였다. 눈이 내리고 눈이 그쳐도 혼자였다. 가끔 가다 고참병이 "너는 면회 올 가족도 없냐?"고 물으면 "예…… 부모님이 연로하셔서……" 하면서 말꼬리를 흐릴 수밖에 없었다. 군대에서도 가난한 건 분명 죄였다. 그러나 한 가지 위안이 될 만한 사실은, 그 헤아릴 수 없는 매타작과 굶주림에서도 일급 현역 입영 대상자로 뽑힐 만큼 튼튼한 몸이 있어, 몸으로 감당할 수 있는 일은 무엇이든 해치울 수 있다는 자신감이었다. 내 몸으로 때워주마. 몸으로 할 수 있다면 저 백운봉이라도 번쩍 들어 한강에다 처박아주마. 그래, 죽기 아니면서 까무러치기다, 이 씹새끼들아.

토요일 오후가 되면 신병교육대대는 물에 잠긴 듯 조용했다. 긴부들은 일직사령과 일직사관만 빼놓고 모두 퇴근하고 기간병들은 외출 외박이 많았다. 서울하고 가까운 거리여서 가족들이나 친지, 친구들이 면회를 오면 특별한 사유가 없는 한 외출, 외박을 나갈 수 있었다. 모처럼 훈련병들은 옥상에 모포를 널어놓고 자유시간을 즐기고, 나처럼 지지리 가난한 집안 출신 사병이나 전역을 얼마 남겨두지 않은 늙은 고참들은 사다리를 타거나 족구를 했다. 우리 16중대는 다른 소총 중대와 달리 중화기 중대여서 스물네 시간 탄약고 근무를 서야 했다. 야간에는 불침번과 똑같이 한 시간씩 교대를 했지만 주간에는 네 시간씩 근무를 서야 했는데 토요일과 일요일에는 근무를 설 대원이 모자랐다. 스무 명이 조금 넘는 중대원 중에 훈련병 내무반에 두 명 들어가고 위병소와 취사장에 각각 한 명씩 파견 보내고 휴가 빼고 외출, 외박 빼고 나면 넓은 내무반에 네댓 명이 길고 긴 휴일을 시간 죽이느라 허덕거렸다.

나는 말뚝 근무를 자청했다. 운동에도 별 소질이 없었고, 내무반에 남아 있어 봐야 이런저런 잔심부름에 귀찮기도 했거니와 족구 시합이나 사다리를 타면 피엑스에 갈 돈이 없었다. 하루 종일 서서 근무하는 건 피곤했지만 오히려 마음은 편했다. 근무를 설 동안은 그 누구에게도 터치를 받지 않아서 고즈넉했다. 거총 자세로 군인 복무규율을 외우다가 싫증이 나면 흙으로 쌓아올린 초소 주위를 뱅뱅 맴돌았다. 돌을 툭툭 차면서 공놀이를 하기도 했다. 아무렇게나 침을 뱉기도 하고 M16을 똑바로 겨눠 미루나무 위의 까치집을 노려보았다. 시간은 되새김질하는 초식동물의 창자 같았다. 내가 그동안 알고 있는 모든 노래를 속으로 불렀다. 그동안 나를 스치고 지나갔던 모든 사람들의 얼굴을 떠올렸다. 그 모든 사람들에게 각기 다른 내용으로 편지를 써서 부쳤다. 물론 답장이 없는 편지였다.

취사장 언덕에서 고참 하나가 툴툴거리며 내려왔다. 대구에서 황금당구장을 하다가 군대 왔다는 권 하사다. 이미 전역특명을 받은 사람인데 근무 교대자가 없어 어쩔 수 없이 내려온 거였다. 나는 일부러 세상에서 가장 큰 목소리로 경례를 올려붙였다.

"단, 단, 단~ 결. 이병 김호식 근무중 이사앙~ 무!"

백운봉 골짜기와 사격장이 쩌르르 울렸다. 취사장 주위에 까치가 놀라서 화다닥 날아올랐다.

"이 씹새끼, 기차 화통을 삶아 먹었나. 불만 있으면 말로 해."

"불만 없습니다."

"얀마, 빨리 먹고 내려와. 오후에는 공수 교육대 애들이랑 축구 한 판 붙기로 했단 말이야."

점심은 내가 가장 싫어하는 무말랭이와 닭곰탕이 나왔다. 닭곰탕은 닭이 한 차례 목욕하고 난 뒤의 땟국물처럼 멀건 기름이 둥둥 떠다니고 있었다. 취사병 하나가 위생복에 장화 차림으로 다가왔다.

"야, 김호식. 또 말뚝 근무냐. 고기 더 줄까? 그러니까 임마 내무반 생활하지 말고 취사장에 내려오라니까. 취사장에 내려오면 근무가 있냐, 훈련이 있냐? 때마다 좋은 거 맘껏 먹고 저녁에는 자식아, 이거 있잖아, 이거. 너 취사장 내려오면 그때부터 짠밥 신세 풀린다, 풀려."

손가락을 동그랗게 오므려 탁 털어 넣는 시늉을 했다. 부대에서 이 주일 흉내로 유명짜한 김성남 상병이다. 그의 개다리춤을 사단 문선대 공연 때 보았는데 배꼽이 빠지는 줄 알았다. 별명은 고주망태, 항상 코가 딸기같이 붉었다.

"됐습니다."

"잘 생각해봐. 언제든지 내려오고 싶으면 말해."

어깨를 다정하게 두드린 다음 쉰내를 풍기며 주방으로 들어갔다. 서둘러야겠다. 탄약고에는 할아버지 같은 권 하사가 기다리고 있지 않은가. 오후 네 시간을 어떻게 버티나. 해야, 너는 술도 먹을 줄 모르니. 때로는 한 잔 먹고 일찍 뻗을 때도 있어야지. 넘어갈 때도 있어야지. 해는 불콰하게 들떠 있었으나 정수리 위에서 부동자세로 꼿꼿했다.

"수고하셨습니다, 권 하사님."

"그래, 너도 수고해라. 으음, 그리고 수통 뚜껑 좀 따봐라. 마르고 닳도록 군대 생활해야 할 쫄따구가 불쌍해서 약 좀 사왔거든. 목 좀 축여가면서 시간 때우라구. 이건 초콜릿이다. 약만 먹으면 맛없으니까 간식이라고 생각하고. 명심할 것은 천천히 먹을 것! 냄새 풍겨서 걸리면 바로 영창감이다. 알았지?"

권 하사는 자기 수통을 열어 내 수통에다 경월소주와 사이다를 탄 약물을 쏟아 부었다. 기포가 싸아 하고 바람에 날아가며 손등에 달라붙었다. 역시, 경험이란 위대한 스승이었다. 찔끔찔끔 마셨다. 해 한 번 올려다보고 마시고 강 한 번 내려다보고 마셨다. 눈을 가늘게 뜨면 양평의 대자연이 안주였다. 과수원에 배꽃을 따다 띄워놓고 은사시나무 하얀 솜털도 뿌려 넣고 멀리서 보면 흐르는 것 같지도 않게 그득해져 있는 강물도 떠서 담아놓고 마셨다. 누가 그랬더라 초록의 색조가 사십 가지가 넘는다고. 가지각색으로 돋아 있는 지천의 풀과 꽃도 찧어 넣고 백운봉에서 발원해 사격장 옆으로 돌돌 흘러내리는 계곡 물도 섞어 천하의 절경주를 만들어 마셨다. 그래 양계장에 갇혀 있는 닭들아, 너도 한 잔 하거라. 사철 우리와 똑같이 짠밥을 먹고 계급도 군번도 없는 돼지들아, 너도 입가심 한 잔 하거라. 전봇대야, 너는 얼마나 외로우냐, 평생을 부동자세로 서 있는 국기봉아, 공수타워야 너도 한 잔 받거라. 오후의 길고 긴 햇볕을 가려준 초소 슬레이트 지붕아, 타는 가슴에는 소주가 제격인 거라, 너도 한 잔 받거라. 멀리 있는 친구들아, 군납소주 한번 맛보거라. 쓴맛을 알아야 단맛도 알 수 있다. 아버지, 한 잔 받으세요. 아버지 술주정에 뼈가 자란 셋째 아들이 군대에서 올리는 술입니다. 강 쪽에서 바람이 올라오면서 해가 서서히 이울었다.

위병소가 분주해졌다. 외출, 외박 나갔던 사람들이 귀대하는 시간이다. 저녁은 대충 때우고 올라가도 될 것이다. 통닭에다 보쌈에다 족발까지 술과 음료수가 쌓여 있을 테니까. 밖에 나갔던 중대원들이 부대에 남아 있는 동료들에게 미안한 마음으로 사온 음식들이었다. 지루하고 참담한 휴일 하루가 이렇게 저물었다. 푸짐한 안주와 넉넉한 인심으로 일석점호도 느슨하게 지나갔다. 동료들이 손꼽아 기다리는 토요일과 일요일이 내게는 고문이었다. 끔찍했다. 제발 토요일과 일요일이 돌아오지 않았으면, 아예 없었으면 얼마나 좋을까. 하필이면 서울하고 가까운 양평에 배치되었을까. 한 번 입대하면 휴가 나올 때까지 면회도 오기 어렵다는 철책선 같은 곳에 근무했나면 마음이 훨씬 홀가분했으리라. 그러나 양평은 이 모든 대가를 지불할 만큼 충분히 아름다운 곳이었다.

일등병으로 진급하기 두 달 전쯤 행정반에 차출되었다. 보통 서무병이라고 부르는데 정확한 이름은 '중대 서기병'이다. 행정반하고는 전혀 어울리지 않았지만 변변한 타자기 하나 없이 수작업으로 서류를 작성해야 했던 시절에 글씨를 인쇄체에 가깝게 쓸 수 있는 소질이 상급자들 눈에 띈 거였다. 사수 최인기 상병은 그 흔한 대졸자들에 끼인 고졸 학력자였다. 별 풍파 없이 서무병으로 제대하고 싶어 했으나 신병교육대대는 어느 정도 기간이 지나면 기간병이 분대장 교육을 받는 것을 원칙으로 삼고 있었다. 조교들의 수준을 한 차원 높이 끌어올리려는 교육 목표의 일환이었다. 사수 최인기 상병도 하사관 교육에 들어가지 않으려고 버틸 때까지 버티다가 중대장 특명으로 어쩔 수 없이 끌려 들어갔다. 인수인계도 제대로 받지 못한 상태에서 갑자기 행정반 차출을 받은 나는 한동안 어리둥절했다.

서무병이 하는 일이란 우선 중대일지를 쓰고 상을 받거나 벌을 받는 사람들에 대한 기록을 문서로 작성해서 연대나 사단 인사과에 보고하고, 중대장부터 훈련병까지의 월급을 상급 부대에서 수령하여 지급하고, 담뱃값과 기타 공과금을 지출하는 따위, 한마디로 중대의 안방 살림꾼 노릇이었다. 또한 훈련병들의 신상명세서를 관리하고 정기 휴가나 특별 휴가를 청원하는 문서를 작성하는 한편, 중대에서 발송하는 편지를 대대전령에게 부치고 오는 편지를 받아와서 나누어주는 일까지 다양하고 잡다한 일이 많았다. 야전에서 비바람 맞아가며 조교 근무를 하는 본창이와 승준이는 부러워했지만 나는 얼떨결에 쓴 감투가 버겁기만 했다. 왜냐하면 숫자와 계산에 약했기 때문이다. 더군다나 여태까지 16중대 인사계를 맡고 있던 술주정뱅이 주임상사가 전역을 하고 우리 부대에서 에프엠으로 소문이 자자한 13중대 인사계가 우리 중대로 전속 배치되어 중대원들 사이에서 비상이 걸려서 더 그랬다. 신임 주임상사는 월남전에 참전했던 백전노장으로 별명은 쩝쩝이(이빨 사이가 많이 벌어져 점심을 먹고 오면 늘 이빨 사이에 낀 음식물 때문에 쩝쩝거렸다)지만 전투에서 부상당한 왼쪽 다리를 훈장처럼 절룩거리며 중대원들을 휘어잡았다. 겉으로 보기에는 키도 작고 어수룩한데 얼마나 깐깐한지, 교안 연구 및 훈련병 교육에서 타의 추종을 불허해 최우수 교관으로 뽑혀 사단장 표창을 받을 정도로 엄격한 사람이었다.

어떻게 보면 문무를 겸비한 진짜 군인인 셈이었는데 내게는 시어머니도 그런 시어머니가 없었다. 우리 싸개(우리는 인사계를 놀리느라 이렇게 불렀다)는 투철한 군인이었다. 이 양반 평소 지론이 국민의 혈세로 운영하는 중대 살림에 단 일 원짜리 하나라도 오차가 생기면 안 된다는 것이었다. 십 원이나 백 원짜리 하나라도 허투루 낭비하면 불벼락이 떨어졌다. 독한 시집살이가 시작되었다. 중대 비품을 사러 양평 공용외출을 할 때도 특별한 일이 없으면 같이 갔다. 싸개는 참 오래된 자전거를 타고 느긋했으나 아직 살림이 무엇인지도 모르는 초보 며느리는 뒤에서 불알이 요령 소리가 나도록 뛰었다. 하루 일과가 끝나고 지출과 수입을 검토할 때면 한 스무 번 이상 반복해서 훑어보고 도장을 찍었다. 아무리 전자계산기를 두드리면서 엄정하게 계산을 해도 힝싱 돈이 모자랐다. 에프엠에 걸맞게 그 흔한 술도 한 잔 먹지 않는 엄격한 싸개 앞에서 나는 늘 쩔쩔맸다. 아구통 터져가며 일을 배웠다. 김태규 상사. 지금도 검버섯 핀 그의 얼굴을 떠올리면 저승사자 만난 것처럼 왈칵 겁이 난다.

세월이 많이 흘러 꽃이 피는 줄도 계절이 바뀌는 줄도 모르고 책상 앞에서 진땀을 흘리는 동안, 드디어 일머리를 조금씩 깨쳐나갔다. 결산할 때 보면 수입과 지출이 정확하게 맞아떨어질 때도 있었다. 꿈속에서도 주판알과 전자계산기가 나타날 정도였다. 일등병으로 진급해서 제법 짠밥 티가 났을 때 처음으로 자장면을 얻어먹었다. 숱하게 양평 읍내로 공용외출을 나갔지만 그 흔한 음료수 한 잔 먹지 않고 들어올 정도로 지독한 사람이 우리 인사계였다. 나는 곱빼기를 먹고 싶었으나 싸개는 보통 두 그릇을 시켜놓고 양평 신용협동조합 달력을 멀거니 쳐다보는 척했다. 중국집 인화반점 주인은 작대기 두 개가 불쌍해서 그랬는지 곱빼기만큼이나 수북하게 자장면을 내왔다. 정신없이 퍼먹고 있는 내게 양파보다 매운 말이 날아왔다.

"니가 일을 잘해서 이러는 거라고 착각해서는 안 된다. 앞으로 더 잘하라고 사주는 거야, 알겠나?"

양평의 여름은 더웠다. 추운 것만큼이나 더웠다. 군대에서 봄은 없는 거나 마찬가지였다. 여름옷이 따로 없는 초라한 일등병은 땀으로 목욕을 하면서 자전거를 밀었다. 땀을 많이 흘려 머리가 아파왔다. 인식표가 가슴에 척척 달라붙었다. 저만큼 양계장과 돈사가 보이고 파란 관사 지붕과 그 위로 거대한 보일러 굴뚝이 나타났다. 해는 넘어가면서도 쨍쨍했다.

중대 행정반은 중대장과 소대장 두 명, 인사계인 중대 주임상사, 그 밑에 중대 선임하사 둘, 그리고 중대장 당번병인 통신병, 신병 교육을 담당하는 교육병, 중대 보급품을 관리 수선하는 보급병(보통은 2.4종계라고 부른다), 중대 살림을 도맡아하는 서무병으로 이루어진다. 인사계가 독한 시어머니라면 교육계 박홍민 상병은 얄미운 시누이였다. 성남에 있는 전문대학 원예학과를 다니다 입대한 박 상병은 홀어머니 밑에서 귀여움을 독차지하고 자란 독자였다. 우리 중대에서 가장 뚱뚱했는데 어울리지 않게 몸이 유연하며 국민학교 시절부터 태권도로 단련된 몸을 가지고 있었다. 최인기 상병이 분대장 교육을 들어가는 바람에 한 달 아래인 통신병 조철수, 육 개월 아래인 보급병 정인국, 십 개월 아래인 나를 졸병으로 거느린 행정반 최고참이 되었다.

  이 사람이 욕심도 많고 질투도 많은 사람이라 툭하면 집합을 시켰다. 맡은 일의 특성상 교육병에 비해 한가하면서 끗발 좋은 서무병을 맡지 못한 콤플렉스가 작용했는지도 모른다. 집합 장소는 행정반 옥상. 행정반은 신병 내무반 바로 옆에 있어서 어지간한 소음은 들리지도 않았다. 뒷산을 배경으로 거대한 물탱크가 있고 앞으로는 전망이 탁 트여 남한강과 철교와 양평 읍내가 한눈에 들어왔다. 그 아름다운 곳에서 일과 시간이 끝나면 하루도 빠짐없이 집합이 있었다. 집합이 없으면 하루 일과가 끝나지 않았다는 얘기다. 집합 이유야 뻔할 뻔자였다. 군기가 빠졌다는 이유는 너무 흔했다. 행정반 관물 정돈이 안 되어 있어도 집합, 중대장 전투화를 닦아놓지 않았다고 집합, 교육 준비를 하는데 패도와 지시봉과 교안을 제대로 챙기지 않았다고(그 일은 명백히 자기 일인데도) 집합, 내무반 고참들에게 굽실거렸다고 집합, 정 집합할 거리가 없으면 내가 태어난 고향 땅을 트집 잡기도 했다. 코에 걸면 코걸이, 귀에 걸면 귀걸이 식이었다. 집합을 하면 계급 순대로 얻어터졌다. 통신병 조철수와는 입대 시기가 별로 차이도 안 나고 중대장 따까리라 함부로 다루지는 않았지만, 만만한 게 보급병과 나였다. 남양주가 고향인 정인국 일병은 축구 선수 출신으로 탄탄한 몸을 자랑했다. 평소 말이 없고 우직하기가 곰 같아 더 많이 맞았다. 주먹으로 맞거나 발로 당하면 조철수는 배를 감싸쥐고 나뒹굴었으나 정인국 일병과 나는 가만히 있었다. 그것이 박홍민 상병을 더 화나게 했을 것이다. 쓰러질 때까지 맞을 수밖에 없었다. 몇 마디 훈수가 이어지고 옥상 문을 열고 박홍민이 내려가면 멀리 해가 강 건너 산에 설핏 걸렸다. 강물이 가장 아름다울 시간이다. 금을 녹여 풀어놓은 듯 온 강물이 황금빛으로 물들어 퍼졌다가 검은 산 빛깔과 어울려 회청빛으로 변했다가 점점 청록색으로 어두워지면서 깊어졌다. 강에서 올라온 바람은 배나무와 은사시나무와 아카시나무를 거쳐오는 동안 단물이 들어 들큰했다. 나뭇잎마다 피 냄새가 배어 반짝거렸다. 나무 그늘마다 흉터처럼 슬픔이 깔려 서늘했다.

고참이 내려가고 나면 여자같이 해맑은 통신병 조철수가 우리를 다독였다. 개 같은 세월 만나 이게 무슨 꼴이냐. 말로는 구타 금지 어쩌구 저쩌구 지랄방정을 떨어댈 때는 언제고, 씨팔 아무 죄도 없이, 단지 졸병이란 이유 하나만으로 날마다 인절미처럼 얻어터져야 한단 말인가, 눈물이 났다. 맞은 곳이 아파서 흐르는 눈물이 아니었다. 억울했다. 맞장을 뜨자면 한 주먹감도 안 되는 놈이 고참이라고, 먼저 왔다고 이건 너무하는 것 아닌가. 이래서야 누가 곱게 길러온 귀한 아들을 군대 보내려고 하겠는가. 내가 만약 결혼해서 아들을 낳는다면 바로 엎어버릴 것이다. 이 원수를 어떻게 갚는단 말인가. 내 책상 속에는 박홍민에 대한 신상명세서가 들어 있었다. 집 주소와 전화번호, 학교도 다 알고 있다. 제대한 다음 찾아가서 죽여버릴까. 도대체 폭력으로 해결할 수 있는 일이 무엇이 있단 말인가. 물탱크를 주먹으로 치며 울고 있으면 두 고참이 번갈아 위로해주었다.

"호식아, 조금만 참자. 저 개새끼 제대하면 우리 세상 아니냐. 그때 우리, 쫄다구들 때리지 말고 재미있게 생활하자, 응."

"예, 알겠습니다!"

"빨리 세면장에 가서 얼굴 닦고 밥 먹으러 내려가자."

행정반 요원들은 이중으로 시달렸다. 내무반에 올라가면 한 일도 별로 없는 놈들이 책상에 앉아서 연애편지나 쓰다가 점호도 빼먹고 요령 부린다고 한 따까리 더 했다. 하긴 그럴 만했다. 밖에서 보기에는 행정반 일이라는 게 표시가 나지 않았다. 내무반 고참들에겐 쓰레기 소각장이나 보급창고 뒤에서 맞았다. 초롱초롱한 별이, 맑게 얼굴 씻은 달이 현장을 지켜봤다. 소쩍새가 울었다. 휘파람새가 길게 울면 백운봉에서 남한강 쪽으로 꼬리별이 길게 미끄러지면서 소멸했다. 밤새 자신을 태운 별똥별은 새벽이 되면 안개로 변해 뭉클뭉클 산중턱까지 올라올 것이다. 물안개는 소리 없이 그 부드러운 손을 넓게 펴서 몸과 마음이 망가져가는 푸른 육신을 감싸 안아 쓰다듬어줄 것이다. 그래, 안개는 세상이 태어나기 전부터 있어온 하느님의 손바닥이리라. 부처님의 혓바닥이리라. 내가 꿈꾸어왔던 아쿠아마린의 숨결이리라. 잔물결이리라. 땀과 침과 정액과 햇볕 냄새가 뒤범벅인 모포 속으로 기어 들어가 눈을 감으면 하루가, 한 시간이, 한 계절이 전생에 내가 이미 와봤던, 이미 겪었던 일처럼 오롯하게 느껴졌다. 나는 지금 먼 옛날 일을 흉몽으로 겪고 있는지도 모른다. 나쁜 꿈이라면 빨리 깨어나면 그만일 텐데, 왜 이렇게 길고 끝이 없는지.

실제로 꿈을 꾸었다. 꿈속에서는 한 번도 씻은 적 없는, 어리고 까만, 작은집 여동생들이 나타났다. 못 먹고 못 입어서 금방이라도 쓰러질 것 같은 모습으로 나타났다. 나는 동생들에게 빵을, 금방 쪄낸 빵을 갖다주었는데, 서로 많이 받으려고 저희들끼리 싸우고 울부짖는다. 나는 빵을 주면서도 조금 떼어먹었다. 나도 배가 고팠기 때문이다. 화가 난, 고민하고 절망하는 사촌형 얼굴이 보인다. 서로 왕래는 없다. 우리는 왜 만나지 못하는 것일까. 서로를 보기 싫어하거나 미워해서 그러지는 않을 것이다. 문제는 애증인데, 우리는 서로의 얼굴을 통해서, 옛날 어렵고 떠올리기 싫은 과거의 우리를, 너나없이 어두웠던 그 시절 슬픈 기억들을, 감추고 싶은 기억들을 적나라하게 알고 있어서 더 그럴 것이다. 과거를 공유하고 있다는 사실이 좋은 일만은 아닌 모양이다.

장면이 바뀐다. 낮잠을 잤는데 어머니가 나타났다. 꿈속에서 우리는 시골에 살다 도회지로 나간 모양인데, 아버지를 도회지에서 돌아가시게 한 뒤 화장을 하고(아마 어떤 절에 몰래 모셨던 것 같음) 실패에 실패를 거듭한 끝에 우리 옛집으로 돌아왔다. 집 주위를 둘러싼 우람한 감나무 세 그루가 죽고 옆에 있는 은행나무(실제는 없음)를 무슨 이유에선지 베어 넘기는 작업을 하던 중에 이웃 종배네 상할매(내가 아주 어렸을 적에 돌아가셨음)가 별로 늙지 않은 얼굴로 안다랭이에서 넘어오는 것이 아닌가. 우리 식구들은 급히 마중을 나가 인사를 하고 울었다. 정성을 다해 모시지 못하고 이렇게 망해서 돌아왔다고 울었다. 십칠일 날인가, 성덕사로 가보시라고 어머니가 말씀하셨던 것 같았고 과수원 언덕배기에 모셨던 할머니를 할아버지 산소와 합장하는 문제에 대해 이야기를 하다가 깨어났다. 베개가 흥건했다.

"얀마, 너 정신이 어떻게 된 거 아냐? 자면서 그렇게 큰 소리로 울면 어떻게 해."

귀에다 대고 나지막하게 호통을 치는 사람이 있었다. 본창이었다. 불침번이 본창이어서 다행히 들키지는 않았나보다. 기분 좋은 꿈은 아니다. 꺼림칙하다. 자면서 눈물을 흘릴 정도로 나약해졌단 말인가.

"빨리 옷 입어. 소리 내지 말고."

본창이가 다시 속삭였다.

"왜?"

"하, 이 새끼. 잔말 말고 무조건 옷 입고 살짝 나가 있으란 말이야."

밤이 꽤 깊었나보다. 내무반 앞 야외휴게실 탁자에 이슬이 함뿍 젖었다. 조금 있다가 본창이 나왔다.

"불침번은?"

"방금 쫄따구하고 교대했다. 야 빨리 따라와."

영내화를 신어도 껑충한 본창이는 무슨 도깨비처럼 움직였다. 평소와 다른 모습이었다. 내무반에서 멀리 떨어진 공수타워로 잽싸게 올라갔다. 보기만 했지 올라와보기는 처음이었다. 공수지상 훈련을 받고 난 다음에 처음으로 낙하 훈련을 하는 곳이다. 사람이 공포심을 가장 많이 느끼는 높이가 십일 미터라고 했던가. 하여튼 여기서 애인 이름 부르며 떨어진 교육생들이 가슴에 안고 있던 낙하산을 펼치는 시늉을 하면서 '일만, 이만, 삼만'을 부르짖는 장면을 수없이 보았다. 바닥은 축축했다. 어렴풋하게 기름 냄새가 났다. 아스팔트를 포장할 때 나는 아스콘 냄새 같기도 했다. 멀리 철길이 보이고 늦은 시각 가로등불이 깜박깜박 졸고 있었다. 강은 거대한 공룡이 배를 뒤집고 누워서 자는 모습이었다. 강도 잠이 들어 꿈을 꾸고 꿈속에서 울기도 할까. 강이 울면 물고기들은 어떤 표정을 지을까. 강의 눈물은 이슬인가, 안개인가, 구름인가. 본창이가 한쪽 구석에서 조심스럽게 박스 하나를 꺼내왔다.

"화아, 이게 뭐냐?"

"뭐긴 뭐겠냐, 약이지. 몸에 좋은 거."

면세 맥주였다. 이런 것은 장교 아니면 구하기 힘든 물건이다.

"야 임마, 너 이거 어떻게 구했냐?"

"다 방법이 있지. 어린 네가 어찌 알겠냐."

"자식, 너 또 걸리면 그때는 끝장이야. 승준이는?"

"탄약고 근무 교대자가 내려갔으니 금방 올 거다."

희미하게 본부중대 앞을 가로지르는 그림자가 보였다. 본창이 낮게 휘파람을 불었다. 발소리를 죽이며 승준이 올라왔다. 마분지 박스를 뜯어서 각자 엉덩이만큼 깔아놓고 편하게 앉았다. 본창은 수단이 이만저만 좋은 놈이 아니다. 오징어 땅콩에 통조림까지 준비를 했다.

"햐, 이거 오늘 누구 생일이냐?"

"생일 같은 소리하고 있네. 나 뺑뺑이 돌 때 너희들이 함께 돌아줘서 내가 한턱내는 거야, 자식들아."

"어쭈, 제법 의리가 있는데."

"좆같은 군대, 동기밖에 더 있겠냐?"

"고마워서 눈물이 나려고 그런다."

"헛소리하지 말고 술병이나 따봐."

술병 따는 데야 일가견이 있었다. 전직 웨이터 출신 아닌가. 하지만 휴대용 라이터로 조심스럽게 땄다. 건배! 우리는 술병을 거꾸로 뒤집어 나발을 불었다. 술 넘어가는 소리가 마른 논에 물 들어가듯 다급하게 들렸다. 너무 급하게 마셔 눈물이 찔끔 삐져나왔다.

"야, 구본창. 근데 이 귀한 것을 어떻게 구했니? 알고나 먹자."

"피엑스 방위병 꼬셨지, 짜샤."

"어떻게?"

"야, 호식아 그건 그렇고, 너 에이급 전투화 한 켤레 구할 수 있지?"

"그건 왜?"

"으응, 피엑스 방위병이 새 전투화 하나 갖는 게 소원이라더라. 그래서 내가 구해주겠다고 큰소리쳤지."

"어어, 그렇게 해서 빼냈구나. 그냥 마실 술은 아니네."

정인국 일병에게 부탁하면 가능한 일이기도 했다. 어차피 군대야 에이급이든 비급이든 숫자만 맞추어놓으면 무사통과니까. 맥주는 적당히 차고 구수했다. 아무도 몰래 우리 셋만이 밤 깊은 공수타워에서 심야 회식을 한다는 상황이 묘한 긴장을 몰고 왔다. 연거푸 나발을 불어 빈 병을 사열해 나갔다. 아삼삼해졌다. 모자를 벗어서 빛이 새어 나가지 않게 담배에 불을 붙였다. 밤에 담뱃불은 십 리가 넘는 곳에서도 보인다고 배웠다. 담뱃불에 잠깐 비친 본창이와 승준이 얼굴이 철쭉처럼 붉었다. 바람이 살랑살랑 불어왔다.

"본창아, 저번에 대대장한테 개길 때 니가 한 말 참말이냐?"

"그럼 자식아 참말이지. 내가 미쳤다고 좋은 술 먹고 거짓말하겠냐? 저 새끼들 사람이 아니라니까. 인간의 탈을 쓴 짐승들이라구. 안마, 때려 죽이고 찔러 죽이고 총으로 죽이고 아무튼 전쟁도 그런 전쟁이 없었다고 들었어. 오죽하면 한국전쟁 이후 단일 사건으로 최대 희생자가 나왔다고 독일과 일본을 비롯해 외국 언론들이 떠들었겠니?"

"어떻게 그렇게 잘 알고 있냐? 너도 광주에 내려가 시위에 참가했니?"

"나 같은 놈이 어떻게 그런 큰일을 했겠냐? 비디오로 봤다는 사람 얘기를 들었어. 독일 사람인가, 방송 기자가 찍은 건데 쉬쉬하면서도 외국에서는 다 돌려봤다는 거야. 저 새끼들 하는 말이나 우리나라 방송과 신문에서 떠든 건 죄 거짓말이었다니까. 저놈들은 반드시 천벌을 받을 거다. 피 묻은 손을 씻지도 않고 샴페인을 터뜨린 놈들이 전부 진급했잖냐. 대대장, 연대장, 사단장……, 이 새끼들 지금 승승장구하고 있잖아. 짐승보다 못한 전두환에게 아부해서 출세한 놈들이 전부 우리 사단, 우리 연대 지휘관들이라니까."

"야, 그걸 알고 있으면서 다들 가만있냐?"

"그걸 말이라고 하냐? 무식한 놈. 양심 있는 노동자, 농민, 도시빈민, 대학생, 회사원, 종교 지도자, 문화예술인 들이 들고일어나 단식하고 항의하고 분신했지. 그렇다고 저 새끼들이 눈 하나 꿈쩍했겠니? 이미 피 맛을 본 야차 같은 놈들인데. 똑같은 방법으로 가두고 고문하고 독방에 넣어 꼼짝 못하게 만들어놓았단다."

"그러면 우리는 어떻게 해야 되는데?"

"뭘 어떻게 해. 쥐 죽은 듯 엎드려 있어야지. 지금 선불리 나섰다간 총살감이다. 지금은 기세등등해도 저놈들은 반드시 쓰러지게 되어 있어. 칼로 일어선 자는 칼로 망하게 되어 있거든. 진실은 언젠가는 꼭 밝혀지게 되어 있단 말이야. 그러니까 여기서는 몸 바쳐 충성할 필요 없다. 그저 시간을 때울 뿐이지. 절대로 군대 생활 칼같이 할 필요 없어. 대충대충 몸 보호해가며 눈치껏 행동해라, 이 말씀이야."

"야, 본창아. 너 말은 청산유수다만, 니네 매형이 부사단장이라며? 정말이야?"

"이 씹새끼가. 그런 건 묻지 마 자식아. 나도 괴로워 미치겠다. 내가 허구한 날 술로 사는 꼴이 니 눈깔에는 안 보이냐? 두 번 다시 내 집안 얘기는 하지 마라."

본창이는 화가 난 듯 맥주를 벌컥벌컥 들이켰다. 어디선가 밤새가 길게 울었다.

"빨리 먹고 내려가자. 곧 근무 교대 시간이야."

승준이는 아까부터 걱정스런 얼굴이다. 면세 맥주 한 박스가 어둠 속에서 동이 났다. 서둘러 자리를 치우고 빈 병을 피엑스 뒤에 숨긴 다음, 담비 떼처럼 모포 속으로 기어들었다. 낮에 흘린 땀과 눈물을 시원한 맥주로 보충해두었으니 며칠간 욕설과 매타작은 버틸 만하겠다. 잠이 오지 않았다. 문득 자동화 사격장에서 본 들꽃이 떠올랐다. 복수초가 목을 꺾었다. 산수유는 허리가 잘려나갔다. 진달래와 개나리가 으깨어졌다. 애기똥풀이 쓰러졌다. 제비꽃이 짓이겨 나뒹굴었다. 민들레가 혼불이 되어 둥둥 떠다녔다. 산딸기꽃이 부서졌다. 산벚꽃이 찢어졌다. 아카시아꽃이 뇌수처럼 흩어졌다. 철쭉은 붉은 피가 되어 엉겨붙었다. 찔레꽃은 상주가 되어 땅을 치며 통곡했다. 스무 발 중에 열일곱 발밖에 명중시키지 못해 거친 자갈길을 갈고 닦으면서 부대로 돌아왔는데, 얼마나 가늠쇠에 바짝 얼굴을 들이댔는지, 방아쇠를 당길 때마다 가늠쇠가 오른쪽 코비탈을 때려 퉁퉁 부어올랐다. 벌에 쏘인 듯 정신이 혼미했다. 화약 냄새가 꼭 박홍민한테 얻어맞아 코피 흘릴 적에 나던 냄새 같았다. 사람의 형상을 하고 있던 타깃은 총알이 관통하자 힘없이 쓰러졌다. 관통한 총알은 풀을 뚫고 나무를 뚫고 흙 속으로 묻혔다. 묻히지 못한 총알은 파란 불꽃을 일으키며 작은 돌들을 박살내기도 했다. 돌이 흘린 피가 분수처럼 하늘로 솟구칠 때마다 구역질이 올라왔다. 대낮의 뜨거운 열기가, 먼지 구름이 사격장을 휩싸고 돌았다.

　화약 냄새만 맡으면 몸이 오그라들고 추웠다. 이 총으로, 돌도 박살내는 이 총알로, 사람들을, 그것도 한겨레, 한 민족, 한 형제를 죽였단 말이지. 각개전투 훈련을 받을 때 맨 마지막 단계는 착검을 하고 '돌격 앞으로!' 였다. 그 무겁고 둔중한 단검으로 한 핏줄, 한 백성을 찔러 죽였단 말이지. 그런 짐승 같은 놈들이, 아니 짐승만도 못한 극악무도한 무리들이, 버젓하게 양평 군청 건물 입구에 커다랗게 〈정의구현사회〉를 써서 걸어놓았단 말이지. 무엇이 진정 정의를 구현하는 사회인가. 새벽이 올수록 눈이 말똥말똥했다. 나는 겨우 작대기 두 개짜리 초라한 육군 일등병에 불과했다. 나는 그저 내 몸 하나 제대로 건사 못해 말뚝 근무나 서면서 값싼 술로 자학이나 하고 있다. 요령이나 피우고 눈치 살피면서 아까운 시간이나 허비하고 있다. 내가 할 수 있는 일은 무엇인가. 우선 이유 같지 않은 이유를 만들어 집합시키는 행정반 박홍민부터 박살내야 하지 않을까. 내 안에서 무럭무럭 크고 있는 격렬한 분노와 증오는 어떤 자식을 낳을까. 밤은 짧고 낮은 길었다. 기상 나팔은 한 치의 오차도 없이 똑같은 시각에 울려 퍼졌다. 조조 훈련을 끝내고 아침을 먹고 행정반으로 향하는 발길이 도살장에 끌려가는 짐승 같이 무거웠다.

그 뒤로도 가끔씩 취침 시간에 본창의 호출을 받았다. 약속대로 에이급 전투화를 빼내 피엑스 방위병에게 전해주었다. 본창이는 점점 대담해져 어떤 날은 면세 양주를 구해놓아 승준이와 나를 놀라게 했다. 어떤 방법을 동원하는지 몰라도 귀신같은 솜씨였다. 물론 술값은 전부 외상이었다. 백칠십 원짜리 면세 맥주 값으로 십만 원이 넘게 쌓였다. 누구 돈이 되었든, 공급을 많이 가지고 있는 내가 보증인 노릇을 해야 했으니 불안하기 짝이 없었다. 그러나 군번이 빠른 본창이 첫 휴가를 나갔다 오자 단번에 숨통이 트였다. 수표 한 장으로 피엑스 외상값이 씻은 듯 사라졌다. 나는 가슴을 쓸어내렸다.

"좀팽이 같은 녀석, 걱정하지 말고 먹고 싶은 거 있으면 달아놓고 마음껏 먹어. 내가 알아서 다 처리할 테니까."

본창이는 눈가에 잔주름 그물을 촘촘하게 만들면서 씨익 웃었다. 지옥 같은 날들이 천천히 지나갔다. 무논에 비친 산 그림자가 모포기에게 자리를 내어주고, 무논에 비친 꽃과 나무가 초록 파도에게 뒷덜미를 잡혀 속옷과 속살을 내어줄 때도 내 마음은 적막과 폐허였다. 적막과 폐허 속에서도 꽃은 피고 바람은 불었다. 꽃과 잎사귀는 저마다 바빴다. 꽃은 구름을 이고 바람을 이고 하늘을 이고 저 혼자 바쁘게 움직였다. 꽃이 말을 걸 때도 있었다. 세상은 무거운 곳이군요, 저를 대신해서 이 무거운 세상을 들어주세요, 저는 지금 열매를 맺느라 무척 바쁘답니다. 잎사귀는 꽃에게 대답하듯 바람을 잘게잘게 썰면서 흔들렸다. 잎사귀는 바람을 썰고 세월을 썰고 우주를 썰면서 넓어졌다. 넓어질 대로 넓어지면, 깊어질 대로 깊어지면, 저 적막과 폐허 가득한 강물 위로, 하늘 한가운데로, 낙엽이, 영혼의 돛단배가 되어 흘러갈 것이다. 나는 지금 어디까지 흘러온 걸까. 여름에만 쓰는 옛날 내무반 정원에 도라지가 굵어가고 참나리가 불쑥불쑥 자라났다. 싸리나무로 버팀목을 만들어주었더니 오이와 호박이, 더덕 줄기가 자신의 몸을 꼬아가며 하늘로 향기를 품고 올라갔다. 나는 술 냄새를 풍기며 누구의 몸을 타고 오르는 짐승일까. 누가 되었든, 썩어 고여 있는, 무거운 내 몸뚱어리를 받아줄 사람은 무지막지하게 튼튼해야 하리라. 은사시나무 가지로는 초가을까지도 채 견디지 못하리라.

후끈한 땀 냄새를 풍기며 백 명이 넘는 신병이 들어왔다. 경상북도 병력이다. 신상명세서를 정리하는 내 눈이 화등잔만 해졌다. 본적, 경북 상주(상주는 수려한 산세와 함께 얼마나 많은 훌륭한 문인들을 배출한 고장인가). 현 주소, 성북구 정릉동. 학력, 서울예전 문창과 졸업. 학교 안에서 주최하는 무슨 문학상까지 수상한 화려한 경력이 내 눈을 사로잡기에 충분했다. 나는 내무반장에게 미리 허락을 받고 신병들을 집합시켰다.

"지민구, 훈련병 중에 지민구라는 놈 있으면 눈썹이 휘날리게 앞으로 나온다, 실시!"

맨 뒷줄에서 키가 작고 예쁘장한 훈련병이 뛰쳐나왔다. 한눈에 여자 같았다. 키는 육군 현역병 입대 기준을 가까스로 넘긴 모양이다. 눈썹이 곱고 그 밑에 검은 눈동자가 맑고 서늘했다. 눈 밑과 볼 쪽으로는 검정깨 같은 주근깨가 박혔다. 겁을 잔뜩 먹은 표정이었다.

"행정반으로 따라온다, 알겠나?"

조금 장난스럽게 기합을 준 다음 편히 앉으라고 해놓고 건빵과 별사탕을 주었다. 단팥빵도 주었다. 옛날의 나처럼 게걸스럽게 먹지는 않았다. 소설을 전공한 민구는 시에도 관심이 많았다. 최인훈, 박기동, 최학 같은, 내가 한 번도 들어보지 못한 문인들 이름을 줄줄 꿰었다. 정동 제일교회 배움의 집을 졸업하고 난 뒤, 잊고 있었던 시인에 대한 꿈이 되살아났다. 이건 하늘이 내게 준 기회다. 어떻게 해시든지 민구를 우리 중대로 배치 받게 해야 한다. 마침 중대장 당번병인 조철수가 분대장 교육을 들어갈 시기였다. 절호의 기회다. 전공 학과나 생김새나 아담한 키와 분위기가 중대장 당번병으로는 제격이다. 중대장을 설득하고 인사계에게 선을 보이고 고참들을 이해시켜 결국 행정반으로 끌어들이는 데 성공했다. 민구는 신병 때부터 중대원들에게 귀여움을 한 몸에 받았다. 겉모습이 예쁜 여자 애 같기도 했지만 무엇보다 전공 학과가 연애편지 대필하는 데 제격이었다. 절실하게 여자 몸이 그리운 청년들에겐 당연한 욕구이기도 했다. 나는 스스로 방패막이 구실을 했다. 내가 민구에게 요구할 것은 아무도 모르는 일이기에 더 비밀스러웠다. 시간이 날 때마다 얘기를 하고 문학에 대해 물어봤다. 민구가 정기 구독하는 월간 문학지를 달마다 내가 먼저 받아 읽었다. 폭력과 광기와 증오로 얼룩진 군대 생활이 조금씩 풀리는 느낌이었다. 휴일에는 가끔씩 휴게실에서 소주를 나누기도 했다. 우리 둘만 있으면 고참과 졸병을 떠나 친구처럼, 스승과 제자처럼 흉허물 없는 사이가 됐다.

"민구야, 어떻게 하면 시를 잘 쓸 수 있냐?"

"김 일병님, 또 문학 얘깁니까? 몇 번 말씀드렸잖아요? 김 일병님 그동안 살아온 과정을 들어보니 문학 작품이 따로 없습디다. 뭐 따로 갖다 붙이고 자시고 할 것 없이 살아온 과정을 그대로 글로 옮기면 시가 되는 겁니다. 시나 소설이나 아름다운 문장보다는 가슴으로 먼저 와 닿는 진실이 더 중요하기 때문이죠. 미사여구는 진실한 사람살이에 비하면 껍데기에 불과하다구요."

"말은 쉬워도 그게 어디 말처럼 쉽게 되는 것 봤니?"

"그렇지요. 무엇이든 쉽게 이루어지는 것은 의심해봐야지요. 평생을 걸고 하는 겁니다. 우선 실천하기 쉬운 거부터 하나하나…… 우선 일기를 꼬박꼬박 써보는 것도 중요합니다. 여기 양평은 얼마나 축복 받은 곳입니까? 눈 돌려 보이는 것 모두가 시 아닙니까? 자연처럼 위대한 스승은 없답니다."

"나도 그렇게 생각한다. 고맙다, 한 잔 받아라."

"고맙기는요. 저도 학교에서 그렇게 배웠는걸요. 군대 조직은 절대적으로 통로가 막힌 사회 아닙니까? 사람은 말이죠, 몸이 갇혀 있으면 갇혀 있는 만큼 정신은 맹렬하게 자유를 원하고 하찮은 것 하나까지 매우 절실하게 다가오는 법이거든요. 그것을 그냥 심심하게 붙들어 가감 없이 옮기면 되는 겁니다. 물론 어렵겠지요. 어렵지 않으면 누구나 시인이게요? 우선 편지를 열심히 써보는 것도 도움이 될 겁니다. 면회 오는 사람도 없다고 그러셨죠? 친구나 부모형제, 펜팔을 통해 알게 된 여자, 그래도 정 없다면 사랑하는 사람을 임의로 설정해서 그 사람에게 매일 편지를 쓰는 겁니다. 답장을 받지 못한다는 흠이 있지만 책을 마음대로 골라 읽을 수 없는 군대라는 특수 사회에서 괜찮은 문장 수업이 될 겁니다. 그냥 막 쓰십시오. 평소 하고 싶은 말, 가슴속에 담아두었던 말을 마치 옆 사람에게 이야기해준다고 생각하고 막 쏟아내란 말입니다. 또 좋은 시를 한 편씩 선택해서 근무 설 때 암송하는 일도 많은 도움이 될 것입니다. 문제는 괜히 문학합네 드러내지 말고 온몸으로, 전신을 걸고, 치열하게 다가서야 합니다. 아까 드린 말씀이 반복되는 것 같지만 참된 삶보다 뛰어난 문학은 없습니다. 김 일병님은 잘해 낼 것 같습니다. 자신을 믿으십시오."

웃을 때는 볼우물이 파이고 덧니가 드러나 남자가 아니었다면 덥석 껴안고 뒹굴고 싶을 만큼 귀여운 녀석이 인상을 쓰면서 심각하게 이어 갔다. 눈썹도 까맣고 머리카락도 까맣고 눈동자도 까맣게 빛이 났다. 스승이 따로 없었다. 민구는 늙은 선생처럼 천천히 설명했다.

"그리고 가능하다면 행정반 일을 그만두는 게 어떨까요? 제가 보기엔 박홍민 상병은 질투와 콤플렉스로 똘똘 뭉친 사람입니다. 아마, 두고두고 괴롭힐 겁니다. 분노를 마음속에 쟁여두는 것은 몸에도 해롭지만 언젠가는 그 분노의 불꽃으로 김 일병님이 타버릴지도 모르는 일입니다. 요컨대, 분노의 근원을 없애버리자는 겁니다."

"맞다. 나도 첫 휴가를 나갔다 오면 결단을 내리려고 했다. 중대에서 찍혀 취사장에 내려가 고생하는 본창이에게 빚도 갚을 겸 취사장에 내려가 교대해줄 생각이다."

"괜찮은 생각입니다. 취사장 일이 힘들겠지만 말뚝 근무도 없고 틈나는 시간이 많아 공부하기에는 좋은 여건이 될 겁니다. 시간만 죽이다가 제대하면 얼마나 억울합니까? 문제는 술인데……, 안주가 좋아 술 먹을 기회가 많을 겁니다. 술도 문학을 풍성하게 살찌우는 방향으로 이용하십시오."

첫 휴가를 나갔다. 아침저녁으로 선선한 바람이 불어오는 초가을이었다. 텔레비전이 화려한 색깔로 치장을 하고 학생들의 옷과 머리가 자유스러워지고 프로 야구장의 함성이 밤하늘을 갈라놓았지만 없는 사람들의 생활은 달라진 게 없었다. 대학교에 들어간 정동 교회 친구들은 학생운동을 하다 잘려서 잠수를 타고 있었고 나머지는 방위병 복무를 하느라 허덕였다. 요행히 군대 면제를 받은 친구들은 공장이나 시장에서 노랗게 버짐 핀 얼굴로 하루 벌어 하루를 간신히 넘기고 있었다. 갈 곳은 많았으나 오라고 반기는 곳은 없었다. 식당에서 사출 공장으로 공장에서 막노동판으로 돌아다닌다는 작은형은 끝내 소식을 끊어 근황을 알 수가 없었고 누나는 날로 옹색해지는 살림에 둘째까지 낳아 봉천동에서도 점점 꼭대기로 밀려나고 있었다. 눈으로는 반겼지만 당장 잠자리 걱정과 차비 걱정부터 했다. 그렇게도 기다리고 기다리던 첫 휴가였지만 첫날부터 부대로 돌아가고 싶었다. 지옥 같은 부대가 차라리 편했다. 썩어도 먹고 입고 잘 곳은 걱정하지 않아도 되었으니까. 특별한 걸 요구한 적도 없었다. 그저 형편대로, 사는 만큼, 전과 똑같이 대우해주길 바랐는데, 이건 어디 가나 수금 사원이나 세일즈맨이나 빚 받으러 온 사람 취급했다. 충분히 이해하고도 남을 일이다. 오죽 사는 게 폭폭했으면 그럴까. 그래도 맨발로 달려 나오는 시골집 어머니가 계신다는 게 위안이라면 위안이었다.

  마음껏 울 수도 없는 어머니, 말도 못하는 어머니, 손뼉 치는 걸로 의사소통을 하는 어머니, 하루 온종일 흙보다 돌이 많은 산비탈 밭에서 그대로 돌이 되어 엎드려 있는 어머니, 칡넝쿨 같은 어머니, 호호탕탕했던 시절 빚 보증과 외상 술로 다 탕진하고 이제 지게 작대기처럼 말라붙은 아버지, 어머니를 빨아먹고 태어난 막둥이는 어느새 중학생이 되어 동네 입구에서부터 "엄마 밥! 엄마 밥!" 하고 뛰어올라왔다. 명치 끝이 뜨겁게 소용돌이쳤다. 숨이 막혔다. 이 끝도 시작도 없는 삶이라는 굴레를 언제 벗어날 수 있을까. 한우 자금과 알량한 농사 자금으로 대출 이자를 주렁주렁 달고 있는 아버지는 이웃집 누구누구 아들은 군대에서 휴가 나올 때 간스메랑 술이랑 궐련을 잔뜩 들고 왔더라고 잎담배를 말아 침으로 쓱 문지르면서 장산을 올려다봤다. '어떤 개새끼가' 까지 올라오는 것을 간신히 누르고 아버지 옆얼굴을 봤다. 담배를 빨아들일 때 볼이 홀쭉하게 들어간다. 몸이 늙어가면서 힘이 빠진 아버지는 이제 염치도 없어졌나보다. 서울에서 남원, 남원에서 다릿골까지 거의 무임승차하다시피 내려온 아들 사정은 아랑곳하지 않았다. 그러니 아버지 뜻대로 사관학교에 들어가 밥풀떼기라도 하나 달고 나왔으면 온 동네가 난리가 났을 것이다. 군대가 감옥이 아니라 사회가, 사제 인간들이 감옥이었구나. 안과 밖이 모조리 감옥이구나. 앞으로 나아갈 수도 뒤로 물러날 수도 없었다. 동료들은 첫 휴가 십오 일이 하루나 이틀처럼 눈 깜짝할 사이에 지나갔다고 아쉬워했지만 내게는 길었다. 신병 훈련 기간만큼이나 길었다. 되도록 빨리 귀대하고 싶었다. 꼴도 베고 외양간도 치우고 물거리도 해서 한 널 쟁여놓고 서울로 올라왔다.

대학 입시에 실패하고 남대문 시장에서 다방과 업소에 커피를 배달하는 귀곤이와 방위 근무를 하는 만덕이를 만나 종로 2가 뒷골목에서 막걸리를 마셨다. 나는 원래 막걸리 체질이 아니었다. 술은 빠르게 올라왔다. 귀곤이 곱슬머리가 멀어졌다가 가까워졌다. 술집 담배 연기가 안개처럼 꾸역꾸역 몰려왔다.

"야, 고릴라. 이거 군대 가더니 완전히 버렸구만. 요것 먹고 취하냐?"

"뭐라고? 하나도 안 췄어, 자식들아. 걱정하지 말라고."

"그래? 좋다. 그러면 양동 한번 가야지. 명색이 첫 휴간데 군바리 똘똘이 목욕은 한번 하고 들어가야지."

"흐흐흐, 좋지, 좋아. 시켜주기만 해. 구들장까지 뚫어줄 테니까. 숏타임 말고 긴 밤은 안 되겠냐?"

신교대 조교답게 목소리는 컸으나 몸은 이미 탁자 위로, 의자 밑으로 무너지기 시작했다. 양쪽 어깨를 부축하는 친구들에게 끌려 어디론가 한없이 좁은 골목을 걸어 들어갔다. 전투화가 물귀신이 되어 땅속으로 내 몸을 마구 잡아당긴다. 땅이 움푹움푹 파인다. 깊게 갈라진다. 지진이 일어나고 뒷골목 건물들이 한꺼번에 무너졌다.

천국과 지옥을 오가면서 타는 갈증 속에 깨어났다. 머릿속은 용암처럼 들끓었다. 골 팬다는 말이 실감났다. 이미 만덕이와 귀곤이는 보이지 않았다. 가까스로 찌그러진 양은 주전자를 통째로 뒤집어 미지근한 물을 빨아 먹었다. 정신이 든다. 창문도 없고 혼자 누워도 여유가 없는 쪽방이다. 다행히 전투화는 신문지를 깔고 얌전하게 주인을 기다리고 있었다. 두부 장수 방울 소리가 은은하게 들려왔다.

서둘러 밖으로 나왔다. 삐걱대는 나무 계단을 내려가자 입구에는 칠순이 가까운 할매가 담배를 피우고 앉아 있었다.

"이봐요, 군인 아저씨. 청소비 내놓고 가라고. 어제 계단에다 모조리 토해놓고, 그런 난리가 없었어. 아침에 보니까 멀쩡한 사람이, 원, 술을……, 쯧쯧. 친구들이 하도 사정사정해서 어쩔 수 없이 재워줬지만……."

"죄, 죄송합니다, 할머니."

도망치듯 골목을 빠져나왔다. 뒷덜미에 수천 년 묵은 늙은 여우의 가래침이 따라와 붙었다. 공기는 맑고 사람들은 변함없이 바쁘게 지나다녔다. 종로 3가 단성사 뒷골목이었다. 여기서 종로 4가 쪽으로 조금만 더 가면 돈암동 금은방 시절에 자주 다녔던 도금공장과 조각하는 병오 형 공방이 나올 것이다. 그쪽으로 돌아가기엔 너무 많은 날들이 흘렀다. 세운상가 옆 감미옥에서 설렁탕을 먹었다. 친형제처럼 대해주었던 금은방 식구들 얼굴이 국숫발이 되어 따라 올라왔다. 성공하기 전까지는 절대로 찾아가지 않으리라. 뜨건 국물에 밥을 말아 정신없이 퍼 넣었다. 설렁탕 기운이 숟가락 높이를 받쳐주다가 흔적도 없이 사라졌다. 밥의 슬픔, 밥의 정직함. 슬픔은 밥처럼 도처에 널려 있구나.

계산하려고 주머니를 뒤져보니 만 원짜리 두 장이 꼬깃꼬깃 접혀 있다. 귀곤이 마음이다. 아마 내가 술에 덜 취했더라면 양동에 갔을 것이다. 오랜만에 짠밥 냄새가 적당히 배어 있는 풋자지 살뜰하게 한번 목욕시켜주었을 것이다. 모포 속에서, 푸세식 변소에서, 야간 탄약고 초소에서 금방 숨이 넘어갈 사람처럼 그리워했던 여자의 몸뚱이 아니었던가. 고참들에게 시달리고 많이 얻어터진 날은 하루에 다섯 번씩 수음을 하기도 했다. 그 부드럽고 축축한 문 앞에서 무릎 꿇고 울고 싶었다. 고해성사 하고 싶었다. 그 문 속으로 들어가 다시는 세상에 나오지 않고 죽고 싶은 날들이 많았다.

마장동 시외버스 터미널에서 직행버스를 탔다. 누구에게 전화를 한다거나 만나서 부담을 주고 싶지 않았다. 어차피 남은 돈으로는 떡을 쪄서 돌릴 수도 없고 통닭이나 족발을 사 가지고 들어갈 수도 없었다. 부대를 빼놓고는 내가 갈 수 있는 곳은 오로지 한 곳밖에 없었다. 강물은 한낮의 햇볕을 받아 은비늘을 뒤척이며 흘렀다. 강물 속에는 하늘도 들어 있고, 구름도 흘러가고, 산과 나무 그림자가 처박혀 있고, 교각과 전봇대와 철탑이 이어져 있고, 새가 날고, 바람이 잠시 날개를 접고 숨을 고르고 있었다. 물속에 거꾸로 처박힌 삼라만상은 바람이 깃을 털고 일어서자 몸을 부르르 떨며 사정했다. 그때마다 거품을 일으키며 물보라가 튀어 올랐다. 나도 물속으로 깊이 들어가 물이 떨며 내지르는 소리를 들으리라. 가평여인숙은 사십구재 지낸 상갓처럼 조용했다.

"계세요? 계세요?"

화장실 쪽 맨 구석 방문이 삐그덕 열린다. 그러고 보니 보라색 플라스틱 슬리퍼가 가지런하다. 아무리 잘 봐줘도 마흔이 넘어 보이는 아줌마가 푸석한 얼굴로 빠끔히 내다본다.

"어떻게 왔어……, 으응, 군인 아저씨구나. 이쪽으로 들어와요. 어디서 근무해?"

"덕평리……."

"신교대구나. 그 사람들 잘 있나? 키다리 있잖아? 경상도 사투리 많이 쓰는…… 계급이 하사였지, 아마. 독사, 퉁방울, 에프엠, 대머리독수리, 꼴통, 평발로 고생했던, 뭐지, 이름이? 가물가물하네. 애인 보내놓고도 꼭 여기 들렀던 서울 법대 출신 정훈병 있잖아? 별명이 신성일이라던가? 좌골신경통, 안짱다리, 비스킷(얼굴에 하도 점이 많아서), 다 잘들 있나 몰라."

"예, 예, 참깨, 들깨, 돼지, 고릴라, 하마, 꺾쇠, 마당쇠, 이쁜이 잘들 있습니다."

"근데 웬일이야? 대낮에……."

"휴가 나왔다가 들어가는 길입니다."

"으응, 그렇구나. 그러면 한참 더 재미보고 들어가지, 뭐 하러 이렇게 일찍 돌아와? 아, 애인한테 차였구나. 안 봐도 내가 훤하지."

"……."

"알았어, 알았어. 대답하지 마. 그건 그렇고 보통으로 할까? 스페셜로 할까?"

"보통은 뭐고 스페셜은 뭡니까? 제가 돈이 좀……."

"돈? 별로 차이 안 나. 보통은 그냥 하는 걸로 한 장, 스페셜은 빨아주고 뒤로 하는데 한 장 반이야. 술 한잔 사주면 더 좋고."

나는 귀곤이가 준 돈하고 어머니가 서울 올라갈 때 차비로 쓰라고 준 삼천오백 원까지 탈탈 털었다.

"이러지 마. 내가 뭐 거진 줄 알아? 이건 부대 들어갈 때 뭐라도 하나 사 가지고 들어가라구."

늙은 여자가 천 원짜리 몇 장을 호주머니에 찔러 넣어준다. 이마가 좁고 넓었다. 그 밑에는 술 때문에 부어올랐을 쌍꺼풀 없는 눈이 도톰하고, 눈은 흰자위가 더 많고, 낮고 평퍼짐한 코, 튀어나온 광대뼈 옆으로 넓은 볼 살이 퍼져나갔다. 입술은 두껍고 퍼랬다. 웃을 때마다 동자가 보이지 않을 정도로 얼굴이 찌그러지고 윗니 한가운데가 벌어졌다.

"잠깐 누워 있어. 나 좀 나갔다 올게."

슬리퍼 끄는 소리가 의외로 아늑하게 들렸다.

경월소주 세 병, 깻잎장아찌, 골뱅이조림, 학과 소나무가 그려진 서광 알루미늄 쟁반, 누렇게 불에 탄 자국이 있는 아이보리색 물잔 두 개, 허허, 쟁반만 빼면 이건 20사단 61연대 4대대 16중대 휴게실이군. 까만색 바탕에 하얀 글씨가 새겨진 설악다방 라이터로 소주를 깐 뒤 꿀꺽꿀꺽 들이켰다.

"왜 그래? 세상 다 살아버린 사람처럼……, 여자하고 버스는 기다리면 오게 되어 있어. 나도 한 잔 줘야지."

연거푸 두 잔을 비운 여자가 볼고족족해졌다.

"이리 와봐. 아니, 아니 이것만 벗어, 일단. 아이구 이쁘게도 숙이고 있네. 나는 군바리 아저씨들이 좋더라. 매너 좋고 일찍 끝내고, 씨팔 인간들이, 저녁 늦게 술이 꼴아서 오는 것들 있지? 밤새도록 시달린다니까. 싸지도 않고 얼마나 괴롭히는지. 있잖아? 자기야, 나는 입 냄새가 싫어. 술과 담배에 찌든 입 냄새 말이야. 내장 썩은 냄새 같은 거. 지긋지긋해."

안주 대신 이미 빳빳하게 발기한, 자기 입술보다 약간 불그스름한 귀두를 한 입 가득 베어 문다. 움찔했다. 지금부터는 아무 생각하지 말자. 밥알 하나 삼키는 데 수십 번 사래가 들어 눈물 그렁이는 어머니는 잊자. 봉투 붙이고 구슬 꿰는 봉천동 산꼭대기 누님도 잊자. 이삿짐 센터에 나가는 매형도, 한남동 언덕배기 공사 현장에서 언뜻 보았다는 작은형도, 자장면 한번 먹어보는 게 소원인 마네도, 공장과 식당에서 누렇게 뜬 배움의 집 친구들도, 정희 누야도, 마린도, 금은방도, 오류동 유림싸롱 유숙이도, 호수약국 재희도, 대전 빵공장 영만이도, 부산식당도, 트럭 조수도, 중국집 명월각도 다 잊자. 광주도 잊자. 죽어간 사람들을 생각하면 나는 똥통에 빠진 구더기다. 똥을 핥아 먹으면서 살아보려고 바락바락 기어오르는 구더기다. 허섭스레기다. 오직 하나만 생각하자. 나는 저 천장에 그려진 쥐오줌이다. 녹슨 마름모꼴 방범창이다. 방범창 안에 말라 죽은 하루살이다. 깨어진 유리창이다. 유리창에 붙은 일회용 테이프다. 먼지가 뽀얗게 내려앉은 거미줄이다. 담배 자국 성성한 장판이다. 아라비아 숫자가 달력 반 이상을 차지하는 양평신용협동조합이다. 16일 곗날, 홍천식당이다. '수색대 김정효 다녀가다' 다. '20사단 군바리 좆은 모두 물총이다' 다. 창틀 너머에서 손

오므려 흔드는 단풍나무다. 갑자기 몰려온 먹구름이다. 천둥 번개다. 소나기다.

"하이구, 많이도 쌌네."

여자는 화장지를 둘둘 말아 떼어내더니 꼬치에 꽂힌 어묵처럼 헐렁해진 기둥을 잡고 꼼꼼하게 닦아낸다. 입술 가장자리에 엷게 묻은 정액 거품은 아랑곳하지 않고 정성을 다해 훑어낸다. 시렸다. 날카로운 억새에 맨 살을 스친 것처럼 아렸다. 화장지가, 녹아내린 투구에 초벌 벽지마냥 들러붙는다.

"에이, 귀찮아도 물수건으로 닦아야 되겠네. 군용 팬티에 묻으면 금방 표시 나거든."

여자가 물수건을 가지러 나간 사이, 남은 소주를 몇 잔 더 들이켰다. 콧구멍에서 때죽나무 꽃 냄새가 났다. 아기 종처럼 하얗게 매달린 때죽나무 꽃은 꼭 은행 알만 한 열매를 꽃자리에 매달아놓고 떨어졌는데, 열매를 갈고 빻아 강물에 뿌리면 물고기들이 배를 뒤집으면서 떠오르곤 했다. 산소가 부족한 물고기들이 아가미를 헐떡거리며 마지막으로 바라본 하늘은 어떤 색이었을까. 가슴속에서는 납 녹은 물이 꿈틀거리며 내려갔다.

"어, 벌써 이렇게 마셨어? 내 것도 남겨놔야지."

여자는 물수건으로 마무리를 지은 다음, 마름모꼴 방범창에 달린 노란 바탕에 파란 둥굴레 잎이 그려진 나일론 커튼을 쳤다. 때에 절은 방 색깔은 부황 난 작은형 얼굴빛이다. 여자의 몸은 흘리내리고 있는 중이었다. 녹아내리고 있는 중이었다. 군데군데 모래사장의 물길처럼,

끝없이 펼쳐진 뻘밭의 물길처럼 살갗이 터져 부숭숭했다. 사단 병력이 지나가면서 남긴 흔적이리라. 저 터진 살갗도 흘러내리고 녹아내리면 끝내 바다에 닿으리라. 흔적도 없이 우주 바다에 스미리라. 두부처럼 물렁물렁했다. 저 몸을 삼베로 쥐어짜면 노오란 간수가 제법 나올 것이다. 두부는 김치에 싸서 먹어도 좋지만 간장에 찍어 먹으면 더 맛있지. 간장 달이는 냄새를 맡아봤다. 새우젓 달이는 냄새도 맡아봤다. 대전 중앙시장 어물전 수챗구멍 냄새도 맡아봤다. 털은 몇 올 남지 않았다. 거기가 한때 무성한 숲이었고 새소리와 물소리 싱싱한 계곡이었다는 표시는 별로 남아 있지 않았다.

몇 올 남은 터럭도 이미, 지나간 사단 병력 중 한 사내의 얼룩으로 엉겨 있었다. 아아, 그리고 놀랍게도 위쪽 젖꼭지 하나가 없었다. 외눈박이 상이군인을 처음 봤을 때처럼 가슴이 쿵쾅거렸다. 하나 남은 젖꼭지는 아랫배 쪽으로, 허리에 붙은 살은 출렁이며 허벅지 쪽으로 급격하게 내려앉고 있었다.

"으응, 이거……, 내 첫사랑이 가져갔어. 흉해 보여?"

물수건으로 바짝 마른 샘터를 닦으면서 여자가 말했다.

"아니, 괜찮아요."

여자가 늘어진 젖가슴으로 꼼꼼하게 몸을 훑어 내리며 점호를 취하기 시작했다. 위로 아래로 몇 번 쓸고 지나가자 아무 생각 없는 아랫도리는 다시 꼿꼿해졌다. 소주와 깻잎과 골뱅이가 섞인 혓바닥이 귓바퀴와 목덜미와 가슴팍을 쓰다듬자 걷잡을 수 없이 팽팽해졌다. 이래서 물총이라는 별명을 얻었나. 또, 어쩌자고, 속절없이, 그 무엇을 위해,

인사하듯, 차려 자세로 끄덕거리는가. 나는 불고염치하고 여자의 목을 끌어안으려고 했다.

"가만있어봐. 이렇게, 이렇게……, 아니, 내가 넣을게. 자기는 움직이지 마."

여자는 내 앞에서 무릎을 꿇고 엉덩이를 높게 들었다. 마치 객차가 객차를 연결하듯 내 것을 자기 것에다 잡아당겨 맞추더니 허리를 요리조리 틀어 쑤욱 연결시켰다.

"자, 이제 자기 왼손을 이렇게, 내 가슴을 감싸쥐고, 오른손 쥐봐, 이렇게, 으응, 됐어. 이제 그대로 있어."

졸지에 낮은 포복하는 자세가 되었다. 왼손으로 여자의 물크러진 가슴을 쥐고, 오른손으로는 몇 올 남지 않은 터럭 속을 헤집었다.

"좋아, 이제 움직여도 돼. 으응, 좋아. 아주 좋아, 더 깊이."

소총을 머리 위에 거꾸로 쥐고 쪼그려 걷기다. 오금이 저리고 무릎 관절이 끊어질 것 같다. 허벅지 근육이 터져 나갔다. 전투화가 돌에 걸려 턱턱 소리를 낸다. 땀이 비 오듯 흐른다. 다음은 낮은 포복이다. 눈치 빠른 녀석들은 브래지어로 보호대를 댄 놈들도 있지만 전투복 속은 맨 살이다. 팔꿈치가 벗겨졌다. 가슴이 긁히고 무릎이 깨지고 진물이 난다. 핏물이 전투복 밖으로 배어 나온다. 사격술 예비 훈련이다. 까맣고 동그란 점 하나, 영점 타깃이다. 영을 향한 점 하나, 제로를 향한 몸 하나. 하나, 둘, 셋, 넷, 타앙. 하나아, 두울, 세엣, 네에엣, 타타탕.

"으응, 좋아, 거기, 거기를 좀더 세게 문질러줘…… 아, 아."

취사장 옆에는 야생고양이가 많았다. 이것들이 은사시나무 잎이 하얀 솜털을 뒤집을 때쯤 발정이 나기 시작하는데, 아무 데서나 접을 붙는 게 아니라 꽤나 은밀하게 신방을 차렸다. 탄약고 말뚝근무를 설 때 관사 쪽으로 난 숲 속에서 붙는 걸 봤다. 암고양이를 올라탄 수놈이 밑에 깔린 암고양이 머리털을 힘껏 물면서 수축 운동을 몇 번 하더니 화살에 관통 당한 듯 날카로운 비명 소리를 내지르면서 숲의 침묵을 찢어놓았다. 순식간에 벌어진 일이었다. 암컷은 발라당 몸을 뒤집더니 자기 사타구니를 정성스레 핥았다. 수놈도 앞발을 쭈욱 펴면서 기지개를 켜더니 제 물건을 꼼꼼하게 핥았다. 인간이 짐승과 다른 점은 자기 스스로 제 사타구니를 핥을 수 없는 것일지도 모른다. 참선이나 요가를 통해 자유자재로 몸을 부릴 수 있다면, 네 발 달린 짐승처럼 자기 물건을 핥을 수 있다면, 대낮에 가평여인숙에 들르는 일은 없었으리라.

가는 철사줄로 허리를 동여맨 것처럼 멀리서 통증이 왔다. 철사줄이 끊어지면서 이층 건물이 와르르 무너졌다. 뜨거운 먼지바람이 사타구니 사이로 빠져나갔다. 고양이보다 둔탁한 비명이 목울대에서 넘어왔다. 콧구멍이 벌어지고 동공이 최대한 확대되어 하얀 화면에 비가 내렸다. 무너지는 건물 잔해에서 잔불이 울컥울컥 싯누런 연기를 토해냈다.

지축을 흔들면서 열차가 지나갔다. 방범창이 흔들리고 쥐오줌 그려진 천장에서 흙 부스러기가 떨어졌다. 옷걸이가 흔들리고 쟁반 위에 남은 소주병이 미세하게 파장을 그렸다. 철커덕 철커덕 침목을 흔들면서 후폭풍이 잦아들었다.

"왜? 벌써 가려고? 좀 쉬었다가 한 번 더 놀아. 돈 안 받을게."

늙은 여자는 화장지로 구멍을 틀어막은 뒤 팬티를 끌어올리면서 말했다. 눈물받이 밑이 거무죽죽하다.

"들어가야 됩니다."

무슨 급한 볼일이라도 있는 사람처럼 주섬주섬 군복을 챙겨 입었다. 군복은 무거웠다. 전투화도 무거웠다. 끈을 조일 때마다 숨이 막혔다. 이제 들어가면 언제 나오나. 이렇게 맑은 초가을날 어디 숲 속에 들어가서 아무도 모르게 죽었으면 좋겠다. 술에 취해 기분 좋게 잠자듯 갔으면 좋겠다. 바람이, 사랑하는 사람의 손길처럼, 부드럽게 이마를 쓰다듬어준다면 이까짓 한세상 턱 놓아버려도 좋겠다.

거리는 조용했고 해는 한 발이나 남아 햅쌀밥 뜸 들이는 냄새를 풍기고 있었다. 양평역을 정면으로 두고 오른쪽으로 돌아 뱀 기어가듯 두어 굽이를 넘으면 덕평리로 올라가는 샛길이 나온다. 강상이발관 옆 구멍가게에서 소주 사 홉들이 두 병과 과자 부스러기를 샀다. 한 병은 걸으면서 털어 넣었다. 흠칫 떨면서 마시고 누가 볼세라 사주경계를 하며 마셨다. 야트막한 고개가 나온다. 길이, 마을 사람과, 신교대 동료들이 다져놓은 하얀 길이 빠르게 지나간다. 자갈이 튀어 오른다. 그림자는 비틀거리면서도 끝까지 앞서간다. 땅 위에 깔린 그림자가 몸이고, 공기를 가르며 발자국이 이끄는 대로 걸어가는 몸이 그림자 같아, 꼭 그림자가 몸을 떠메고 가는 형국이다. 몸을 밟아, 그림자를 다져, 길이 생겼다면 아무리 술에 취했다 하더라도 함부로 걷지 말아야 할 것이다. 길을 함부로 대하면 언젠가는 그 길에게 철저하게 배반당할 것이다. 길은, 그림자에 대한 반성의 자취이기 때문에 더욱 그렇다. 식은

땀이 흘렀다. 그림자가 몸을 떠나기 전까지는 어떤 자리, 어떤 곳에 머물렀는지 정확하게 기억할 것이다. 그림자가 자취가 없다고, 걸리는 게 없다고, 얼굴과 표정이 없다고 몸을 함부로 굴린다면 수미산 같은 악업이 반드시 나를 짓누르리라. 밝은 곳에서 그림자가 또렷하게 드러나듯, 발자국이 몸이 드나들었던 곳을 기억하지 못하는 일은 없을 것이다. 그런데 오늘은 발자국이 먼저 비틀댄다. 몸을 가누지 못한다. 반성도 이렇게 생각 따로 몸 따로 한다면 차라리 안 하느니만 못하리라. 흐흐흐, 저기, 부동자세로 서서 나를 반기는 사람은 뉘신가. 헙헙, 파평 윤공 비석이군. 잔디는 푸르고 누렇고 곱다. 봉분은 태평양다방 미스 정 젖가슴같이 솟아올랐다. 죽음이 쌓아올린 욕망은 저렇게 헛되고 헛되도다. 아니다, 말 잘못했다. 살은 썩어서 흙이 되는 것이고 뼈는 가라앉아 돌이 되는 것이니 이 나라 이 땅 위에 풀 한 포기, 나무 한 그루, 돌 한 덩이를 어떻게 예사롭게 볼 수 있을 것이냐.

그런 지엄한 땅 위에서 나는 방금 두 번이나 죽었다가 살아났다. 이건 살아 있는 게 아니다. 숨이 붙어 있을 뿐이다. 군대도 문학도 인생도 다 엿이나 먹어라. 이 씹새끼들아. 나는 여기서 이렇게 누워 한 점 무덤이 되련다. 빈 병을 끌어안고 함부로 쓰러졌다.

얼마나 시간이 흘렀을까. 바람에 실려 일과 시간이 끝나는 나팔 소리가 지나갔다. 땅거미가 내려앉고 있었다. 여치가 울었다. 눅눅하다. 눅진하다. 입 주위에 묻은 잔디와 흙을 털어내고 일어섰다. 가래톳이 섰는지 삐걱거린다. 새끼발가락은 오래전에 티눈이 박여 아픈 것도 잊었다. 왼팔은 어디서 씻겨나갔는지 생채기가 생겼다. 비가 오려나, 눈

다래끼가 생기려나 눈구석이 찌뿌드드하면서 가렵다. 별도 달도 없다. 논과 밭은 뿌옇다. 흐리다. 흐린 하늘 아래 나락이 익어간다. 고갯마루에 올라서자 아담한 덕평 마을과 덕평상회가 보인다. 오른쪽 길가에는 외딴 흙집이 있다. 작두로 자른 짚을 진흙에 섞어 이겨 바른, 오래된 흙집이다. 밥솥은 나지막하게, 쇠죽솥은 높게 걸려 있는 부엌이 훤히 보인다. 뒤란에서는 감이 익어간다. 떨어진 감도 있다. 먼저 떨어진 은행도 있다. 개는 짖지 않는다. 닭도 조용하다. 오리도 조용하다. 외양간에 소는 되새김질한다. 비스듬히 누워 오래오래 되새김질한다. 송아지는 어미 옆에 우두커니 서 있다. 순하고 맑은 눈이다. 거름은 썩는다. 송장 피를 흘리며 썩는다. 나는 어미 옆에서 너무 멀리 떨어져 나왔다. 이렇게 썩은 정신으로는 다시 돌아가지 못하리라. 어스름과 함께 바람이 파도 소리를 내며 숲으로 몰려가자 늦더위 무릎이 한풀 꺾였다. 나는 도랑과 논둑을 건너 위병소를 향해 힘차게 뛰었다.

예상했던 대로 박홍민이 서무병으로 근무를 하고 있었다. 자신이 맡고 있던 교육병에는 막 전입해온 신병을 앉혀 인수인계 절차를 밟고 있었다. 두 번째 휴가를 나갔다가 들어올 때 중대장에겐 청바지를, 간부들에겐 꿀단지와 양주를 선물하더니 작전에 성공한 모양이다. 아무런 미련이 없었다. 뚱뚱한 몸 때문에 분대장 교육도 들어가지 못한 박홍민은 제대할 때까지 행정반을 장악하고 제왕처럼 군림할 것이다. 며칠 동안 행정반에 출동하지 않고 내무반 생활을 했더니 인사계가 불렀다.

"야, 김호식. 너 서무계 그만둘 거야? 왜 행정반에 나오지 않나?"

"인사계님, 전 행정반 체질이 아닌 것 같습니다. 그렇잖아도 면담 신청을 하고 싶었습니다. 저를 취사장으로 보내주십시오. 취사장에 근무하면서 시간 날 때마다 공부를 하고 싶습니다."

"그래? 잘됐다. 구본창이가 다시 내무반으로 복귀하고 싶다고 소원수리를 써서 골치 아팠다. 검정고시 공부하다 입대했다고 그랬지? 중대장님께 보고 드려서 곧바로 조치하겠다."

본창이는 지옥에서 빠져나온 사람처럼 기뻐했다. 그동안 본창에게 빚진 것을 한꺼번에 갚은 셈이다. 취사장 생활은 예상한 것보다 훨씬 편했다. 각 중대에서 한 명씩 파견 나온 기간병 다섯 명에다가 양평 읍내에서 출퇴근하는 방위병 두 명을 지원 받고 설거지와 청소는 훈련병들이 당번을 정해 돌아가면서 해서 어려움이 없었다. 쌀과 부식을 관리하는 본부중대 1종계와 선임하사 한 명이 감독을 했지만 큰 식당을 운영하는 한 가족같이 분위기가 좋았다.

또한 군에 입대하기 전 오랫동안 자취 생활한 이력과 식당 주방에서 일했던 경험이 별 어려움 없이 근무하는 데 도움이 됐다. 생선 내장을 빼고, 닭고기와 돼지고기와 쇠고기를 잘라 삶고 볶고 튀겨내는 일은 너무나 익숙한 작업 아닌가. 무와 배추와 각종 야채를 다루는 손은 춤추듯 움직였다. 일을 한다는 게 이렇게 즐거울 수가, 나는 아무래도 머리로 생각하기보다는, 움직이는 몸에 맞게 태어난 짐승이었다. 도끼와 칼이 난무하는 취사장 군기가 기간병들 사이에서는 공포의 대상으로 소문이 나 있었지만 그것은 그야말로 뜬소문에 불과했다. 고문관이나 중대에서 찍힌 사병들이 마지막으로 선택한 곳이 취사장이라고 말했지만, 대부분 체육 특기생들이라 어려움을 잘 참고 부지런하고 순수했다. 한 가지 흠이 있다면, 고주망태인 김성남 병장이 왕고참이 되어 술에 취하면 졸병들에게 술을 더 사오라고 괴롭혔다. 그러나 오래 생각할 필요도 없이 그가 좋아하는 김수희의 노래를 불러주면 만사 오케이였다. 〈너무합니다〉와 〈멍에〉 정도만 불러도 코를 드르렁드르렁 골았다. 그런 일마저 없었다면 너무 편해 오히려 불안했을 것이다.

 힘든 하루일과를 마치고 소방호스만 한 물줄기로 목욕을 하고 나면 그동안 공문서와 계산기로 찌들었던 정신의 티끌들이 한꺼번에 씻겨나간 듯 개운했다. 저녁식사 시간이 끝나면 날아갈 듯 가벼운 몸으로 취사장 언덕에 앉아 넘어가는 해와, 햇빛 전체를 담고 있는 강물과 중앙선 철길과 하루가 다르게 옷을 갈아입는 들판과 숲을 바라보는 행복이 덤으로 주어졌다. 강물은 아무리 봐도 싫증이 나지 않았다. 철길은 아무리 내려다봐도 물리지가 않았다. 왜일까? 멀리서 보기에는 강물도 철길도 그저 고여 있는 듯 움직임이 없지만 가까이 가보면 끊임없이 살아 흘러가기 때문일 것이다. 흐르지 않으면 썩는다. 취사장 생활은 고여 있는 군대 생활에 숨을 불어넣었다, 술을 불어넣게 했다. 넘어가는 해와, 저물어가는 강물과, 기적을 울리며 지나가는 기차를 바라보며 소주를 마시지 않는다면 그 누구와 시를 벗한단 말인가. 풍경이 너무 좋으면 말이 나오지 않는 법이다. 혼자일 때가 많아 더 좋구나. 저 은사시나무 숲을 빠져나가는 바람 소리, 일찍 나온 개밥바라기와 눈썹 날이 서늘한 하늘 호숫가에 노 저어가고 있었다.

 모두들 더럽고 냄새나고 남자가 할 일이 못 된다고 꺼려하는 취사장 근무가 내 몸에는 가장 잘 맞았다. 제대하고 사회에 나가면 요리사가 될까. 밥하고 빨래하고 설거지하고 반찬 만드는 일을 꼭 여자가 할 필요는 없을 것이다. 유명한 식당이나 호텔 주방장들은 거의 다 남자들 아닌가. 시를 잘 쓰는 방법도 삶을 잘 요리하는 데서 나오는 게 아닐까. 그래, 나는 바닥이 좋다. 물이 좋고 밥이 좋고 기름 버너가 좋다. 약간 쉰 듯한 주방 냄새가 좋다. 하수도 냄새가 좋다. 이 물기 젖은 바닥에서 시의 두레박을 건져 올리리라. 굳은 관절에 피 돌게 해 몸 저리게 한 번 살아보리라. 대저 부대낌이 없는 삶이란 죽어 있는 삶 아닌가. 상처도 햇살에 말려 잘 갈무리하면 아주 질 좋은 씨앗으로 쓰일 수 있으리니 너무 지름길로만 달려가지 말자. 숨 고르면서 천천히 나아가보자. 저렇게 넓고 깊으면서도, 바닥을 껴안고, 소리 내지 않고 흐르는 남한강의 장중함을 물방울만큼이라도 닮아보자.

그래서, 취사장에 들어가 근무하는 걸로 끝이여? 남한산성은 언제 가는 거여?

아닙니다. 아직 몇 건 더 남았는데요. 정 경장님도 꽤 성격이 급하시네요. 세상일이란 게 듣기 싫어도 들어야 하고 하기 싫어도 해야 될 일이 있잖아요? 요즈음은 여자들도 축구 좋아한다는데…… 군대 얘기를 싫어한다구요? 거, 이상하다. 여자들이 제복에 약하다는 말을 어디서 들은 것 같은데요. 제가 보기에는 직업 군인과 결혼한 여자들은 하나같이 이뻐요. 미스코리아 뺨치게 생겼더라니까요. 여자요? 가평여인숙 늙은 창녀 말대로 하염없이 기다리면 언젠가는 오겠지요. 포기하지 않고 끈질기게 기다리면 온대요.

 어허, 이 사람이. 이제 누굴 가르치려 드네. 흰소리 그만하고 빨리 다음 진도 나가보자구.

 알겠습니다. 세월은 느리지도 않고 빠르지도 않게 흘렀지요. 계절은 잊지 않고 꼬박꼬박 찾아왔습니다. 육 개월 만에 작대기 두 개를 달았듯이 십오 개월이 되자 상병으로 진급했고 취사장 서열 2위로 확고한 자리를 잡아나갔습니다. 그동안 승준이와 본창이는 분대장 교육을 받고 하사로 진급하여 군대 생활에 잘 적응하고 있었지요. 민구는 누구 눈에 띄었는지 대대장 당번병이 되어 군대 생활이 확 풀렸습니다. 생선 내장과 육류 가공과 기름때에 전 위생복을 한 나와는 달리 언제 봐도 단정한 차림으로 대대장 부인과 함께 막 걸음마를 시작한 대대장 아들을 품에 안고 관사를 오르내렸습니다. 취사장에 들를 때면 읽을 만한 시집과 월간 잡지를 떨어뜨려놓고 가는 걸 잊지 않았지요. 참 좋은 놈이에요. 제가 그 녀석을 안 지가 십 년이 넘었는데 아직까지도 자주 연락을 하고 삽니다. 지금요? 지금은 당분간 소설을 접고 사업을 하고 있죠. 서울 양재동 근처에서 출판사를 하는데요, 직원도 꽤 여러 명 둔 사장이래요, 사장. 하여튼 이놈이 취사장에 들러 마치 순시하는 대대장처럼 "할 만합니까?" 하고 내 꼬락서니를 훑어 내리면 "야, 민구야 너 요즘 대대장 출장 가면 대낮에 관사에서 대대장 마누라랑 홀딱 벗고 머시기 한대며?" 짓궂게 놀려대기도 했지요. 녀석은 워낙 품이 넓은 놈이라 "아니, 언제 그렇게 소문이 빨리 돌았지? 관사에서만 한 게 아니라 풀밭에서도 했고 숲 속에서도 했는데…… 그건 그렇고 김 상병님 공부는 잘돼갑니까? 저번 일요일에는 위병소에서 어떤 여자가 면회 신청하는 것 같던데 누굽니까? 이제 면회 오는 사람도 생겼나보죠?" 하면서 선한 웃음을 날려보내기도 했습니다.

면회 오는 여자도 있었단 말이야? 당신, 거짓말을 술 먹듯이 하는구만. 언제는 면회 오는 사람 없다고 신세 한탄이 대단했잖아. 순 엄살이었군.

그거요? 별거 아닙니다. 본창이가 외박 나갔다가 가족들이 일찍 서울로 올라가는 바람에 혼자 술 먹기 적적하다고 양평 읍내 다방 아가씨 티켓 끊어 보낸 일인데요 뭐. 가끔 벌어지는 풍경인데 위병소에서는 알면서도 눈감아줍니다. 귀대하면서 떡고물 좀 뿌리면 되거든요.

공부는 생각보다 잘 안 됩디다. 취사장 옆 건물에는 이발소와 목욕탕과 장교 식당이 있는데요, 겨울에만 잠깐 쓰는 목욕탕을 우리가 사용했습니다. 왕고참만 빼고 취사병 네 명이 돌아가면서 새벽 당번을 서고 나면 점심시간까지 잘 수 있는 공간이 필요했지요. 보통 아침 당번은 새벽 세 시에 일어나 기름 버너에 불을 넣고 아침 배식이 끝나면 자는데요, 취사장 내무반은 너무 시끄러워서 쉴 수가 없어 조금 떨어진 목욕탕 옷 갈아입는 곳에다 매트리스를 깔고 부족한 잠을 보충했습니다. 저는 그곳에다 나무 책상을 하나 짜서 공부방을 차렸지요. 『성문 종합영어』와 『수학 정석』은 졸병들이 사다주었습니다만 그쪽으로는 통 손이 안 가고 민구가 놓고 간 시집과 월간지에 더 관심이 많았습니다. 두꺼운 대학 노트를 사다놓고 열심히 메모도 하고 무수히 많은 편지도 썼습니다. 조금 과장하자면 그때 쓴 편지를 책으로 엮으면 두툼하게 한 권 분량은 될 겁니다. 뭐라구요? 그게 어떻게 남아 있겠습니까? 제가 육군 교도소 들어가면서 다 없어졌지요. 얼마나 많은 편지를 썼는지 월간《샘터》펜팔란에 여자 이름으로 된 주소지에는 전부 보냈습니다. 물론 답장을 받은 적도 있었지만 오래가지는 않았습니다. 어떤 녀석은 남자인데도 여자 이름으로 올려놓고 장난을 치기도 했으니까요. 오죽했으면 위문편지를 쓴 중고생에게 너무나 성실하고 진지한 답장을 해서 담임에게 경고성 답장을 받기도 했을 정도였거든요. 한참 감수성이 예민한, 그리고 입시를 앞둔 학생에게 부담 주지 말라구요. 저는 학교로 편지가 가면 담임선생이 먼저 뜯어보는지 몰랐거든요.

이봐요, 김씨. 당신 말이야, 정말 구제불능이구만. 아무리 굶어도 그렇지 어린 학생들에게까지 마수를 뻗쳤단 말이야? 무전취식은 그렇다 치고, 혹시 미성년자 성추행 이런 것은 없어?

아니, 정 경장님. 잘 나가다가 왜 그러십니까? 제가 아무리 잡범이라지만 사람 탈을 쓰고 어찌 그럴 수 있겠습니까? 막말로, 하고 싶으면 손가락 다섯 개로 경운기를 탈 수도 있고, 또 동기들에게 철판 깔면 가평여인숙 정도는 갈 수 있는데…… 잡범도 최소한의 자존심은 있는 겁니다. 쓰레기 더미가 산을 이룬 곳에도 꽃씨와 나비가 날아들고 새와 나무가 뿌리를 내린답니다. 그때는 너무 외로웠거든요. 그냥 아무하고나 말을 섞고 싶었습니다. 그렇지 않으면 폭발할 것 같았거든요. 하루하루가 폭발 일보 직전 고폭탄 같은 생활이었단 말입니다.

이 사람 보게. 군대 가서 당신같이 고생 안 한 사람이 세상에 어디 있나. 괜히 반죽하고 부풀려서 쌈 싸먹으려고. 아, 그리고 당신 얘기 들어

보니까 고급 양주에다 면세 맥주에다 또 여자까지 먹을 거 다 먹고, 아닌 말루 당신 이름처럼 호의호식한 걸로도 모자라, 시니 문학이니 책상이니 할 짓 못할 짓 다 하면서 뭐가 괴롭다고 그래. 전방에서 소총 들고 박박 긴 사람들에 비한다면 이건 완전히 카투사 생활 해놓고선. 당신 언제 총대 한번 제대로 잡아봤어? 총 한번 제대로 쏴본 적 있냐구?

그렇게 말씀하시니까 할 말이 없네요. 이건 여담인데요, 누가 들으면 맞아 죽을지도 모르는 얘깁니다만, 그때, 사실 저는요, 정말 전쟁이라도 일어나길 바랐습니다. 누구보다도 총을 쏘고 싶었거든요.

실탄을 지급 받으면 제일 먼저 행정반에 올라가 박홍민을 박살내고 본창이를 괴롭힌 고참들을 박살내고 광주에 내려가 무고한 시민들을 죽인 61연대 연대장과 사단장을 박살내고 내친김에 대통령 자리까지 빼앗은 대머리를 죽였을 겁니다. 그 새끼들 때문에 제 신세가 요 모양요 꼴 아닙니까?

이 사람이, 지나간 일이라고……, 함부로 말하네. 아, 당신 기록 훑어보니까 모두 개인적인 사소한 일로 그렇게 됐더구만. 뭐가 어떻다구? 당신이 무슨 민주투사라도 되는 줄 알아? 천하에 개 잡범 주제에…… 침소봉대하고 있어…….

지금 침소봉대라고 하셨습니까? 저는 자는 곳이 침소이고 상처 난 곳을 싸매는 게 붕대라는 것은 압니다만, 민주투사가 아니면 화도 마음대로 못 냅니까? 좋습니다. 정 경장님은 그렇게 생각한다 해도 저는 그렇지 않습니다. 지들은 하늘 같은 상관을 사살하고 대통령 자리까지 넘보면서 총칼을 휘둘러대다가 그 과정이 잘못되었다고 바로잡으려는 백성들을 마구 죽인 놈들인데, 그놈들은 멀쩡하게 떵떵거리며 살아 있고 저는 팔 개월이나 쫄다구인 단풍하사 하나 때렸다고 상관 상해니 상관 폭행이니 하는 어마어마한 별을 붙여 남한산성으로 보낸 겁니까? 크게 한 건 하면 혁명이고 작게 하면 폭행입니까? 이건 침소봉대가 아니고 확실하게 증거가 있는 역사적인 사건입니다. 저 살인마 전두환이가 광주에서만 사람을 죽인 게 아니잖습니까? 전두환이가 제 원수인 확실한 이유는 제 아버지를 죽게 했다는 사실입니다. '복합 영농'이 무슨 뜻인지도 모르는 시골 사람에게 서로 연대보증을 서라고 해놓고 소를 키우라고 난리를 떨었습니다. 가족들 입에 겨우 풀칠할 정도로 쌀과 보리 농사를 짓던 우리 아버지도 반강제로 소를 서너 마리 사들였다가 빚만 잔뜩 짊어지고 폭삭 망했습니다. 겉으로는 소득 증대를 통해 농민들 삶의 질을 높이겠다고 호언했던 놈들이 속으로는 소뿐 아니라, 소머리, 내장, 꼬리, 심지어 곰탕용 뼈다귀까지 수입했다 이 말입니다. 아무것도 모르는 농민들은 온 힘을 다해 먹여 키웠는데 사들일 때 소값의 반도 못 받고 팔아야 할 지경에 이르렀으니 농약 안 먹고 배기겠습니까? 뼛골 빠지게 일하고도 평생 갚아야 할 빚더미만 잔뜩 짊어진 농민들이 이 땅에 어디 한둘인 줄 아십니까? 울 아버지도 여기저기 빚보증과 대출 이자 때문에 제가 입대할 무렵부터 밥 대신 소주만 잡수시다가 팔십사년 봄에 가셨습니다. 소값 파동 때문에 농약 먹고 자살한 사람들 통계를 한번 내보고 싶을 정도입니다. 죽은 사람들 억울한 건 이 자리에서 새삼 말할 것도 없고, 서로 한 형제처럼 살던 농촌 공동체를 하루아침에 원수지간으로 만들어놓은 연대보증인은 어떤 말라빠진 개 뼈다귀 같은 새끼 작품입니까? 이래도 전두환 이놈이 제 원수가 아니라고 할 수 있습니까? 찢어 죽여도 시원치 않을 놈입니다.

글쎄, 그것까지는 내가 모르고, 혹시, 자식이 교도소나 들락거리니까 속상해서 돌아가신 거 아녀?

물론, 그런 면도 있겠지요. 저 혼자 빠져나갈 생각은 없습니다. 자식은 부모에게 영원히 불효자식이지요. 저 말고도 삼남 일녀나 더 있으니까 그중 한 새끼 효도하는 물건도 나오지 말란 법은 없을 터이지만, 제가 알기로 우리 아버지는 소값 파동 때문에 돌아가신 게 틀림없습니다. 심심산골인 우리 동네에서도 두 분이나 더 농약을 먹고 일찍 가셨으니까요.

글쎄, 말은 꼭 참기름 바른 김밥만큼 번지르르하네만, 당신같이 싸구려 울분으로는 원수는커녕 모기 한 마리 제대로 잡을 수 있을까 몰라. 내가 생각하기엔, 그놈들이 누군데 당신 말대로 호락호락 넘어갈 것 같아? 사전에 치밀하게 계획하고 철저하게 준비해야지. 실력을 쌓아야 하지 않겠어? 당신같이 말만 앞서고 술 먹고 최말단 경찰이나 쥐어패면 어느 세월에 원수를 갚나? 호랑이는 토끼 한 마리를 잡더라도 최선을 다한다는데, 당신같이 감정적인 분노만 쌓았다간 아무 일도 못하지. 나 같은 경우도 밸 꼴릴 때가 얼마나 많은 줄 알아? 파출소 근무할 때 생각하면, 나, 원. 막내 동생뻘밖에 안 되는 새파란 사람이 경찰대학 나왔다고 턱하니 소장 자리에 앉아 지시를 내리지 않나, 또 검찰청 한번 들어가보라지. 거기는 한 술 더 뜨잖나? 검사 영감 거드름 피우는 거는 그렇다 치고, 그 밑에 직원들도 반은 검사가 되어 목에 깁스를 풀 줄을 모르니. 그래도 별수 있나. 내가 실력이 없고 공부 못해 이 모양 이 꼴이니, 참을 수밖에. 나이 마흔 넘어서 방송통신대학교에 몰래 원서를 넣은 내 마음을 이해할 수 있겠어? 수신제가 한 다음에 치국이고 평천하 아니겠어? 그러니까 당신들은 안 된다니까. 여기 일방, 이방, 삼방, 저 양반들한테 한 번 물어보자구. 자기들이 죄가 있어 여기 들어왔다고 생각하는 사람 어디 있나. 세상에 핑계 없는 무덤이 어디 있겠어. 괜히 말도 안 되는 궤변 늘어놓고 억지 부리지 말라구. 그런 얘기 하려면 아예 그만두라구. 골치 아프니까.

가슴 뜨끔한 충고군요. 저 밑바닥에 잘 저장했다가 두고두고 꺼내 쓰겠습니다. 아까 총 이야기하다 이렇게 됐지요? 제가 군대 생활하면서 딱 세 번 비상이 걸렸거든요. 한 번은 우리 중대 졸병이 탈영했을 때, 또 한 번은 이웅평 대위가, 아니 북한군 계급으로는 상좌였던가요? 미그기를 몰고 내려왔을 때, 또 한 번은 살인마 전두환이 팀스피리트 참관을 하러 우리 부대 옆 사격장에 왔을 때였거든요. 그때는 완전히 진돗개 하나 발령 내렸을 때보다 더 삼엄했어요. 잠자리 비행기가 온 양평 하늘을 뒤덮으면서 문어 대가리가 왔는데, 물론 최□창, 박×병, 이△구 같은 똘마니들은 말할 것도 없구요. 이 조폭보다 못한 것들을 우리는 직속상관이라고 사진을 붙여놓고 조석으로 경례를 올려붙이곤 했으니 정말 한심한 세월이었지요.

그 살인마 문어 대가리 놈이 20시단을 가장 아껴서 지 오른팔들을 사단장에 앉혀놓곤 했답니다. 어쨌든 물태우를 비롯해서 피 맛 본 놈들이 한꺼번에 우리 부대 옆에 앉아 쌍안경으로 전투기와 코브라와 대포 들이 불을 뿜어 백운봉 뱃구레가 허벌창 나는 모습을 의기양양하게 지켜보고 있었는데요. 정작 자기들 직속부하인 우리 신병교육대대 장병들은 단 한 사람도 그 찬란한(?) 광경을 보지 못했답니다. 아침부터 훈련병이니 기간병이니 할 것 없이 전부 취사장에 몰아넣은 다음, 창문이란 창문은 모두 등화관제 해놓고, 포르노 비슷한 영화를 틀어주는데요. 정말 웃기는 일 아닙니까? 자기들이 정말 떳떳하다면 자기 똘마니가 사단장으로 있고 연대장, 대대장으로 장악하고 있는 부하들을 왜 믿지 못하는 겁니까? 얼마나 무서웠으면 우리더러 오줌도 참으라는 거예요. 정 어려우면 옷에다 싸라는 겁니다. 탄약고 근무자까지 근무를 서지 못하게 했으니, 말 안 해도 알겠지요? 이 새끼들 겁쟁이 아닙니까? 육백 명이 넘는 훈련병과 기간병들이 땀 냄새와 쉰 보리밥 냄새를 풍기는 취사장에 갇혀 〈뻐꾸기도 밤에 우는가〉에 나오는 정윤희의 젖가슴을 보고 연신 고여 나오는 침을 삼키느라 정신이 없었지요. 귀를 찢는 전투기 소리와 대포 소리와 발칸포 소리에도 좆이 서는 걸 보면요. 참 인간이란 어쩔 수 없는 짐승이더군요. 전대가리나 물태우나 그 밑에 똘마니들은요, 어떻게 보면 제가 미워했던 박홍민하고 비슷한 놈들인가봐요. 이웅평 대위가 비행기 몰고 내려올 때 그걸 확인했습니다. 그때가 아마 공휴일이었던 걸로 기억하는데, 갑자기 사이렌이 울리고 진돗개 하나가 발령됐습니다. 이건 실제 상황이었거든요. 진돗개 하나는 전쟁이 일어났다는 얘깁니다. 참, 다 알고 있죠? 모든 업무가 중지되고 완전군장을 해서 연병장에 집결했습니다. 훈련병들은 단독

군장이었구요. 전쟁이 일어나면 훈련병들은 전투에 참가하지 않고 남쪽 먼 후방으로 내려가 나머지 훈련을 받고 전투에 참가하도록 되어 있습니다. 기간병들에게는 전투식량과 탄약이 지급되었어요. 공포탄이 아니라 실탄이었습니다. 옳다, 절호의 기회다. 전투가 벌어진 곳이 어디가 됐든 적에게 쏘는 척하면서 박홍민 이 새끼부터 대가리를 날려 버려야지 했는데 보이지를 않는 거예요. 행정반 졸병에게 물어봤더니 뭐 무슨 비밀문서(그래봐야 3급 비밀문서겠지만)를 정리해서 태우는 중이라구요. 진돗개 하나는 한바탕 귀순 드라마로 끝나 비상 대기가 해제되어 군장을 풀고 탄약을 반납하고 있는데 그때서야 비실비실 나타나더군요. 슬금슬금 제 눈치를 살펴요. 저만 그런 마음 먹은 게 아니었습니다. 박홍민한테 당한 사람이 한둘이 아니었거든요. 친하지도 않으면서 제 옆으로 오더니 "야, 김호식. 취사장에 내려가더니 인물이 훤해졌다. 좋은 거 있으면 나눠 먹자" 하면서 수작을 피우는데 밑에서 이만한 게 올라오더군요. 이럴 때 하는 말이 있죠? 야, 주먹이 운다, 주먹이 울어. 저는 주먹이 우는 게 아니라 총알이 울더군요. 총알은 탄약상자 안에서 착실한 아이처럼 노란 이빨을 가지런히 드러내며 누워 있더군요.

　이 사람이 정말, 당신 말대로 그때 그 사람을 죽였다면 당신은 무사했을 것 같아? 자꾸 엉뚱한 곳으로 빠지지 말고 하던 얘기나 마저 해보라구. 그 아까 탈영한 졸병은 왜 그랬대?

　군대에서 탈영은 가끔 있는 일이지요. 흔한 비유로 애인이 고무신을 거꾸로 신었다거나 박홍민 같은 고참들의 구타를 이겨내지 못하거나 훈련이 견딜 수 없이 힘들다거나 고문관으로 찍혀 왕따를 당하거나 가정에 무슨 좋지 않은 일이 있을 때 탈영을 하게 되죠. 특이한 것은 현역보다 방위병들이 탈영을 많이 한다고 합디다. 우리가 보기에는 집에서 출퇴근하는 게 뭐 어렵다고 탈영을 하나 하겠지만 방위병들은 자유로운 생활을 하다 보니 순간순간 부대에 들어가고 싶지 않은 마음이 자주 든다는 말을 들은 적도 있습니다. 현역병들 중에는 휴가 나갔다가 들어오지 않는 경우도 왕왕 있거든요. 문제는 이런 일상적인 탈영보다 무기를 가지고 탈영했을 때가 큰일이라는 겁니다. 무기와 실탄을 가지고 탈영을 하면 전군에 비상이 걸립니다. 우리 중대 성일이도 그랬습니다. 이름이 북한 주석과 국방위원장 닮아서 정확하게 기억하고 있습니다. 취사장에서 생활해도 중대 소식은 본창이와 승준이가 밥 먹으러 왔다가 전해주곤 해서 잘 알고 있었는데요, 이웅평 대위의 미그기 귀순 사건과 팀스피리트 훈련으로 어수선할 때쯤 신병 하나가 전입을 왔다고 그래요. 오자마자 부대에 소문이 쫙 깔렸는데 세상에, 본창이는 저리 가라 할 정도로 고문관이랍니다. 밥 먹으러 온 녀석을 취사장 안으로 불러들여서 군기를 한번 잡아보려고 했는데 저는 처음부터 두 손 들고 말았습니다. 고문관도 그런 고문관이 없어요. 말을 하면 정확하게 한 십 초 뒤에 움직이는 겁니다. 키는 중키에 통통한 편이고 얼굴이 까무잡잡한 게 이목구비가 뚜렷해서 꼭 인도 사람 같았어요. 소처럼 큰 눈과 뚜렷한 콧잔등 위에 걸려 있는 커다란 안경 좀 보소, 이 녀석이 글쎄 서울대 미대 서양학과 삼학년을 다니다 온 놈이랍니다. 말도 느리고 동작도 느리고 하여튼 군대에서 싫어하는 것들로만 완전무장을 하고 있더군요. 그런데 말이죠, 저는 성일이 눈을 보고 단박에 요놈이 좋아졌어요. 저놈은 틀림없이 내 편이 되겠군, 하고 미리 김칫국부터 마셨죠. 민구에게 얘기해서 대대본부 정훈과나 도안이나 차트병 쪽으로 추천해야 되겠구나 생각했죠. 근데 이 녀석이, 저를 본 지 일주일도 안 돼 자살을 해버렸어요. 야간에 탄약고 근무를 서다가 그대로 탈영해서 철길을 따라 서울 쪽으로 한 칠 킬로미터쯤 걷다가 철둑길에서 제 턱에다 방아쇠를 당기고 만 겁니다. 초창기 탄약고 근무자에게는 빈 탄창이었다가 그다음에는 공포탄, 팔십삼년 들어서는 야간 근무자에게만 실탄을 지급했거든요. 성일이 시체를 발견한 날, 우리 중대원들은 사단 보급대와 공병대와 헌병대로 정신없이 뛰어다니고 저 혼자 취사장 언덕에 앉아 경월소주를 나발 불었습니다. 어쩌자고, 좋은 놈은 먼저 가고, 같이 마시고 싶은 놈들만 남았단 말이냐, 이놈아, 성일아, 하고 울부짖었지요. 그럴 만한 이유가 있었거든요. 성일이가 자살한 날이 월요일 저녁 늦은 시각이었는데, 그 전 토요일 오후에 성일이가 말쑥하게 다림질한 군복을 입고 취사장에 내려왔습디다. 늘 심각하고 진지한 얼굴인데 그날 따라 싱글벙글이에요. 하늘 높이 올라간 연처럼 덩실덩실하더군요. 가족이 면회 왔대요. 아버지는 의정부인가 동두천인가에서 큰 병원을 하는데 원장님이고 어머니도 대학교수고 위로 누나가 셋 있는데 모두들 박사 석사래요. 저도 제 일인 양 기뻤죠. 그래, 뭐니 뭐니 해도 가족들 사랑이 최고지. 가서 듬뿍 즐기고 들어와서 새로운 마음으로 잘 근무하기를 바랐어요.

근데 이놈이 나간 지 채 서너 시간도 안 돼 들어온 겁니다. 전입 온지 얼마 안 된 신병이라도 가족이 면회 오면 무조건 그 이튿날까지 외박이 되었거든요. 나갈 때와 달리 꽤나 심각하고 진지한 얼굴로 들어와서 또 취사장에 들렀어요. "야 인마, 김성일. 너 머리가 어떻게 된 놈 아니야? 하긴, 서울대 다니는 놈들은 머리가 너무 좋아 헤까닥 돌아버린 놈도 많다고 그러던데. 야, 새끼야. 군대 와서 첫 외박인데 맛있는 음식도 사 먹고 술도 한잔하고 똘똘이 목욕도 시키고 들어오지. 이까짓 좆같은 군대에 충성할 일 있니? 벌써 들어오게." 저는 부러움 반 시샘 반으로 큰소리를 쳤지요. 녀석은 말없이 씨익 웃더니 "이거 받으세요" 그러질 않겠어요. 누런 마분지 봉투를 열어보니 그 달 치 《현대문학》과 《신동아》가 들어 있습디다. "이게 뭐냐?"고 물어봤지요. 이 녀석이 사람 좋은 쑥스러운 표정으로 뒷머리를 긁적이며 "내무반에서 김 상병님이 시인이라고 들었거든요. 《전우신문》에도 작품이 실렸다면서요? 문학 잡지 파는 데가 없어서 양평 읍내를 꽤 돌아다녔습니다" 하더니 슬그머니 중대로 올라가는 게 아니겠습니까? 그게 제가 마지막으로 본 성일이의 모습이었습니다. 성일이가 이 세상에 와서 마지막으로 준 선물이 왜 하필이면 제게 준 책 두 권이었지요? 저는 취사반 졸병들이 와서 운구를 해갈 때까지 성일이 이름을 부르며 울었습니다. 성일이가 야간 탄약고 근무를 서면서 무슨 생각을 했을까요? 말뚝근무를 설 때의 제 마음처럼. 남한강을 바라보며, 중앙선 밤 열차를 바라보면서, 마지막으로 무슨 생각을 했을까요?

그걸 내가 어떻게 알겠나? 왜 죽었대? 그렇게 좋은 가정에서 태어나 최고 학부에 다닐 정도면 별문제가 없어 보이는데.

저도 그렇게 알고 있었지요. 성일이가 10종 처리가 돼 한 줌 먼지로 사라진 뒤, 사단 감찰대와 보안대, 헌병대에서 조사원들이 나와서 고 참들의 가혹행위가 있었는지 조사를 했지만 특별한 건 없었구요, 그저 통상적인 수준이었대요. 제게도 왔더라구요. 성일이가 마지막으로 선물을 준 사람과 어떤 관계인지를 캐묻기 위해서 말이죠. 정작 중요한 건 토요일 날 면회 온 누나 중의 한 사람 때문이었다는군요. 간단하게 요약하면, 병원 원장인 아버지와 대학교수인 어머니가 성일이 친부모가 아니었대요. 딸만 셋 낳은 부부가 뭔가 허전해서 성일이 어렸을 때 입양을 했는데 당사자는 너무 어려 아무것도 눈치 채지 못하고 자랐대요. 부유하고 교양 많은 가정에서 부족함 없이 편안하게 자랐고 누나들도 친동생처럼 대했는데 부모님이 나이가 많이 들고 누나들이 결혼을 하자 수백억 원을 넘나드는 재산이 탐이 났던 모양이에요. 가족 간에는 성일이 입양한 것을 불문에 붙이고 살아왔는데 누나 한 사람이 그것을 깨버린 모양이에요. 피도 섞이지 않은 성일이가 막대한 유산을 물려받을까 봐 욕심이 난 거겠죠. 고요하고 생각 많은 성일이가 얼마나 충격이 컸겠어요? 말 한 마디 크게 할 놈이 아닌데, 얼마나 여자 같고 수줍음 많은 내성적인 녀석이었는데요. 지금도 그 녀석 생각하면 가슴이 아파요. 이 아수라 지옥 같은 세상에서 그림 그리는 좋은 친구를 얻을 뻔했는데, 그 녀석이 주고 간 선물을 위해서라도 코피 터지게 한 번 살아야 할 텐데 말이죠.

어이, 김씨. 오랜만에 맞는 말 했구만. 그렇게 좋은 사람이 많은데 당신은 왜 그렇게 살아? 왜 말 다르고 행동 달라? 그 후배를 위해서라도 애먼 경찰 그만 패고, 이런 데 들어오지 말고, 사람답게 살아봐야 되잖아? 당신 나이가 벌써 몇이야? 응.

그만 합시다. 왜 또 아픈 곳을 찌르는 겁니까? 괴로워도 제가 더 괴롭고 아파도 정 경장님보다 당사자인 제가 훨씬 아프다구요. 제가 밤에 잠을 자는 줄 아십니까? 밥을 먹어도 맛을 모르고 먹습니다. 한마디로 사람 꼴이 아니라구요, 요즈음.

그래요? 그저께 새벽에 근무 교대하고 들어와서 내가 당신부터 살펴봤어. 저기 혼빙 아저씨와 토지 사기로 들어온 저 당진 김씨 있잖어, 그 사람 사이에서 네 활개를 뻗고 코를 골더구먼. 침 흘리는 건 차마 못 봤다고 하자구. 코 골고 침 흘리는 건 김씨 말고 아마 김씨 닮은 다른 사람이었던 모양이지? 당신 가족들에겐 미안한 말이시만 내 십수 년 경찰 근무한 감으로 보자면 당신은 체질인 거 같아. 딱 눈에 씌어 있다구.

뭐라구요? 이거 사람 놀리는 겁니까? 가지고 노는 건 좋은데 제자리에 잘 갖다놓으십시오. 자칫 잘못 놓았다가 뜨건 물에 데면 흉터 크게 납니다.

저러니 경찰을 패지. 아 이 사람아, 농담 그만 하고 여자 얘기나 더해 봐. 강아지도 주고 면회 시간도 내 재량껏 봐줄 테니까. 그리고 당신 하나 때문에 여기 있는 사람들이 얼마나 편해? 정자세가 있나 반성문 암기가 있나 원숭이 철장타기가 있나. 여러 사람을 위해 봉사한다고 생각하고 여자 얘기나 해보라니까. 그 뒤로 여자하고 썸씽은 더 없었어?

없었다고 하면 거짓말이고, 있었죠. 근데 근무자님도 꽤나 밝히시네

어느 잡범에 대한 중간 보고 187

요? 근래에 들어 가정생활이 좋지 않으신가요?

이 사람이, 정말. 내가 다른 건 다 참아도 느물대는 꼴은 못 참아. 근무시간만 해도 그렇지, 나도 당신들처럼 똑같이 유치인 신세 아녀? 좋은 게 좋다고 넘어가려고 했더니…… 여기 들어온 사람들 조서 받고 구속되어 저쪽 넘어가기까지 무슨 낙으로 사나? 당신들은 그래서 안 된다니까. 조금만 사람 대우해주고 풀어주면 그냥 올라타려고 그러니…… 아, 내가 지금 누굴 위해서 이러고 있는 건데? 막말로 하자면 당신들은 그저 비싼 세금이나 축내고 있는 사람들 아녀?

알겠습니다. 하이구, 한 대 맞았더니 얼얼하군요. 저는 그냥 재미있으라고 한 말인데, 화 푸십시오. 진도 나가겠습니다.

그, 만날 술집 여자나 창녀하고 한 것 말고 다른 건 없어? 좀 심플한 거 말이야.

저 같은 놈에게 그런 여자가 걸리겠습니까? 여자들이 얼마나 똑똑한데요. 제대로 정신 박힌 여자라면 저처럼 배운 거 없지, 돈 없고 빽 없는 놈에게 마음을 열겠습니까? 인물이 잘나기라도 했나, 뭐 중뿔나게 내세울 게 있어야죠. 근데 가만 돌아보니까 한 여자가 떠오릅니다. 정말 풀잎 같은 여자였지요. 풀잎 머금은 이슬 같은 여자였지요. 꿀 이슬 받아먹고 사는 청색 푸른띠 나비 같은 여자였지요.

참 오래된 얘기인데, 제가 대학 입시에 실패하고 별 생각 없이 공수특전사에 지원을 해서 입대하기 하루 전에 만난 사람입니다. 그러니까 팔십일년 여름이었지요. 구월 일일 아침 서대전역 앞에 집결을 하라는 입영통지서를 받고 하루 전날 대전에 갔습니다. 대전은 제가 어렸을 때 일을 했던 곳으로 가슴 아픈 추억이 많은 도시입니다. 마음 같아선 술도 거나하게 먹고 여자 하나 불러서 긴 밤을 꼬아가며 사회에서 물들었던 얼룩들을 깨끗하게 빼내고 입대하려고 했지만, 그놈의 돈이 있어야죠. 제 주머니에는 겨우 하룻밤 싸구려 여인숙에서 자고 밥 사 먹고 나면 편지지나 우표 살 돈밖에 남아 있지 않았거든요. 그래서 가난이 원수라고 했는지 모르겠습니다. 혹시나 해서 옛날에 일했던 곳을 둘러봤지만 어느 것 하나 남아 있는 건물도 없고 아는 사람도 없었어요. 허탈했지요. 하릴없이 대전 시내 번화가를 돌아다니다가 충동적으로 영화관에 들어갔습니다. 〈25시〉라고, 앤서니 퀸이 주연한 영화인데, 보셨다구요? 정말 좋은 영화지요? 그때는 그런 거 저런 거 몰랐구요. 다리도 아프고 햇볕에 지쳐 좀 쉬고 싶어서 들어간 겁니다. 극장 안은 깜깜했고 대낮이라 그런지 관객들은 보이지 않았습니다. 이층으로 올라갔지요. 어디선가 불쑥 시궁쥐나 고양이가 튀어나올 것 같이 봉걸레 냄새가 진동했습니다. 대기 의자에 털썩 앉아서 땀을 훔쳤지요. 하얗고 까만, 머리가 텅 비어버린 상태에서 한참을 그대로 있었어요. 얼마나 시간이 흘렀을까? 제 바로 앞, 건너편에서 무슨 빛이 반짝 켜졌다가 꺼지는 거 있죠. 꼭 여름날 밤 시골집 마당에서 수제비를 먹다가 본 반딧불이 같았어요. 우리 동네에는 반딧불이가 지천으로 많아 또래 아이들은 호박꽃 속에 여러 마리를 잡아 넣어 호박등을 밝히기도 했거든요. 물론 그 호박등 아래에서 시험공부를 하는 애들은 없었고 조금 가지고 놀다가 풀 구덩이에 던져버리곤 했지만요. 어쨌든 대낮 극장 안에 반딧불이가 나타날 리는 없고 도둑고양이인가 확인하려고 다가갔더니 갑자기 화다닥 달아나는 거예요. 사람이었어요, 그것도 커트머리 나풀대는 늘씬한 처녀가 계단을 뛰어 아래층으로 막 달아나는 겁니다. 이럴 때는 생각보다 몸이 빠르게 움직여야 하거든요. 매점에서 아이스크림을 두 개 사서 서둘러 내려갔습니다. 청바지에 카키색 티를 입은 키 큰 여자가 영화 포스터를 보는 척 서성거리고 있는 거예요. 불쑥 다가갔지요. "아까 깜짝 놀랐습니다." 그러면서 아이스크림을 내밀었지요. 겁먹은 듯 큰 눈이 엉거주춤하게 인사를 하며 아이스크림을 받더군요. 자세히 보니 화장기 하나 없는 맨 얼굴에 솜털이 보송보송한 게, 왼쪽 가슴에는 두툼한 책이 용수철 달린 노트와 함께 안겨 있더군요. 아하, 대학생이구나, 요거 꼬시려면 고단수로 나가야겠는걸, 생각 중인데 "학생이세요?" 하고 먼저 선수를 치는 거예요. 순간, 머리털이 곤두서며 얼굴이 빨갛게 달아오르는데요, 그나마 극장 안이 어두워서 들키지는 않았어요. 일이 순조롭게 풀리려고 그랬는지 벨이 울리면서 영화가 끝나 몇몇 사람들이 하품을 하면서 나오는 바람에 대충 얼버무렸지요.

    그래서 이번에는 대학생을 사칭한 거야? 자네, 이제 보니 사기꾼이었구먼. 언제는 경찰관을 사칭하질 않나……, 어이, 김씨. 당신은 말이야, 숨소리 빼놓고는 당신 인생 전체가 거짓말투성이인 것 같아.

    아니, 그 상황에서 정 경장님이라면 어떻게 했겠습니까? 나, 조금 있으면 머리 빡빡 밀고 공수특전사에 들어갈 놈인데 시간 있으면 아가씨, 나하고 데이트 좀 할까? 그러면 어떤 여자가 얼쑤 좋다 하고 따라오겠습니까? 근무자님은 살아오면서 한 번도 거짓말한 적이 없단 말입니까?

그럴 리야 있겠는가? 거짓말을 전혀 안 하고 살았다고 할 수는 없어도 자네처럼, 누가 봐도 뻔히 보이는 잔머리는 굴리지 않았다는 얘기야. 사소한 말부터 시작해서 크나큰 약속까지 민중의 지팡이인 우리가 지키지 않으면 누가 지키며 따라오겠나?

정말 준법정신이 투철한 분이시군요. 그러면 탁 하고 책상을 치니까 억 하고 죽었다고 말한 사람은 경찰관이 아니고 딴 나라 사람이었군요?

이거 왜 이러나? 여기서 나가면 당신은 꼬리곰탕 집부터 차려야 되겠구먼. 무슨 말이든 말꼬리 잡는 데는 당신 따라갈 사람이 없을 것 같아서 말이여. 당신 사기 친 사건하고 우리나라 역사를 바꾼 고귀한 죽음하고 무슨 연관이 있다고 그런 거여? 괜히 엉뚱한 변명으로 그분들 욕보이지 말고 대학생 사칭해서 여자 꼬신 얘기나 마저 하라구.

좋습니다. 어차피 결과가 그렇게 나올 것 같으니 이쯤에서 꼬리 내리겠습니다. 아까 어디까지 했지요? 아, 예, 그래서 텅텅 빈 영화관에 들어가 나란히 앉아 영화를 봤습니다. 영화 내용이 제대로 들어왔겠어요? 온통 옆에 앉아 있는 여자에게 신경이 쏠렸지요. 어깨를 감싸거나 손을 잡으려 애쓰지 않았습니다. 누가 보지 않는다고 자칫 섣부른 행동을 했다간 초반에 어긋나기 일쑤거든요. 직통으로 가는 게 쉬울 거 같지만 때론 멀리 돌아가는 게 먹힐 때도 있답니다. 저는 저물도록 멀리 돌아가기로 했습니다. 영화가 끝나고 밖에 나오자 거리에는 땅거미가 내리고 알맞게 서늘했지요. 저녁을 먹으러 극장 앞에 있는 음식 백화점으로 들어갔습니다. 우리는 한식부에 가서 똑같이 오징어덮밥을 시켰습니다. 소녀 티가 막 가시기 시작한 여학생은 H대학교 체육교육과 일학년에 재학 중인 체조 선수였습니다. 여름방학을 시골에서 보내고 이학기를 준비하기 위해 며칠 전에 대전에 올라왔다는 거예요. 운동은 중고등학교 다닐 때부터 했는데 전국체전에 나가 메달도 땄다고 하더군요. 어쩐지 키가 크고 늘씬하더라니, 그러면서 제게 폭포 같은 질문을 쏟아 붓더라구요. 이름과 나이, 집은 어디고 어떤 학교를 다니며 무슨 과 몇 학년이냐구요. 저는 주머니 사정을 고려하다가 에라, 모르겠다는 심정으로 맥주를 두 병 시켰습니다. 술이 들어가면 얼굴이 빨개지는 것도, 거짓말을 하는 것도 술술 풀릴 거라고 생각했지요. 작전은 맞아떨어졌습니다. 거짓말은 어둠 풀리듯 스멀스멀 풀려나갔습니다. 집은 서울 돈암동이고 대학은 밝힐 수 없고 전공은 문예창작이다, 우리나라에서 문예창작이란 학과를 둔 학교가 두 군데 있으며 우리 집 앞에서 그 학교로 오가는 버스가 다닌다, 오늘 아침 학교 도서관으로 가는 버스를 탔다, 버스 안 라디오에서 우연히 맛 자랑 멋 자랑 비슷한 프로그램을 들었다, 그 프로에서 주마다 맛있는 집을 소개하는데 공교롭게도 오늘 소개한 집이 대전 설렁탕 집이었다. 그 방송을 듣는 순간, 참을 수 없이 설렁탕과 깍두기가 먹고 싶어서 고속버스 터미널에서 대전으로 오가는 고속버스를 탔다, 아마 오늘 일어난 일련의 일들이 너를 만나기 위한 운명적인 사건의 연속이 아닐까 생각한다, 우리는 이미 전생에서 만나기로 되어 있었다, 그리고 앞으로도 우리는 꼭 만나게 되어 있다, 그러니 형사처럼 꼬치꼬치 캐묻지 말라고 그랬지요.

유수가 청산일세. 그래서 순진한 여학생이 깜빡 속아넘어가던가?

그럼요, 그럴 수밖에요. 여자 애는 서울에 대해서 잘 모르는 학생이었고 저는, 서울에서 오래 살았거든요. 실제로 제가 오랫동안 일했던 금은방이 돈암시장 입구에 있구요, 화계사에서 중앙대를 오가는 팔십 사번 시내버스도 많이 탔봤구요, 문예창작을 전공했다는 말은 거짓이었지만, 야학에서 공부할 때 선생님들과 친구들에게 시나 소설에 대해서 기본적인 상식은 얻어들은 적이 있거든요. 특히 친구 영석이를 통해서 우리나라 유명 시인들의 작품을 여럿 암송하고 있었고, 콩글리시였지만 팝송도 여러 곡 부를 줄 알아 속이기 쉬웠습니다. 팻 분과 앤디 윌리엄스는, 저 혼자 생각이지만, 거의 그 사람들과 비슷하게 부를 수 있다고 장담하고 있을 때였으니 도움이 많이 되었지요.

그래서 따라오던가? 건드렸난 말이야?

제가 그렇게 단순한 놈처럼 보입니까? 손도 잡지 않았지요. 우리는 운명적으로 만났다, 어떤 보이지 않는 강력한 손길이 나를 여기로 이끌었다, 다음에는 내가 끌어당기겠다, 세월이나 나이, 신분을 뛰어넘어 우리는 꼭 다시 만나게 될 것이다, 그때 가서 원 없이 사랑하게 될 것이라고 능을 쳤지요. 사실, 말은 이렇게 합니다만, 저도 최소한의 양심은 있는 놈입니다. 차마 어떻게 할 수가 없더라구요. 아무리 제가, 내일이 전혀 보장되지 않은 특수부대에 입대를 하는 몸이라지만 어떻게 저런 순진무구한 학생을 건드릴 수 있을까, 그냥 죽기 전에 아름다운 추억 하나 정도는 남기는 것도 괜찮은 거 아니냐, 뭐 그런 생각을 했지요.

고양이가 생선 생각해준 꼴이구먼. 그래서 비늘은 털고 먹었다? 지느러미는 잘라내고 먹었냐구?

천만에요. 굽지도 않고 삶지도 않고 회를 뜨지도 않고 얌전하게 오징어덮밥과 맥주를 마시고 나왔지요. 시간은 사정없이 흐르더군요. 예? 아, 그때는 통행금지가 있을 때 아닙니까? 다음에는 동양백화점 옥상 전망대에 올라갔습니다. 사방으로 대전 시내가 한눈에 들어오는 탁 트인 곳에 앉아 커피를 마셨지요. 그동안에 제가 알고 있는 동서양의 시인과 소설가들은 남김없이 등장시켰지요. 제가 경험으로 알고 있는 개똥철학과 귀동냥으로 들은 지식을 최대한으로 부풀려 끄집어낸 것은 말할 것도 없구요. 지금 생각하면 부끄러워 어디 아무도 모르는 곳으로 들어가고 싶을 정도인 시 낭송과 노래 실력도 유감없이 발휘했습니다. 여학생은 꿈을 꾸는 듯 행복해하더군요. 저는 막가고 있었어요. 이대로 군에 끌려가면 언제 어느 때 어떻게 될 줄 모르는데 아까울 게 뭐가 있겠어요? 잠도 서대전역 대합실에서 잘 각오를 했습니다. 남은 돈으로 서점에 가서 릴케와 하이네의 사랑 시집을 사서 선물로 주고 생맥주도 한 잔 더 했지요. 드디어 밤 열한 시가 넘어 통금이 가까워졌습니다.

이대로 헤어질 수 없다고, 통행금지 십 분 전까지만 같이 있어달라는 여학생의 간절한 부탁에 집까지 바래다준다고 했습니다. 집은요, 용두동 시장 골목을 한참 올라가서 산동네에 친구랑 둘이서 자취를 한대요. 마음 같아선 같이 가고 싶지만 친구 때문에 안 된다고 거의 울먹이더군요. 동양백화점에서 쭈욱 걸어서 충남도청 옆, 그러니까 중도빌딩 앞 어린이 놀이터를 지나는데, 마지막 소원이라며 저기 시소에서 잠깐 앉았다 가자는 겁니다. 뭐 반대할 이유가 있습니까? 순순히 앉았지요. 시계 초침 가는 소리가 심장 박동처럼 크게 들릴 정도로 안타까운 시간은 흐르고요, 용두동 고개를 넘어 도마동이나 유성 쪽으로 가는 택시는 굉음을 내며 날아갔습니다. 그때마다 뒤따르는 바람이 길거리 나뭇잎을 쓸쓸하게 흔들었습니다. 우리는 아무 말 없이 앉아 있었습니다. 가슴속에 뜨거운 무엇이 하나 치받쳐 올라오는 것을 간신히 틀어막고 있는데 따뜻하고 부드러운 손이 나를 잡더군요. 생각 같아선 그대로 끌어안고 볼을 비비며 입맞춤이라도 하고 싶었지만 참았습니다. 다 된 밥에 재 뿌릴 수는 없잖이요. 힌침 제 손을 쓰나듬넌 여자 애가 가만히 머리를 제 가슴 쪽으로 기대오더군요. 풀잎 냄새가 났어요, 백합 냄새도 났고, 참나리꽃 냄새도 났습니다. 저는 전생을 믿고 운명을 믿는 신사답게 조용히 여학생의 등을 토닥여주었습니다. 조금씩 어깨가 흔들리면서 제 손등에 촛농같이 눈물이 떨어지는데요, 환장하겠더라구요. 저는 제 마음속 짐승을, 간교한 뱀 혓바닥을 자르듯이 털고 일어섰지요. 거기 가로등과 간판 불에 되비친 서러운 눈망울이 울면서, 그러면 제발 이름이라도 알려줄 수 있냐고 그럽디다. 자기는 기합과 운동밖에 모르고 자랐대요. 오늘 같은 날은 처음이리면서 다음에 정말 만날 수 있냐고, 다짐을 받듯 물어옵디다. 예? 미쳤어요? 이름을 알려주면 들통 날 게 뻔한데……, 학교로 찾아가서 학적부 뒤져보면 금방 아닙니까? 저는 그 순간에도 운명을 믿으라고 했지요. 간절히, 사무치게 그리워하면 분명 다시 만날 수 있다고 말입니다. 우리 둘은 나란히 손을 잡고 인적이 끊긴 용두동 고개를 넘어 서대전 사거리 쪽으로 걸었습니다. 얼마 안 가 용두동 시장 입구가 나왔어요. 이제 헤어져야 할 시간입니다. 우린 서로 만날 수 있기에 울지 않기로 했어요. 다만, 어떤 영화의 대사처럼 돌아서는 여자의 등을 보기가 싫다고, 제가 먼저 악수를 하고 돌아서 로터리 쪽으로 내려갔습니다. 걸으면서도, 교활하고 비열한 내 모습이 역겨워 나를 위해 한 주먹 쓴웃음을 날렸지요. 우린 한번 돌아서면 서로 뒤돌아보지 않기로 이미 약속을 했지만 이제 가구점을 끼고 오른쪽으로 돌면 유성으로 가는 길이 나와 다시는 볼 수 없거든요. 자꾸 뒤에서 밤바람이 제 옷을 잡아당기는 느낌도 들었구요. 이 정도 시간이 지났으면 들어갔으려니 하고 흠칫 멈추어서 뒤를 돌아봤더니, 글쎄, 시장 입구 건물에서 귀여운 머리통이 나를 빠끔히 쳐다보고 있다가 황급히 쏙 들어가버리더라구요. 그대로 소금 기둥이 되어 서버렸습니다. 그러자 구름 사이로 달 드러나듯 생머리가 조금씩 조금씩 나오더니, 팔도 나오고 몸통도 나오고 다리도 나와 서서 팔을 크게 교차하며 흔들기 시작했어요. 마구 달려가 껴안고 뒹굴고 싶었지요.

   그러나 저는 끝까지 냉정을 잃지 않았습니다. 꿀에 무게 잡는답시고 오른팔을 쭉 뻗어 수직으로 세운 뒤 손목만 두세 번 흔들어주고 냅다 뛰었습니다. 어떻게, 그 짧은 시간에 서대전역까지 뛰었는지 기억이 나질 않았습니다. 귓가에서 말벌 우는 소리가 크게 들리더군요. 주머니에 몇 닢 남은 동전이 국민학교 시절 빈 도시락처럼 딸랑거렸습니다. 덕분에 속옷까지 땀으로 흠뻑 젖었구요. 그날 밤 모기들 좋은 일 많이 시켰지요.

 그래, 검은 베레모 쓰고 점프 좀 한 겨?

 그랬으면 얼마나 좋았을까요. 하늘을 날다 낙하산 펴지 않고 그대로 떨어져 죽는 게 제 꿈이기도 했지만, 신체검사에서 덜컥 걸렸어요. 전염병으로 귀향조치 당한 거죠. 참 내, 어처구니가 없어서…….

 안 들어봐도 자장면이지. 성병 걸린 게로군.

 참, 정 경장님도. 뭐 눈에는 뭐만 보인다더니……, 돗자리 깔고 앉아 있기는 아까운 사람이군요. 입대하기 전 지하 술집에서 여름 내내 알바를 하다가 옴이 걸린 거예요. 옴 중에서도 물옴이라고, 정말 재수 옴 붙었더라구요. 결국 일반병으로 끌려와 이 모냥 이 꼴이 됐지만서두…….

 팥으로 메주를 쑤는 게 낫지, 당신 말은 어디까지가 진실이고 어디까지가 거짓인지 통 믿을 수가 있어야지. 정말 그렇게 끝난 거여?

 그렇게 끝났으면 여기까지 왔겠습니까? 죄는 지은 대로 가고 공은 닦은 대로 간다는 말도 있잖아요? 일은 열심히 했습니다. 꾀를 부릴 상황도 아니었고, 이런저런 일로 마음이 두서가 없을 때는 몸을 풀가동해야만 정신이 맑아진다는 사실쯤은 어렸을 적부터 경험해봐서 알고 있었기에 일을 앞에 놔두고 몸을 아끼지는 않았습니다. 그러나 저녁 배식이 끝나고 뉘엿뉘엿 넘어가는 해를 바라보고 있으면 세상을 다 살아버린 것처럼 허전했어요. 강물은 사람을 그렇게 만드나봐요. 햇볕과 바람으로 제 몸을 흐물흐물 녹여서 먼지처럼 날아다니게 하는 힘이 있나봐요. 나무와 풀과 새 들이 가까이 와서 충동질을 해대거든요. 특히 가을에서 겨울로 넘어가는 길목과 겨울에서 봄으로 풀리는 여울목에서는 온몸이 물방울이 되어 소용돌이쳤어요. 살아 있는 몸뚱이가 그렇게 서러운 줄 몰랐어요. 소주를 마시지 않아도 눈물이 납디다. 세상에, 그때까지 눈물샘이 마르지 않은 모양이에요. 눈물샘이 마르지 않았다는 것은 그래도 한세상 걸머지고 살아볼 힘이 남아 있다는 얘기 아니겠어요? 예? 거짓말 같다구요? 그럴 만도 하지요. 까마득히 잊고 있다가, 시를 생각하면, 영화를 생각하면, 신교대에 충남 출신 장정들이 입소를 하면 그 여학생이 떠오르곤 했답니다. 가소로운 생각이지만, 어린 여학생에게 영화의 한 장면처럼 아름다운 추억을 간직하게 하고 끝을 냈으면 얼마나 좋았을까요? 그러기에는 제가 너무 젊었고, 또 세상을 너무 일찍 알았다고나 할까요. 아니, 어린 나이에 너무 많은 것을 보아버렸는지도 모릅니다. 남보다 많이 본 사람은 거기에 대해 충분히 증언을 할 책임이 있으니까요. 하고많은 먼지도 쌓이다 보면 거미줄이 되잖아요? 사람살이라는 게 이런 인연으로 고리를 만들어 엮어진 업보가 아닐까요?

비싼 밥 먹고 트림하는구만. 귀신 씻나락 까먹는 소리 그만 하고 그 여학생하고는 어떻게 됐냐니까.

아침부터 저녁까지 마치 전쟁을 치르듯 하루 일과가 끝나면, 책과 문학과 소주를 벗 삼아 취사장 언덕에 앉아 남한강을 바라보는 버릇은 여전했습니다. 모든 사물이 제자리로 돌아가 소리 없이 뚜렷하게 보이는 시간, 그 시간이 제겐 가장 슬프고도 행복한 시간이었습니다. 극장에서 만나 용두동 시장 입구에서 헤어진 여학생은, 처음 만났을 때 예언한 것처럼 우연히 다시 만나게 됩니다. 다른 중대에 입소한 신병을 통해서였죠. 저번에 말씀드린 것처럼 신병교육대대는 체육 특기생들을 많이 뽑거든요. 거의 국가대표급에 맞먹는 축구 선수나 배구 선수 외에도 유도와 태권도 유단자나 육상 선수들이 많았습니다. H대학교 체육교육과 사학년을 다니다 15중대에 들어온 녀석도 육상 선수 출신이었습니다.

그 녀석을 통해서 이제 삼학년이 된 여학생 이름과 학교 주소를 알아냈지요. 임영신이라고, 평범한 이름이었습니다. 어떤 이유인지는 모르지만 운동을 그만두었다고 하더군요. 편지를 썼지요. 보낸 지 일주일도 안 되어 답장이 날아왔습니다. 깜짝 놀랐다구요, 편지를 받은 날 너무 설레어서 잠을 이루지 못했다는 겁니다. 그때부터 꾸준히 편지를 썼습니다. 군대 얘기보다는 주로 아름다운 양평의 풍광과 문학 얘기를 많이 했습니다. 어떤 때는 하루에 열 통을 쓰기도 했지요. 봇물이 터진 겁니다. 그동안 하고 싶은 말이 얼마나 많았는지, 울고 웃고 기합 받고 술 먹는 얘기부터 시작해서, 한도 끝도 없었어요. 얻어터진 사연이나 풋풋한 사랑 고백은 방위병을 통해 사제 편지로 붙일 정도였으니까요. 물론 근사한 시도 써서 동봉했지요. 대부분 월간 잡지에 실린 기성 시인들의 작품을 베끼거나 짜깁기한 수준이었지만요. 우리 사이는 급격하게 가까워졌습니다. 비록 편지로 오고 간 사연이었지만 마음은 이미 손잡고 끌어안고 입맞춤을 하고도 남았을 지경에 이르렀어요. 춥고 배고픈, 늘 겨울만 지속되었던 제 인생에, 제 뜻을 받아주고 이해해주고 감싸주는 사람이 생겼다는 게 얼마나 큰 기쁨이었는지요. 펄펄 날아다녔습니다. 밥을 먹지 않아도 배불렀고 잠을 자지 않고도 힘이 솟아납디다. 마음 한구석에는 거짓말을 한 원죄 때문에 늘 찜찜했지만 그거야 제대한 다음에 공부해서 대학에 들어가면 그만이라는 배짱이 생기더라구요. 영신이를 위해서는 죽어도 좋다고 생각했습니다. 제 몸에서 나오는 모든 걸 쏟아 붓기로 작정을 했지요. 그러니 편지 내용은 더 진지해지고 깊어지고 절절해졌습니다. 지성이면 감천이라고, 보고 싶다고, 면회를 가려면 어떻게 해야 되냐고 답장이 오기 시작하더군요. 춤을 추었지요. 세상을 다 얻은 것처럼 황홀했습니다. 병이 깊어지듯 국방부 시계도 깊어져, 제가 상병 달고 짠밥 생활 이십이개월째로 접어든 달, 그러니까 팔십삼년 칠월 첫째 주 토요일 날, 드디어 영신이가 면회를 왔습니다. 삼학년 일학기 종강을 하고 여름방학이 시작되자마자 그 먼 길을 온 겁니다. 저는 며칠 전부터 정신이 없었어요. 들떠서 도무지 일이 손에 잡혀야죠. 속옷과 구두, 전투복을 모두 에이급으로 준비해서 닦고 다림질해서 파리가 낙상을 하고 손이 닿으면 베일 정도로 칼을 잡아놨습니다. 학생 신분에 돈이 없을 건 불을 보듯 뻔해 이곳저곳에서 돈을 꾸었습니다. 만나면 여관비 정도는 기본이고 밥값과 술값이 넉넉해야 체면이 서지 않겠어요? 또 일요일 날 헤어질 때 은근슬쩍 차비까지 넣어주려고 철저하게 준비를 했습니다. 점심시간을 조금 넘겨 위병소에서 연락이 왔습니다. 밥이 넘어가겠습니까? 무척 뜨거운 날이었어요. 양평은 겨울만큼이나 여름 또한 지독하거든요. 가만히 있어도 땀이 줄줄 흐를 정도로 여름이 흘러넘치는 날이었습니다. 면회

소 앞 등나무 휴게실에 앉아 있던 영신이를 저는 처음엔 잘 알아보지 못했습니다. 그쪽에서 저를 먼저 알아보고 손을 흔들지 않았다면 위병소에 가서 확인을 해야 했을 정도로요. 몰라보게 변했습니다. 솔직하게 고백하자면 나이가 들어 보였어요. 제 상상 속에는 이제 막 고등학교를 졸업한, 풋내가 가시지 않은 계집아이 모습으로 남아 있었거든요. 비 그치고 새벽이 오면, 당번을 서면서, 저 별들 사이로 떠오르는, 맑게 씻은 저 얼굴, 화장 안 한 저 얼굴을 얼마나 사무치게 보고 싶어했는지요.

근데요, 풍성한 파마머리에다 짙은 화장, 그리고 커다란 링 귀걸이가 주렁주렁 달려 있는데다가 우선 엄청 살이 쪘더라구요. 운동을 하다가 그만두면 금방 뚱뚱해진다는 말은 들었습니다만, 한마디로 웬 아줌마가 앉아 있나 했어요. 이 년 가까운 세월이, 청바지에 운동화 차림의 소녀를, 벨트로 뱃살을 조인 하늘색 블라우스에 긴 플레어스커트 차림의 성숙한 여인으로 변하게 했나봅니다. 아주 짧은 시간 실망했지만, 겉으로야 드러낼 수 있나요, 그저 고맙기만 했지요. 자세히 보니 눈썹과 눈매가 희미하게나마 옛 순수했던 모습을 간직하고 있더군요. 위병소 근무병들의 부러운 시선을 뒤로한 채 덕평 마을을 거쳐 읍내로 내려왔습니다. 중국집에서 늦은 점심을 먹고 국민은행 건물 지하다방에서 냉커피를 마셨습니다. 할 말은 너무 많았지만 무슨 말을 했는지 기억이 나질 않아요. 빨리, 사람들이 없는 우리 둘만의 공간으로 피하고 싶었거든요. 시간은 느리게 흘러갔습니다. 바깥 공기는 장마전선이 북상한다는 예보에 걸맞게 후텁지근했습니다. 부대에서 내려올 때만 해도 쨍하니 맑은 하늘이었는데 그사이 구름이 낮게 내려와 있고 바람은 그늘 속으로 숨어 낮잠이 들었나봅니다. 어디 시원한 곳에 들어가 어두워질 때까지 시간을 죽이려고 두리번거리다가 공교롭게도 길거리에서 본창이를 만났습니다. 저보다 먼저 외박을 나왔나봐요. 본창이 옆에는 낯익은 여자가 다소곳이 서 있더군요. 본창이는 무척 반가워했지만 저는 난감했습니다. 뒷덜미가 쭈뼛해지면서 등골을 타고 식은땀이 흘러내렸습니다. 다짜고짜 한잔하자고 생맥주 집으로 끌고 가는 녀석이 한없이 미웠습니다. 본창이는, 제가 사회에서 어떤 가정에서 태어나 어떻게 살아 왔는지 속속들이 알고 있었거든요. 저는 마치 나쁜 짓을 하다가 들킨 아이처럼 안절부절못했습니다. 아무 속도 모르는 녀석은 그 자리 술값을 모두 책임진다며 술잔을 높이 치켜들더군요. 에어컨 바람은 내장까지 다 뚫을 정도로 시원했지만 진땀이 났습니다. 왜냐하면 녀석이 자주 영신이에 대해서 물었기 때문이었습니다. 어디 사는 누구냐, 어떻게 만난 사이냐, 왜 자기에게 말 안 하고 시치미 뚝 떼고 있었느냐고 말이죠. 곤란하더군요. 저는 적당히 얼버무리고 술이나 먹자고 했지만 녀석은 집요했어요. 저는 중간 중간 본창이의 말머리를 돌리고 말허리를 자르느라 정신이 없었습니다. 화제를 돌려 어떻게 해서든지 그 상황에서 벗어나야 했으니까요. 안주가 남아 있는데도 다른 안주를 시켰고, 술잔을 엎지르거나 녀석의 전투화를 밟아 누르거나, 슬쩍슬쩍 정강이에 조인트를 먹이기도 했습니다. 평소 같으면 제 엉뚱한 행동에 화를 내고 신경질을 부릴 만한데도 술기운인지, 여자들이 있어서 그런지 연신 싱글벙글이에요. 아무 거리낌이 없는 영신이는 녀석의 짓궂은 질문에 신상명세서를 자세히도 써서 바치더군요. 오히려 분위기를 깬다고 제 옆구리와 허벅지를 꼬집기까지 했으니까요. 환장하겠대요. 이건 동기가 아니라 철천지원수였어요. 녀석은 제 마음은 아랑곳하지 않고 이따 저녁도 근사한 곳에 가서 먹고 강바람도 함께 쐬면서 한잔 더 하자는 겁니다. 정말, 머리가 돌겠어요. 거머리도, 그런 찰거머리가 없더군요. 속이 타서 간이 다 녹을 지경인데 녀석은 장난기 가득한 눈웃음을 흘리며 "영신 씨, 눈에 콩깍지 씌인 것 아닙니까? 어떻게 영신 씨 같은 사람이, 중학교도……" 여기까지 말하고 난 뒤에 본창이는 다음 말을 잇지 못했습니다.

아마 '중학교도 못 나온 짐승 같은 놈이 어디가 좋아서 면회까지 왔습니까?' 했겠지요. 저는 '중학교'라는 말이 나오는 찰나, 녀석의 정강이를 힘껏 조인트 깠습니다. 그 바람에 탁자가 비스듬히 넘어지면서 술잔이 와그르르 떨어져 깨졌지요. 순식간에 녀석 군복과 여자 친구 옷에는 생맥주가 튀어 엉망이 되었지요. 멀대처럼 키만 컸지 착하고 사람 좋은 본창이도 화를 벌컥 내더군요. "너 같은 놈을 동기랍시고 가까이 지낸 내가 한심하다" 하면서 침을 뱉더니 술집을 박차고 나가버렸습니다. 한심한 건 저였어요. 난장판이 된 술자리를 수습하고 말도 안 되는 변명으로 분위기를 반전시키고자 노력했지만 영신이는 뜨악한 표정을 감추지 않았습니다. 이해할 수가 없다는 모습이었어요. 그저 영신이와 둘이서만 있고 싶었는데 동기 녀석이 자꾸 훼방을 놔서 어쩔 수가 없었다고 횡설수설했지요. 본창이에게는 부대에 들어가 그동안 일어났던 말 못 할 사연에 대해 사실대로 상황보고를 하면 되겠지만 굳은 얼굴로 앉아 있는 영신이는 어떻게 할 도리가 없더군요. 그렇다고 처음부터 다시 돌아가 고백을 할 수도 없는 일이잖아요. 한심하더군요. 짜증이 나고 화가 치밀어 반쯤 자포자기한 심정으로 애꿎은 술만 벌컥벌컥 들이켰지요. 근사한 저녁과 불빛 머금고 있는 강물과 기적을 울리며 지나가는 야간열차와 풀벌레 소리에 몸을 뒤채는 새들의 숨소리와 별빛 즈려 밟고 내려온 밤 공기를 둘러 앉혀놓고 시와 인생에 대해 밤새도록 얘기하는 천국을 꿈꾸었던 제 예상은 보기 좋게 빗나갔습니다. 영신이가 간다는 겁니다. 서울에 대학을 다니는 고등학교 동창이 산다고 그만 올라간다는 겁니다. 저는 온갖 감언이설을 총동원했습니다. 너 하나만을 위해서 내가 살았다, 너를 위해선 내가 죽을 수도 있다, 이건 하늘의 뜻이다, 이대로 헤어진다면 나는 저 남한강에 뛰어들고 말겠다고 애걸했습니다. 무릎 꿇고 빌었습니다. 눈물 흘리며 읍소했지요. 마지못해 물러서더군요. 찜찜한 기색이 역력했습니다. 다만 한 가지 약속을 해달래요. 밤에 같이 있게 되면 아무 일 없이 깨끗하게 보내자는 겁니다. 덜컥 약속을 했지요. 앞뒤 가릴 게 있습니까, 우선 잡아놓고 봐야지요. 손끝 하나라도 건드리면 성을 갈겠다고 힘주어 말했습니다. 밖은 어두워졌고 하늘은 지붕 낮은 곳까지 내려와 양평 읍내는 조용했습니다. 제발 부탁인데 술 좀 그만 먹으라는 영신이의 청을 물리치고 병맥주를 서너 병 사서 비닐봉투에 넣고 여관에 들어갔습니다. 〈별〉여관이라고, 양평 읍내에서는 그런 대로 시설이 좋아 여유가 있는 사병들이 외박을 나오면 주로 이용하는 곳이었어요. 영신이가 먼저 샤워를 하고 나왔습니다. 반바지와 민소매 셔츠로 갈아

입은 몸매는 오랫동안 운동한 사람답게 탄력 있고 육감적이었습니다. 손끝 하나 건드리지 않겠다고 약속을 했지만 풍로에 달군 참숯처럼 뜨거운 불덩어리가 명치끝에서 솟아 식도를 타고 올라오더군요. 가슴은 용암 끓는 물이 넘실거리는데 겨드랑이에서 날갯죽지를 따라 팔 바깥쪽으로 소름이 쭈욱 돋아납디다. 제 음흉한 시선을 무시한 채 영신이는 선풍기에 풍성한 머리를 비벼 말리더니 침대에 들어가 눕는 거예요. 피곤하다면서 먼저 자겠대요. 저보고는 바닥에서 따로 자라고 대못을 박으면서 말이죠. 묵묵히 맥주를 따라 혼자 마셨지요.

  여자들 마음은 알다가도 모르겠어요. 사내들 목마르게 애 태우는 데는 특등 사수들인가봐요. 따로따로 잘 것 같으면 방을 하나 더 잡든가, 아 참, 여관에 들어올 때 물어보더군요. 따로 방이 없었어요. 군인들이 많은 소도시 토요일 밤 여관은 대목 아니겠어요. 차라리 면회를 오지나 말든지. 바위를 갈아 먹고, 산 짐승을 찢어 먹고, 아름드리 나무를 통째로 삼킨다 해도 시원치 않을 젊은 육신이, 눈앞에 지느러미도 없고 비늘도 없는 미끈한 인어가 누워 있는데, 면벽 십 년에 한 생각 깨우친 수도승처럼 그냥 앉아 있다는 게 어디 쉬운 일이겠어요? 고문도 그런 고문이 없더라구요. 순풍으로 맞춰놓은 선풍기 바람이 조용한 방 안의 적막을 끌어 모아 벽 쪽으로 돌아누운 영신이의 머리카락을 쓰다듬고 지나갔습니다. 겨드랑이 밑으로 하얀 브래지어 끈이 살짝 드러나 보이는데요. 옴폭 들어간 끈 때문에 도드라진 살집이 불붙은 화약고에 기름을 끼얹었더군요. 돌이질을 치면서 샤워실에 들어갔습니다. 얼음보다 더 차가운 물을 원했는데 물은 미지근했어요. 불을 머금은 피가 심장 박동에 따라 펌프질을 해대는데 샤워기에서 나오는 약한 물로는 식힐 수가 없더군요. 머리를 타일 벽에 박고 오래오래 세례를 받았습니다. 몸이 원하는 쪽으로 행동할 것인가, 약속한 대로 깨끗하게 포기하고 갈 것인가, 이미 머릿속에는 결정이 나 있으면서도 괴로운 척, 천국과 지옥을 수차례 들락거렸지요. 속은 들끓으면서 거죽은 식어 연기가 피어오르는 몸을 닦고 나왔습니다. 그새 선잠이 들었는데 침대 위는 잠잠했고, 밖에는 석 잠 자고 난 누에가 뽕잎 갉아 먹듯 잔 비 내리는 소리가 들렸습니다. 저는 불을 끄고 영신이 위에 무릎을 꿇고 고해성사를 하기 시작했습니다. 간특한 혀로 시작된 우리 만남을, 그 혀로 닦아 바로잡을 수 있다면 혓바닥이 닳아 없어질 때까지 용서를 구하고 싶었지요. 발끝에서 머리끝까지 아주 세밀하게 전신 점호를 취해 나갔습니다. 영신이는 무척 귀찮아하더군요. 저는 끈덕지게 물고 늘어졌습니다. 처절한 사투였어요. 고지가 바로 저긴데, 물러설 수가 없었습니다. 온몸이 다시 땀으로 범벅이 되어 흡사 진흙탕 속에서 나뒹군 모습이 되었습니다. 얼마나 공력을 쏟았던지 무릎이 저릴 정도였어요.

영신이도 포기를 했는지 드디어 몸을 열고 저를 받아들였습니다. 그곳에는 물이 불어 넘실대고 있었어요. 손가락 하나가 들어갈 구멍만 있어도 둑이 터질 것 같았어요. 강물에 몸을 실었습니다. 돌고래가 되어 물을 타고 넘나들었습니다. 물속으로 깊이 자맥질해 들어갈수록 빗소리는 들리지 않고, 있는 힘껏 들이켰다가 내뿜지 못한 공기가 빠져나와 물방울을 만들면서 수면 위로 올라가는 게 보였어요. 바늘에 걸린 물고기는 맹렬하게 요동을 치더군요. 아가미에서 핏물이 빠지면서 흰자위가 서서히 물껍질을 뒤덮어 물속에서 바라본 하늘은 아마 온통 하얀색이었을 겁니다. 귀가 먹먹해지더군요. 먹먹해지면서 낮은 곳으로, 희뿌연 모래와 흑갈색 수초가 한가로이 춤추는 강바닥으로 끝없이 가라앉았습니다. 여기서 죽는구나, 숨을 쉬려고 입만 벌리면 세상 모든 필름이 통째로 끊어지겠구나, 어떡하다 여기까지 왔지, 어디서부터 이렇게 꼬였나, 강바닥에서 몸부림칠수록 흙탕물이 일어 먹구렁이처럼 꿈틀거렸습니다.

단 하루를 살아도 건강한 몸으로 노동을 경영해, 부끄럽지 않은 죽음을 맞이하고 싶었는데 몸은 세우기도 전에 병들어버렸구나, 시들어버렸구나 생각했지요. 총 대신 칼을 들고, 팔십일 밀리 박격포 대신 삽자루를 짊어지고, 전투화 대신 장화를 신고, 취사장에서 배운 삶의 깊이는 어디에 이르렀는가, 관 뚜껑만 한 도마 위에 수없이 썼다 지운 시는 지금 누구의 가슴에 박혀 있는가. 마음속 피 묻은 도끼가 네 활개를 벌린 냉동 돼지를 힘껏 내리쳤습니다. 팔이 잘리고 다리가 떨어져 나갔습니다. 무엇보다 숨 끊어진 뒤에도 눈 감지 못하고 허공을 빤히 쳐다보고 있는 소 대가리는 봐줄 수가 없더군요. 골 빠개지는 소리가 둔탁하게 들렸습니다. 목 잘린 닭이, 털 뽑힌 닭이 홰를 치며 날아갔습니다. 허리가 잘린 꽁치가, 내장을 뺀 명태가, 눈알이 빠진 임연수어가, 지느러미를 자른 가재미가 높은 파도를 거스르며 먼 바다로 헤엄쳐 나갔습니다. 펄펄 끓는 기름 바다로 겁 없이 뛰어들었습니다. 지느러미가 타는지도 모르면서 투신에 투신을 거듭했습니다. 겉은 타면서 속은 얼어붙어 핏물이 배어 나오는 몸뚱이를 끌고, 저 남한강을 따라

서쪽 바다에 무사히 다다를 수 있을까, 등대도 없고 별빛도 자취를 감춘 저 허허바다에 홀로 남았다면 그 누구의 이름을 부르며 통곡할 수 있을까.

　여기까지 왔을 때, 어느 한 구멍으로 마치 욕조 속에 물 빠지듯 거품이 소용돌이치며 한꺼번에 빠져나가고 강물은 잠잠해졌습니다. 비 오면 비 오는 대로 바람 불면 바람 부는 대로 혓바닥이 닳도록 강물을 쓰다듬었지만 마지막 물이 빠져나가고 강바닥에 나자빠져 있는 물고기는 다름 아닌 제 몸이었습니다. 살이 뜯겨나가 뼈만 오소속 남아 있는 제 몸뿐이었습니다. 그나마 야차 같은 머리가 붙어 있지 않았다면 죽은 제 몰골을 알아보지도 못했을 겁니다. 이제 다시는 저를 보지 않겠다고 화난 표정으로 욕실에 들어간 영신이를 놔두고 살그머니 밖으로 나왔습니다. 베란다보다 조금 넓은 슬래브 바닥에는 바람을 타지 않은 순한 빗방울이 투닥거리고 있더군요. 쪼그리고 앉아 담배를 피웠습니다. 빗소리에 파묻혀 건물은 가라앉고 나무들은 숙연했으며 강물 소리도 들리지 않았어요. 밤새는 어디에서 비를 피할까, 기차는 끊어진 지 오래되었나 싶더군요. 먹장구름만이 다정한 친구처럼 제 어깨까지 내려와 축축한 손바닥을 내밀었습니다. 새삼 가슴이 아프더군요. 빗소리도 아프고, 가라앉은 건물도 아프고, 숙연하게 서 있는 나무들도 아프고, 강물도 아프고, 새들도 아프고, 밤 기차도 아프고, 다시는 저를 보지 않겠다는 영신이의 말이 아프게 가슴을 훑고 지나가더군요.

　이봐요, 김씨. 지금 누구 가슴이 아프다는 거야? 당신 말이야, 정말 나쁜 사람이구먼. 내가 여태까지는 농담 반 진담 반 좋은 게 좋다고 받아주었지만 이건, 너무하잖아? 세상이 무너져도, 무엇인가 꼭 이것 하나만은 그래도 건드리지 말고 보존해야 될 것이 있고, 천지가 개벽하더라도 지켜야 할 약속은 있는 법인데 당신은 쓰레기라구. 쓰레기도 과분하지, 어디 가서 비럭질이나 해먹고 살면 딱 알맞겠어. 은혜를 원수로 갚는 방법치고 너무 비열하잖아? 내가 이런 자리만 아니라면 당신 말이야, 안 죽을 만큼 패고 싶다구, 지금.

입이 열 개라도 할 말이 없습니다. 어떤 말로 수미산같이 쌓인 제 업장을 대신할 수 있을까요? 맞아서 죄과를 치를 수 있다면 제 몸이 가루가 될 때까지 맞아도 싸지요. 이건 싸구려 자학이 아닙니다. 막가는 인생이라고 자포자기한 것도 아니구요. 마땅히 치를 것은 치러야 하고 겪을 것은 충분히 겪어야만 사람살이의 이치를 겨자씨만큼이라도 깨달을 수 있지 않을까, 고민 많이 한 끝에 얻은 한 생각입니다. 어설프게 망가져서 반거충이가 되는 것은 싫었습니다. 기왕 망가지려면 끝까지 완벽하게 망가지는 게 낫지 않을까 하는 마음이었습니다. 빗속으로, 어둠 속으로 길게 담배꽁초를 날려보내고 방 안으로 들어왔지요. 영신이는 벽 쪽으로 바짝 붙어서 잠이 들어 있더군요. 자면서도 저를 보지 않겠다는 완강한 고집이 구부린 등에 씌어 있었어요. 얇은 이불로 엉덩이 근처를 덮었지만 다리 살과 허벅지, 몇 개의 잔주름이 귀여운 우물처럼 퍼져 있는 오금, 그 아래로 통통하면서도 매끄럽게 빠진 종아리가 십 년 공부 도로 아미타불 되게 만들더군요. 저는 군용 팬티를 내리고 서럽게 서럽게 용두질을 쳤습니다. 아무것도 모르는 영신이는 고르게 숨을 쉬며 깊은 잠에 들었나봐요. 무심한 선풍기 바람이 혀처럼 날름거리며 영신이 몸을 훑고 지나갔습니다. 만약에 말이죠, 제 원래 생각과는 달리, 몸 안에 남아 있는 정액 찌꺼기가 저를 이 지경까지 몰고 왔다면, 그 근원을 없애버리면 되지 않을까, 한 방울도 남김없이 쥐어짜고 나면 푸르고 싱싱했던, 한 점 티끌도 없었던 무구한 시절로 돌아갈 수 있지 않을까 생각했지요. 지금 돌아보면 참으로 어리석은 생각이었지만 그때는 그 방법 말고는 속죄할 방법이 없어 보였어요. 처절한 발악이었습니다. 몸의 뿌리를 자르고, 몸의 근원을 없애는 작업은 비가 그치고 번하게 동터올 때까지 계속되었습니다. 나중에는 정액 속에 피가 섞여 나오더군요. 눈에는 핏발이 서고 몸은 파김치가 되어 늘어졌지만 잠은 안 오고 각성제 먹은 것처럼 정신은 투명해졌습니다. 시큰하면서도 시원한, 아프면서도 가벼워진 몸은, 둥둥 떠올라 이 지구라는 혹성을 떠나 먼 우주를 날아다니는 한 점 별이 된 기분이었습니다. 그 별에서 때 묻지 않은 깨끗한 몸으로 다시 시작하고 싶었지요. 밤이 지나면 붉은 해가 살아나 새 세상이 열리듯 제가 지은 죄를 영신이가 용서해준다면 사막이라도 무섭지 않다고 생각했어요. 술병과 쟁반을 치우고 어지럽게 널려 있는 수건과 속옷을 정리하고 먼저 몸을 씻었습니다. 부대에서 나올 때 그 모습으로 군복을 입고 영신이가 깨어나기를 기다렸지요. 침대에 기대어 멍하니 밝아오는 창과 그 너머 건물 지붕과 어지럽게 걸려 있는 전깃줄을 바라보면서 설핏 졸았나봅니다. 욕실 문 여는 소리에 깜짝 놀라 깨어났습니다. 영신이는 어느새 옷을 갈아입고 가방을 챙겨놓고 화장을 하고 있더군요. 아무 말도 할 수 없었어요. 그저 아침을 함께 먹자고 기어 들어가는 목소리를 낼 수밖에요. 그냥 간다는 겁니다. 또 애타게 매달렸지요. 두 번 다시 보지 않아도 좋으니 아침이나 먹고 헤어지자고 했지요. 마지못해 따라나서는 영신이 눈두덩이 소복하게 부어 있습디다. 저 모르게 많이 울었나 봐요. 양평시장 들머리에 있는 해장국집은 맛있기로 소문이 나 있는 집이었지만 우리 둘 다 몇 술 뜨지 못하고 숟가락을 놓고 말았습니다. 입 속에서 겨울 이포 나루의 모래 바람이 마구 불어 서걱거렸기 때문입니다. 서울발 직행버스는 시동이 걸린 채로 손님을 기다리고 있더군요. 잽싸게 표를 끊고, 남은 돈을 반으로 접어 영신이 손에 쥐어줬습니다.

차표도 자기가 끊겠다고 해서 약간 실랑이가 벌어졌지만 우격다짐으로 밀어붙였습니다. 꼭 그래야만 될 것 같아서요. 창가에 혼자 앉은 영신이는 밖을 내다보지 않습디다. 떠날 때까지 왼손으로 턱을 고이고 고개를 푹 숙여 바닥만 응시하고 있더라구요. 시커먼 연기를 내뿜으며 대원여객은 떠났습니다. 저는 엉거주춤 모자를 벗어 흔들었지요. 차 유리창에 비친 하늘과 구름이 제 초라한 모습에 동냥 손이나 흔들어 화답을 했는지 모르겠습니다. 그렇게 영신이는 떠났습니다. 굴다리 너머에서 강바람이 회한에 쓰라린 제 가슴속으로 불어왔지요. 무턱대고 걸었습니다. 방향도 없고 목표도 없고 그저 발길 닿는 대로 휘청휘청 걸었습니다. 갑자기 전봇대같이 말쑥한 군복이 저를 가로막더군요. "잠시 검문이 있겠습니다. 외출증 좀 보여주시죠." 눈매가 형형한 작대기 두 개짜리 헌병이었습니다. 전투복 윗주머니에 꼬깃꼬깃 접혀 있는 외박증을 보여주었지요. "죄송하지만, 초소에 가서 확인할 게 있습니다. 따라오십시오." 철렁철렁 용수철 링 소리가 저를 끌고 갔습니다. 한 평 남짓 헌병초소에는 병장 계급장을 단 헌병이 헬멧을 융으로 닦으며 광을 내고 있었습니다. 다짜고짜 "뭐야, 이 새끼는, 아침부터……" 하고 묻더군요. "모자를 벗고 술에 취해 비틀거리는 것을 잡아왔습니다." 일등병이 대답을 했습니다. "그래? 이 씹새끼야, 앉아, 일어서, 굴러, 박아, 어쭈, 왜 다리를 벌벌 떨어, 이 새끼 봐라, 너 짠밥 얼마나 먹었어? 엉, 복장이 이게 뭐야, 군기가 쏙 빠져 가지고, 뭐라고? 신교대라고? 신교대, 이 씨부랑탕 개새끼들은 전부 이 모양이라니까. 어휴, 성질대로 하자면, 이걸, 콱……" 헌병 고참은 닦고 있던 헬멧으로 제 꼴통을 사정없이 쥐어박았습니다. 정말 수없이 많은 별들이 불꽃놀이할 때 축포처럼 튀어 달아나더군요. "어떻게 할까요?" 졸병이 물었습니다. "뭘 어떻게 해? 정신이 번쩍 나게 한 대 먹여서 보내야지. 이걸로 영창 보낼 수는 없잖아." 귀찮은 듯 대답하더군요. "오늘은 이 정도로 끝내겠습니다만, 앞으로 한 번 더 걸리면 그때는 봐줄 수 없습니다. 이빨을 꽉 다무십시오." 일등병은 대단히 사무적인 어투로 뇌까렸습니다. 부동자세로 서서 눈을 꼭 감고 이빨을 앙다물고 있었더니 가까운 곳에서 쇠뭉치 같은 주먹이 바람을 가르며 제 뺨에 와서 작렬을 하더군요. 엉겁결에 허리를 꺾고 주저앉았습니다. 하늘이 노랗고 얼얼했습니다. 새파란 일등병에게 맞았다는 사실이 새삼 억울했지만 어쩔 도리가 없더군요. 곱게 물러 나왔지요. 물론 칼 같은 '단결!' 구호와 함께 경례를 붙이고 난 다음에 말이죠.

어이구, 시원해라. 십 년 묵은 체증이 다 내려가는 기분이구먼. 그래서 그 여학생하고는 끝장난 거여?

웬걸요. 그 뒤로도 수없이 많은 사과 편지를 보냈지요. 답장은 없었어요. 아니, 딱 한 번 받았습니다. 절교 선언이었어요. 학교도 휴학을 하고 무엇을 할지 모른다구요, 더 이상 편지 보내지 말라고 짤막한 답장이 한 번 왔었지요. 그걸로 끝났다면 그런 대로 모양새가 좋았을 텐데, 두 번째 휴가를 나가자마자 대전에 내려가 일주일 가까이 수소문한 끝에 영신이 있는 곳을 찾아냈습니다. 뭐라구요? 절대로 그건 아닙니다. 아무리 간절하게 여자 몸이 그리운 때였지만 그런 이유로 찾아가진 않았습니다. 잘못했다고 빌고 싶었습니다. 처음부터 거짓말을 해서 속인 것을 전부 고백하고 용서를 구하고 싶었습니다. 영신이는 서대전 육교 밑에 있는 허름한 화실에 있더군요. 학교를 휴학한 건 사실이었고, 내색은 하지 않았지만 여러 가지 여건이 안 좋아 보였습니다. 선배가 운영하는 화실이라고 하는데 눈치로 넘겨보니 남자 선배인 듯 싶더군요. 어디 조용한 곳에 가서 차라도 한잔하자고 했더니 할 말이 있으면 그 자리에서 하라는 겁니다. 이미 천 리나 만 리 밖에 있는 사람이었습니다. 결국은 아무 말도 하지 못하고 돌아섰습니다. 어쩌면 영신이는 오래전부터 저를 속속들이 알고 있었는지도 모르지요. 알면서도 속아줬는지도 모르지요. 제가 죽기 전에, 단 한 번만이라도 영신이를 만날 수 있다면 제가 거짓말을 한 걸 고백하고 잘못을 빌고 싶어요. 못나고 못 배우고 가진 것 없으면 어떻습니까? 그저 있는 대로 다 보이고 떳떳하게 사귀었으면 정말 아름다운 인연이 되었을지도 모르는데, 지금 생각해도 아쉬워요. 다시는 그 시절로 되돌아갈 수 없기 때문에 더 안타깝습니다.

　앓느니 죽지. 왜, 그 시절로 되돌아가면 또 무슨 거짓말로 누구를 꼬드기려고? 사람이 말이야, 그렇게 살면 안 되지. 하늘이 무섭지 않아? 불알에 땀이 나도록 뛰어도 모자랄 판에 여기저기 물개 똥 깔겨놓은 것 마냥 사기나 치고 돌아다니니, 그 인생 어디 가겠어? 안 봐도 훤히 뚫려 있구만. 탄탄대로 열려 있다구. 그래서 그 여학생 말고 누구에게 사기를 쳤나? 또 없어?

　없습니다, 맹세코. 거짓말을 한다는 것이 그렇게 무서울 줄 몰랐습니다. 후유증은 오래가더군요. 꿈속에까지 따라와요. 예를 들면 이런 악몽을 많이 꾸었습니다. 영신이를 강간하고 엉겁결에 목 졸라 땅에 묻습니다. 십 년이 넘게 아무 일 없는 듯 지내다가 신축공사 터 파기 작업에서 유골이 발견됩니다. 경찰은 유전자 감식을 통해 사망자 신원을 밝혀내고 추적 끝에 결국 제가 살인 및 시체유기죄로 쇠고랑을 차게 되죠. 물론 신속하게 재판이 진행되고 매스컴에서는 이 엽기적인 사건을 연일 대서특필하구요, 저는 사형이 집행됩니다. 사형은 프랑스 식 단두대에서 집행을 하는데요, 작두보다 훨씬 크고 날카로운 칼날이 저 높은 하늘에서 제 목을 향해 초고속 엘리베이터 떨어지듯 낙하를 하는 겁니다. 저는 칼날을 피하기 위해 발버둥을 치는데요, 사지가 단단히 결박되어 움직일 수가 없지요. 식은땀을 흘리며 깨어보면 아직 살아 있더라구요. 가만히 목 언저리를 쓸어봤지요. 아직 붙어 있더라구요. 그 뒤로는요, 절대로 거짓말을 해서는 안 되겠구나, 다짐을 했지요. 거짓이란 말이 들어가면 지푸라기 하나라도 천근 무쇠덩어리처럼 받아들였으니까요.

그것 참 쌤통이네. 도둑이 지 발 저린 꼴이구먼. 그래서 그 뒤로는 군대 생활 착실히 했나? 그렇다면 남한산성은 왜 갔누? 말은 뱀 혓바닥 날름거리듯 잘도 내뱉고 주워 삼키지만 근본은 속일 수가 없지. 아무나 교도소 들락거리냐구?

아닙니다. 그 건은 정말 우발적인 사건이었습니다. 한번 들어보실래요?

좋아, 거짓 없이 한다면 들어주지. 육하원칙에 따라 간략하게 해보라구.

육하원칙이니 뭐니 그런 거는 잘 모르구요. 두 번째 휴가를 나왔다가 귀대했습니다. 시골집 살림살이는 더욱 궁핍해졌어요. 부모님은 하루 종일 계단식 논과 비탈 밭에 엎드려 있었지만 수입은커녕 빚만 잔뜩 늘어나 허리가 휠 지경이었고, 특히 아버지는 눈에 띨 정도로 쇠약해졌더군요. 머리카락은 신무산 억새만큼 허옇게 피어 바람에 휘날리고 말라 보타진 몸은 꼭 칡넝쿨처럼 핏줄이 도드라져 언제 저 양반이 젊어 한때 근력깨나 썼던 산판꾼이며 씨름꾼이었는지 되돌아볼 수 없을 정도였어요. 그러나 밥보다 술을 더 즐겨 드시는 술꾼의 자세는 여전하더군요. 부대에서도 변화가 있었습니다. 신교대가 사단직할대로 편입되면서 부대 위상이 낮아졌어요. 명칭도 61연대 4대대가 아니라 20사단 신병교육대로 바뀌면서 지휘관 계급도 중령에서 소령으로 내려앉더군요. 취사장에 가장 고참인 고주망태 김성남 병장이 전역을 하면서 제가 일약 왕고참으로 올라섰습니다. 왕고참이 되었다고 뒷짐 지고 거들먹거릴 수는 없고 졸병들과 똑같이 일을 했습니다. 한 가지 아쉬운 건 대장이 바뀌면서 취사장 내무반을 폐쇄한 겁니다. 그동안 카투사 저리 가라였거든요. 누구 간섭 없이 우리만의 독립된 생활을 하다가 본부중대 내무반으로 들어가게 된 겁니다. 이유는 취사장 내무반에 있는 연탄난로가 문제였습니다. 언제 어느 때 무슨 사고가 일어날지 모른다고, 봄이 오면 다시 내려보낼 테니까 겨울 동안만이라도 본부중대에서 생활하라는 겁니다. 책도 읽고 시도 쓰고 시험 준비도 하면서 자유롭게 말년을 보내려던 제 꿈은 산산조각 나버렸습니다. 불만이 많았지만 군대는 좆으로 밤송이를 까라면 까야 되잖아요? 더군다나 새로 바뀐 대장 지시니 누구라도 이의를 제기할 수 없었지요. 무엇보다 난로 위에다 자글자글 김치찌개를 끓여놓고 소주를 먹는 행복한 시간이 없어져 아쉬웠습니다. 밖은 어둡고 눈이라도 몇 날 며칠 쏟아질 때면 그야말로 파라다이스였는데 말이죠. 툴툴거리면서도 이듬해 봄을 기다릴 수밖에요. 봄이 오면 꿈에 그리던 개구리복 입고 제대할 수 있으니까요. 사회에 나가면 안정된 직업도 없고 오라는 곳도 없었지만 군대만 하겠어요? 구걸을 하고 살아도 군대 생활보다는 낫다고 생각할 때였으니까요. 사건은 제가 병장 달기 일주일 전에 일어났습니다. 천구백팔십삼년 십일월 이십삼일, 산허리에 자리 잡은 신교대에 일찍 겨울이 내려와 있을 때였어요. 졸병들이 미리 병장 계급장을 달아준 야전 상의를 폼 나게 다림질해서 입고 아침 배식을 했습니다. 얼마나 달고 싶은 계급장이었습니까? 오성장군이라고도 하잖아요? 이대로 육 개월만 버티면 끝이다, 눈썹으로 밀어도 국방부 시계는 돌아

간다, 왼손을 주머니에 푹 찌른 채 된장국 배식을 하고 있는데 말이죠, 어떤 놈이 "국자 어디 있습니까?" 하고 큰 소리로 묻더군요. 밖은 캄캄하고 주방 안은 피어오르는 수증기로 가득 차서 피아간 구별이 안 될 정도인데 기름 탱크 쪽 뒷문에서 들리는 소리로 봐서 분대장 교육생인 줄 알았지요. 하사관 후보생들은 자율배식을 했기 때문에 인원에 맞게 따로 준비를 해놓으면 지들이 들고 가서 밥을 먹는데요, 아마 국자가 빠진 모양이에요. 저는 귀찮아서 "저기 있잖아" 하고 설거지통 쪽으로 턱을 쭈욱 내밀었습니다.

근데 이 떨떨한 배식 당번이 바로 앞에 있는 주걱을 제대로 찾지 못하는 겁니다. 아마 주방이 낯설어서 그랬겠지요. "어디 있습니까? 보이지 않는데요?" 하면서 다시 한 번 묻더군요. 배식을 중단하고 찾아줄까 하던 참이었는데 훈련병들을 데리고 식판 닦는 걸 감독하던 졸병 종문이가 "여기 있잖아, 짜샤. 동태 눈깔인가, 바로 앞에 두고도 빌빌거리긴." 투덜대면서 건네주더군요. 종문이는 우리 취사장에서 가장 막내인 일등병으로 14중대에서 내려온 녀석이었어요. 배경이 괜찮은 집안에서 태어난 녀석답게 키도 크고 허우대도 미끈해서 고등학교 다닐 때부터 왈짜였답니다. 코미디언 심형래하고 고등학교 동창이라더군요. K대 사학과를 다니다 입대했는데 운동도 잘하고 바둑을 잘 두어서 제게 바둑을 가르쳐준 스승이기도 했지요. 하여튼 뺨에 엷은 칼자국이 있을 정도로 학창 시절에 제법 놀아봤다는 녀석이었으니 가는 말이 좀 거칠었나봅니다. 배식 당번 하후생이 말없이 나갔다 싶더니 조금 있다가 주방 뒷문 쪽이 소란스러워졌어요. 하사관 후보생 스무 명 정도가 떼거지로 몰려와서 저를 보자는 거예요. "이런 씹새끼들이, 그래, 나왔다, 어쩔래?" 벽력같이 고함을 치면서 밖으로 나갔지요. 그중에 노란 완장을 찬 어떤 녀석이 "왜 하사관 후보생에게 말을 까는 겁니까? 신교대에서 기간병과 피교육생 사이에는 서로 경어를 쓰라고 배웠습니다." 그러는 게 아니겠어요. 기가 막혀 말이 안 나오더군요. "어떤 말라비틀어진 닭대가리 같은 새끼가 그렇게 가르치던. 야 씹새끼들아, 니들 짠밥 얼마나 먹었어. 이마에 피도 안 마른 것들이 까불고 있어. 니네 내무반장한테 물어봐 새끼들아, 내가 니네 내무반장하고 동기다, 새끼들아." 그랬지요. 그때 본창이와 승준이가 하후생 내무반장으로 근무하고 있었거든요. 그쯤에서 물러갈 줄 알았더니, 이놈들이 쪽수가 많아서 그런지 바락바락 대드는 거예요. 설사 그렇다 하더라도 서로 존대하라고 배웠는데 욕까지 하는 건 너무한 거 아니냐고 말이죠. 배식 때문에 바쁘기도 했지만 귀찮아서 주방 안으로 그냥 들어왔는데, 기어코 싸움이 붙고 말았어요. 성질 괄괄한 종문이가 제게 충성심을 보이려고 그랬는지 모르지만 쌀 씻는 삽을 들고 나가서 한바탕 휘저어버린 모양이에요. 난리가 났죠. 순식간에 기름 탱크 앞에서는 전쟁이 붙었는데, 나가보니 하후생들이 우리 취사장 식구들에게 대여섯 명씩 달려들어 패싸움이 벌어진 거예요. 화가 머리끝까지 났어요. 마구 돌진해 한 놈씩 들어 던졌지요. 무서울 게 없던 시절이었고, 힘이라면 누구하고 붙어도 자신이 있을 때였거든요. 이리 치고 저리 차고 정신없이 날아다니고 있는데 호각 소리와 함께 배식 감독관이 오면서 싸움은 끝이 났습니다. 감독관은 하필 우리 중대 인사계인 쩝쩝이 상사였어요. 잘못 걸렸다 싶더군요. 부대에서 에프엠으로 소문난 사람 아닙니까? 결과는 수적 열세에도 불구하고 용감하게 싸운 우리 취사장 식구들의 일방적인 승리였습니다. 우리는 군복 단추가 몇 개 떨어진 거 빼놓고는 말짱했는데 저쪽은 절룩거리는 놈, 코피 터진 놈, 뻗어서 기절한 놈을 포함해 중상자가 여럿 발생했나봐요. 문제는 뻗어서 기절한 놈인데, 저한테 맞은 놈이란 사실이에요. 어두워서 잘못 맞았나봅니다. 찬물 벼락을 맞고도 한참 있다가 일어나더군요. 아무 일 없는 것처럼 툭툭 털고 일어나 취사장 마당 앞으로 돌아가는 것을 보고 대수롭지 않게 생각했지요.

군대에서 그 정도의 사건은 비일비재하고, 또 제가 졸병이었을 때 박홍민에게 맞은 걸 생각하면 새 발의 피잖아요? 별 걱정 없이 나머지 배식을 하고 주방을 정리했지요. 깨끗하게 청소하고 막 아침을 먹으려는데 본부중대에서 연락이 온 겁니다. 정복을 입고 대장실로 출동하라구요. 에프엠인 싸개가 곧바로 보고한 모양이에요. 단순 가담자인 김상곤 상병과 염치선 상병은 빼놓고 종문이와 제가 올라갔습니다. 대장은 우리를 앉혀놓고 간이 칠판에다 그림을 그리더군요. 이등병에서부터 하사까지 그린 다음에 병장과 하사 사이에는 하사 계급을 하나 더 그렸어요. 작대기 네 개 위에 꼬부라진 갈매기에는 노란 분필을 칠하구요. 그런 다음에 종문이와 저에게 묻습디다. 병장이 높으냐, 하사가 높으냐고 말이죠. 하사가 높다고 대답했지요. 그러면 하후생이 높으냐 병장이 높으냐고 재차 묻더군요. 대답을 못했습니다. 그런 건 전혀 생각해보지 않았거든요. 새로 바뀐 무궁화 하나짜리 대장은 차분하게 설명을 하더군요. 군인 복무규율에 나오는 계급에 대해서요. 하사관 후보생은 하사보다는 낮지만 병장보다는 높다구요. 군대는 계급사회라는 거예요. 물론 귀 따갑게 들은 소리지요. 그러니 답이 나온 거예요. 상관 폭행이라는 겁니다. 하극상이라는 겁니다. 꼬이기 시작하더군요. 저는 속으로 씨팔 더럽게 걸렸구나, 일과 시간 끝나고 뺑뺑이 좀 오래 돌겠군, 했지요. 근데 대장은 용서할 수 없는 일이라고 혼 좀 나야 된답니다. 그 자리에서 헌병대로 전화를 걸더군요. 그때까지만 해도 겁주려고 그러려니 했어요. 얼마 안 있어 본부중대 앞에 지프가 멎고 헌병 중사가 내리는 게 보이더군요. 머리가 길어 군복만 입지 않았다면 민간인인 줄 알겠더라구요. 대충 설명을 듣더니 타라고 하더군요. 대장도 웃으면서 하는 말이, 정신이 번쩍 들 정도로 혼을 내서 보내라고 하길래 정말 장난치는 줄 알았어요. 근데 그때부터 모든 게 뒤죽박죽돼버렸어요. 그날 부대를 떠난 걸로 제 인생은 끝이었어요. 파탄이었지요. 다시는 돌아갈 수 없는 신세가 되었거든요. 상처가 경미하거나 단순 가담자는 자대에서 처리하기로 하고 저와 종문이, 피해가 가장 큰, 저에게 맞은 녀석 이렇게 세 명이 헌병대로 끌려갔습니다. 헌병대는 양평 읍내를 벗어나서 사단본부 쪽으로, 그러니까 남한강을 거슬러 조금 올라가다가 오른쪽에 있었습니다. 연병장만 휑뎅그레 클 뿐 옛날 막사에 퇴락한 분위기였어요. 조사를 담당한 헌병들도 모두 머리가 길었습니다. 피해자인 단풍하사 녀석은 알고 보니 제가 조교 시절에 우리 중대에서 훈련을 받고 나간 십팔개월짜리 졸병이었습니다. 어이가 없더군요. 하지만 어쩌겠습니까? 군대는 계급사회라는데, 조곤 조곤 조사를 받았지요. 헌병대 사병들은 하사가 없더라구요. 조사 받을 때 단풍하사 녀석은 구박을 많이 받았습니다. 짠밥도 얼마 먹지 않은 게 하후생이라고 겁 없이 고참한테 대들었다구요. 노골적으로 미워하더군요. 그럭저럭 조사가 끝나고 점심을 먹는데 헌병 중사가 그래요. 별거 아니라고, 점심 먹고 보내줄 테니 부대 들어가서는 착실하게 근무 잘하라구요. 저도 그렇게 믿었습니다. 근데 저한테 맞았다는 녀석이 자꾸 이가 아프다는 겁니다. 잘못 맞아서 이빨이 나간 것 같아 조용히 화장실로 불러 얘기를 했죠.

부대 복귀하면 치료뿐만 아니라 거기에 들어가는 모든 비용을 댈 터이니 제발 여기서는 곱게 끝내자, 너나 나나 사건을 키워 득 될 게 없지 않느냐고 타일렀죠. 녀석도 수긍을 하디라구요. 조서를 받고, 서로 민형사상의 처벌을 원치 않는다는 각서를 쓰고 끝 순서로 손도장을 찍으려는데 헌병 중사가 녀석에게 묻는 거예요, 마지막으로 할 말이 없느냐구요. 녀석이 그냥 할 말 없다고 했으면 만사형통인데, 이 떨떨한 놈이 이가 아프다고 실토를 하는 겁니다. 제 가슴에서 쿵 하고 구들장 무너지는 소리가 들리더군요. 헌병 중사는 마치 노련한 소장수처럼 소 건강을 체크할 때 이빨 들여다보듯 녀석 입을 크게 벌리고 안을 들여다본 뒤 "어, 이거 피가 나잖아. 많이 아파?" 그러는 것 아니겠어요? 하, 이 어린 놈이 어머니 품에 싸인 아이처럼 머리를 끄덕거리더군요. 헌병 중사는 종문이와 저를 보내지 말고 대기시키라고 말한 뒤에 녀석을 데리고 나갔어요. 뒤틀린다 싶었지요. 조사실 헌병들은 별거 아니니까 걱정 말라고 했지만 불안하고 뭔가 예감이 좋지 않았습니다. 한

두 시간쯤 줄담배를 피우면서 초조하게 기다렸죠. 헌병 중사가 초겨울 오후 햇살을 달고 턱 들어서더니 "야, 니들 어렵겠다. 턱뼈가 박살났어. 전치 육 주야. 처음부터 다시 조서 작성해야 되겠어" 하는 게 아니겠어요. 뒷목덜미가 쭈뼛하며 하늘이 핑 돌더군요. 올 것이 오고 말았구나, 어쩐지 예감이 좋지 않더라니까, 군대 생활 얼마 하지 않은 종문이는 울먹이더군요. 저는 주먹으로만 싸웠지만 종문이는 삽(무기)을 들고 설쳤으니 겁이 난 모양이에요. 곧바로 헌병대 유치장에 수감되어 구속영장이 떨어졌습니다. 그때서야 일이 크게 벌어진 줄 알고 단풍하사 녀석은 우리를 처벌하지 말아달라고 담당 헌병에게 손이 발이 되게 빌었지만 죽은 자식 불알 만지기였어요. 헌병대 유치장은 지옥이었어요. 우리 말고도 탈영병과 기름 빼먹고 들어온 놈, 교통사고 낸 운전병을 포함해서 열두어 명의 잡범이 사육 당하는 개처럼 창살 안에 갇혀 있더군요. 낮에 들어갔는데도 깜깜해요, 밤에도 깜깜하고, 간신히 어둠을 익혀 눈을 뜨면 사방이 희미하고 어슴푸레하고 춥더라구요. 무엇보다 참을 수 없는 게 똥 냄새와 밥 냄새와 사람 냄새가 섞인 퀴퀴한 냄새였지요. 사람이 살 곳이 아니었어요. 밥 먹는 곳에서 똥을 누고 똥을 눈 곳에서 잠을 자고 잠잔 곳에서 코를 풀고 고양이 세수를 한다는 게 도저히 이해할 수가 없었어요. 이건 현실이 아니야, 연극이라구, 영화의 한 장면일 뿐이야, 내게 벌어진 일이 아니라구, 도리질을 쳤지요. 그러나 팔을 꼬집어봐도 분명히 아픈 현실이었습니다. 몇 번 더 조사실에 불려가 조사를 받았지요. 담당 헌병 중사가 그러더군요. 가족이나 친척 중에 유력 인사가 있느냐구요. 허탈하다 못해 쓴웃음이 나옵디다. 그건 처음 입대할 때 신상명세서에도 나왔고 보안교육을 받을 때도 똑같은 질문을 받은 적이 있었거든요. 하늘을 우러르고 땅을 휘저어봐도 제 주위에는 유력 인사가 없었지요. 뻔한 거 아닙니까? 오죽 억울한 일이 많았으면, 시골에 사는 우리 육촌 형님은 제가 검정고시 합격하고 명절날 내려갔더니, 육사나 서울대는 고사하고 제발 부탁이니 반암 지서에 순경이라도 됐으면 좋겠다고 푸념을 하더라구요. 그런 집안에 먼서기 하나 나왔겠어요? 모두들 하루 일해 하루 먹고살기도 벅찬, 우리 사회 최하 빈민층들이었는데요, 뭐.

　어머니가 떠오릅디다. 말도 못 하는 어머니, 한글도 모르시는 어머니, 평생 일만 하다 허리가 휘고 병마에 시달리는 어머니, 키 작은 어머니, 야야, 너는 꿈이 좋아서 잘될 것이다, 질내로 개고기를 먹지 말아라, 개고기를 먹으면 공부하는 데 방해가 된단다, 아무리 어려워도 기름밥은 먹지 말아라, 야야, 칠성암에 올라가 너를 위해 치성을 많이 드렸다, 너는 꼭 성공할 것이다, 눈물 그렁그렁한 어머니가 떠오릅디다. 아버지는 또 얼마나 많은 술을 드실지, 그 불같은 성격에, 높은깎음 병풍바위도 돌아앉을 정도로 센 고집에, 그나마 싹수가 조금 보인다 싶던 놈이 군대 가서 표창장을 받기는커녕 구속 통지서가 날아갔을 터이니, 보지 않아도 훤하게 그려지더군요. 그러나 어쩌겠어요. 판은 깨졌고 어지럽게 남은 뒷일을 해결할 사람은 저밖에 없는데요. 없는 놈은 몸으로 때우는 수밖에 없는 거 아니겠어요? 종문이는 대기업에 임원이라는 아버지 덕분인지 가족들이 자주 면회도 오고 여기저기 손을 많이 쓰는 눈치였어요. 그래, 저 쫄다구가 무슨 죄가 있겠냐, 다 내 잘못

이지, 종문이는 고참인 내게 잘 보이려다 그랬을 뿐, 아무 죄가 없었어요. 전부 뒤집어쓰기로 작정했지요. 저야 호적에 뻘건 줄 올라가도 바닥에서 바닥으로 기어온 인생, 미련도 후회도 없었지만 좋은 집안에, 대학까지 다니다 온 녀석 인생까지 망칠 필요는 없는 것 아니겠어요? 조사를 받을 때 되도록 종문이가 유리한 쪽으로 진술을 했지요.

ㅎㅎㅎ, 꼴에 인물 났군, 인물 났어. 자기 똥구녁에 불붙은지 모르고 남 구하러 불 속에 들어간 격이군.

글쎄요. 초범에다, 무슨 주도면밀한 계획을 세워 일부러 한 행동도 아니고, 어떻게 보자면 동네 조무래기들 장난 비슷한 건데 구속까지 시킨 걸 보면, 군법이란 게 하찮아 보이더군요. 더군다나 배심원도 증인도 방청객도 없는 첫 재판에서 오 년을 때리는데요. 옆에 있던 헌병들이 더 놀라 담배를 주고, 물을 떠 먹이는 소동까지 일어났습니다. 종문이는 큰 소리로 울부짖었지만 저는 담담했습니다. 아무리 군사재판이 엄하다고는 하지만 이건 말도 안 된다, 지들은 온갖 야비한 방법으로 한 나라를 통째로 발라먹은 놈들 아니냐, 그리고 얼마나 많은 죄 없는 사람들을 때리고, 고문하고, 죽였습니까? 근데 멀쩡하게 살아, 아무런 심판도 받지 않고 호의호식하며 잘살고 있지 않느냐 이 말입니다. 단순하게 계산해봐도 전치 육 주에 징역 오 년이라면 도대체 전두환과 노태우를 비롯해 그 밑의 똘마니들은, 어떻게 처벌해야 분이 풀릴까요? 사형은 너무 가벼운 게 아닙니까? 구족을 멸해도 시원치 않을 중범죄자들 아닙니까? 그렇게 많은 사람을 죽인 놈들은 떵떵거리며 살고 있고, 단순하게 싸우다 구속된 놈은 단 한 차례 반성할 기회도 주지 않고, 처음부터 오 년을 때린다면 우리 사회에 〈정의〉니 〈도덕〉이니 〈양심〉이니 〈진실〉이란 말은 다 허깨비에 불과하다는 말입니다. 만인은 법 앞에 평등하다는 말 또한 어디 구더기 많은 똥통에 밑씻개로도 쓰지 말아야 한다는 겁니다. 재판이 끝날 때쯤, 통상 물어보는 말이 있잖아요? 마지막으로 할 말이 없느냐구요. 하도 어이가 없어 그냥 웃고 말았습니다. 재판장은 죄질도 나쁜 놈이 반성의 기미도 없다며 각오하라고 큰소리치더군요. 계속 웃었지요.

 야 이 시팔놈들아, 엿이나 먹어라. 그렇게 할 일 없으면 내 좆물이나 빨아 처먹어라 하는 심정이었죠. 참으려 참으려 해도 터져 나오는 웃음을 어찌할 수가 없었습니다. 호위하던 헌병들과 같이 재판을 받았던 잡범들 모두 제가 너무 크게 얻어맞아 실성을 하지 않았나 의심을 하더군요. 제 정신은 말짱했습니다. 법이란 게 사회 구성원들의 상식을 바탕으로 한, 하나의 약속이라고 할 때 말이죠, 그 법이 힘있는 사람들에게는 한없이 유리하고, 힘없는 사람에게는 말로 표현할 수 없을 정도로 불리하게 적용된다면, 그 법을 법이라고 말할 수 있겠어요? 그런 법이라면 지킬 필요가 없겠지요. 있으나마나지요. 제가 잘했다는 건 아닙니다. 누구나 죄를 지었다면 마땅히 응분의 죗값을 치러야 합니다. 다만 동등하게 대우해달라는 겁니다. 제가요, 여태까지 오는 동안, 오성장군이니, 칠성장군이니 감투 아닌 감투를 쓰면서 감나무에 연줄 걸리듯 수많은 별을 주렁주렁 달고 왔지만, 죄명에 관계없이, 돈 있고 빽 있고 권력 주위에 어슬렁거리는 것들은, 하나같이 미꾸라지처럼 잘도 빠져나가더란 말입니다. 이건 절대 거짓말이 아닙니다. 제 두 눈으로 똑똑히 봤으니까요. 그러니 법은 만인 앞에 평등하다는 문구는 수정을 하든지 없애야 한다는 말입니다. 없는 사람들은 법 앞에서 최소한의 대우도 받지 못합니다. 맨 마지막까지 남아 몸으로 때울 수밖에요. 몸이 피곤하고 아픈 건 육체적인 조건이 아닙니다. 흔히 말하는 구조적인 모순 때문에 더 아픈 것이지요. 그 모순을 때려 부수고 뒤집어엎지 않으면 계속해서 아프고 병들고 죽어갈 겁니다. 겉으로는 웃으면서 무시하고 말았지만 저도 아프고 춥고 배가 고픈 건 사실이었습니다. 아무리 생각해봐도 빠져나갈 구멍이 없더라구요. 된통 걸린 겁니다. 선고에서 삼 년을 받았습니다. 종문이는 이 년을 받았구요. 끝 순서로 관할관 확인이 남았지만 기대하지도 않았지요. 관할관은 사단장인데 저 사람 같지 않은 놈에게 무슨 기대를 걸겠습니까? 사단장은 그 뒤로 짐승보다 못한 전두환 똥구녁을 핥아준 대가로 승승장구해서 별을 네 개 달고 전역한 뒤에 국방부장관과 국회의원을 해먹었지요. 그런 놈에게 뭘 바라겠어요. 포기했지요. 교통사고나 사기, 공문서 위조, 탈영과 절도 같은 고만고만한 잡범들은 기소유예, 선고유예로 빠져나가고 썰렁한 유치장에서 최종판결을 기다렸습니다. 마음속에서는 벌써 항소 준비를 하고 있었지요. 군대 생활도 제 의지하고는 상관없이 코뚜레 꿰어 억지로 한 건데 그것도 모자라 감옥에서 또 삼 년을 쇠고랑 차고 썩을 수는 없잖아요? 지금 와서야 고백인데요, 근본 없는 개새끼들 밑에서 법 지키면서 고분고분 살기보다는, 그 새끼들 유리하게 만든 법을 어기면서 끝까지 어긋나게 사는 것도 원수를 갚는 방법일 수 있겠다 싶은 생각도 했지만요. 가보니까 다시는 갈 곳이 못 되더라구요. 물론 감옥도 사람 사는 곳이라 바깥세상과 별다를 바 없었지만 이건, 짐승도 그런 대우는 받지 않을 거예요. 요즈음 부모보다 고양이나 강아지를 더 극진하게 봉양하는 사람들이 많긴 합니다만. 자포자기와 분노 속에서 하루에도 수천 번씩 만리장성을 쌓았다가 허물었지요. 가만히 되돌아보니 지난 이 년간 울고 웃었던 군대 생활이 영화 필름처럼 지나가더군요. 동기들이나 취사장 식구들보다 목욕탕 한구석에 고이 모셔둔 책과 메모 노트가 떠올랐지요.

메모 노트는 다섯 권 정도 됐거든요. 슬플 때나 기쁠 때 남들에게는 얘기 못하고 꼬박꼬박 적어나갔던 일기, 단상들, 부치지 못한 편지들, 시 같지 않았던 시작 메모들, 시보다 더 아름다운 양평의 풍광들, 그리고 강물과 밤기차에 대해서 기록해두었던 노트들은 어디에서 주인을 기다릴까 생각하니 가슴이 미어지더군요. 틀림없이 불쏘시개로 쓰이거나 쓰레기 소각장에 던져지는 신세로 전락했을 텐데 그것을 누구보고 대신 보관하라고 하겠어요. 연락할 방법이 없는 꽉 막힌 벽 안에서 병든 짐승처럼 그저 끙끙 앓고 있었지요. 무엇보다 참을 수 없는 게 배고픔이었습니다. 날씨는 하루가 다르게 겨울 쪽으로 옮겨가 첫눈이 내리고 기온은 곤두박질치기 시작하더군요. 냄새나고 낡은 모포 속에서 덜덜 떨면서도 세상에 먹을 수 있는 음식이란 음식은 다 떠올렸습니다. 환장하겠어요. 저녁 다섯 시에 훅 하고 불면 날아갈 것 같은 짠밥으로 저녁을 때우고 나면 이튿날 아침 일곱 시까지는 그야말로 지옥이었습니다. 특히 불침번을 서면서, 참 웃기지요? 죄를 지어 유치장에 갇혀 있는데도 불침번을 섰으니까요. 뭐, 자살 방지라고 합디다. 밤늦게 근무병들이 밤참으로 라면을 먹을 때면 창자가 뒤틀려 꼬이더군요. 그 얼큰하고 알싸한 국물 냄새라니, 비단 라면 냄새뿐이겠어요? 커피 냄새와 담배 냄새까지 구수하고 달콤한 게 시골집 가마솥의 누룽지 냄새 같았어요. 냄새는 벽을 뚫고 쇠창살을 뚫고 철문을 뚫고 무차별 공격을 하는데요. 모포 같은 것은 눈만 깜박거려도 두 손 들고 항복하게 만들더군요. 세상에 하고많은 서러움이 있지만 배고픈 서러움만 하겠어요? 뱃속에서는 깨구락지 짝 찾는 소리가 넓은 방죽을 떠메고 가고도 남지요. 맹물을 많이 들이켜서 그런지 침은 연신 주체할 수 없을 정도로 고이지요, 마룻바닥은 냉골이지요, 잠은 오지 않지요, 겨울밤은 모질게도 길지요, 이러니 미치지 않을 사람이 어디 있겠습니까? 숫자를 세어보기도 하고, 세상에 태어나서 그동안 만났던 여자들을 전부 떠올려보기도 하고, 성서와 불경을 암송하고, 시를 생각하고, 가족들을 생각해도 아침은 쉬이 오지 않았습니다. 얼마나 배가 고픈지 손톱이나 발톱에 낀 때라도 구워 먹고 싶었어요. 코딱지라도 파먹고 싶었어요. 머리털이라도 뽑아서 말아 먹고 싶더라니까요. 살집이라도 넉넉한 놈이 신참으로 들어오면 허벅지나 엉덩잇살을 뚝 떼어내 삶아 먹고 싶더라구요. 그러고 보니 취사장에서 근무할 때가 천국이었어요. 일은 힘들었지만 먹고 싶은 거 마음대로 실컷 먹으면서 생활했으니까요. 그렇게 싫어했던 무말랭이나 양배추김치라도 옆에 있다면, 남이 먹다 버린 쉰밥이라도 있다면 아이구, 하느님! 하면서 마중 나가 얼싸안고 춤을 추었을 텐데요. 제 곁에는 아무것도 없었습니다. 아니, 이 말은 취소하겠습니다. 제 곁에는 풍부하게 많은 것들이 있었지요. 방귀 소리와 코고는 소리와 똥오줌 냄새와 발꼬랑 냄새와 말라빠진 정액 냄새 같은 것들은 지천에 널려 있었지요. 흠이라면 이런 것들은 아무리 많이 주워 먹어도 배가 부르지 않다는 것입니다. 배고픔과 추위 속에서 모포를 돌돌 말아 집 나온 강아지마냥 허리를 접으면 마룻바닥을 통해, 마룻바닥 밑 땅을 통해, 돌을 헤집고, 물을 헤집고, 나무뿌리를 헤집고, 멀리서 강물에 얼음 잡히는 소리가 들렸어요. 아주 미세하지만, 크고 둔중한 소리가, 흡사 커다란 유리에 금이 가는 듯한 소리가 들렸어요.

갈대와 물풀이 우거진 가녘부터 얼음이 잡히기 시작해, 겨울이 깊어지면, 제 징역살이에 밤이 깊어지면, 강 한복판까지 꽝꽝 얼어붙을 것입니다. 얼어붙은 강물 위로 눈보라가, 북풍 한설이, 이리저리 몰려다니겠지요. 분노인지 회한인지 사기 연민인지 억울함인지는 모르지만, 아마 이런 감정들이 뭉뚱그려 뒤섞였는지는 모르지만 눈물이 나더군요. 뜨거운 눈물이었지요. 감옥은 오직 자기 체온으로 자기를 덥혀야 한다는 거, 눈물이 저를 덥혀서 여기까지 왔는지도 모르겠더라구요. 눈물에도 뼈가 있던가요? 하찮은 분노 때문에 삶을 몽땅 태워버린 것은 아닌지, 이 뒤에 오는 삶은 그 뼛가루를 갈고 갈아 허공에 뿌리며 살아야 하는 것은 아닌지, 그렇다면 이제 타고 남은 재가 이 몸뚱이를 지탱하고 분노를 덮어 잠재울 수 있지 않을까 하는 통한의 반성이 밀려옵디다. 반성도 습관이 되면 힘을 잃는답니다. 전광석화 같은 반성, 촌철살인의 반성, 그 반성을 통해, 거듭 태어나, 잘못 들어선 길을 완벽하게 뒤집는 실천이 필요할 텐데, 헌병대 유치장은 너무 좁았습니다. 삶이란, 어처구니없이, 아무런 사전 예고 없이, 간밤에 내린 눈처럼 허망하게 들이닥치는 어떤 것인지도 모르겠더라구요. 한 번만 참았더라면, 취사장에 내려가지 않았더라면, 학력 미달이나 신체 조건으로 아예 군대에 입대하지 않았더라면, 아무리 시간을 거꾸로 돌려 없던 일로 만들어보았지만 소용이 없었어요. 사람처럼 무서운 존재는 없더군요. 왜냐하면 사람 몸뚱이에는 손이 달려 있기 때문이죠. 제 손을 돌로 짓찧고 싶었어요. 뜨거운 눈물은 곧바로 식어 베개를 타고 모포 속으로 스며들었습니다. 저는 눈물을 엄청 싫어했거든요. 어렸을 때부터 하도 많이 울어서, 그러니까 제 삶의 절반 정도는 눈물로 경작해왔다고 해도 틀린 말은 아닐 텐데요. 그래서 그런지 저는 살아 있는 모든 힘없고 나약한 것들을 증오하다시피 했어요. 속마음은 그게 아닌데, 한때 제 분신이었는데도 말이죠. 일부러 외면하고 배반하고 살아왔다고 해야 할까요? 저와 제 친구들, 제 가족들을 통해서 수없이 보아왔던 눈물, 그 눈물을 온전하게 부정하지 않고는 험한 세상 구석 사글세 자리 하나라도 들지 못한다는 것을 두 눈으로 똑똑히 보고 경험을 했거든요. 그렇게 살아온 제가 눈물을 보이다니, 저 자신을 용서할 수가 없었어요. 원인이 없으면 결과가 있겠어요? 제 발끝에서 머리끝까지, 제 몸에서 나온 말이나 행동이, 곳간에 양식 쌓이듯 차곡차곡 악업을 쌓아왔는지도 모르지요. 외부로 향한 분노가 강하면 강할수록, 그 활화산 닮은 감정 폭발이 설득력을 가지려면 우선, 내부의 분노부터, 분노를 촉발시킨 원인부터 철저하게 검증하고 나아가야 했었는데, 저는 그것이 모자랐습니다. 앞뒤 가리지 않고 길길이 날뛰기만 했지요. 아버지를 꼭 닮은 불같은 성격에, 부처님도 돌아앉을 정도인 똥고집에, 오죽했겠어요. 원래 무식한 놈이 용감하다고 그러잖아요? 그러나 조용히 머리를 묻고 강물 흐르는 소리를 들으면, 강물 소리보다 한 발자국 느리게 전해오는 밤기차 달려가는 소리를 들으면, 모포 속에 스며 얼어붙은 제 눈물도, 그것들의 고향인 눈물샘에도 봄이 찾아와, 만물이 움을 터 노래하는 봄이 찾아와, 세상 속으로 새벽 먼 길을 떠날 때 초롱초롱 빛나는 별이 되리니 생각했지요. 멀리 멀리 잔 얼음을 끌어 모아 강물의 파장을 조각하는 겨울이여, 저를 굽어 살피소서! 간절하게 기도를 했지요.

어이구, 감옥에서 문자 났군, 문자 트였어. 내가 당신 같은 사람들을 싫어하는 이유가, 왜 그리 쉬운 말 놔두고 부러 말을 빙빙 돌려 어렵게 만느느냐 그서야. 낭신 말마따나 지금 시를 쓰는 거여, 뭐여? 차라리 유행가 가사를 읊조리는 게 어뗘? 차라리 노래나 한 곡조 땡겨보라구. 어디를 둘러봐도 흠 하나 잡을 거 없는 완벽한 잡범 주제에 말이야.

왜 또 이러십니까? 유행가 가사가 어떻습니까? 저는요, 어떤 노래를 들으면 자꾸 제 사연 같아서 그냥 가슴이 먹먹해지면서 눈물이 나던데요?

하도 많이 흘려서 다 말라버렸다고 할 때는 언제고? 횡설수설하지 말고, 그래, 몇 년이나 콩밥 먹었나?

콩밥은 먹지 않고 계속 군대밥만 먹었습니다. 예상했던 대로 관할관 확인란에는 아무런 경감 조치 없이 그대로 내려왔더군요. 육군 고등군법회의에 항소를 했습니다. 아무리 생각해도 제가 한 행동에 비해 너무 비싸게 나왔다 싶었지요. 삭막한 헌병대 내무반 앞에 크리스마스트리가 걸리고, 색색이 불을 밝힌 꼬마등이 겨울밤을 수놓을 무렵 육군교도소로 옮겨가게 되었습니다. 포승줄에 묶이고 수갑을 찬 채 지프에 올랐습니다. 양평 읍내는 흐린 하늘 아래 간간이 눈발이 날리기 시작했습니다. 어디선가 크리스마스 캐롤이 딴 세상인 듯 들려왔다 멀어지더군요. 추운 겨울 오후였습니다. 이 년 전쯤, 밝은 햇살을 받고 입대할 때 맨 처음 본 강물은 두터운 얼음 밑으로 숨어 보이지 않았습니다. 강을 따라 지프는 조심스럽게 움직였습니다. 앞차의 브레이크 등 밑으로 바람에 휩쓸린 눈가루가 무질서하게 흩어졌습니다. 그 바람에 길 위에 먼저 내려와 누워 있던 눈이 소스라치게 놀라 깨어났습니다. 자동차들은 기도하듯, 길에게 경배하듯 기어갔습니다. 그렇게도 숱하게 눈보라 속을 헤매었던 지난날이었는데, 이제 눈보라보다 더 낮게, 눈 녹은 물보다 더 낮은 곳으로 내려가게 되었다는 사실이 새삼 내장을 훑고 지나가더군요. 그래, 잃는 것이 얻는 것일지도 모른다, 피하지 말자, 한 치 앞을 볼 수 없을 정도로 막막한 앞날을 더 어렵게 옮는 것도 나 자신이고 푸는 것도 나 자신이다, 저 얼음장 밑으로 강물이 봄을 품고 흐르고 있을 것이다, 저 눈은 봄을 몰고 올 것이다, 봄을 싸안고 올 것이다, 봄을 두둥실 껴안고 올 것이다, 봄을 눕히다시피 끌고 올 것이다, 더 이상 뒤돌아보지 말자, 강물의 관절이 풀리고 내 인생의 응달도 풀릴 때까지 조용히 기다려보자, 이렇게 생각했지요. 양수리를 지났습니다. 북한강과 남한강이 만나고 있었습니다. 끝도 없는 얼음 벌판 위로 흰 말갈기 닮은 눈보라가 몰려가고 있었습니다. 모래톱은 어디에 있을까, 새들은 어디에서 지친 날개를 쉬는가, 맨발에, 발목까지 젖지 않을까, 젖은 발로는 이 겨울을 오래 못 버틸 텐데, 선 채로 얼어붙지 않을까, 물결은 아무 조건 없이 만나고 있을 텐데, 물결처럼 거짓 없이 세상 속으로 직접 스며들어야 할 텐데, 길은 미끄럽고 눈은 두텁게 쌓여갔습니다. 그 길 아래로 눈보라와 추위가 자주 들르는, 나무뿌리와 봄물이 사이좋게 넘나드는 밑바닥이, 땅속 세상이 환히 들여다보이더군요. 양평 읍내가 아스라이 멀어졌습니다.

| 제3부 |

어느 잡범에 대한 최종 보고

일요일이 돌아오면 갑자기
본드 구히기가 어렵습니다
남보다 한 숟가락이라도 더 먹으려고
취사병에게 아부의 눈길을 보냈던 나는
오전에는 십자가를 달고 교회로,
오후엔 법당과 성당으로 뛰어가
한 덩이 떡과 카스텔라를 구걸했습니다
오로지 배고픔 하나 해결하려고
그때그때 가슴에 달린 비표를 바꾸어 달았습니다
오오, 신이시여,
당신은 내게
너무 멀리 떨어져 있는 밥상입니다

그곳에는 햇빛도 수직으로 들어오지 않는다. 사선으로 들어온다. 철창에 부딪혀 꺾여 들어온다. 관절이 부러져 들어온다. 눈보라도 얼어 터진 채 들어온다. 멍들어 들어온다. 어둠만이 물샐틈없이 꽉 차 있다. 어둠은 철창 그물코를 단숨에 뚫고 진군을 한다. 밤에도 어둡고 낮에도 어둡다. 회색과 하얀 페인트 색깔이 건물 안팎을 뒤덮고 있다. 커다란 동굴 같다. 발소리와 숨소리와 물방울 떨어지는 소리가 공명통이 되어 넓게 퍼진다. 소리도 곧게 들어오지 못하고 쇠창살문에 부딪쳐 구부러진다. 구부러져 상처가 난 다음에야 통과할 수 있다.

여러 개의 철문을 지나 육군 교도소에 도착했다. 남한산성이라고 하기에, 병자호란 때 인조 임금이 청 태종에게 세 번 절하면서 치욕적인 항복을 했던 절해고도의 깊은 산 속인 줄 알았는데 의외로 서울 잠실을 벗어나서 성남 쪽으로 얼마 못 가 반듯한 논배미가 드넓게 펼쳐진 평탄한 곳에 자리 잡고 있었다. 멀리까지 볼 수 있도록 높이 지어져 있었다. 인수인계를 마친 호송병들은 돌아갔다. 머리를 깎았다. 사건 번호표를 들고 사진을 찍었다. 옷을 홀랑 벗고 신체검사를 받았다. 알몸에 소독약이 뿌려졌다. 신상명세서를 작성했다. 영치물은 없었다. 갑자기 붙들려 와 구속되는 바람에 돈도, 지갑도, 그 어떤 기념물도 없었다. 낡아서 보풀이 일어난 허리띠가 재산의 전부였다. 파란 바탕에 빨간 글씨로 새겨진 죄수번호를 받아 명찰 대신 붙였다. 계급도 없는 전투복 상의에는 먹물로 새겨진 '희망대' 표시가 마치 운동선수 등 번호처럼 커다랗게 찍혔다. 교도훈, 준수 사항, 우리의 자세를 암기하라는 지시를 받았다. 비누, 치약, 칫솔, 팬티, 내복을 차례대로 지급 받아 숙소로 향했다.

　교도소 건물은 전체적으로 갈래꽃 식물을 닮았다. 코스모스 같다고나 할까. 꽃술로 이루어진 부분에 지휘 통제부와 교도대장실과 행정실이 있고 꽃잎이 갈라진 곳마다 죄수들의 숙소와 부속실이 있었다. 예를 들면, 1중대는 복도를 중심으로 장교와 하사관들의 방과 미결수들을 수용하는 방으로 나누어져 있고, 2중대는 군대 생활 십오 개월 미만짜리 기결수들을 수용하는 방, 3중대는 십오 개월 이상 군대 생활을 한 기결수들의 방, 나머지 꽃잎사귀에는 도서관과 식당, 정비실과 보일러실과 목욕탕, 맨 마지막이 무기수와 사형수를 수용하는 독방이다. 그러니까 한가운데 통제실에서 바라보면 희망동 안에 수용되어 있는 모든 수감자들의 모습이 한눈에 드러나도록 설계된 건물이었다. 소문에 의하면 독일 출신, 유명한 여성 건축가가 설계했다고 한다.

　지금 물품을 들고 미결수들을 수용하는 방으로 걸어갔다. 높은 천장, 긴 복도, 양쪽으로는 수많은 방들이 쇠창살로 이어져 있어 흡사 우리 안에 갇힌 맹수들처럼 민둥머리들이 창살을 잡고 두들기거나 소리를 지르면서 걸어가는 신입들을 잡아채려 했다. 첫인상은 아수라 지옥이었다. 나무패에 구멍을 낸 열쇠꾸러미를 허리에 찬 헌병은 구멍만큼이나 많은 열쇠를 철렁거리며 돌아다녔다. 육중한 철문이 열렸다. 열 평 정도 될까, 제법 큰 방에 서른 명 남짓한 미결수들이 정자세로 앉아 있었다. 신고식 같은 거야 이미 각오를 했지만 소속 부대, 계급, 죄명을 고한 다음에 별도로 기합 같은 건 받지 않았다. 폭행 사건은, 군대에서 밥 먹는 것만큼이나 자주 일어나는 사건이고, 그중에서 단풍하사를 때

려눕힌 무용담 정도는 미결수 방에서 그리 큰 관심을 끌기에는 부족했다. 먼저 들어오고 나중 들어온 순서를 제외한다면, 다 같은 처지 아닌가. 사십대 후반의 방장은(그도 젊었을 때 탈영을 하여 근 이십 년을 피해 돌아다녔다고 한다) 오히려 함께 끌려온 다른 사단 물총(강간을 비롯한 성 범죄자)들에게 더 관심을 보였다. 물총들은 원산폭격과 철창 타기로 이미 한 따까리 하는 모양이다. 물총들은 재판을 받고 기결수가 되거나 민간 교도소로 넘어갈 때까지 두고두고 괴로울 것이다. 사건 현장을 극사실로 재구성하지 못하면 한마디로 감옥살이 곱빼기로 하게 되어 있는 탓이다.

늦은 저녁을 먹었다. 이미 배식이 끝난 지 오래, 색 바랜 플라스틱 식판에 받아놓은 밥과 국은 차갑게 식어 있었다. 식은 밥, 식은 국, 식은 잠자리. 눈발은 높은 담장을 넘지 못하고 한데서 잠들었겠지. 마룻바닥 밑으로 더 이상 강물 소리가 들리지 않았다. 변소와 세면실이 갈래 이파리 끝 부분에 있어 구린내는 나지 않았지만 모포에서 강한 소독약 냄새가 났다. 좀처럼 잠이 오지 않았다. 이대로 잠이 들어 다시 깨어나지 않았으면, 날이 새지 않고 눈 내리는 밤만 계속되었으면, 그리하여 수억 년 세월이 흘러 지상에 남아 있던 해와 달과 인간과 가축 들이 영원히 사라지고 난 다음에, 사막 같은, 안개 같은, 얼음바다 같은 새로운 세상에서 딴 몸 받아 다시 태어난다면 얼마나 좋을까. 다시 태어나고 싶은 욕망이 사치라면 꿈도 없는 잠 속에서 그대로 숨이 멎는다면 얼마나 좋을까. 그래, 이렇게 자분자분 눈 내리는 날 밤, 어느 이름 모를 작은 마을 뒷산에 올라가, 무뚝뚝한 떡갈나무 빙 둘러싸인 야트막한 무덤가에 누워, 따스한 낙엽 이불 뒤집어쓰고, 낙엽 위에 떨어지는 눈 소리를 들으면서 조용히 한세상 마감하는 것도 괜찮은 일일 텐데. 희미한 전등불 밑에 각기 어수선한 꿈을 꾸는 죄수들은 누군가 겨울밤 모서리를 날카로운 이빨로 갉아대는 소리에 불편한 잠을 뒤척이고 있었다. 그나마 다행스러운 일은 화장실과 세면대가 갈래잎 맨 끄트머리에 있어 잠자리까지 따라다니던 똥 냄새가 나지 않는다는 것, 그리고 형식적인 불침번을 서지 않아도 된다는 것이었다. 대신 소독약 냄새는 은은했다. 자, 여기서 나가는 날은 언제인가. 아무리 적응력이 뛰어난 잡초 인생이라 하더라도 막막한 건 어쩔 수 없었다. 앞으로 나아갈 수도, 뒤로 물러설 수도 없는 깊은 수렁에 빠지고 말았구나. 그래도 아침은 왔다. 반달 창문을 붉게 물들이며 아침이 왔다. 키 큰 미루나무 중동이 뿌연 하늘을 배경으로 화석처럼 박혀 있었다.

환풍기 사이로 겨우 비집고 들어온 아침 햇살은 회색 창살에 토막나 잡을 수도 없었다. 추웠다. 허망했다. 밤새 기억하지도 못할 뒤숭숭한 꿈으로 머릿속은 산산이 부서져 거품이 되었다.

줄을 서서 세면대 쪽으로 걸어가면서 높은 천장과 감방 창문과 하얀 시멘트 칠을 한 화장실을 봤을 때, 무언가 바늘로 가슴을 콕콕 찌르는 느낌을 받았다. 아주 어렸을 때, 그러니까 국민학교도 들어가기 전 어느 여름 밤, 장맛비가 며칠째 퍼붓던 부산 전포동 셋방에서 잠결에 보았던, 꿈속에서 보았던 바로 거기가 아닌가. 회색으로 칠한 여러 개의 나무문이 달려 있는 화장실, 하얗고 파아란 색깔의 작은 타일이 붙어 있는 바닥과 아귀 입처럼 커다랗게 주둥아리를 벌리고 있는 소변기,

그 건너편에는 수도꼭지가 줄줄이 달려 있는 세면실이 있고 대중목욕탕에서나 쓰는 플라스틱 물통이 겹겹이 쌓여 있는, 거울이 없는, 맨 시멘트 바닥인 세면실이 선명하게 떠올랐다. 그렇다면 내가 오래전에 여기에 와봤단 말인가. 아니면 내가 여기에 올 것을 누군가가 미리 예시했다는 말인가. 기가 막힐 일이었다. 내 인생이 누군가 보이지 않는 손에 조종되어 이끌려 다닌다면 그것만큼 소름끼치는 일이 어디 있을까. 그렇다면 아무리 노력을 해도, 빠져나갈 궁리를 해도 이미 정해진 순서에 따라 삶이 진행될 것 아닌가. 섬광과도 같은 짧은 시간에 전생이 환히 드러나 보이는 듯했다.

　식당은 따로 있었다. 밥 먹는 순서도 있었다. 장교와 하사관 출신들은 하사관 배식 당번이 식당에 가서 인원수대로 따로 타 와서 자율 배식을 했고, 2중대, 3중대에 수용되어 있는 기결수들이 차례대로 먹었다. 기결수들은 밥을 먹고 기술 교육장에 출동하여 작업을 하기 때문에 항상 우선권을 주었다. 미결수들은 맨 마지막 차례였다. 미결수 방에서 식당으로 나갈 때도 두 개의 철문을 통과했고 정해진 선으로만 걸을 수 있었다. 이름과 계급은 없어지고 수번으로만 불렸다. 203번, 327번, 538번……

　교도소 안은 사단 유치장보다 밝고 밥도 많이 주는 편이었다. 무엇보다 하늘을 볼 수 있어서 좋았다. 직사각형이나 반달 모양의 창문을 통해서이긴 했지만 나무 꼭대기나 근무자들이 소총을 들고 경비를 서는 망루 사이로 까치가 날아다니는 모습이 보여 좋았다. 운이 좋으면 밤에 별도 볼 수 있었다. 저녁 점호가 끝나면 모포를 깔 때 먼지 난다고 창문을 반쯤 열어 환기를 시킬 때가 있었기 때문이었다. 식당이 딸린 갈래잎 입구에는 간이 교회도 있었다. 거기에서 성가대 연습을 하고 수요 예배를 본다는 사실은, 크리스마스가 지나서야 알았다. 썰렁한 간이 교회에는 예수 그리스도의 초상화가 덜렁 걸려 있었다. 고뇌에 찬, 기도하는 예수 그리스도의 모습이었다. 구차하게 살아남는 것보다 남을 위해 과감하게 몸을 던졌던 예수, 그 그림을 보면 자포자기와 자살하고픈 유혹 속에서도 살고 싶은 욕망 또한 강하게 일어섰다. 쓰레기만 모아놓은 매립지에도 맨 먼저 잡초가 날아들어 그 어떤 척박한 환경 속에서도 살아남는다고 하지 않던가. 더군다나 세 끼 꼬박꼬박 찾아 먹고 이를 닦고 세수를 하며 똥을 누고 약간의 기도와 형식적인 빈정, 죽지 않을 만큼의 구타와 약간의 식물성 그림늘, 하늘과 바람과 나무와 별 들의 기이한 배치 속에 꾸역꾸역 밀려드는 잠, 비슷한 처지에서 울고 웃는 동료들의 단순함, 그것은, 흡족한 편은 아니었지만 견딜 만했다.

  밖으로 나가려고 억지를 쓰지 않는 한 특별한 구타나 억압은 없었다. 곤봉과 잔소리는 헌병들이 늘상 달고 다니는 용수철로 된 링 같았다. 아침을 먹고 나면 인원 점검을 한 번 더 받고 봉투 작업을 했다. 원래 미결수들은 형이 확정될 때까지는 일을 할 수 없게 되어 있지만 시간도 때울 겸, 심심풀이 땅콩 식으로 일을 하는 것이었다. 봉투 작업은 단순했다. 군사우편에 쓰이는 편지지와 봉투가 인쇄소에서 넘어오면 풀칠을 해서 마감을 하고 열 장이나 스무 장씩 묶어 정리하면 끝이다. 이 편지지와 봉투로 얼마나 많은 편지를 썼던가. 또 부치지 못해 갇혀 있는 사연들은 언제 가석방 혜택을 받아 내 곁을 떠나갈 것인가.

잡초가 아니면 절대로 버티지 못한다는 남한산성에서 이건 너무 깨끗한 일이 아닌가. 무언가 몸으로 부딪혀 일을 해야 시간도 잘 가고 괴로움도 잊을 텐데, 일요일이나 공휴일은 견딜 수 없이 느리게 흘렀다. 마룻바닥에 성서와 불경을 꼬박꼬박 새겨 넣어도 시간은 도처에 남아 있었다.

간혹 무지막지하게 큰 트럭이 종이를 가득 싣고 들어오면 근력깨나 쓰는 수감자들이 차출되어 나갔다. 비록 육 미터가 넘는 담장이 둥그렇게 가로막혀 있었지만 그래도 바깥 공기를 쐴 수 있는, 거의 유일한 방법이라 은근히 기다려지곤 했다. 물론 정기적인 운동 시간은 따로 주어졌지만 말이다.

점심 먹을 시간쯤 되면 멀리서 우렁찬 군가 소리가 들려왔다. 아침에 기술 교육장으로 출동했던 기결수들이 들어오는 시간이다. 우당탕 쿵쾅 몸수색을 받고 동 안에 들어오면 인원 점검을 하고 점심을 먹는다. 점심을 먹고 나면 또 한바탕 소란을 떨며 기술 교육장으로 나가고 조용한 희망동 안에 사형수와 무기수, 장교와 하사관과 미결수 들이 오후 시간을 파먹는다.

장교들은 교도소 안에서도 특별대우를 받았다. 비록 계급장과 명찰은 없었지만 머리도 스포츠형으로 기를 수 있었고 식사 시간마다 하사관들이 타온 음식으로 따로 밥을 먹었으며 운동 시간에는 테니스를 즐겼고 독방에 침대까지 제공되었다. 물론 대다수가 중범죄자인 데다가 장기수가 많기 때문에 그랬을지도 모르겠다. 장교 출신들은 아무리 형기가 길어도 민간 교도소로 보내지 않았다. 그러나 하사관이나 일반 사병들은 이 년 이상 형이 확정되면 민간 교도소로 넘어갔다. 사제 수건과 커피, 간단한 차와, 식빵이나 마가린 정도는 허용되는 눈치였다. 계급이나 신분 차이는 가장 밑바닥인 교도소 안에서도 엄연히 살아 있었다.

 미리 겁먹고 떨었던 예상과는 달리, 육체적으로는 별 어려움이 없었다. 성가대를 지휘하는 황 소위(교도소 안에서 죄수끼리는 서로 호칭 사용이나 경례를 할 수 없게 되어 있었지만 대다수가 근무자 몰래 호칭을 사용하고 경례를 했다)를 통해 교회에 나가게 되었다. 교회는, 일찍이 배고픔을 면하려고 들렀던 부산 전도관 시절부터 낯익은 곳이었고 입대하기 전에는 야학을 다니면서 신세를 신 곳이지만 한 번도 저절로 우러나와서 하느님을 섬긴 적은 없었다. 그러니 죄를 받아 마땅하지 않은가. 믿는 자에게 복이 있다고 했는데, 오매불망, 염불보다는 잿밥에 관심이 많았던 인생이었으니, 그야말로 사이비 신도였고 떡신자에 불과했다.

 황 소위는 3사관학교 출신으로 전방 철책선에서 소대장으로 근무를 하다가, 어린 소대장을 우습게보고 항명하는 부하 두 명을 그 자리에서 즉결처분하는 바람에 들어왔다고 한다. 보통군법회의에서 사형, 고등군법회의에서 무기, 대법원 최종 판결에서 이십 년으로 감형 처분을 받아 칠 년째 복역을 하고 있다고 말했다. 겉으로 보기에는, 눈이 좀 작고 선이 가는 게 흠이었지만 도저히 살인을 저지를 사람 같지 않아 보였다. 황 소위를 통해 수감 생활에 대해 많은 것을 배웠다. 교도소에서 얻어터지지 않고 요령 있게 살아남는 법, 건강을 지키는 운동과 체조,

책과 명상과 종교 활동, 그리고 편지 쓰기. 감옥 안에서 칠 년이란 시간은 얼마나 긴 세월인가. 철저하게 시간 계획표를 짜고 절제된 생활을 해서 그런지 황 소위는 건강해 보였다. 감옥에서 오래 생활한 사람 같지 않게 얼굴이 밝았다. 술과 담배와 여자가 없는 곳에서 보낸 칠 년의 세월은 토굴을 파고 면벽 수행을 하는 고행승만큼이나 어려운 나날들이었을 것이다. 그는 내가 보통군법회의에서 받아온 삼 년 형기를 우습게 알았다. 사건 내용을 대충 들어본 뒤, 일 년도 비싸고 한 육 개월 정도만 고생하면 나갈 수 있을 거라고 예언을 했다. 시범 케이스로 걸린 모양이라고, 운이 없어서 넘어왔지만 크게 본다면 감옥 생활 경험이 그리 나쁠 것도 없다고 웃어넘겼다. 자신이 받은 이십 년에 비교한다면 한여름 소나기보다 짧은 시간이라며 내 어깨를 두드렸다. 또, 하느님께서 나중에 크게 쓰실 재목은 따로 시련과 고통을 많이 주어 미리 담금질을 시킨다는 것이다. 그분의 말씀을 잘 듣고 깨닫는 사람은 백 배, 혹은 육십 배, 혹은 삼십 배의 열매를 맺는다고 「마태복음」을 인용해 용기를 북돋워주었다. 고통과 시련을 통하지 않고서는 그분에게 가까이 갈 수도 없고, 세상에 나가 어려운 이웃과 어울려 살 수도 없다는 것이다.

말은 그럴듯했지만 다른 사람 다리 부러진 것보다 내 손톱 찔린 게 더 아픈 법이다. 나중에 크게 쓰이지 않아도 좋다. 당장 닥쳐온 배고픔과 지금 이 순간의 괴로움과 현재 진행형인 고통 속에서 우선 건져주시길 간절히 기도했다. 하느님도 수없이 많은 부침을 당해, 없는 자보다 있는 자들의 기도를 더 잘 알아들으신다는 것쯤은 알고 있지만, 힘

있는 자들의 기도는 온갖 구멍을 활짝 열어 받아들이고, 힘없는 사람들의 기도는 팔만 사천 날 하냥 섭섭해 울부짖어도 청맹과니 흉내만 내고 있는 사실도 다 알고 있지만, 기도를 통해 소원을 이룰 수 있다면 무엇이 아깝겠는가. 무릎이 닳도록, 손이 발이 되도록 기도했다. 마룻바닥에 꿇어앉아 통성 기도를 했다. 예수 그리스도 초상화 아래 엎드려 정신 이상자처럼 독백을 했다. 이 기도가 어디까지 올라갈지는 모르겠다. 다만, 중얼거리는 것도 살아 있는 모습이리라. 중얼거리는 것도 비 맞은 중 모습이리라. 중얼거리는 것도 기도하는 모습이리라. 기도는 밑져야 본전치기인 것이다. 탁발 나온 거렁뱅이 중의 목탁 치기인 것이다. 젖 줄 때까지 칭얼대는 것이다. 안 주면 가나 봐라 안 주면 가나 봐라 떼쓰는 것이리라.

그리하여 수요일 밤이 오면 급조된 떡신자들과 성가대원들의 시작도 끝도 없는, 졸가리가 전혀 닿지 않는, 말도 안 되는 중얼거림들이 침방울을 튀기면서 마룻바닥을 적시기도 했는데, 무신론자들이 보기에는 귀신 붙은 악머구리 떼들의 울부짖음 정도로 치부하기에 충분했다. 가까이로는, 배식할 때 고기 한 점이라도 더 내려달라는 소원부터 시작해 다음 달 가석방 명단에 꼭 끼워달라는 부탁을 거쳐, 이 나라와 전 세계의 고통받는 민중들의 해방까지 가지각색의 통성 기도가 하얀 방, 갈라진 벽 틈으로 공허하게 스며들었다. 벽은 대답이 없었다. 통곡을 한다고 해도 거들떠보지 않을 듯 차가웠다. 큰 소리로 통성 기도를 하면 일찍 배가 고파진다. 배가 부르고 힘이 있어야 기도다운 기도를 할 수 있고, 찬송다운 찬송을 할 수 있다는 사실을 새삼 깨달았다. 나는 체내의 열량을 밖으로 배출하지 않기 위해 최소한도로 움직이고 소리 죽여 기도를 했다. 겨울을 견디기 위해서는 한껏 자세를 낮추어야 한다. 간혹 생각하지도 못한 엉뚱한 말이 튀어나오기도 했다. 우스꽝스럽기도 하고 너무 유치했지만 그냥 흘러가는 대로 가만 놔두었다.

아무것도 안 보인다/ 들을 수도 없다// 살게 해다오/ 겨울 땅보다/ 굳게 닫힌 철문보다 더 얼어붙은 가슴에/ 눈이 내리고 바람이 불었다// 꽃이 필 때는 언제인가/ 키 큰 미루나무여/ 말 좀 해다오/ 살게 해다오// 아침에 일어났을 때 그 거세게 타오르는 성욕으로 살게 해다오// 생각 없이 숨 쉴 수 있도록 기억을 지워다오// 단순하고 단순하고 단순해질 수 있도록/ 오직 한 나무에만 매달려 피 빨 수 있도록/ 기억을 지워다오// 기억을 지워다오/ 분명/ 왜 뼈가 무르고 마르는지를 알게 해다오// 아직도 눈뜨지 못했는가/ 바다여/ 스물다섯의 성난 파도여 눈을 떠라/ 그리고 일어서/ 도도하게 일어서// 저 벽을/ 저 나무를/ 저 담장을/ 휩쓸어버려라// 아아, 아버지시여/ 저는 지금 물방울 하나만큼도/ 힘이 없습니다/ 이 어둠에서 저를 구원해주소서//

조잡한 기도는 진지하기까지 했다. 그분께서 들으셨다면 분명 코웃음을 치고도 남았을 간절한 소망과 소원과 기도는 새벽에도, 잠들기 전에도 계속되었다. 크리스마스와 설날 특식 앞에서도 정성을 다해 기도를 올렸지만 항소심인 고등군법회의에서 징역 일 년의 실형을 선고받았다. 나름대로는, 초범에다 무기도 들지 않았고 우발적인 사건이라내심 집행유예 정도를 기대했지만 현실은 호락호락하지 않았다. 집행유예를 받아 부대로 돌아가면(감옥 안에서 들은 얘기로는 집행유예를 받는다 해도 원래 근무했던 곳으로 보내지 않고 다른 부대로 전출을 시킨다고 했다) 떨어지는 낙엽을 봐도 조심하며 지내겠다고 마음먹은 각오가 물거품이 되어버렸다.

일 년이라, 짧다면 짧고 길다면 긴 시간이었다. 이런 일 없이 조용히 생활했다면 취사장에서 대우받으며 말년 휴가를 즐기고 방명록과 기념패와 사진을 정리하면서 꽃피는 오월을 기다리고 있을 것이다. 고민을 했다. 대법원에 상고를 할까, 말까. 황 소위는 반대했다. 대법원에 상고를 하면 최소한 육 개월 이상 시간을 잡아먹고, 특별한 사유가 없는 한, 고등법원의 형량을 그대로 확정하기 때문에 별 소득이 없다는 거였다. 사건 내용을 봐도 형기가 줄어들 것 같지는 않고 오히려 괘씸죄가 붙으면 형기가 늘어날지도 모르는 일이라면서, 상고를 포기하고 기결수 생활을 성실하게 하면 가석방 혜택을 받아 빨리 나갈 수 있을 거라고 조언했다.

특별하게 죄질이 나쁘지 않다면 만기까지는 가지 않는다고, 형기의 삼분의 이쯤 채우면 대부분 가석방으로 나간다고 같은 방 고참들까지 거들었다. 억울했지만 감옥 선배들 말을 들을 수밖에 없었다. 운이 좋으면 추석 전에 나갈 수도 있다는 말을 믿기로 했다. 종문이는 징역 일 년에 집행유예 이 년을 받고 풀려났다. 우리는 헤어지면서 어깨를 굳게 껴안았다. 휴가 나오면 꼭 접견을 오겠다며 돌아서는 종문이의 뒷모습이 믿음직스러웠다. 부러웠다. 밖에서 영향력 있는 사람이 손을 써서 그런지는 몰라도 거짓말처럼 풀려나가는 것을 보면 역시 돈 있고 빽 있고 권력이 있어야 한국 사회에서 그나마 살아갈 만한가보다. 녀석, 큰 경험을 했을 것이다. 부러웠지만 진심으로 축하해주었다. 얼마나 다행스러운 일인가. 누가 잘못했든지, 군대 쫄다구하고 감옥에서 함께 생활한다는 것은 자존심 상하는 일이었다. 뭐, 감옥에서 자존심 같은 거 지키면서 생활한다는 자체가 우스꽝스러운 일이었지만, 그동안 이리저리 낯부끄러운 일을 많이 당한 처지로서는 하루빨리 종문이가 나가기를 바랐다.

상고를 포기하고 육군본부에서 명령 떨어지기만 기다렸다. 틀림없이 3중대로 옮겨서 기술 교육장에 출동을 하게 될 것이다. 철재, 목공, 미싱, 도장, 양돈, 인쇄를 비롯하여 일할 곳은 널려 있었다. 어디로 떨어지게 될지, 하여튼 배치를 잘 받아야 풀릴 텐데, 만약 방장이나 고참 중에 꼴통이라도 있으면 두고두고 괴로울 것이다. 이자 물어가며 감옥 생활을 하게 되는 것이다. 미결수 시절에야 아직 형이 확정되지 않아 변화가 많았지만 일단 형이 확정되고 기결수가 되면 출소할 때까지 한 곳에서 생활해야 한다. 봉투에 풀질하는 일 정도야 어린아이들 소꿉놀이에 불과한 일 아닌가. 첩첩산중이다. 비로소 감옥다운 감옥 생활을 견뎌야 할 시기가 다가온 모양이다.

봄은 언제쯤 올 것인가. 반달 쇠창살 너머에는 담장이 있고 담장 너머에는 미루나무가 보이고 미루나무와 창문 끝 사이에는 경비병들의 망루가 보이고 그 너머에는 하늘이 보이고 무수히 많은 구름이 지나가는데, 손톱만 길어간다. 바람이 일고 우수수 차가운 먼지가 공중으로 흩어지는데, 발톱만 길어간다. 어느 순간 구름이 멎고 하늘이 열려 밝은 햇빛이 마룻바닥에 사선으로 꽂히는데, 수염은 속절없이 속절없이 길어간다. 감옥에서 할 수 있는 일이란 숨 쉬는 일, 손톱과 발톱 자라나는 모습을 들여다보는 일, 삐죽삐죽 봄 싹 올라오듯 돋아나는 수염을 문지르는 일, 시간을 야금야금 되새김질하는 일, 마룻바닥이 사막에서 오아시스까지 천변만화의 그림을 그려가는 과정을 관찰하는 일, 그래, 참으로 오랫동안 마룻바닥을 들여다보았다. 마룻바닥에는 수억 년 풍화작용을 거친 바람의 언덕과 구름그늘이 쌓여 있었다. 먼 바다의 높은 파도와 앞바다의 잔잔한 물이랑이 겹쳐 보였다. 이집트 파피루스 문자와 에밀레종에 새겨진 선녀 문양과 백제 와당(瓦當)에 뚜렷하게 박혀 있는 연꽃무늬가 들어 있었다. 마룻바닥은 누가 조각했을까. 없는 것이 없었다. 화석 속에 숨 쉬고 있는 나뭇잎과 암모나이트와 원시 조개의 주름살과 밀짚모자와 층층 다랭이 논과 땀방울과 뱀 껍질 닮은 밭고랑이 들어 있었다. 온갖 나비와 잠자리 날개의 문양이 춤추고 있었다.

마늘을 삶고 쑥을 우려내고 소금을 구워내는 동굴 속의 호랑이와 곰도 살아 있었다. 그리고 몇 잔의 기도와 몇 홉의 한숨, 몇 되의 수음, 두 말 하고도 서너 가웃이 넘는 잔소리, 시도 때도 없는 동 인원 파악, 눈 멀거니 뜨고 토막잠 속에 등장하는 어지러운 낮 꿈, 그리고 가축들의 세 끼 식사.

주인이 꿀꿀이죽을

차례로 붓고 지나가자

돼지들은 일제히 코를 처박기 시작했다

꿀꿀쩝쩝 꿀꿀쩝쩝

똑같은 동작과 불안한 눈동자의 슬픈 돼지들,

짧고 긴 숟가락들의 슬픈 불협화음들,

식사 끝!

감사히 먹었습니다!

흘린 국물을 혓바닥으로 감아 올리면서

어디 남은 밥풀이라도 있나 없나

두리번거리면서……

물총들은 괴로웠다. 토요일 오후부터 일요일을 목이 빠지게 기다리는 사람들이 있는가 하면 그 반대인 사람들도 있었다. 기다리는 사람들은 물론, 사이비가 되었든 떡신자가 되었든 종교 생활을 하는 사람들이고, 싫어하는 사람들은 유일하게 사제 음식을 맛볼 수 있는 기회를 정신력 하나로 버티는 무신론자들이었다.

일요일 오전에는 천주교와 불교, 오후에는 개신교에서 종교 활동을 하는데 대부분 각종 사회단체와 종교단체에서 위문을 와서 한바탕 잔치가 벌어지는 날이다. 올 때는 말씀으로만 오는 것이 아니라 푸짐한 먹을거리와 함께 오기 때문에 일요일은 하루 종일 희망동이 들썩이기 마련이다. 그날만은 근무병들도 특별하게 몸수색을 하지 않고 들고 들어오는 음식을 눈감아주어서 무신론자들도 호강을 하는 편이었다.

문제는 종교 시간을 빼놓고 나면 한없이 느려 터지게 지나가는 시간이었다. 어떻게 해서든지 시간을 때워야 하는데, 차라리 밖에 나가 언 땅을 파는 게 낫지, 작업 없는 날은 견디기가 힘들었다. 바둑과 장기도 고만고만한 수준이고 내기를 걸어야 긴장감도 있고 훈수가 있어야 맛이 있는 법인데, 마빡 때리기나 콧잔등 튕기기는 금방 싫증이 났다. 그러니 죄 없는(?) 물총들만 시달렸다. 동네북인 것이다. 이미 재판 받은 것만으로도 신물이 났을 것인데(그 세세한 묘사라니, 넣고 뺀 횟수와 터럭 개수까지 셀 정도로 까다롭게 추궁한다) 방 안에서도 그냥 넘어가는 법이 없다. 특히 일요일은 더 그렇다.

"물총 쓰리!"

"넷, 368번 수련생!"

"야 이 씹새캬. 근무병들 들으면 어쩌려고 지랄이야. 관등성명 빼고 조용히 말한다, 알았나?"

"옛, 알겠습니다."

좌장은 나하고 비슷하게 군대 생활을 한 사람인데 폭행치사로 오 년을 선고받고 항소 중이었다.

"좋아. 야, 바람잡이. 망 좀 잘 봐라. 그래, 이번 재판에서 얼마나 깎였냐?"

"이 년 깎여 삼 년으로 줄었습니다."

"짜식, 운이 좋은 편이네. 근데 이 바보 같은 자식아, 어떻게 했길래 강간미수냐? 병신 같은 새끼, 이왕 꺼냈으면 맛 간 조개라도 한 번 찔러봐야지 그게 뭐냐. 넌 가석방도 없이 꼬박 채워야 돼, 인마. 안양 넘어가서 쓴맛 좀 봐야 할 거야. 그래, 어떤 여자를 건드려서 그렇게 된 거야?"

"그, 그건 저번 신고식 때 대충 말씀드렸……지……않습니까?"

"이 씹새끼 봐라. 야 깜상, 이리 와봐. 마룻장 뜯어내고 그것 좀 들고 와봐. 응 그래, 야 임마, 이거 안 보여? 이게 뭐야?"

"카, 칼입니다."

교도소에서는 안 되는 일도 없었고 되는 일도 없었다. 또한 못 만드는 물건도 없고 만들 만한 물건도 없었다.

"이거 줄톱으로 갈아 이렇게 만드는 데 깜상 새끼가 꼬박 일주일 고생한 거야. 면도칼보다 더 잘 들어. 너 같은 놈 먹따는 데는 삼 초도 안 걸릴걸. 반항하지 말고 시키는 대로 해. 무슨 말인지 알아들었어?"

"옛, 알겠습니다."

"그럼, 사건을 재구성해서 여기 계신 고참들께 상세하게 보고하라구. 만약 여기 있는 여러 선배들 중 단 한 사람이라도 좆이 서지 않으면 너는 오늘 저녁 소리 소문 없이 가는 거야. 더 이상 설명 안 해도 알겠지?"

첫 휴가 나가서 사고를 쳤다는, 이제 막 이등병 딱지를 뗀 368번 물총은 새파랗게 얼어 덜덜 떨면서 입을 열었다.

"제가 여름에 첫 휴가를 나갔는데요……."

"얀마, 근데 왜 그렇게 늦게 넘어왔어?"

"사건이 터지고 한참 숨어 다니다가 걸렸거든요. 더군다나 피해자 가족들이 합의를 해주지 않는 거 있죠. 그래서 계속 재판이 연기되는 바람에 그렇게 됐습니다."

"좋아. 계속 읊어봐, 자식아. 중간에 끊거나 거짓말하면 그땐 각오해. 인쇄소 옆 정화조 속에 던져버릴 테니까."

"예, 예. 휴가를 나가서 피사리도 하고 감자도 캐고, 제 고향이 시골이거든요. 다리 하나 건너면 충청도 음성 땅이 나오는 장호원 근처였는데요. 부모님들 일손을 돕고 있는데 마침 해병대에 자원입대한 국민학교 동창 녀석이 특별 휴가를 나온 겁니다. 뭐, 부대 사격대회에서 일등을 했다더군요. 어려서부터 관절염을 앓아 군대에 입대하지 못한 동네 친구를 불러 마을 구판장에서 술을 마셨습니다. 안주도 변변치 않은 강술이었죠. 생마늘과 풋고추를 고추장에 찍어 먹는 수준이었지만 막소주 댓 병과 막걸리 서너 되가 순식간에 동이 났습니다. 첫 장마가 오기 전이라 날씨는 무척 더웠습니다. 개 짖는 소리조차 나지 않을 정도로 동네는 조용했지요. 우리는 마을회관 앞 당산나무 그늘에 앉아 더위를 식히고 있었어요. 우리 동네 수호신인 몇 백 년 된 당산나무는 우람한 몸피에 어울리게 그늘 또한 엄청 넓어 동네 어르신들 낮잠 자는 장소로, 장기와 화투로 술추렴하기에 딱 알맞은 공간으로 사용하고 있었는데요, 그날 따라 마을 어르신들은 한 분도 보이지 않아 고즈넉했지요. 웃통을 벗어 던지고 누워서 한참을 해롱거리고 있는데 다리 한쪽이 짧은 친구가, '야, 일어나봐. 저기 저 둑길에 아가씨 지나간다.' 그러는 게 아니겠어요? 총알처럼 일어났죠. 아닌 게 아니라 동네 앞을 활처럼 둥글게 휘돌아 흘러가는 냇가 둑길에 흰옷을 입은 어떤 여자가 나비처럼 하늘하늘 걸어가고 있더군요. 우리 세 명은 먹이를 앞에 둔

걸귀처럼 침을 꿀꺽꿀꺽 삼키느라 정신이 없었죠. 옆에 있던 해병대 친구가 '야, 저걸, 그냥, 어떻게 해버리자.' 그러는 거예요. '뭘 어떻게?' 제가 물었죠.

'그냥 엎어버리자구.' 곧바로 건너오더군요. '누가?' 저도 맞받아쳤죠. '우리 이러지 말고 이걸로 결정하자.' 하면서 주먹을 쑥 내미는 게 아니겠어요? 내기를 하면 달리기부터 시작해서 수박 서리까지 늘상 한 번도 이겨보지 못한 제가 공교롭게도 첫 번째 가위 바위 보에서 이긴 겁니다. 두 친구들은 부러워했지만 약속은 약속인지라 제 등을 떠다밀며 잘해보라고 하더군요. 해는 중천에서 한 자나 기울어져 있고 냇가에서는 작은 물고기들이 날벌레를 잡아먹으려고 튀어 올랐습니다. 둑길은 제가 어렸을 때 꼴을 베거나 소 풀을 뜯길 때 자주 나왔던 곳인데 세월이 많이 흘러 꼴을 베는 사람도, 풀을 뜯는 소도 찾아보기 힘들었습니다. 낡은 자전거를 타고 먼지 피어오르는 둑길을 천천히 내려갔습니다. 백 미터, 오십 미터, 이십 미터, 점점 거리가 좁혀졌지요. 가까이에서 뒷모습을 보니 여자는 여자인데 어쩐지 어려 보이더라구요. 나이가 문제겠습니까? 날은 덥지, 술기운은 뒤늦게 올라와 모세혈관까지 물샐틈없이 퍼져 이미 눈에 보이는 게 없었습니다. 한참을 내려가면 키가 큰 왕버들나무가 듬성듬성 서 있고 냇가에 갈대가 무성한 모래톱이 나오거든요. 거기에서 덮칠 요량으로 탈탈거리고 있는데 제 눈앞에 불쑥 작은어머니가 나타난 겁니다. 깜짝 놀랐지요. 술이 확 깨는 기분이었죠. 땀 범벅인 작은어머니는 소쿠리에 푸성귀를 잔뜩 이고 마을로 돌아오는 길이었습니다. '어디 가나?' 강원도 출신인 작은어머니는 무뚝하게 물었습니다. '저기, 저 논에……' 얼버무릴 수밖에요. '논엔 뭐 하러?' 의심스런 눈초리로 아래위를 싹 훑어 나가더군요. '아까 피사리하러 갔다가 낫을 두고 그냥……' 등골에서 소나기가 우수수 떨어졌습니다. '정신을 어디 두고 다니나? 이따 저녁은 집에 와서 먹으라. 니 작은아부지가 벌써부터 닭 한 마리 잡으라고 어찌나 성화를 대는지……' 가까스로 위기를 모면하고 여자를 뒤쫓아갔습니다. 왕버들 숲을 지나면 다시 허허벌판이 나와 말짱 도루묵이거든요. 씩씩거리며 달려오는 저를 본 여자는 본능적으로 뛰기 시작하더군요. 아프리카 영양을 쫓는 사자가 되어 맹렬하게 추격을 해서 둑길 밑으로 쓰러뜨렸습니다. 하필 찔레넝쿨 무성한 곳에 가서 꼬꾸라진 여자는 여기저기 긁힌 상처는 아랑곳하지 않고 살려딜라고 애원을 하더군요. 술 취한 눈으로 봐도 열일고여덟쯤 됐을까, 단발머리에 앳된 얼굴이었습니다. 속으로는 아차 싶었지만 이미 엎질러진 물이었습니다. 입을 틀어막고 두 손을 꼼짝 못하게 하고 아랫도리를 벗겼지요. 얼마나 꿈틀대며 반항을 하는지, 결국 주먹을 쓰지 않을 수가 없더라구요. 근데 말이죠, 결국 벗기긴 벗겼는데, 거기가 막 익지도 않은 복숭아처럼, 꼭 다문 언덕에 털 하나 없더라구요. 어떤 달이 있어 그렇게 희고 토실토실할까요? 그것보다 어처구니없는 일이 제 몸에서 일어났는데, 그거 있잖아요? 참 어쩔 때는 손도 대지 않고 상상만 해도 슬그머니 일어나 거추장스러웠던 제 그것이 서지를 않는 거예요. 술을 너무 급하게 먹어서 그런지, 밑에 깔린 소녀보다 더 겁을 먹어 긴장을 해서 그런지 아무리 노력을 해도 서지를 않는 거예요. 발버둥치던 소녀는 기절을 했는지 넋이

나갔는지 잠잠했지요. 땀과 술 냄새와 모기들의 무차별 공격 속에서도 끈질기게 작업을 해 세우긴 세웠는데요, 그게, 그러니까, 거기 꽉 다문 복숭아 언덕까지 도달하지도 못하고 문 앞에서 그만 싸고 말았어요."

"잠깐! 아가리 닥쳐, 개새끼야. 너 자꾸 문자 쓰는데, 뭐, 뭐라구? 무슨 언덕? 너 꼬라지 파악도 못 하냐? 넌 임마, 세상에서 가장 추악한 미성년자 강간 추행범이야, 알았어? 니 인생 니가 잘 알잖아? 화장실 낙서판도 못 되는 주제에 무슨 언덕이니, 무슨 얼어 죽을 개털복숭아 타령이야 씹새끼야. 야, 물총 원, 이 보 앞으로! 너 여자들 은밀한 곳을 뭐라고 부르는지 얘한테 한 수 가르쳐줘야 되겠다. 뭐라고 하지?"

"옛, 씹구녕이라고 합니다."

"또?"

"씹두덩이라고도 합니다."

"또 있잖아, 새끼야!"

"아, 예…… 보, 보지라고도 합니다."

"됐어. 원위치. 물총 쓰리, 잘 알아들었지? 앞으로 한 번만 내 앞에서 문자 쓰면 혓바닥을 뽑아버릴 거야. 알았지? 계속해봐."

"예, 예. 명심하겠습니다. 너무 무섭고 겁이 나서 그날 바로 삼척에 사는 먼 친척누나 집으로 도망을 가서 며칠 숨어 지내기도 했고 친구들 자취방을 전전하다가 헌병들에게 잡혔습니다. 나중에 알고 봤더니 우리 읍내 농협조합장 셋째 딸이더라구요. 그때 중학교 삼학년이었고 친구 집에 놀러왔다가 돌아가는 길이었대요. 한 가지 기억에 남는 것은요, 그때 그 여학생이 책을 가지고 있었거든요. 처절하게 용을 쓴 끝에 거기까지는 들어가지 못하고 허벅지쯤에다 사정을 한 다음, 하도 허탈해서 찔레넝쿨에 처박힌 책을 꺼내봤거든요. 무슨 생각이 들어서 그랬는지 저도 제자신을 모르겠더라구요. 근데 놀랍게도 『원한의 복수』인가 뭐 그런, 꽤나 두꺼운 책이었는데 누가 썼는지 기억은 없구요. 하여튼 성인소설이었어요. 중간쯤 접혀 있는 부분을 들춰보니까 놀랍게도 일본 동경 땅 우에노 공원이 소설 속 공간으로 나오고, 가정교사로 들어간 남자 주인공이 자기 제자인 여고생을 따먹는 장면이 나오는데요, 너무 기가 차서 말이 안 나오더군요."

"야, 씹새끼야. 그만, 그만 해. 화아, 이 새끼 미치겠네. 바람잡이, 너, 근무자 오나 망 잘 봐. 그리고 너, 뭉치, 모포말이 준비해. 이 씨팔 놈이, 가만 보니끼 정말 나쁜 놈이네. 여기가 아무리 육군 교도소라 해도 너무하잖아. 그래, 열다섯 살 먹은 중학생을 건드렸단 말야? 이 새끼는 인간도 아니야. 인간 아닌 놈을 인간 대접할 필요가 어디 있겠어? 겉으로 표 나지 않게 반쯤 죽여버리자구. 너는 여동생도 없니, 없어? 이 개새끼야, 야, 니들 전부 돌아가면서 죽지 않을 만큼만 밟아! 이 더러운 새끼 하나 때문에 군바리 망신 다 시킨다구. 이 씹새끼, 혹시 방위 아냐? 아주 불알을 까내 고자를 만들어버리자구."

나이 많은 방장은 저만치 물러나 빙그레 웃고 혈기왕성한 좌장은 화를 삭이지 못해 방방 뛰었다. 물총 쓰리는 속으로 골병이 들어 한동안 고생할 것이다. 처음에는 희희덕거리며 물총 주위에 몰려 앉아 있던 미결수들도 지레 겁을 먹고 벌벌 떨었다. 폭행으로 들어온 게 다행이다 싶었다. 누구든지 마음속에는 잠들어 있는 폭력성이 있고 그 폭력을 순화시키는 방법은 많겠지만 죄수들 사이에서 벌어지는 심각한 폭력 사건은 알면서도 쉬쉬하는, 교도관들이 지능적으로 죄수들을 통제하려는, 적을 통해서 적을 물리치는 고도의 술책인지도 모른다. 방장이나 좌장에게 달콤한 고깃덩이를 던져주는 대신 거기에 따른 권위까지 부여해 골치 아픈 신입들을 단숨에 제압하는 방조, 방임, 근무태만일 가능성이 높다.

교도관이나 근무병들 입장에서 보자면 죄명에 관계없이, 죄수들의 계급이나 신분에 관계없이 그저 탈주하지 못하게 붙잡아두고 다스리기만 하면 되는 것이다. 그들은 자기들이 책임질 상황까지는 절대로 몰고 가지 않을 것이며 지휘권을 남용한 학대 행위로 불이익을 받지 않게끔 몸조심할 게 뻔하다. 그렇지 않다면 아무리 넓은 교도소라 하더라도, 또 근무자 한 사람이 수많은 죄수들을 일일이 통제하기가 불가능하다 하더라도 같은 중대 안에서 공공연하게 벌어지는 폭행 사건을 눈치 채지 못한다는 건 말도 안 되는 소리다. 어쨌든 이런 복잡다단한 이해관계 속에서도 남의 불행을 보고 쾌감을 느끼는 정신병자 같은 존재도 있었으니 근무병들이 수련생들을 '감자'로 부르는 게 어쩌면 당연한 일인지도 모른다.

"정민 씨, 물총 투는 간첩 잡는 물방위 출신이래요."

꼭 족제비같이 생긴 놈이 개 좆에 겉보리 끼듯 한 수 거들고 나섰다. 경리단에 근무하면서 군인들 봉급을 횡령해서 말아먹고 들어온 놈이다. 상관인 경리단장은 수억 원을 빼돌려 먼저 들어와 있었다.

"그래? 물총 투, 철창 앞으로! 너 어디서 근무하다 왔어?"

"옛, 예비군 훈련장에서 근무하다 왔습니다."

"조용히 말해 짜식아. 그러면 떡고물 많이 받아먹었겠구만. 근데 뭐가 모자라 강간미수, 강간치상이야? 이 씹새끼야. 너 맞고 말할래? 말하고 맞을래?"

"……"

"이 새끼 벙어린가. 너 치약 뚜껑에 박고 시작할래, 철창에 거꾸로 매달려서 나발 불래? 좋게 말할 때 불어, 알았지?"

"예…… 딸꾹, 사건이 일어나기 저, 딸꾹, 전날, 부대에서 엄청 굴렀거든요, 따, 딸꾹…… 현역 고참들한테 군기 빠졌다고 곡괭이 자루로……, 딸꾹…… 딸꾹……."

"야, 운짱. 여기 물 좀 한 잔 따리외. 마셔, 씹새끼야."

"가, 감사합니다. 따, 딸꾹. 신나게 얻어터지고 노고산에서 내려와 같이 맞은 동기들하고 진관내동에서 막걸리, 불광동에서 소주, 홍제동 유진상가 앞 포장마차에서 거푸 소주를 마시고 일어섰는데요, 딸꾹. 제가 술이 좀 약한 편인데 그날따라 너무 억울해서 평소 주량보다 훨씬 많이 마셨나봐요, 딸꾹. 따, 딸꾹. 결국 상명여대 근처에 있는 산동네 집으로 간다는 게 걸어가다가 그만 정신을 잃고 마, 말았지요. 깨어보니 유진상가에서 가까운 동네 골목에 있는 트럭 적재함이었어요. 신문 배달하는 트, 트럭 위, 위에서 말이죠. 딸꾹. 새벽 세 시가 넘었는지 새벽 예불을 알리는 타종 소리가 멀리서 은은하게 들려오더군요. 예, 예, 알겠습니다. 마저, 마시겠습니다. 머리는 깨질 듯이 아프고 타는 갈증 때문에 차에서 내려와 어디 자판기라도 없나 두리번거리는데요,

조금 가파른 계단을 올라가는 하얀 여자 종아리가 언뜻 보, 보이는 겁니다. 거기서 그만 머리가 헤까닥 도, 돌아, 따, 딸꾹, 돌아버린 거예요. 무조건 뒤, 뒤쫓아 올라가 덮쳤지요. 아무것도 뵈는 게 없더라구요. 저, 전 정말 할머니인 줄은 꾸, 꿈에도 몰랐거든요. 팬티를 끌어내리고 거, 거기를 마, 만진 기억밖에는 어, 없는데, 꼬, 꼬옥 포장마차에서 머, 먹었던 개소라 같았어요, 딸꾹. 성경책과 밤색 손가방이 계단에서 굴러 떨어지고, 하, 할머니가, 에구구 내 안경, 안경 하면서 엉금엉금 플라스틱 쓰레기통 쪽으로 기어갈 때서야 비, 비로소 할머니인 줄 아, 알았지요.

나, 나중에 정신을 차리고 보니 파출소에 수갑을 찬 상태였어요. 순찰 돌던 방범대원이랑 교회 직원들이 도망치는 저를 붙잡았다고 하, 하더군요. 새벽기도 하러 가는 하, 할머니인 줄 아, 알았다면 제가 어떻게 그, 그런 짓을 했겠습니까, 따, 딸꾹……."

"와아, 이거 정말 뚜껑 열리네. 이 인간 쓰레기 같은 놈 봐라. 그래, 할머니 나이가 도대체 몇 살이길래…… 몇 살이야? 빨리 말 못해?"

"예, 예순네 살이었습니다."

"야, 깜상! 칫솔 갈아놓은 거 있지? 가져와. 이 쓰레기만도 못한 놈 눈깔을 확 파내버리게. 오늘 왜 이러지. 니가 사람의 탈을 쓰고, 밥이 넘어가고 잠이 오냐? 응? 이 짐승 같은 놈아. 뭐 칠 년이라고? 칠 년이면 싸게 받았지, 개새끼야. 아무리 굶어도 그렇지, 그렇게 하고 싶으면 청량리를 가든지 미아리를 가든지 정 안 되면 독수리 오형제 신세 좀 지면 되는 것을, 하이구 이걸 그냥 잘라버려, 응? 너는 할머니도 없냐? 할머니도 없고 어머니도 없냐구. 이 에미 애비 없는 후레자식 같은 놈아."

"오, 오래전에 도, 돌아, 가······ 가셨습니다."

"아가리 닥쳐, 씹새끼야. 씹도 못하고 불알에 똥칠한 주제에······ 야, 돌주먹, 밥풀떼기, 이리 와. 이 새끼 양쪽에서 잡아. 바람잡이, 너 근무자 오나 잘 봐. 닭대가리, 너 수건 가져와. 이 새끼 주둥이에 처넣어."

물총 투는 혹독한 고문을 당했다. 송곳보다 날카로운 칫솔대로 귀두 끝을 빙빙 돌아가면서 촘촘하게 침을 맞았고 고무줄을 새총처럼 힘껏 잡아당겼다가 놓기를 대여섯 번 했더니 거품을 물고 쓰러졌다. 물총 투의 물건은 만신창이가 되었다. 피 철갑이 되었다. 가뜩이나 다마를 바았다가 빼낸 흔적에디 헤비라기 수술까지 한 너식은 도축상에 들어가기 전 소처럼 버둥거렸다. 아무도 제지하거나 항의할 수 없었다. 이런 일들은 타락한 인생들이 생활하는 곳이라면 어디서나 일어나는 평범한 사건에 불과했다. 다행히 야간 주거침입에다 술집 여자를 강간하고 들어온 물총 원은 무사히 넘어갔다. 미수가 아닌, 완벽한 성공으로, 그러니까 술에 취해 제정신이 아닌 여자에게 펠라티오 선물까지 받은 녀석은 새벽에 여자를 관리하는 둥기(기둥서방)가 들이닥치는 바람에 재수 없이 걸렸다고 투덜대기까지 했다. 그러나 휴일 오후 시간 때우기 정도로만 예상했던 나는 마치 나 자신이 당한 일처럼 몸서리치며 덜덜 떨었다. 세상에, 지옥이 있다면 바로 이런 모습이리라. 그러나 뒤에 들어온 여호와의 증인들이 당한 린치에 비한다면 이건 어린애 장난 수준이었다. 폭력 앞에서는 종교적인 신념이니 뭐니 아무 짝에도 쓸모가 없어 보였다. 집총을 거부한 여호와의 증인들은 대부분 삼 년형을 선고받고 들어와 민간 교도소로 넘어가는데 넘어가기 직전까지 짐승 취급을 받았다. 그것은 다분히 감정이 섞인 분풀이였다. 누구는 군대 생활 하고 싶어서 하느냐 이것뿐이었다. 괜히 꾀병 부리지 말라는 것이다. 그런데 한 가지 공통적인 신기한 일은, 그렇게 맞고도 반항하거나 울고불고 투정을 부리는 사람을 한 번도 본 적이 없었다. 그들은 한결같이 꼭 순한 초식동물처럼 쏟아지는 매타작을 고스란히 받아들였다. 어디에서 그런 순정한 마음이 나올까, 의심스러울 정도였다. 아마 모르긴 해도 병신이 되어, 반송장이 되어 나간 사람도 많았으리라.

예상대로 형기가 확정되자 3중대로 방을 옮겼다. 환자들을 수용하는 병실만 빼놓고 모두들 기술 교육장으로 출동했지만 나를 비롯한 몇몇 사람은 희망대 안에 남아 문집 만드는 작업에 참여했다. 미결수로 있을 때부터 황 소위의 추천을 받아 했던 작업이다. 육군 교도소 안에 수용되어 있는 수감자들을 대상으로 시와 수필, 수기, 콩트 들을 뽑아 삽화를 곁들여 만드는, 제법 두툼한 분량의 책이었다. 책임자는 정훈장교였고 원고 모집과 편집, 교열, 삽화 작업들은 황 소위를 비롯해서 재소자들이 참여하는 것을 원칙으로 했다. 육군 헌병감실 이름으로 내는 부정기 간행물인 이 문집은, 내용이야 조잡하고 서툴렀지만 겉포장은 그럴듯하게 인쇄를 하여 각 군 예하부대 정훈실에 배포되었다. 재소자들의 후회와 반성과 한 순간의 실수담을 날것 그대로 생생하게 전달하여 언제 일어날지 모르는 각종 군 범죄를 효과적으로 예방해보자는 게 문집을 간행하는 목적이었다.

그래도 한 이 년 양평 땅의 풍월을 읊조린 경험과, 민구를 만나 문학에 대한 기본기 정도는 익혀봤기에, 또 수없이 많이 써본 편지 덕분에, 문장은 고사하고 맞춤법이나 띄어쓰기가 엉망인 원고를 가필 및 수정하는 데 어느 정도 힘이 되었다. 작업을 같이했던 재소자 중에는 지방 대학 국문과 출신으로 평론을 전공하는 사람도 있었고 삽화를 그리는 사람은 홍익대 미대를 다니다 왔으니, 숫제 어리보기들은 아니었다. 때로는 꽃봉오리 한가운데 자리 잡고 있는 정훈실에서 왼손을 뺨에 대고 꽤나 심각한 척 밤을 새워 작업을 하기도 했으니까 말이다.

아마추어였지만 두 달 가까이 최선을 다해 작업을 해서 인쇄소에 넘기고 나자 같이 작업했던 홍익대 출신 선규가 가석방 혜택을 받아 먼지 출소를 했다. 불행 중 다행이라고 할까. 징훈장교 눈에 들어 선규가 맡고 있던 도서관에 출동하게 되었다. 교도소에서 가장 좋은 보직이 도서관 자리였다. 도서관은 식당에 딸린 갈래잎 입구에 자리 잡고 있었는데 도서관이라고 하기에는 정말 볼품이 없을 정도로 초라했다. 새 책은 거의 없고 케케묵은 옛날 책들이 무기징역을 선고받아 먼지를 뒤집어쓰고 삭아가는 중이었다. 그나마 볼륨 있는 여자가 나오거나 섹스 신이 들어 있는 부분은 다 뜯겨 나가고, 표지는 막다른 골목에 몰린 재소자들 인생처럼 너덜너덜 만신창이가 되어 무너지고 있었다. 따로 분류를 할 필요도 없을 정도로 옹색한 도서관이었지만 테이프로 붙이고 꿰매고 풀칠을 해서 겨우겨우 꾸려 나갔다.

도서관 담당 업무는 단순한 작업이었다. 도서 목록은 이미 각 중대 방에 배포되어 있었고, 그 목록을 보고 아침 배식 때 대출 신청을 받아,

수번과 책이름을 적어놓았다가 저녁밥을 먹을 때까지 책을 찾아서 신청자에게 대출해주면 되는 것이다. 반납 받을 때는 책 사이 수번을 적은 종이만 확인하면 손쉽게 정리할 수 있었다. 그러니까 책을 많이 읽는 단골 재소자는 자기 고유의 종이 패찰을 가지고 있어 패찰 색깔만 보면 그 사람이 누구인지 금방 알아챌 수가 있었다. 얼마나 가지고 싶었던 내 방인가. 내 초라한 육신을 다 판다 해도 아깝지 않을, 책으로 둘러싸인 방 하나 갖기를 얼마나 열망했던가. 몸은 갇혀 있었지만 마음속 쌀가마니는 일흔에 일곱을 곱하고도 남을 정도였다.

도서관은 아침밥 먹는 시간이 제일 바빴다. 기술 교육장에 출동하는 기결수들이 반납한 책이 두서없이 쌓여 먼지를 피어올렸고, 작업 없는 미결수와 장교와 하사관 들은 대출 신청 즉시 책을 찾아주어야 했다. 나가고 들어오는 책들 사이에서 번갯불에 콩 구워 먹는 아침 시간이 지나면 거대한 굴 속 같은 교도소 안은 침묵에 빠져들었다. 이 시간이 가장 편안하고 아늑한 때인 것이다. 무질서한 책들을 번호순으로 정리하여 제자리에 끼워 넣고 난 다음에, 들어오고 나간 책을 서류에 적어 넣고 대여섯 평 도서관을 쓸고 닦고 나면, 시간은 무진장으로 남아 허허벌판을 이뤘다.

호젓했다. 비록 쇠창살 안에 갇힌 신세지만 나만의 왕국에 홀로 남은 기분이었다. 김이 모락모락 나는 커피가 한 잔 있다면 더 이상 바랄게 없겠지만, 이건 하느님이 내게 주신 절호의 기회다. 이 기회를 잘 이용하여 평소 꿈꾸어왔던 시인이 되는 거다. 출소할 때까지 도서관에 쌓여 있는 책을 다 독파하고 말리라, 굳게 마음을 먹었다. 자, 그럼 어디서부터 시작하지, 아무리 둘러봐도 시집은 없고, 그렇다, 먼저 가장 쉬운 우리나라 현역 작가들의 소설부터 읽어나가는 거다.

어문각에서 나온 『신한국 문제 작가 선집』 1번, 김승옥부터 먹어치우는 거다. 하도 손때를 많이 타 두꺼운 겉표지 모서리가 닳고, 군데군데 쥐 오줌 같은 얼룩이 누런 본문 종이 위에 그림을 그리고 있는 책들은, 권당 사백 쪽이 넘는 방대한 분량이었다. 하나같이 아련한 향수를 불러일으키는 흑백사진을 앞자리에 배치해서 들어가기는 쉬웠으나, 불알을 덜렁 드러내놓고 찍은 '생후 7개월인 저자의 모습(1942년)' '부인과 연애시절, 덕수궁에서(1966년)'를 거쳐 본문에 들어가자 이건 장난이 아니었다. 깨알 같다는 표현이 맞나 안 맞나, 참깨를 구해 글자 위에 놓아보았더니 글자를 덮고도 남을 정도였다. 세로로 찍여진 본문 글씨는 개미 중에서도 가장 몸집이 작은 개미들이 끝없이 먹이를 찾아 질서정연하게 움직이는 모습이었다. 재미는 둘째 치고 머리가 아팠다. 몇 쪽 넘기지 못해 개미들의 행렬에 개미핥기가 나타나서 대열이 흩어지기 시작했다. 혼비백산한 개미들은 드넓은 사막 구석으로 도망을 쳤다. 말벌이 쳐들어왔는지도 모른다. 괄약근에 힘을 넣고 등뼈를 꼿꼿이 세워 눈을 부릅뜨고 흩어진 개미가 대열을 수습하여 원래의 자리로 되돌아오도록 노력을 했지만 번번이 실패를 하고 말았다.

이래서는 안 된다, 가장 밑바닥인 이곳에서, 짐승 취급을 받는 이곳에서 살아남아, 이 바닥을 증거해야 한다. 따지고 보면 밑져야 본전 아닌가, 아무것도 가진 것 없이 시작했으니 미련도 없고 손해볼 것도 없다. 추위나 배고픔에서 오는 서러움과 얻어터지는 고통 정도는 너무 오래 사귀어 이젠 눈빛만 봐도 속마음을 읽을 수 있는 친구 같은 존재가 아니던가. 정 참기 어려우면 혓바닥 지그시 깨물고 속으로 한 번 울어버리면 되는 것을, 우는 것에는 세금도 붙지 않는 것을, 울음은 아무리 울어도 공짜인 것을, 계기판도 없고 요금도 없고 과태료도 없는 울음이라면 까짓것 가끔 꺼내어 써도 무방하리라. 찬물로 민대가리를 씻어 정신을 차리고 하나 하나 독파해 나갔다.

2번 이청준, 3번 송영, 4번 황석영, 5번 조해일, 6번 박완서, 7번 조선작, 이건 꼭 근무병들이 접견 온 재소자들을 호출할 때 소리치는 일련번호 같군. 어랍쇼, 8번은 어디 갔지, 아하 요 녀석, 원 스타인가 투 스타인가 경리단장으로 근무하면서 군인들 월급 몇 억을 꿀꺽 해먹은 그놈, 허여멀건하게 잘생긴 하 아무개 장군이 빌려갔구나. 그런데 8번은 누구더라, 언뜻 보긴 본 것 같은데, 혹시 이문구가 아닐까. 9번 김주영, 10번 윤홍길까지는 눈꺼풀 사이에 버팀목을 설치하면서 겨우겨우 개미들을 수직으로 정렬시키는 데 성공했지만, 끝내 11번 한승원은 도중에 하차할 수밖에 없었으니, 그것은 순전히 소리 소문 없이 교도소 안에 들이닥친 봄 때문이었다.

그랬다. 어느덧 봄이 와 있었다.

자울자울, 악착같이 매달려 떨어지지 않는 잠의 빨판은 어쩔 수가 없었다. 거기다가 봄비까지 내렸다.

자울자울, 병든 닭처럼, 잠은 마약이다. 봄비는 그러니까 병든 닭이 먹은 마약이다. 잠은 능수버들처럼 곱게 빗질을 하고 마중을 나왔다. 짙은 안개 속에서 호박등이 깜빡거렸다. 11번 한승원, 「아리랑 별곡」

까지는 진도가 나가야 되는데, '뚝섬에 야유회 갔다가 은사님께 대든 죄로 광대뼈 근처를 깎임(서라벌 예대 1962년)' 사진보다, 『앞산도 첩첩하고』 출간 기념(1977년 여름) 사진' 아래 씌어 있는 '어머니, 시집보낸 누이, 대학 2·3년의 동생, 이들이 아니었더라면 나는 그렇듯 이를 갈며 글을 쓰지 않았을지도 모른다' 는 글을 마치 내가 쓴 것처럼 착각해서, 어머니는 지금 무엇을 하고 계실까, 구슬을 꿰고 봉투에 풀칠을 하는 누나는, 막노동을 하는 작은형은, 중학교에 다니는 막둥이는 지금 무엇을 할까, 어서 어서 나가야 할 텐데, 잠은 천사의 손길만큼이나 부드러웠다. 이름도 얼굴도 모르는 여자와 바다 속에서 벌거벗고 한 몸이 되었던, 여자 몸이 조갯살처럼 흐느적거리면서 내 몸을 통째로 빨아들여 그만 참지 못하고 뭉클, 방출을 해버린 꿈속의 몽정만큼이나 달콤하고 달콤한 잠이었다.

"이 새끼 봐라!"

느닷없이, 뇌성벽력 같은 고함 소리가 동굴 속을 뒤흔들었다. 직사각형을 만들며 교차하는 철창이 부르르 몸을 떨었다. 깜짝 놀라 눈을 뜨니 아뿔싸, 정훈실장이다.

"빨리 문 열어, 자식아."

앞이마가 약간 벗겨진 정훈장교는 곱슬머리에다 피부가 곱고 섬세한 사람이었다. 문집 『씨앗을 품을 대지가 되어』를 만들 때 밤샘 작업을 많이 했는데 그때마다 교도소 안에서 가장 별미인 라면과 특식인 카스텔라와 우유를 선뜻 내놓은 사람이었다. 무엇보다 삽화를 그렸던 선규가 먼저 출소를 하자 자기 직권으로 문학에 뜻이 있다고 말한 나를 도서관으로 내려보낸 장본인이기도 했다.

"충성! 136번 수련생, 근무 중 이상 무!"

"뭐라구? 근무 중 이상 무? 야, 김호식!"

"넷, 136번 수련생, 김호식."

"여기가 니네 안방이냐, 응? 안방이냐구?"

뺨에서 불이 번쩍 났다. 이건 빼도 박도 못한다. 된통 걸렸다. 불에 데인 듯 온몸에 소름이 쪽 돋았다.

"이 새끼, 책 만들 때 고생했다고 봐주었더니 대낮에 잠을 자? 낮잠을. 하아, 이래서 감자들은 대우해주면 안 된다니까. 야, 근무자. 곤봉 좀 이리 가져와봐. 박어, 새끼야. 앞으로 전진! 계속해 새끼야, 뒤로 후퇴!"

엉덩이와 허벅지에 폭포처럼 몽둥이찜질이 쏟아졌다. 아픔을 참기 위해 혀를 깨물었다.

"이 정도 가지고 끙끙대? 자식아. 도대체 정신 상태가 어떻게 된 놈이길래, 응, 도서관이 네 공부방이냐, 응? 요령 피우지 말라고 그랬지? 밖에 있는 사람들보다 열 배, 스무 배, 천 배를 노력해도 시원치 않을 판에 낮잠을 자, 낮잠을? 그 따위로 생활하고 밖에 나가면 이런 데 또 들어오려고? 너 같은 새끼는 고생을 더 해봐야 해. 알았어? 세상 쓴맛을 더 봐야 한다구, 자식아."

호되게 한 번 얼을 찾은 걸까? 얼얼했다. 피 터지게 한 번 맞고 난 다음에야 비로소 봄이 똑바로 보였다. 봄맞이에 취해 잠깐 길을 잃었구나. 그러면 그렇지, 아무런 대가 없이 공짜로 봄이 오지는 않을 게다.

스스로 젖어버린 생활의 타성들, 알기도 전에 무너져버린 문학에 대한 꿈, 한바탕 봄꿈은 몽둥이찜질 세례를 받고 가차 없이 깨져버렸다.

정훈실장에게 실컷 터지고 난 다음에 점심을 먹고 본격적으로 뺑뺑이를 돌았다. 정훈장교가 중대장에게 귀띔했고 중대장은 담당 근무병에게 지시를 내려 오후 내내 강도 높은 정신 재무장 교육을 받았다. 그것은 특공 훈련과 유격 훈련과 공수 지상훈련을 두루 섞어놓은 것이었다. 그리고 다시는 도서관 책상 앞으로 돌아가지 못했다. 어쩌면 내 체질이 책상하고는 맞지 않을지도 모른다. 그렇지 않다면 왜 책상 앞에만 앉으면 잠이 쏟아지는 것일까. 책상이 수면제라도 된단 말인가.

이튿날부터 기술 교육장에 출동했다. 좋아하는 책을 실컷 읽을 수 없는 아쉬움이 컸지만 바깥 공기는 봄기운으로 상쾌했다. 일주일에 한 번씩 교회에 나가 예배를 볼 때를 제외하고는 입소한 뒤 처음으로 바깥바람을 쐬는 셈이다. 네 개의 철문을 통과하고 육 미터가 넘는 담장을 나오자, 눈 내리던 날 처음 지프를 타고 들어왔던 곧은 길이 이어졌다. 양쪽으로 키 큰 미루나무가 도열해 있다. 길 왼쪽 약간 경사진 아래쪽으로 교회와 근무병들 내무반과 취사장 건물이 있고, 그 밑으로는 작은 논과 양어장과 돈사 건물이 보이고, 높다란 철조망과 나무에 가려 잠실에서 성남 쪽으로 가는 큰길은 자동차 소음으로 어렴풋이 짐작할 수 있었다.

희끗희끗 자동차들이 지나갔다. 오른쪽으로는 커다란 공장 건물이 줄지어 있었다. 제일 큰 건물이 철재, 그다음이 목공소, 그다음이 미싱, 제일 작은 건물이 도장(페인트칠하는 작업)을 하는 곳이었다.

희망동 정문에서 사열종대로 집합한 재소자들은 오와 열을 맞추어 공장으로 출동했다. 계급도 군번도 없었지만 군가를 불렀다. 정말, 가장 비참할 때가 애국가와 군가를 부를 때였다. 도대체 무슨 흥이 나서 국기에 대한 경례를 하고 애국가를 부르며 군가를 흥얼대겠는가. 태극기는 쳐다보기도 싫었다. 어느 날 느닷없이 국가가 나를 전과자로 만들었는데 무슨 마음이 있어 충성을 맹세한다는 것인가. 누군들 군대 오고 싶어 온 사람이 어디 있겠는가. 돈 있고 빽 있고 줄 있는 놈들은 요리조리 미꾸라지처럼 빠져나가고, 힘없는 무지랭이들만 남아 몸으로 때우는 것만 해도 서러운데, 단 한 번 실수한 것에 대해 반성할 기회도 주지 않고 곧바로 교도소에 몰아넣어 사회 부적응자로 만들고 말았으니, 도대체 무슨 신명이 남아 국가에 충성할 것인가. 마지못해 부르는 애국가와 군가는 장송곡 같았다. 군인이 아니었지만 군인처럼 행동해야 했고 군인이었지만 군인다운 대우는 한 번도 받지 못했는데 말이다.

여러 가지로 복잡한 머리를 지우고 싶어서 힘든 일을 하는 곳을 원했는데 의외로 미싱공으로 발령이 났다. 미운 정도 정이었는지 정훈장교가 손을 썼다는 뒷말도 있었다. 노동 강도로 보자면 가장 힘든 게 철재였고 목공과 도장이 그 뒤를 이었으니 어떻게 보면 얄밉게도 쉬운 일 쪽으로만 빠져나온 셈이다. 거대한 프레스와 기계톱에 나무 켜는 소리와 콤프레샤 돌아가는 소리가 뒤범벅이 되어 겉으로 보자면, 여느 산업단지의 어엿한 공장 같은 분위기를 풍겼지만, 터무니없이 작업 상여금이 적다는 거, 새참 대신 인원 파악을 꼭 해야 한다는 거, 노조도 없고, 휴식도 없고, 매점도 없는, 그만두고 싶어도 마음대로 그만둘 수 없는 최악의 공장이었다. 살아 있는 건 총을 든 근무병들의 날카로운 시선뿐이었다.

미싱공장 책임자는 순한 인상을 한 문관이었다. 중키에 가냘픈 체구, 가지런한 머리칼과 반듯한 이마, 웃으면 눈초리가 하회탈처럼 구부러지는 젊은 사람이었다. 첫인상은 그야말로 법 없이도 살 사람 같았다. 근무병들은 문관에게 거침없이 반말을 했다. 알고 보니 소집 해제되어 문관으로 채용되기 전까지 바로 이곳에서 방위병으로 근무했다고 한다. 말소리도 새색시처럼 사분사분했고 행동거지 또한 조용해서 사람 하나는 잘 만났다 싶었다. 군에 입대하기 전에 여러 가지 일을 해봤지만 미싱 일은 처음이어서 바싹 신장을 했다. 별로 중요한 것도 아닌데, 천천히 수감자 인적사항을 살펴보더니 이마 위로 내려온 머리카락을 부드럽게 넘기며 말했다.

"검정고시 공부를 했군요."

깜짝 놀랐다. 묻는 것인지 혼자 하는 말인지 헷갈리기도 했지만, 존댓말을 쓰는 게 아닌가. 나는 방심한 눈으로, 문관이 머리카락을 쓸어 넘길 때 유난히 가냘프고 흰 손가락을 쳐다보다가 흠칫 놀라 제자리로 돌아왔다.

"아, 예."

"어느 학원을 다녔습니까?"

"종로에 있는 고려학원이었는데요."

"신관입니까? 구관입니까?"

"신관입니다."

"그러면 제 선배님이시군요."

글쎄, 정식 학교도 아니고 검정고시 학원에서, 그것도 야간반 출신인데 선후배 사이가 성립될 수 있을까. 잠깐 동안 칠십구년 봄에서 팔십년 봄까지 조계사 앞마당 건너편에 있던 학원 신관 건물을 떠올려보았다. 배고픈 시절이었다. 삼양라면 본사에서 직영하는 라면 집에서 공기밥과 라면으로 허기를 때우고 밤늦게까지 잠을 쫓으면서 수학 공식과 영어 단어를 외울 때였다. 그때 그렇게 무섭게 공부했던 영석이는 재수 끝에 한양대 심리학과에 합격하여 곧바로 운동권 학생이 되어 맹렬하게 시위 현장을 누비고 다닌다는 소식을 들었고, 귀곤이하고 만덕이는 방위소집이 해제되어 다시 남대문 시장과 공장으로 돌아갔다는 말을 바람결에 전해들은 적이 있었다. 학원 앞에서 우유 배달을 했던 종흠이 녀석은 무엇을 할까. 대입 검정고시 시험을 본 날 처음 소주를 마시고 돈암동 뒷골목에서 내가 가장 사랑하는 마린, 아쿠아마린을 닮은 술집 여자에게 동정을 바쳤던, 사 년 전 봄밤이 불현듯 떠올라 얼굴이 붉어졌다. 세월처럼 무서운 게 없구나. 친형제보다 더 나를 아껴준 금은방 아저씨와 재홍이 형, 정동 제일교회 배움의 집 선생님들, 특히 정희 누야가 이 모양 이 꼴이 된 나를 본다면 어떤 표정을 지을까. 이제 다시는 그 풋풋하고 아름다운 시절로 돌아갈 수 없을 것이다. 보란 듯이 일류 대학에 합격한 다음 남들이 따라올 수 없을 정도로 성공을 거두어 당당하게 그들 앞에 나타나 뽐내고 싶었던 어린 꿈은 산산조각이 나버렸다. 설사 성공을 거두지 못한 평범한 노동자라도 되었다면 얼마나 좋을까. 이젠 모든 사람이 외면하는 전과자 신세가 되었고, 낙인이 찍혀버렸으니, 천형이 되어버렸으니 어디 가서 누구를 붙들고 하소연한단 말인가. 되돌아갈 수 있는 길은, 다섯 개의 철문과 육 미터가 넘는 담장과 웅웅대며 쉴 새 없이 돌아가는 공장 건물과 공장 건물 너머 철조망에 갇혀 마음대로 숨을 쉴 수도 없었다. 각성이란 고통을 통과한 다음에야 따라오는 얄미운 놈이었다.

"검정고시 학원에서 공부를 했다니 잘되었습니다. 그때 경험을 살려서 저 좀 도와주셔야 되겠습니다. 시험은 코앞에 다가오고 시간이 없어서 통 공부를 할 수가 없거든요. 우선 이 노트 정리부터 해주시면 나머지 일들은 제가 알아서 처리하겠습니다."

문관은 신상명세서를 덮고 철제 책상에서 노트를 한 권 꺼내 보여주었다. 흐트러진 개미가 아니라 낚싯바늘에 꿰이기 전 지렁이 같은 글씨가 노트 가득 꿈틀거리고 있는 게 선명하게 보였다.

"예? 아, 예…… 그런데 어디서 이 많은 분량을 정리합니까?"

"걱정하지 마십시오. 다 방법이 있지요. 다행히 미싱 일은 다른 공장과 달리 작업이 한가한 편입니다. 어이, 저기 탁영호 씨 이리 좀 와봐요. 여기, 선배님 작업 좀 할 수 있도록 공간을 마련해봐요. 그리고 작업하는 사람들은 잠깐 중단하고 이리 좀 와보세요."

탁영호란 사람은 나보다 서너 달 먼저 들어온 미싱공장 반장 격인 고참이었다. 문관은 공장 사람들에게 단단히 주의를 시켰다. 아무리 인상이 순하고 물렁물렁해 보여도 공장 책임자는 막강한 힘을 가지고 있었다. 평소 작업 태도를 봐두었다가 후하게 점수를 올리면 가석방 혜택을 받아 빨리 출소할 수 있기 때문이었다.

기실, 작업하는 동안 오전과 오후에 한 번씩 철재공장이 있는 넓은 마당에서 각 공장별 인원만 파악하고 나면, 나머지는 감시의 눈길이 느슨한 편이었다. 공장 출입구는 하나뿐이고 입구에는 각 공장 책임자가 앉아 있고 창문은 높이 달려 있었다. 창문 너머에는 빈틈없이 철조망이 가로막아 숨통을 조였으며, 철조망이 직각으로 꺾어진 자리마다 근무병들이 소총을 들고 감시를 하고 있었으니 굴을 파지 않는 이상 탈출은 불가능해 보였다. 그리고 길어야 이 년이 채 안 되는 단기범들이어서 목숨을 걸고 탈출할 필요를 느끼지 못했다. 괜히 탈주하다 걸리면 독방에 갇혀 개 같은 취급을 받아야 하며(빛을 차단하는 것은 물론, 몸을 움직일 수 없는 곳에서 사지를 결박당한 채, 입으로만 밥을 받아먹고, 똥과 오줌은 서서 싼다), 추가로 뜨는 형기가 곱빼기로 늘어나기 때문에 엄두도 내지 못했다.

공장 구석에 두엄 더미처럼 쌓여 있는 스펀지를 방패막이 삼아, 창문 밑에, 재봉틀 탁자를 책상 삼아 임시 공부방이 꾸며졌다. 화산 분화구처럼 생긴 스펀지 더미 아래에는 역광으로 들어온 햇빛이 아늑하고 어둠침침하게 탁자 위에 내려앉아 의자에 앉아 있으면 흡사 고시 공부하는 학생들 공부방 같아 훗훗하기까지 했다. 물론 인원 파악을 하기 위해서 들고 날 때는 땅굴 속에 들어가는 두더지처럼 몇 겹의 스펀지와 나무판자를 들어내고 드나들었지만 말이다. 내가 들어가면 밖에서 일하는 공장 사람들이 잽싸게 스펀지를 덧쌓아 감쪽같이 위장을 했다. 우리 미싱공장 사람들만의 비밀이 생긴 것이다. 몸은 편했지만 언제

들킬지 모르는 불안감과 감옥 속에서 또 하나의 감옥에 갇힌 내 신세가 한심스럽기도 했다. 스펀지로 만든 무덤에 갇힌 셈이다. 부장품은 낡은 손틀탁자와 연습장, 찌그러진 의자, 새 노트와 볼펜이 전부였다. 그것을 아는지 모르는지 미싱은 잘도 돌아갔고 에어총은 펑펑 팡팡, 폭죽 쏘아 올리듯 보이지 않는 불꽃을 잘도 토해냈다.

같이 일을 하는 미싱공들도 불만이 없었다. 작업도 단순한데다 내가 문관이 가장 중요하게 생각하는 노트 정리를 비밀리에 하고 있으니 대우가 좋은 것은 뻔했다. 한쪽에서는 먹이를 대주고 또 다른 쪽에서는 기생충을 청소해주니 더 없이 좋은 공생관계가 수립된 것이다. 매월 초에 발표되는 가석방 때문에 들쭉날쭉한 편이었지만 평균 대여섯 명 정도가 미싱공장에서 일했다.

문관은 어렸을 때부터 창신동이나 평화시장에서 미싱 일을 배운 베테랑답게 원단이 들어오면 손수 재단을 해주었다. 주로 전군에서 사용하는 사무용품을 만드는 게 기술 교육장에서 하는 일인데, 미싱공장에서는 의자 엉덩이 받이를 만드는 작업을 했다. 재단이 되어 내려온 원단은 차례대로 끝단을 말아 바느질을 하고, 또 그 넓이에 맞게 목공에서 넘어온 두꺼운 베니어판을 밑에 깔고 그 위에 스펀지를 얹은 다음 가죽 원단을 씌운 뒤 가죽과 베니어판이 만나는 자리에 에어총을 쏘아 박으면 작업 끝이었다. 에어총을 쉽게 설명한다면, 저잣거리에서 쉽게 쓰는 사무용품 스테이플러를 연상하면 된다. 스테이플러는 스테이플을 넣고 양쪽에서 누르면 되지만 두꺼운 베니어판은 아무리 큰 스테이플러를 쓴다고 해도 불가능하니까 공기 압축으로 쏘는 에어총이 그 기능을 대신하는 것이다.

　에어총은 제법 큰 권총을 닮았는데 꽁지에 노란 공기줄이 용수철처럼 달려 있어 물총 같기도 했다. 스펀지로 둘러싸인 간이 책상에서 『수학 정석』이나 『성문 종합영어』를 필사하다 보면 에어총 쏘는 소리가 제법 장단이 맞았다. 쉭쉭 펑펑, 쉭펑 딱딱, 딱딱 펑펑, 펑펑 쉭쉭, 콩딱, 콩딱, 콩딱딱. 장단을 맞추다 보면 인원 파악이 있었고 점심시간이 돌아왔고 밥을 먹고 나면 하루해가 저물었다. 쉬는 시간이나, 기분이 좋을 때는 꼭 어린애처럼 에어총을 들고 장난을 치기도 했다. 기술 교육장 중에서 우리 미싱공장이 가장 분위기가 좋다는 소문이 떠돌았다. 그럴 수밖에 없는 것이, 가뜩이나 사람 좋은 책임자인데다 서로가 서로에게 아슬아슬한 비밀을 감추고 있어서 아침에 출동하면 귀한 우유와 보름달 빵이 재봉틀 탁자 위에 올려 있기도 했고, 점심을 먹고 출동하면 껌이나 사탕이 공장 동료들에게 골고루 돌아가기도 했으니까 말이다. 교도소라는 공간이 사람을 얼마나 단순하게 만드는지, 밖에서는 너무 하찮아 거들떠보지도 않는 껌 한 쪽, 사탕 한 알이 그렇게 귀중할 수가 없었다. 껌 한 통으로 하루가 온통 즐겁고, 사탕 한 알이 오후 시간을 백 배나 빨리 흐르게 할 수도 있었다. 더군다나 문관은 가끔씩 담배를 나누어주기도 했다. 담배 한 개비는 껌이나 사탕, 우유나 빵과는 비교할 수 없는 귀한 물건이었다. 민간 교도소에서는 담배 한 갑이 몇십만 원씩에 밀거래되는 경우도 있다는 말을 들었다. 담배를 피우다 걸리면 문관뿐만 아니라 재소자들도 박살난다. 그 위험천만한 일을 알면서도 문관이 담배를 나누어주는 것은 작업하는 사람들의 고생을, 똑같은 젊은 사람으로서 나눈다는 의미도 있었지만, 무엇보다 먼지투성이 맨땅인 스펀지 더미 속에서 필사 작업하는 선배(?)에 대한 각별한 예우 탓이 아니었을까 짐작해보았다. 왜냐하면 공장 동료들에게 한 개비씩 돌리고 나서 내게는 슬쩍 두 개비를 넣어줄 때도 있었기 때문이다. 평소 담배를 썩 즐기지 않는 나는 모아두었다가 공장 사람들에게 골고루 나누어주기도 했다. 어떤 사람들은 담배꽁초 하나 때문에 목숨을 거는 듯 행동했지만 다 하찮은 일이었다. 그것보다 도서관에서 쫓겨 나온 다음부터 그나마 좋아하는 책을 읽을 시간이 없는 아쉬움이 훨씬 컸다. 틈만 나면 책을 읽으려고 노력했지만 토요일 오후나 일요일, 국경일이 아니면 시간이 없었다. 저녁을 먹고 나면 곧바로 기도와 성가 연습, 비디오 시청, 수양록 작성이 꼬리를 물었고, 특선사보다 혹독한 점호가 끝나고 나면 소독약 냄새 전 모포 속에서 한숨을 십 리나 백 리 정도 내뱉고 난 뒤에 두서없는 악몽 속에 잠이 들었다.

 해는 뜨고 해는 지고, 바람 불고 꽃이 피고, 꽃이 지면 안개 피고, 안개 걷히면 밥을 먹고, 밥을 먹으면 똥을 싸고, 똥 닦고 나면 정액이 차올랐다. 그 부실한 교도소 밥을 먹고서도 정액이 차오르는 것을 보면 사람이란 참으로 독한 짐승임에 틀림없었다. 나는 몸을 단련해야 했다. 놈들이 주는 건, 그것이 돼지 구정물이라 할지라도 다 먹어 치웠다. 그래야만 건강한 몸으로 나가서 세상에 대해 복수를 할 수 있을 것 같았다. 봄도 어지간히 약이 올라 사월이, 그래 사월이 능수버들 머리를 빗겨주고 돈사에서 밀려오는 돼지 똥 냄새를 실어 나르고, 교회에 위문 온 정신여고 노래 선교단들의 치마를 걷어 올리고, 버짐이 피고, 헛

구역질이 올라오고, 가슴 통증이 깊어지고, 뻐꾸기 소리도 아련하게 깊어, 사월이 가고 오월이 돌아왔다.

감옥에서 오월은 계절의 여왕이 아니다. 어떻게 보자면 감옥은, 사계절이 뚜렷하게 교차하는 바깥세상과는 달리, 여름과 겨울만이 들렀다 가는 곳이라고 해도 틀린 말이 아니었다. 벌써 땀 냄새가 역겨워지기 시작하고 옆 동료들의 몸뚱이가 닿을 때마다 짜증부터 났다. 더군다나 스펀지로 둘러싸인 무덤은 바람 한 점 없었다. 통풍을 위해 창문을 열어놓을 수도, 스펀지를 듬성듬성 뚫어 바람 구멍을 만들 수도 없었다. 가늘고 긴 지렁이가 꿈틀거리는 노트를 정리하다 한숨을 돌리면, 어쩌다 내 신세가 요 모양 요 꼴로 변했는지 허탈했다. 다른 재소자들처럼 바깥 공기를 쐬며 땀 흘리며 일을 하면 시간이라도 잘 갈 텐데, 전생의 직업이 대서방의 서기였었나, 사지 멀쩡한 놈이 무엇이 아쉽다고 허구한 날 볼펜이나 꼬나잡고 세월을 갉아 먹고 앉아 있으니 한심하고 한심했다.

그러나 마음을 다잡아 돌아보면 두 번 다시 실수를 할 수는 없었다. 졸지 말자. 이를 악물었다. 나 하나 희생한 대가로 공장 동료들 분위기가 매끄러워지고, 간식도 생기고, 심심찮게 담배까지 나누어 피울 수 있다면, 그것보다 가석방 혜택이 빨리 돌아올 수 있다면, 이까짓 필사 작업쯤은 견뎌야 한다. 자존심 같은 것은 저 멀리 빨랫줄에 걸려 있는 싯누런 속옷처럼 통째로 까발려놓고 나머지는 무조건 견디는 것이다. 감옥 생활은 치욕을 견디는 것이다. 치욕도 힘이 된다면 치질 걸린 똥구멍이라도 핥아주겠다. 실패도 힘이 된다면 매독 걸린 좆이라도 빨아주마. 서러움도 밑바닥에 닿아 힘이 된다면 곤지름 걸린 사타구니라도 질근질근 씹어주마. 삼켜주마. 세상아, 운명아, 육 개월만 기다려라. 내 이곳에서 풀려나는 날, 너에게 달려가서 열 배, 스무 배, 천 배로 갚아주겠다. 졸음이 몰려오면 볼펜심으로 허벅지를 찔러가며 필사 작업을 했다.

노력파인 문관은 사월 시험에서 너끈히 합격을 한 뒤, 곧바로 예비고사반에 등록했다. 원래 뿌리부터 성실한 사람이었다. 교도소 근무가 끝나면 성남 창곡동에서 종로에 있는 학원까지 가 야간 강의를 듣고, 자정 가까운 시간에 성동구 모진동에 있는 집에 도착, 새벽까지 예습과 복습을 하다가 아침 일찍 다시 교도소 미싱공장으로 출근했다. 깨끗하게 정리한 노트는 주로 오가는 버스 속에서 본다고 했다. 짧은 시간인데도 불구하고 요점 정리한 노트가 합격하는 데 많은 도움이 되었다고 고마워했다. 우리 공장 동료들도 기뻐했고 나도 내 일처럼 기분이 좋았다. 깊은 속마음까지는 나누지 못했지만 나하고 비슷한 삶을 살아왔을 게 틀림없는 문관이, 내가 실패한 공부를 계속해서 자수성가 하기를 진심으로 바랐다.

그도 약간의 자유를 빼놓고는 우리와 별로 다를 게 없는 재소자 신분이나 다름없었다. 민간인 신분이면서, 어엿한 준공무원 신분이면서 방위병으로 복무한 원죄(?) 때문에 현역병들에게 수모를 당하는 것을 보면 안쓰러울 때도 많았다. 세상은 어디를 가나, 안과 밖의 경계가 모호한 커다란 감옥인지도 모른다. 숨이 끊어진 뒤에야 비로소 이 세상 감옥에서 출소할 수 있다. 자유의 몸이 되는 길은 오직 죽음뿐이다. 내 곁에도 자유를 찾아 만기출소한 사람이 있었다. 아버지였다.

　오월은 생각 없이 푸르구나 우리들은 말라간다 서슬 퍼렇던 팔십사년 오월 어머니, 평생 처음으로 서울 구경하셨다 풍뎅이처럼 무당벌레처럼 논에서 밭으로 수리조합에서 장산으로 수렁골로 안다랭이로 흙만 파먹었던 어머니, 잘난 아들 둔 덕분으로 남한산성 구경 오셨다 전화 받을 줄도, 걸 줄도 몰랐던, 한글도 몰랐던 어머니, 눈물 하나는 어떤 부자보다 많이 가졌던, 풀풀풀 염소로 살았던 어머니, 처음으로 고속버스 타고 남한산성 구경 오셨다 똑같은 군인인데 아들 녀석은 왜 계급이 없을까 지난가을 휴가 때는 작대기를 세 개나 달고 왔던데 눈치 없이 콩나물국 끓였다가 즈이 아부지한테 얼마나 혼이 났는지 군대에선 늘 콩나물이 나온다고⋯⋯ 꾸지람 열 번 들어도 그 꼬장꼬장한 양반 다시 볼 수만 있다면⋯⋯ 136번 접견 오신 분 2호실로 들어가세요⋯⋯ 둥글넓적 벌렁벌렁 화상하곤 꼭 칠성암 스님 닮았구먼 울지 마라⋯⋯ 새끼야⋯⋯ 먼저 알리면 무슨 일 저지를까 봐⋯⋯ 지난 삼월 스무하룻날⋯⋯ 지 아부지가⋯⋯ 묘는 가는쟁이 뽕나무밭 우에다⋯⋯

　화창한 날이었다. 휴일은 햇볕을 넉넉히 쬐고 나무 그늘 아래에서 먹는 김밥 정도는 있어야 시간이 그들먹해지는 법인데, 재소자들에게 휴일은 차라리 없는 게 편하다. 간단한 옷 수선, 검인 도장을 받아야 부치는 편지 쓰기, 바둑과 장기, 밀린 빨래, 모포 소독, 불편한 독서, 기도와 침묵이 아니면 한 방에 몰아넣고 비디오를 보게 했다. 근무자들마다 입버릇처럼 까막소 좋아졌다고 거품을 물어대는 비디오 시청은, 케케묵은 영화나 오래전에 한국 팀이 승리한 스포츠 게임이나 북괴의 남침야욕에 맞서 불굴의 전투태세를 갖춘 막강 국군의 힘을 보여주는 국군 홍보 영화가 고작이었다. 버마 아웅산 묘소에 가서 수많은 사람을 죽이고 돌아온 전 대가리는 단골로 출연했는데 대머리와 넓은 콧구멍이 보이면, 마치 나 자신을 닮은 것 같아 얼른 반달 창문 너머 먼 하늘로 시선을 돌려버렸다. 꼴도 보기 싫은 놈이었다. 그러나 별다른 소일거리가 없는 재소자들에게는 가장 인기 있는 프로그램이 비디오 시청 시간이었다. 누구는 박정희를 쏴 죽인 김재규 덕분이라고 했고, 누구는 소위 김대중 내란음모 사건으로 들어온 사람들 덕분이라고도 했지만, 각 중대마다 비디오가 한 대씩 있어 휴일을 보내는 재소자들에게는 큰 위안거리가 되어주었다. 흑백이 되었든 천연색이 되었든 사제 인간들을 본다는 것은 어디 비할 데 없이 즐거운 일이었다. 특히 권투 시합이라도 녹화 중계로 볼라치면 몇 초밖에 나오지 않는 라운드 걸 때문에 휘파람과 비음이 섞인 신음 소리가 마룻바닥을 뒤집고도 남았다. 화면 속에까지 등장하여 까까머리 재소자들 애간장을 녹이는 여자들은 분명 죄 많은 짐승임에 틀림없을 게다.

그날도 아침을 먹고 난 뒤 병실만 빼놓고 넓은 방으로 전부 몰아넣었다. 지루한 공휴일이 시작된 거였다. 오전에는 이청준 원작 〈낮은 데로 임하소서〉, 오후에는 이만희 감독의 〈만추〉를 보게 짜여 있었다. 〈낮은 데로 임하소서〉는 이장호 감독이 메가폰을 잡아 팔십이년 대종상을 수상한 작품이었다.

실제 인물인 안요한 목사의 일대기를 그린 장편 영화로서, 잘 나가던 한 사나이가 서서히 눈이 멀어, 그렇게 사랑하던 아내에게까지 버림을 받아 며칠을 굶은 끝에 더듬더듬 길을 나서 서울역 부랑아들과 만나는 장면쯤에서 호출 명령이 떨어졌다.

"136번, 접견!"

귀를 의심했다. 양평 신교대에서 근무할 때는 말할 것도 없고, 교도소에서 피골상접, 부실한 몸뚱이나 갉아 먹고 있는 내게 면회 올 사람이 있을 리 만무했다. 잘못 들었겠지, 126번이나 146번이겠지. 참 저 영화 주인공 인생도 더럽게 꼬이고 있구나, 하고 계속 비디오를 보고 있는데,

"136번! 3중대 136번 없어?"

접견을 온 재소자들을 호송하는 근무병은 따로 있었다. 직접 중대까지 들어온 거다. 간혹 가다 민간 교도소로 이감을 갔거나 가석방으로 먼저 나간 사람들을 뒤늦게 면회 오는 사람들도 있기 때문에 확인하러 들어온 모양이다.

"옛! 136번 수련생, 여기 있습니다!"

"이 씹새끼. 귓구멍에 당나귀 좆을 박았나, 접견 왔으니까 빨리 준비하고 나와, 자식아."

준비할 게 뭐 있나, 입던 옷에 고무신 대신 영내화만 신으면 끝인 것을. 햇살은 미루나무 잎사귀에 부딪쳐 은관장식처럼 팔랑거렸다. 팔은 앞으로 구십 도, 뒤로 사십오 도, 눈은 전방 십오 도, 좌우를 돌아보면 절대로 안 된다. 허이나 두이나, 허이나 두이나, 호송병과 똑같이 미루

나무 사열을 받았다. 누굴까, 누가 왔을까. 삼 년이 다 되도록 언감생심 가족들이 면회 오는 것은 바랄 수도 없었다. 배움의 집 친구들일까. 문관을 통해 귀곤이와 영석이에게는 연락을 해두었지만, 전과자 되어 시뻘건 별 단 게 무슨 훈장이라고 친구들이 면회를 올까. 그렇다면 혹 남쪽 먼 바닷가에 사는 윤경이가 왔을까, 그럴지도 모르겠다. 양평에서 근무할 때 영신이에게 보기 좋게 차인 다음 취사장 졸병인 상곤이를 윽박질러 펜팔로 사귄 여자가 있었다. 수산고등학교를 졸업한 상곤이는 고교 대표급 축구 선수였는데, 국민학교와 중학교 동창인 윤경이가 법정 스님과 소설가 정각 선생과도 편지를 나눌 정도로 속 깊은 문학 처녀라면서 문학을 좋아하는 나와 잘 맞을 거라고 자신 있게 소개를 했었다. 영신이에게 거짓말을 했다가 크게 데인 경험이 있어, 윤경이에게는 처음부터 한 점 거짓 없이 신상명세서를 보고했다. 그런데 여자들의 속마음은 정말 알다가도 모를 일이었으니 내 특이한 이력을 퍽이나 신기해하면서 바짝 접근을 해온 거였다. 접근은 물론 편지를 통해서였다. 내가 한 통 부치면 한꺼번에 다섯 통이나 열 통이 넘게 답장을 할 때도 있었으니까. 구속이 되지 않았다면 꽤나 뜨거운 사이로 발전에 발전을 거듭했을 텐데, 사단 헌병대에서 육군 교도소로 넘어와 재판이 끝날 때까지 서너 달 동안 연락이 끊어졌다. 교도소 안에서 어느 정도 안정(?)을 찾아 주위를 돌아보니 마음에 걸리는 사람이 딱 하나 있었는데 그게 바로 윤경이었다. 곧바로 문관을 통해 사제 편지를 썼다. 솔직하게 썼다. 이리 가고 저리 해서 뭣이 되고 말았으니, 우리가 그동안 나누었던 우정은 아름다운 추억으로 남기고 깨끗이 끝내자는 편지였다.

비단 여자들뿐만 아니라 가까운 친구들 몇 명만 빼놓고 그동안 알고 지냈던 모든 인연을 끊고 살려고 작정을 하고 있던 터였다. 왜냐하면 대한민국에서 전과자로 살아가는 것은 치욕이기 때문에 그렇게 쓸 수밖에 없었다. 남도 출신으로 살아가는 것도 천형을 짊어지는 것이고, 국졸 학력으로 버티는 일도 지렁이같이 밑바닥을 기어야 한다는 사실을 뻔히 알고 있는데, 거기에 복리 이자까지 붙어 전과자 딱지까지 달았으니, 인생을 반 포기한 거나 마찬가지여서 더 그럴 수밖에 없었다.

그런데 웃기는 일은, 진실이 통해서 그런지, 한 젊은 청춘이 불쌍해서 그랬는지 모르겠지만 문관 쪽으로 사제 편지가 하루가 멀다 하고 온다는 것이다. 어떤 때는 책을 보내기도 하고 어떤 때는 속옷을 부치기도 했다. 무슨 남자가 그렇게 비겁하냐고, 그까짓 전과자가 무슨 대수고 그까짓 학력이 무슨 말라죽은 개 뼈다귀며 그까짓 출신성분이 빨갱이보다는 낫지 않겠냐고, 사람은 살면서 누구나 실수를 할 수 있는 거라며, 실망하지 말고 다시 한 번 살아보라는 것이었다. 더 난처한 일은 자꾸 면회를 오고 싶다는 거였다. 다른 건 다 수용해도 면회 오는 것만은 말렸다. 까까머리에다, 계급도 없는, 이름 대신 수번이 조잡하게 바느질된 몰골은 죽으면 죽었지 보이고 싶지 않았기에 극구 말리고 있는 중이었다. 남쪽 바닷가에서 성남 창곡동까지 오려면 아마 하루를 꼬박 버스와 기차에 시달리겠지만, 평소 편지 내용으로 보자면 면회를 오고도 남을 여자였다.

정문 가까이에 있는, 조금 불쑥 솟아올라온 언덕에 자리 잡은 접견실까지는 한 천 미터 남짓, 십 리를 걸은 것만큼이나 다리가 후들거렸다. 팔랑거리는 잎새, 들큰한 풀잎 내음, 멀리 논을 갈아엎고 있는 농사꾼들의 모습이 드문드문 보였다. 매미가 있다면 더없이 시원했으리라. 귀청에는 벌써 한여름 매미 소리가 맹렬하게 울리기 시작했다. 접견실은 겉으로 보기에 팔각정처럼 멀쩡했지만 각이 진 자리마다 칸막이가 설치되어 있고 유리에는 구멍이 숭숭 뚫려 있었다. 흰 벽은 군데군데 덧칠한 페인트가 떨어져 나가고 창문틀 또한 여러 번 덧칠한 흔적이 있는 회색 빛깔이었다. 호송병 지시로 2호실에 먼저 들어가 의자에 앉았다. 흐릿한 유리창을 통해 드넓은 잠실벌판의 논이 한눈에 들어왔다.

"136번 접견 오신 분, 2호실로 들어가세요."

누굴까, 가슴이 쿵쾅거렸다. 잘 맞지 않는 나무문이 삐그덕 열리면서, 흡사 슬로비디오처럼 누나가 조카 도근이를 업고 들어왔다. 두 돌이 지난 조카 도근이는 아기 부처처럼 벙긋 웃었다. 뒤이어 상고머리를 한 상현이와 깔끔하게 양복을 차려입은 매형이, 아아, 그리고 까만, 바짝 마른, 가로세로 주름살이 거미줄보다 복잡하게 얽힌, 어머니가, 어머니가, 작은 초식동물 같은 어머니가 손수건으로 입을 막으면서 들어섰다.

"호, 호식아…… 아부지가…….”

누나가 상처투성이 유리창에 손을 갖다대며 울었다. 몇 초나 흘렀을까. 이건 분명히 꿈이다. 현실이 아닌 것이다. 그러니까, 꿈속에서 아버지가 나타나신 적이 있었다. 대사 집이나 읍내 장에 가실 때 즐겨 입는 두루마기 차림이었는데 그날 따라 흰 두루마기에다 털신 대신 흰 고무신을 신고 밤색 중절모 대신 흰 모자를 쓰고 흰 지팡이를 짚고 나타나셨다. 갑작스런 일이라 황급히 일어나 어쩔 줄 모르는 나를 물끄러미 쳐다보시더니 느닷없이 뺨을 한 대 매섭게 때리는 것이었다. 그러고는 아무 말 없이 뒤돌아 걸어가는 게 아닌가. 너무나 어이없어 아버지를 부르며 뒤따라가다 꿈에서 깬 날이 두어 달 전, 안개가 많이 낀 새벽이었다. 그때 아버지는 한 많은 이승을 하직하신 것이다.

매형이 우는 누나 대신 사십구재를 지낸 뒤 올라왔다고 말을 이었다. 하늘이 빙그르르 돌았다. 찹쌀떡도 과일도 빵도 우유도 내던지고 접견실 바닥에 그대로 쓰러졌다. 접견실이 졸지에 초상집으로 변한 거였다.

"그만, 그만 나가주세요."

옆에 나무토막처럼 서서 접견 내용을 기록하던 헌병이 가족들을 몰아냈다.

"136번, 136번, 걸을 수 있겠나?"

가족들이 나가자 접견실 바닥에 내동이친 음식물들을 주섬주섬 챙기며 헌병이 물었다. 걷지 않으면 어쩌겠단 말인가. 접견실에서 울 수는 없는 노릇이었다. 당장은 아무런 느낌이 없었다. 온몸이 경련이 오듯, 쥐가 나듯 저릿저릿할 뿐이었다. 울음은, 그 우스꽝스러운 앞으로 구십 도, 뒤로 사십오 도 행군 자세로 곧은 미루나무 길을 되돌아올 때 터졌다. 속으로 터졌다. 속으로 터져 올라오는 것을 눌러 내려 보내자니 격렬하게 사래가 터졌다. 상황을 모르는 사람이 본다면 웃다가 사래가 들려 기침 내뱉는 꼴로 볼 수도 있었을 것이다. 슬픔의 파편들은 허공 속으로 튀어 달아났다. 슬픔도 공기가 들어가야 가지런해지는 법인데, 들어가는 것은 짧고 나가는 것은 길어 발걸음은 엇갈리면서 비틀거렸다. 나는 길가 미루나무 밑동에 허리를 꺾었다. 호송병도 어쩔 수 없는 듯 말없이 구두코로 땅바닥을 툭툭 찼다. 격렬하게 욕지기가 솟아올랐다. 토했다. 뱃속에 있는 모든 것이 거꾸로 치솟는 느낌이었는데 의외로 콧물과 눈물, 그리고 묽은 액체가 조금 섞여 나왔다. 그것은 핏줄이 터져 나온 핏물보다도 오장육부를 더 쥐어짰다. 나는 마른 울음을 한참 동안 토해냈다. 마치 허공 중에 마른 헤엄을 치듯 둥둥 떠서 걸어왔다. 아니, 걸었다는 느낌도 없었다. 미루나무는 왜 그렇게 살랑대는 거냐. 햇빛은 왜 그렇게 은가루 마냥 흩뿌려대는 것이냐. 양어장 둑과 돈사 언저리와 철재, 목공, 미싱, 도장공장을 둘러싸고 있는 철조망 밑에 풀들은 왜 그렇게 푸르고 싱싱하게 돋아나는 거냐. 바람아, 너는 쓸개도 없느냐, 창자도 없느냐. 왜 그렇게 방향도 없이 들큰하게 불어오는 것이냐. 나는 이 푸르름을 감당할 수가 없구나. 저 맑은 하늘을 우러러볼 수가 없구나. 어쩌자고 구름 한 점이 보이지 않는 것이냐. 슬픔이란 것은 두고두고, 천천히, 곱이자 받아가며 온다는 것을 아주 어린 나이에 깨달았는데도 말이다.

   아버지, 입술을 깨물면서, 혓바닥을 지그시 누르면서 불렀다. 아버지. 임종을 지키지 못한 것은 그렇다 치더라도 마음놓고 통곡을 할 수도 없고, 더욱더 큰절도 올리지 못하니 자식이라고 할 수 있을까. 삼동에서(웃다리골, 아랫다리골, 송산리) 장사라고 소문이 자자했고, 술로 말하자면 수주나 월탄이나 공초만큼 두주불사로 드셨던 아버지. 그 억센 뼈로 한 백 살 정도는 너끈히 사실 줄 믿었던 아버지. 셋째 아들 구속 통지서를 받고 막걸리에서 소주로, 그것도 이 홉들이 두 병에서 사 홉들이 두 병으로 술병을 끌어올리셨다는 아버지. 간경화로 부어오른 배를 감싸 안고 통증이 올 때마다 소주를 드셨다는 아버지. 마지막 한 달 동안은 곡기를 완전히 끊고 소주만 드셨다는 아버지. 마지막 가시는 길에 셋째 아들 얼굴을 떠올렸을까.

소식을 듣고 소대장과 중대장이 달려왔다.

"앞으로 삼 일 동안 기교장에 출동하지 말고 방 안에서 대기하기 바란다."

기미가 잔뜩 낀 중대장이 말했다.

"야, 136번. 이거 가지고 가서 화장실 환풍기 밑에서 한 모금 빨고 와라. 오늘은 특별히 내가 봐준다."

마산 통합병원에서 근무하다 전근을 온 권영민 중사는 담배와 라이터를 내밀었다. 인자한 인상을 한 소대장이었다.

"근무병, 이리 와봐. 앞으로 136번 특별 감시할 것! 알겠지?"

무심한 중대장은 통제실로 가버렸다. 뒤꼭지에다 대고 근무병이 거수경례를 붙였다. 담배는 피우고 싶지 않았다. 담배를 피우고 싶었다. 독한 술에 대한 갈증이 더했다. 화장실보다 세면실에 먼저 들렀다. 세면기 수도꼭지를 여러 개 틀어놓고 그대로 바닥에 주저앉았다. 참고 참았던 울음이 터졌다. 문밖에 서서 감시하는 근무병도 제지하지 않았다. 울음소리는 기괴한 공명음이 되어 커다란 동굴을 흔들었다. 물이 가득 넘치는 세숫대야에 머리를 박았다. 울음소리는 기포가 되어 솟아 올랐다. 아주 깊은 바다 속에 잠긴 듯 귓속이 웅웅거렸다. 검고 시퍼런, 허옇고 뿌연 바닷물에 아버지 얼굴이 떠다녔다. 아버지. 자꾸만 오한이 들었다. 꼭 술에 취한 것처럼 아랫도리가 후들거렸다. 난 그래도 강한 놈이라고 자부하고 살아왔는데 한순간에 무너지는구나. 아버지 눈이 선명하게 떠올랐다. 주민등록 사진에 찍힌, 볼이 홀쭉한, 목줄이 늘어진 아버지 얼굴이 물그림자처럼 어룽거렸다. 조성 명월각으로 팔려 내려갈 때 반암 차부에서 풍양 빵을 사주시던 손이 생각났다. 두 번째 휴가를 끝내고 귀대할 때 읍내 장날 핑계를 대고 장암 터미널까지 배웅해주신 아버지, 차부 앞 호남집에서 도청 소재지 나가는 직행버스를 기다리며 소주 두 병을 드셨던 아버지, 시래기국 한 숟가락 띠드시고 맛나게 담배를 피우시던 아버지, 흡족하게 웃으셨던 아버지, 그 모습이 마지막일 줄이야. 하느님, 이건 아무리 하느님이 하시는 일이라 해도 너무하는 것 아니에요? 코를 풀면서 울었다. 추웠다. 피가 나오도록 수음이라도 하고 싶었다. 아버지. 국민학교 개교 이래 처음으로 문교부장관상을 받던 날, 없는 돈에 막걸리 두 말을 선뜻 동네 사람들에게 내놓으셨던 아버지, 졸업식 날 담임선생님께 신탄진 두 갑을 자꾸 밀어 넣으셨던 아버지, 술을 좋아하셨지만 언제나 술 사 먹을 돈이 부족했던 아버지, 외상 술 심부름은 꼭 나를 시켰던 아버지, 허허, 하고 잘 웃으셨던 아버지, 젖꼭지가 통머루만 했던 아버지, 부산에서 처음 장암으로 올라왔을 때 막둥이었던 내게 그 통머루만 한 젖꼭지를 잡고 잠들 수 있게 해준 아버지, 이제 그 젖꼭지는 없다. 산에 가도 없다. 수리조합에 가도 없다. 지게 작대기에나 수건이나 군불 지필 때나 쇠죽 솥에서 가끔 아버지 냄새를 맡을 수 있을까. 성격이 급하다고 우린 불평을 했지만 돌아보니 한없이 너그러웠던 아버지, 어머니 없는 사 년 동안 누나 대신 새벽에 일어나 밥을 하기도 했던 아버지, 많이 먹으라고 했던 아버지, 내게 많은 기대를 했던 아버지, 임종을 지킨 사촌형에게 "구학문을 배운 우리가 신학문을 배운 왜놈들에게 져서 이 고생이다. 너희들은 반드시 신학문을 배워 가문을 일으키거라" 유언을 하셨다는 아버지. 왜놈들에게 두 번이나 끌려가 아오모리…… 탄광에서…… 죽을 고비를 여러 번 넘기셨다는 아버지, 그래도 술에 취하면 일본 노래를 흥얼거렸던 아버지, "왜놈들은 대단해. 내가 탄광에서 일하던 그 시절에도 집집마다 자전거가 한 대씩 있더라니깐" 하고 부러워했던 아버지, 일찍이 서당에 다녀 한문에 능통했던 아버지, 어려운 한자를 물어오는 면서기나 마을 사람들에게 친절하게 설명해주시던 아버지, 고리짝에 켜켜이 쌓인 서책을 집에 불이 나는 바람에 다 태워 없애버린 아버지, 그러나 나는 전과자가 되었다. 죄인이 되었다. 임종도 못했다. 나는 항상 중요할 때 참석하지 못했다. 쇠죽솥에다 고구마를 구워주시던 아버지, 밥상에다 『편지투 백과』를 놓고 동네에서 제일 예쁜 옥선이에게 편지를 쓰고 있으면 "배 고픈디 이거 먹고 공부하거라" 하시며 슬며시 홍시를 밀어주시던 아버지, 말년에는 안경을 끼고서도 글씨를 읽을 수 없을 정도로 눈이 침침해진 걸 애통해하신 아버지, 긁어모으는 것보다 있는 대로 퍼주시는 걸 더 좋아하셨던 아버지, 눈물은 수돗물과 섞여 한도 끝도 없이 흘렀다. 머리가 띵해질 정도로 울었다.

"야, 136번. 괜찮나?"

어느새 중대장이 와 있었다.

"……"

"앞으로 삼 일 동안, 아니, 원한다면 일주일 정도 기교장에 출동 안 해도 된다. 동 안에서 대기하도록!"

아까 했던 말이다. 멀쩡한 놈이 푸르고 눈부신 날 뭐 하러 교도소 안에 갇혀 있으란 말인가. 생각해주는 말 같았지만 거절했다. 환자도 아닌 주제에 혼자 남아 동물원 원숭이 되기는 싫었다.

"싫습니다. 기교장에 출동하도록 해주십시오. 혼자 남아 있으면 더 견디기 어려울 것 같아서……"

병든 늑대를 바라보듯 측은한 눈길로 한참 나를 건너다본 중대장은 머리를 끄덕거리며 복도를 빠져나갔다. 비디오를 보는 방에서 왁자지껄 웃음이 터져 나왔다.

오후 시간은 마취주사를 맞은 흰쥐처럼 덜덜 떨며 지나갔다. 하나, 둘, 셋, 넷, 다섯…… 마비되어 흘러갔다. 영화도 책도 바둑도 동료 재소자들의 위로의 말도 어느 먼 나라의 일처럼 귓전에서 윙윙거리다 사라졌다. 무슨 짐을 지고 가셨을까. 밖에는 화살 같은 밝은 햇빛이 날아와 박히는데, 그럼, 어머니는 어떻게 되는 거지. 그리고 막둥이는. 여태까지 살아오면서 나는 한 번도 아버지, 어머니, 형제 친구들, 그 사람들의 아픈 짐을 짊어진 적이 없었다. 단 한 번이라도 나누어 짊어진 적이 없었다. 오직 내 한 몸 지탱하는 데만 허겁지겁 정신 없어 하지 않았는가. 오직 나만을 위해서 살아온 결과가 무엇인가. 무엇인가. 무엇인가. 가슴이 미어져 올라왔다. 울지 마라, 운다고 해결될 만큼 세상이 호락호락하지는 않을 거야. 그렇지만 구멍이 휑하니 뚫린 건 사실이었다.

이젠 불같은 아버지 성격도, 술도, 흰머리도, 주름살도, 어금니 빠진 웃음도, 두꺼비 껍질 닮은 손도 다시는 만질 수 없을 것이다. 먹거나 배설할 수도 없는 완벽한 정지만이 남았다. 최신형 재봉틀보다도 더 세밀하게 돌아가던 백삼십억 개의 신경세포와 육백오십 개의 근육은 이제 꿈쩍하지도 않을 것이다. 벌레와 흙을 만나 자연스럽게 썩어갈 것이다. 아버지가 없는 고향 땅을 무슨 낯으로 돌아간단 말인가.

봄이 무르익기도 전에 여름이 먼저 왔다. 슬픔을 받아들이고 고이 삭혀 소화하기도 전에 여름이 왔다. 우선 아버지의 죽음 자체를 받아들이기가 어려웠다. 내 일이 아니고 마치 옆 사람 이야기 같았다. 내 눈으로 아버지를 보지 않는 이상 인정할 수 없었다. 딴사람 이야기겠지, 식구들이 면회 온 것도 아마 꿈일 거야. 그래, 이건 지나가는 바람 같은 거야. 바람이 지나가면 다시 나무는 묵묵해지는걸. 아무 일도 일어나지 않은 거야.

석가탄신일과 연휴가 지나갔다. 꾸벅꾸벅 졸았다. 새벽 예배는 계속 나가지 않았다. 돼지처럼 꿈도 꾸지 않고 잠만 잤다. 날이 새면 일을 나가 스펀지 감옥에 갇혔다. 영어 숙어 천삼백오십 개 정리, 한숨 팔만 사천 번, 기도는 일흔에 일곱 번, 딸딸이는 《샘터》에 나오는 명화 르느아르 작 〈나부〉와 〈목욕하는 여인들〉을 보고 두 번, 세 번째는 아무리 꼬아 올려도 서지 않아 실패. 숨이 붙어 있는 걸 보니 아직 살아 있긴 살아 있었다. 식사시간이 돌아오면 주는 밥에 주는 국, 주는 달걀, 주는 특식, 가만히 앉아서 날름날름 받아먹고 짐승처럼 잠을 잤다. 날씨는 대체로 흐리거나 후텁지근하거나 더웠다. 희망동 안에 갇혀 희망을 잃어갔다. 반쯤은 포기하고 나머지 반은 먼 섬에 팔려온 늙은 작부처럼 삶을 적당히 방치했다. 수양록도 억지로 썼고 책도 들어오지 않았다. 내 몸 안에는 도처에 죽어 있는 시간들이 썩어가며 내뿜는 냄새들로 악취가 가득했다.

에이, 이 사람아. 그래, 아버지가 돌아가셨는데 딸딸이나 잡고 있어? 자네 참 어처구니가 없는 사람이야. 상식적으로 도저히 이해할 수가 없구먼 그래.

아니, 그럼 정 경장님. 그 상황에서 제가 할 수 있는 일이 무엇이겠습니까? 탈옥을 하겠습니까? 자살을 하겠습니까? 남에게 해를 끼치지 않고 숨 쉴 수 있는 유일한 방법이 나를 괴롭히는 것이었습니다. 쇠창살에 갇혀 주는 사료나 꼬박꼬박 받아먹는 개 사육장의 개들을 본 적 있습니다. 털은 빠지고 눈은 황망하여 어디에 눈길을 주어야 할지 모르는 개, 눈곱은 주렁주렁 달려 있지요. 땅바닥에는 배설물이 질펀하게 깔려 있습니다. 모기와 파리는 들끓고, 날은 덥습니다. 어디에다 짖을 수 있을까요? 저 절망과 울분에 찬 울음소릴 들어보셨나요? 제 딴에는 내장에서 올라오는 모든 힘을 쥐어짜 짖어댄다고 짖어대지만, 바깥에서 보자면 한낱 영양탕집에나 팔려나갈 힘없는 짐승이 토해내는 비명 소리에 불과할 뿐이지요. 제 삶이 불쌍해서 어찌할 수 없는, 아무런 탈출구가 없는 세상에서 그저 바람에게나 짖어댈 뿐이지요. 구름에게나 나무에게나 풀에게나 짖어댈 뿐이지요. 그것은 사방 콘크리트 벽에 둘러싸인 돼지도 마찬가지고 스물네 시간 앞뒤로 움직이지 못하고 꽉 조여 알을 낳는 양계장의 닭들도 같은 신세겠지요. 횟집 수족관에 가없이 떠돌아다니는 물고기는 어떻구요. 저 동어반복은 외롭다. 슬프다. 고통스럽다. 힘들다 뭐 이 따위 말로는 도저히 표현할 수 없는, 하여튼, 거대한 어떤 폭력 같은 것이, 곧 폭발할 것 같은, 거대하면서도 고요한 폭력 같은 것이 숨어 있어서, 제자신 사타구니나 빨지 않으면 견뎌낼 수 없는, 꽉 들어찬 분노 같은 것이 들어 있어서, 그거라도 하지 않으면 육신이라는 거추장스런 물건이 한순간에 터져, 산산이 부서질 것 같아 어찌할 수가 없었습니다. 그러니, 내 몸에서 내 마음대로 할 수 있는 게 남아 있다는 사실이 고맙기도 했지요. 아암요, 그 짓이라도 하지 않았으면 저는 죽고 말았을 겁니다.

그래도 그렇지, 이 사람아. 그 짓 말고도 얼마든지 극복할 수 있는 일이 있을 거 아냐. 예를 들자면, 무언가 생산적인 일로 승화시키는 거 말야, 운동을 한다든지, 음악을 듣는다든지, 자네 말대로 성경을 읽고 기도를 한다든지, 책을 읽는다든지 얼마든지 좋은 방향으로 나갈 수 있는데 말이야, 자네는 내가 보기에 삶을 대하는 태도가 비뚤어져 있는 거 같애. 너무 퇴폐적이야. 어둡고 칙칙하고 끈적거리고 하여튼 재수 없어.

참, 말씀도 잘하십니다. 상식적, 생산적, 그놈의 쩍쩍 소리에 입맛 한번 쓰디쓰군요. 저도 그걸 왜 모르겠습니까? 사람 마음이라는 게, 몸 뗑이하고 달라서, 마음먹은 대로 다 된다면 그까짓 백 년도 살지 못하는 세상, 그놈의 희로애락, 오욕칠정에 매달려 끙끙댈 필요가 어디 있겠습니까? 제가 알기로 고통을 극복하는 방법은 더 큰 고통밖에 없다는 사실입니다. 어려서부터 뼈저리게 체험한 사실이기 때문에 이 문제는 큰 소리로 얘기할 수 있습니다.

어이구 저 주둥아리를 그냥…… 말이나 못하면 밉지나 않지, 그래, 견딜 만하든가? 뭐, 여기보다야 못하겠지만.

그걸 어떻게 다 말로 합니까. 그냥 고통이었지요. 한도 끝도 없는 고해의 바다였지요. 어정 칠월, 건 듯 팔월, 곧 여름이 시작되었는데요. 삼옥 안에서 여름은 그야말로 지옥 아니겠습니까? 누구 말대로 옆에 있는 동료가 죽이고 싶도록 미워지는 계절이잖아요. 가뜩이나 시멘트 열기로 밤에 잠 못 이루기 마련인데 몸에서 나는 열기는 말해서 무엇 합니까? 살 보드라운 엔네도 아닌 땀 냄새, 이똥 냄새, 신발 냄새, 똥오줌 냄새로 가득한 숙소 안은 그야말로 지옥이 따로 없지요. 그러나 어쩝니까, 참을 수밖에요. 참으면서 세월을 견뎌야 하는데 오죽하겠습니까? 창살 밖은 빗소리 요란하고 바람이 부는지 키 큰 미루나무 꼭대기는 술 취한 중늙은이처럼 휘청거리고 여기저기서 코고는 소리는 요란하고 근무자들 군화 소리는 마포 걸레질한 눅눅한 복도를 저벅저벅 누비고 다니지요. 온갖 공상과 망상의 나래를 펴다 보면 동쪽에서 회색 하늘이 멀건 보리죽이 되어 떠오르곤 했으니까요. 빌어먹을, 유월 중순부터 시작한 장맛비는 그칠 줄 모르고 내리더군요. 잠 못 이루고 뒤척이는 밤이면, 여러 가지 생각들이 한꺼번에 떠오르는데, 그중에 참을 수 없는 것이 배고픔과 성욕이었어요. 군대 짠밥이라는 것이, 먹고 돌아서면 소화되기 마련이지만, 그것보다는 돌이라도 모래라도 소화시키고 남을 젊은 육신이 문제였지요. 눈을 감고 어린 시절이나 사춘기 시절을 떠올리면 온갖 맛있는 음식들이 둥둥 떠다니는 겁니다. 벌레나 짐승이 되어 들판과 실개천, 논두렁과 밭두렁, 신작로와 무덤가, 이산 저산 돌아다니며 천지에 나는 나물과 꽃과 열매를 먹고 살았던 어린 시절이 떠올랐구요. 하지감자, 보리밥, 수제비, 열무김치, 팥칼국수, 풋고추, 오이냉국, 가지나물찜, 호박국, 대사리탕, 머윗잎쌈, 상추쌈, 배추전, 아이스케키 얼음과자, 제사 때만 먹어본 하얀 쌀밥과 시루떡, 쑥떡, 무시떡, 시래기된장국, 학교에서 나누어주던 옥수수빵을 비롯해 가난한 산골에서 먹었던 음식들이 영화 필름처럼 지나가는데요, 환장하겠습디다. 특히 면발에 대한 참을 수 없는 그리움이 폭발하는데요, 고추장과 오이만 넣고 비벼 먹은 비빔국수, 국민학교 사학년 때 읍내에서 처음 맛본 자장면, 군대에서 반합에다 끓여 눈 내리는 쓰레기 소각장에서 훌훌 불어 먹던 라면, 칼국수, 막국수, 회국수, 메밀국수…… 국수 가락만큼이나 연이어 올라오는 식욕은 맹렬했습니다. 대장이, 소장이, 췌장이, 위와 식도가 바깥으로 튀어나와 혀보다 앞서 국수 면발들을 끌어당기는 듯 배가 고팠습니다. 그러나 현실은 냉정했습니다. 참을 수 없이 눅눅하고 퀴퀴한 교도소 냄새밖에 없었습니다. 그 냄새는 아무리 많이 먹어도 배가 부르지 않았어요.

하아, 이 사람 배부른 소리 하고 있네. 자네 말대로 험한 꼴 있는 거 없는 것 다 보고 살았다면서 덜 똑똑해진 거로군. 이 사람아 배부른 감옥이 이 세상에 어디 있겠나? 응, 남 할 짓 다 하고 잠잘 것 다 자고 응, 그러면 감옥이 뭐 하러 존재하겠어? 죄 짓고 들어간 주제에 그나마 얼어터지지 않고 굶지 않으면 다행이지, 뭔 배부른 소리 하고는…….

뭐, 뭐라구요? 죄 짓고 들어간 주제에? 주제라구요?

그렇지, 주제지. 그럼 뭐 감투라도 하나 지어 불러줄까나. 스타라구 불러줄까나? 별의별 스타 어때?

비꼬지 마십시오. 현행법상 죄를 지어 들어간 건 분명하지만, 제 마음속에서 승복하지 못한 부분이 분명 있었으니까요. 전 졸병 때 저 턱주가리 뼈 금이 간 단풍하사보다 훨씬 더 맞았는데도, 나를 때린 고참들 어느 놈 하나 교도소는커녕 영창 한번 들어간 적이 없었다니까요. 그러니 진단서만 첨부하지 않았을 뿐, 여기 들어올 사람들은 하늘 아래 인간치고 열에 서너 명은 넘었을 겁니다. 한마디로 재수 없이 걸려들었을 뿐이지요. 진짜 '뿐'이었지요. 돈 없고 빽 없는 놈이 재수까지 옴 붙었을 뿐이라구요. '유전무죄' '무전유죄'!

거, 신문이나 방송에 자주 나오는 문자 좀 쓰지 말라구. 자네 같은 사람이 있으니까 전과자라면 학을 떼는 거야. 그게 아주 하찮은 일이라 할지라도 자기 자신에게서 비롯된 일이라면 잘못하고 뉘우치는 게 사람의 도리지. 기왕 말 나온 김에, 자네가 거기서 철저하게 반성하고 잘못을 뉘우치고 다시는 이런 데 들어가지 말자고 각오를 했으면 두 번 다시 오지 말았어야지. 똑같은 돌에 두 번 걸려 넘어진 사람은 어리석은 사람이라구. 한 번 실수는 그렇다 쳐. 두 번, 세 번 반복하는 인생은 안 봐도 뻔하지. 따라지 인생, 별건가? 뭐 사람 패서 감옥 간 사람이 그렇게 말이 많아? 변명하는 건 못난 사람이나 하는 짓이라구. 엉뚱한 애기 하지 말고 나머지도 마저 진도 나가보자구.

차암, 정 경장님도 승진이나 돈벌이하고는 거리가 멀겠군요. 이야기 좋아하면 가난하다는데…….

어이구, 자네 걱정이나 하소. 등허리에서 콩이 튀는 건 자네지, 남이야 전봇대로 이빨을 쑤시든 말든, 요강 단지로 꽈리를 불든 말든, 아, 해 넘어가, 근무 교대 시간 다가온단 말이여.

아, 알겠습니다. 전봇대가 바늘이 되어 콕콕 찌르는구만요. 요강 단지가 부풀어 올라 터지기 직전이구만요. 저, 물이 잔뜩 들어간 요강 단지 풍선을 누가 이쑤시개로 콕 찔러줬으면 얼마나 좋을까요. 왜요, 밤송이로 밑을 닦는 사람도 여럿 봤으니, 인정할 수밖에요, 아암요, 그러나 저러나 여름은 더디 갑디다. 어떤 사람은 모름지기 시간은 훔치는 자의 것이라고 말도 합디다만, 내겐 그냥 방목이고 낭비고 쓸데없이 허비하는 시간이었습죠. 도무지 어쩔 수 없는 시간만이 흐르다 고였다, 고였다 흐르다를 반복하는데 환장하겠습디다. 앞으로 전진할 수도, 뒤로 후퇴할 수도 없는 시간들이 올가미가 되어 나를 꼭꼭 졸라매는데, 탈출구는 없더군요. 기술 교육장에서 동료들이 몰래 건네주는 강아지를 두어 마리 잡아도 머리가 핑핑 돌고 기침만 터져 나올 뿐 별다른 느낌이 없더군요. 저는 원래 담배하고는 맞지 않는 몸을 갖고 태어났나봐요. 입소 동기가 배식반에 들어간 바람에 그나마 식사시간이 즐거워지긴 했지만 아랫돌 빼내 윗돌 괴는 거하고 다른 게 뭐 있겠어요? 제가 많이 먹으면 분명 누군가 제가 먹은 만큼 적은 양의 음식을 배식 받을 게 뻔한 사정일 테니까요. 밥을 먹고 똥을 누고 기술 교육장에 가서 일하고 미싱반 문관 검정고시 준비를 위한 노트를 정리해주고 여자 생각이 나면 그동안 보고 상상해온 온갖 영화 장면을 떠올리며 자위를 했어요. 숙소에 돌아오면 정해진 시간에 빨래를 하고 샤워를 하고 텔레비전 시청, 수양록 작성, 책 읽고 또 잠을 잤습니다. 점점 교도소 생활이 자의반 타의반 익숙해졌지요. 과장할 것도 없고 왜곡할 필요도 없는 세월은 어김없이 흘러갔습니다. 저는 있는 그대로 제자신을 인정하기로 했습니다. 이것도 인생이라면 수락하자, 이거였어요. 어쩔 수 없다면 가감 없이 있는 그대로 생활을 하자. 풀과 나무가 그 자리에서 새싹 틔우고 꽃 피우고 열매 맺고 이지러지거나 잎을 떨어뜨리고 난 다음 겨울을 견뎌, 다음 봄을 기다리듯, 언젠가는 내 인생에도 봄은 오겠지, 참고 참으면서 이 생활을 받아들이자, 이거였어요. 달리 다른 일을 할 수 없으니 책이라도 열심히 읽자. 편지라도 열심히 쓰자, 였어요. 그리하여 도서관에 있는 잡지와 문학 관련 책들을 할 수 있는 한 모조리 읽어치우자고 마음속으로 다짐하고 미친 듯이 읽어나갔어요. 책은 신간보다는 너덜너덜한 옛날 책이 많았지만 그거라도 없었으면 얼마나 교도소 생활이 삭막했겠어요? 나중에는 종교 관련 서적까지 눈에 띄는 대로 막 읽어나갔지요. 여름은 혹독했습니다. 봄꽃이 지고 잎이 무성해지기 무섭게 장마가 시작되었는데요. 그 눅눅함과 끈적거림이라니. 남자들만 생활하는 교도소는 거대한 곰팡이균들의 서식처 같았지요.

1984. 6. 22.

권영민 소대장이 몰래 강아지 두 마리를 주었다. 지난 오월 오일 아버지 돌아가신 소식을 듣고 힘들어할 때도 준 적이 있었다. 잊지 말자. 저녁에 황 소위와 같이 밥을 먹었다. 매우 드문 일이다. 입소 동기인 배식반 상철이보고 고기를 많이 달랬다. 88올림픽 고속도로가 개통되었단다. 피로 다듬은 길이다. 핏물이 흐르는 강을 건너 피로 시멘트를 비벼 다리를 놓고, 피로 굴을 뚫고, 피로 산을 깎아 만든 88올림픽 고속도로. 그것을 아는지 모르는지 축제와 젊음과 관능이 뒤범벅이 되어 야단법석이다. 이렇게 군인 깡패들이 날뛰는 세상에 아버지는 안 계신다. 이제 좀 깨닫고 뭘 좀 알려고 하는 순간에 냉정하게, 효도할 기회도 주지 않고 멀리 가셨다. 비, 오락가락. 내년 이맘때쯤 나는 무엇을 하고 있을까.

1984. 6. 25.

비 내린다. 장마 시작. 꿈에 아버지와 이야기를 나누었다. 무슨 말을 했는지 통 기억이 없다. 막둥이도 보았는데 학교를 그만두고 운동을 한다고 했다. 돌덩이를 가슴에 안은 듯 마음이 무거웠다. 《현대문학》과 《문학사상》을 표지부터 판권까지 모조리 독파했다. 내 인생은 이미 예정된 행로를 따라가는 것 아닐까. 아주 어렸을 때 꿈속에서 경험한 영상처럼 순간순간 화면이 바뀔 때에 맞추어 그 화면을 재현하는 데 불과한 것이 아닐까. 꼭 이전에 이곳에 와본 경험이 있는 것 같다. 특히 아침에 일어나서 얼굴을 씻으러 동굴 속 같은 복도를 걸을 때면 그런 생각이 든다. 커다란 검은 손이 나를 잡으려 쿵쿵 뛰어오고 있는 것 같다.

1984. 6. 30.

유월 마지막 날. 피곤하다. 입 속이 부르텄다. 가석방 대상자 발표가 있었다. 기쁨과 절망이 교차되는 순간이다. 속으로 조용히 부르짖는다, 육십일 남았다고. 이것은 하느님과의 약속이다. 확신한다. 어문각판 『신한국 문제 작가 선집』 모조리 먹어 치우다. 마지막 책장을 덮으면서 부르르 떨었다. 우리나라 최고의, 아니 세계에서 최고로 인정받는 시인이 되는 거다. 꼭 그렇게 될 거다. 그러기 위해선 하루 세 권 이상 책을 읽고 소화할 것. 해부하듯 뜯어내고 빌기발기 찢을 것. 어제 생각한 것인데, 출소하면 아버지에게 걸어가고 싶은 충동이 용솟음쳤다. 발바닥이 부르트게 걸어가면 아버지가 살아 계실까. 하지만 접견 온 매형이 다시 한 번 산소 자리와 돌아가신 날짜를 알려주었다. 어머니하고 막내는 시골에 남아 있단다. 호연이 형이라도 대신 잘했으면. 방학을 하면 누나와 조카들이 시골에 내려간다니 그나마 다행이다. 비, 보슬비, 계속 내리신다. 자꾸 바다에 돌 던지는, 던지면서 울었던 꿈을 꾸었다. 일어나 보니 베개가 흥건하다.

1984. 7. 7.

다시 바람 분다. 전투 식량 이백칠십 그램, 삶은 달걀 한 개를 들고 어두컴컴한 재봉틀 탁자에 앉는다. 『수학 정석』과 『성문 종합영어』는 꼴도 보기 싫다. 넌덜머리가 난다. 오늘도 윤경이에게는 답장이 없다. 하루 또 하루 기대가 무참히 쓰러진다. 기다림의 안타까움을 이제야 조금 알 것 같다. 밥맛도 없고 무척 말랐다. 마산 출신 이민용 씨, 총기 사고로 들어온 사람. 충남대 문과대 졸업, 책을 많이 빌려준다. 로맹 롤랑, 맨스필드, 홉킨스, 체호프를 띄엄띄엄 읽었다. 빨래를 하고 난 다음에는 『카네기 성공학』을 심심풀이로 들여다봤다. 김수영과 박인환의 술과 에피소드도 슬쩍 지나쳤다. 바깥에는 〈못다 핀 꽃 한 송이〉라는 가요가 유행한다고 한다. 남은 인생, 못다 핀 꽃을 피울 수 있을까.

1984. 7. 13.

미싱공장 앞 근육이 팽팽한 미루나무 밑을 서성거리다가 떨어지는 잎새를 보았다. 무심하게 지나치려는 찰나, 섬광처럼 떠오르는 생각. 나뭇잎도 처음 돋아날 때는 똑같이 났지만 가을이 오기 전에 저렇게 먼저 떨어진 잎이 있거늘 사람에게도 그 같은 일은 자주 벌어지리라. 그래서 양평 철뚝에서 자살한 성일이는 어떤 잎새였을까. 성일이의 죽음도 보편성을 얻는 것일까. 수줍은 웃음과 안경 너머 순한 눈을 가진 성일이 얼굴이 떠오른다. 선물로 받았던 《신동아》, 《현대문학》 7월호는 지금 누구의 손에 들어가 사랑을 받고 있을까.

간절히 기도하면 꿈속에 나타난다. 현실로 나타난다. 영신이가 꿈에서 절교 선언을 했다. 어제 윤경이에게 편지가 왔다. 편지에서 백합 향기가 났다. 산을 보듬은 것 같이 든든하다. 꿈은 간절히 바라고 기도하면 이루어진다는 것을 직접 체험했다. 기다려주옵소서. 아무도 이 부릅뜬 피, 치열한 내면의 연소를 막지 못할 것입니다. 동상에 걸린 썩은 발가락을 잘라가며 에베레스트에 오른 우에무라 나오미를 생각합니다. 기다려주옵소서.

1984. 7. 24.

장마 뒤에 풀이 무성하다. 《소설문학》 7월호를 읽었다. 새로운 기법을 도입한 소설이 몇 편 눈에 띄었다. 반면 추리소설은 삼류다. 아버지 돌아가신 지 벌써 구십구 일째. 내일이면 백 일이다. 나는 지금 어디서 무엇을 하고 있는가.

조용기 목사 에세이를 읽고 독후감을 쓰라고 해서 억지로, 귀찮은 마음에 아무렇게나 휘갈겨 썼다. 계속 시 생각. 시, 시, 시, …… 잠을 잘 때도, 밥을 먹을 때도, 일을 할 때도 책을 읽으면서도 계속 시 생각. 문학하며 사는 것도 투쟁이며 도전이라는데 어떻게 싸워야 하나. 왜 싸워야 하나. 왜 써야만 하는가. 끊임없이 물어볼 것.

저 먼 남쪽 섬 출신인 권영효 씨가 들어왔다. 윤경이하고 고향이 같아 반가웠다. 나이가 많다. 탈영한 뒤에 십 년이 넘게 피해 다녔다고 한다. 윤경이는 틀림없이 클라레타 페타치나 에바 브라운 닮았을 거라고 주위 사람들에게 입방정을 떨어둔 뒤여서 더욱 반가웠다. 꼭 윤경이를 만난 것처럼 기뻤다. 육 개월 정도는 우습게 갈 것이다. 방 안에 있는 개털들에게 엄포를 놓았다. 아저씨를 건드리면 모두 죽여버리겠다고.

1984. 7. 31.

가석방 대상자 명단에서 빠졌다. 빌어먹을, 노트를 세 권째 정리하고 있다. 영어 단어, 숙어는 말만 들어도 지겹다. 한 평도 될까 말까 한 탁자에서 숨통 터진다. 그렇게 순한 문관이 미워지기 시작한다. 한다는 말이, 정리할 노트가 집에 두 권 정도 더 있다나. 성질 난다, 성질 나. 고생했다는 말 한 마디 없다. 헤어지는 일은 언제나 슬프다. 곁에서 늘 웃고 떠들었던 사람이 어느 날 훌쩍 떠난다. 하물며 출감도 아닌 이감인 경우, 더 그렇다. 종교에 대한 신념과 물총으로 시달린 동료 세 명이 안양으로 떠났다. 칼같이 다려 입은 호송병에 비해 짙푸른 바다색 죄수복으로 갈아입은 그들을 보니 가슴이 울컥했다. 수갑과 포승줄이 죄수복을 휘감았다. 손을 번쩍 드는 대신 애매하게 웃는다. 구름은 낮게 내려왔고 꽃향기가 짙게 깔린다.

1984. 8. 1.

아침부터 강아지 하다 걸린 동료 때문에 공장 철조망을 따라 두 바퀴를 돌았다. 또 한 번의 희비 쌍곡선. 도장반 회색곰(임재중), 철재반 쌍칼(장현정) 나가다. 그리고 언젠가는 차례가 올 것이다. 떠나고, 오고, 만나고, 또 헤어지고…… 그런 것이 인생인 것을. 뭐 그리 집착할 것이 많다고…… 오랜만에 필사 작업이 없어서 밖에서 일했다. 기분이 좋다. 김기덕이 진행하는 〈두 시의 데이트〉를 들었다. 아련하다. 하마터면 돈암동 금은방 삼층 공장으로 착각할 뻔했다. 미싱반 막내(차성훈)가 접견 갔다 와서 소시지를 가지고 와서 한 쪼가리씩 나누어 먹었다. 저녁에는 최학의 『안개 울음』

을 읽었다. 구성은 신선했다. 세 가지 유형의 인간이 나온다. 결말은 없다. 지금 우리가 그 시대를 살고 있으니까.

1984. 8. 2.

입소 동기인 상철이가 아프다. 아무 힘이 될 수 없는 처지가 한없이 초라하다. 비가 내린다. 철조망을 휘어 감고 올라간 박넝쿨에 박꽃이 피었다. 성훈이와 곰팡이 핀 빵 나누어 먹고 배탈 난(팬티에 똥 지린) 이야기를 하며 웃었다. 방장과는 여기서 나가면 서울에서 만나 한잔하기로 했는데 부질없는 이야기다. 올림픽 레슬링에서 김원기가 금메달을 땄단다. 교도소 안까지 술렁인다. 김성일의 『병사의 피리』를 읽으면서 너무 집착하고 있는 것은 아닌지, 소유하고 싶은 욕망 때문에 허덕거리고 있는 것은 아닌지 반성했다. 그렇다. 되도록 멀찍이 물러나서 보자. 모든 괴로움의 근원은 여기서 시작되는 것. 냉철해지자. 『가람 이병기』, 《한국인》 8월호, 《현대문학》 7월호, 《문학사상》 5월호, 읽다.

1984. 8. 13.

교도소 안에서 여름을 극복한다는 것은 위대하다. 가석방으로 먼저 나간 쌍칼, 회색곰이 육본 명령이 내려올 때까지 대기하면서 공식적으로 보낸 과자, 빵빠레, 인삼 껌을 나누어 입에 넣고 감격하다. 말보다 실천이 더 위대하다. 올림픽 때문에 온통 야단법석이다. 메달을 딴 선수들의 인생 유전을 보며 부끄러웠다. 너무 부끄러워 벌레가 되고 싶었는데 밤새 뒤척이며 벌레 소리를 들었다. 문득 아버지가 즐겨 부르셨던 〈황성옛터〉의 가사가 떠올랐다. 귀뚜라미가 사는 것은 공기가 맑다는 뜻인데 잠을 잘 자는 사람이 부럽다. 왜 혼자 잠 못 이루고 뒤척이는 것이냐. 잠을 한 번이라도 달게 자보았으면 소원이 없겠다.

죽어도 위에서 아래로 내려다보는 눈은 갖지 않으리라. 죽어도 잔소리하는 위치에 서지는 않으리라. 밥은 한 톨 남김없이 깨끗이 비우리라. 잔소리, 잔소리, 잔소리, 구령조정 삼 회 실시, 깡다구 몇 초간 실시, 동 인원 파악! 교도훈, 준수 사항, 우리의 자세……, 정신이 돌지 않고 멀쩡한 사실이 이상하다. 머리가 깨질 것 같다. 전신에 힘이 빠진다. 공장에 나갔더니 문관이 단팥빵을 하나씩 준다. 빵 하나 먹고 찬물 마시고 나자 조금 풀린다. 남에게 베풀 수 있는 입장에 서는 사람은 얼마나 행복할까.

고위 관리였던 정래혁. 그의 재산이 오십사억 원이란다. 똥과 가래침이 튀어 묻은 철재공장 화장실, 찢어진 신문에서 보았다. 국가에 얼마를 헌납하겠다고? 헌납, 헌납? 웃기지 마라, 개새끼들아. 헌납? 그게 어떻게 해서 모은 재산이더냐? 헌납이란 말이 어떻게 그렇게 무책임하게 쓰어지는지. 신문도 그렇고 방송도 그렇고 전부 개새끼들이다. 아니, 개만도 못한 새끼들이다.

1984. 8. 14.

LA올림픽 폐회식. 넋을 잃고 보았다. 멋있고 아름답고 환상적이라는 말보다 죽음의 잔치를 연상했다. 말세에 신이 재림하는 순간 같은, 자살 광시곡 같은 느낌을 받았다. '끝맺음은 이렇게 하는 것이야'라고 양키 놈들이 거들먹거린다. '이왕 죽을 거라면 멋진 파티라도 하고 죽자'고 소리 높여 떠들어댄다. 그래, 너희들은 분명 망할 것이다.

1984. 8. 17.

혹, 구월 일일 나가지 않을까 해서 만기머리를 했다가 방망이 세례를 받았다. 어깻죽지가 내려앉는 것 같았다. 당장 개같이 끌려가 빡빡 밀었다. 그저께 나온 광복절 특식 카스텔라 두 개, 복숭아 한 개 먹고 이틀 연속 설사다. 조금만 이상한 게 들어가도 바로 나온다. 어머니의 막둥이, 시골 음식에 대해서 생각했다. 올림픽 메달리스트들, 고생 끝 행복 시작이다. 돈과 명예가 한순간에 쏟아져 내린다.

울릉도 출신 강준용 씨 만기 출소하다. 사회에 나가서 직장 구하기 힘들면 찾아오라고 주소와 전화번호를 남겨두고 나갔다. 찾을 때는 매달 음력 열사흘에서 열이레 사이, 단 겨울에는 항상 집에 있음. 전화 연락한 후 방문 바람. 이런 쪽지와 함께. 사내로 태어나 거친 바다와 싸우면서 한세상 끝내는 것도 괜찮은 일이겠지.

어제는 MBC 베스트셀러 극장을 보았다. 이근삼 원작, 〈30일간의 야유회〉. 감명 깊게 보았다. 꿈, 꿈, 꿈은 꿈. 환상은 환상. 현실은 녹록지 않다. 백성들은 막을 내리기를 원치 않는다. 무언가 할 말이 많기 때문이다. 위정자들은 억지로 막을 내리려고 전전긍긍한다. 통렬한 비판, 원시와 가까운 서정, 만만찮은 흥미, 모두가 좋았다.

  군대 와서 얻은 것 = 전과자, 치질, 무좀, 습진, 각종 위장병…….

  군대 와서 배운 것 = 주먹질, 욕, 술, 여자…….

  나는 하나를 얻기 위해 항상 두 개 이상을 잃었다. 이젠 밑지는 장사는 그만 하자.

  1984. 8. 29.

  아버지 돌아가신 지 백삼십여 일 지났다. 아직도 달려가지 못하고 있다. 천구백팔십사년이여, 저주를 받으라. 조지 오웰의 소설보다 더 끔찍한 여름, 절대로 잊지 못하리라. 전 생애를 통틀어 천구백팔십사년 여름만큼 가혹한 여름은 없으리라. 찌는 듯 무덥다. 습진과 배탈과 치질과 무좀과 싸우고 있다. 끈끈하다. 그에 비 내린다. 가을비였으면 좋겠다. 도장공장 최고참 김용기(본명은 수근) 만기 출소하다. 늘 싱거운 말로 우리를 즐겁게 해주던 사람이다. 마지막으로 헤어지면서 어깨를 끌어안고 운다. 그에게 신의 가호가 있기를. 더욱더 강건함을 주소서. 우리는 사선대에서 만나 한잔하기로 했다. 사선대와 다릿골은 산 하나 넘으면 만날 수 있는 가까운 거리다.

  휴대용 식량 - 건빵 이백 그램, 미숫가루 오십 그램, 별사탕 이십 그램, 삶은 달걀 한 개.

  전투 식량 - 야채밥, 팥밥, 김치, 볶은 고추장, 꽁치 통조림.

  저녁 먹고 나서 갑자기 비상이 걸렸다. 시베리아 벌판이 펼쳐졌고 곤봉이 눈발처럼 흩날렸다. 우리는 납작 엎드렸다. 눈보라 가스다. 방위는 어쩔 수 없이 방위인가보다. 고작 취사장 재소자들이 담배 피우는 걸 가지고 직접 교도대장에게 보고했다고 한다. 한두번 벌어지는 일도 아닌데, 헌병 방위도 어쩔 수 없이 방위인가보다. 내일 결정이 난다. 기왕 엎드린 바에야 오체투지, 기도를 했다. 제발, 이 지옥에서 구출해주소서. 제 소원 들어주소서.

1984. 9. 1.

또 미끄러졌다. 아무 이유 없이 남을 의심하면 무간지옥에 떨어진다는 것을 알지만, 혹시 문관이 계속해서 이용하려고 그런 건 아닐까. 예비고사에서 떨어질 때보다 더 비참하다. 어떻게 또 한 달을 버틴단 말인가. 꺽다리 필우가 노트와 볼펜을 선물해주며 한 달간 더 공부하란다. 좋다, 씨팔. 어디 한번 버텨보는 거다. 이제 밥도 더 많이 먹고 책도 더 많이 읽으련다. 어디선가 읽은 적 있는 '조강지처는 버리지 않고 빈천할 때 사귄 벗은 잊지 않는다' 는 말이 떠올랐다. 윤경이한테 계속 편지가 온다. 큰 힘이 된다. 열 통 받아보고 겨우 한 통 정도 답장을 한다. 위가 많이 약해진 것 같다. 어제 황 소위와 성가대원들이 연습을 하는데 어디서 구한 건지 목사님이 수박을 가져오셨다. 귀한 거다. 먹고 나서 똥물까지 다 게워냈다. 내가 이렇게 약해졌단 말인가. 아픈 배를 감싸 쥐고 몽테뉴까지 어설프게 훑었다. 오늘부터는 파스칼이다. 《현대문학》 과월호도 듬뿍 가져나와서 듬성듬성 보았다. 점심을 먹고 잠깐 쉬고 있는데 고참 근무자가 시 한 편을 들고 와서 평을 해달란다. 글쎄, 내가 그럴 만한 위치에 있는 사람인지.

오후 들어 햇빛이 샘물처럼 일렁인다. 파스칼의 『죄인의 회심』을 거쳐 데카르트를 지나 스탕달의 『연애론』을 읽는다. 이 사람들 작품을 이해하기란 꽤 까다롭다. 그것은, 꼼꼼하고 방대한 지식과 지혜의 다리를 통해서만 건널 수 있는 거대한 바다 같다. 나는 너무 얕다. 차라리 전혜린이 훨씬 쉽게 와 닿는다. 피가 비슷해서 그런가.

1984. 9. 4.

며칠 동안 캄캄해지고 온 우주가 망할 듯이 폭우가 쏟아지더니 하이네와 릴케를 읽고 있는데 햇빛이 나타났다. 참으로 오랜만에 보는 햇빛이다. 이번 수해로 백이십여 명이 죽고, 재산 피해는 집계가 힘들단다. 만약 아무 사고 없이 제대를 한 다음 서울에서 일을 하다 수해를 만났다면……, 그리하여 폭우에 쓸려가 죽었다면……, 특별한 고통을 주는 것을 보면 언젠가 귀하게 쓰일 거라 믿는다. 미우라 아야코의 수필집을 점심 먹고 짧은 시간에 다 읽었다. 참 그리스도인이었다. 릴케 하면 그림자처럼 루 살로메가 생각나는데, 정동 교회와 정희 누야를 떠올리지 않을 수 없다. 그때는 너무 철이 없었다. 한마디로 아무것도 모르고 살았다. 정희 누야는 어디에 있을까. 어디에 살든지 이번 수해에 피해가 없었으면 좋겠다.

1984. 9. 6.

우윳빛 안개. 새벽에 깨어났다. 귀뚜라미 교향곡이라면 너무 거창하고,

저번에 위문공연 온 정신여고 합창반의 선율이라고나 할까. 잠들지 못했다. 책을 읽을 수 있는 자유와 책을 마음대로 읽을 수 없는 통제 사이에서 갈등. 꼭 규정 시간까지는 누워서 잠을 자야만 하는 억지. 화가 난다. 가슴이 답답하다.

헤세, 베르그송, 릴케를 읽으면서 한 작품을 낳을 때까지 자기 온 정신을 불살라야 한다는 것, 온몸을 다해 써야 한다는 사실을 깨닫는다. 이 작품이 내 생애 최고의, 최후의 작품이라는 생각으로 다가서야 한다는 것을 배웠다. 조금 마음에 안 들고 수준이 낮아도 '이 정도면 되겠지' 한다거나 '다음에 더 잘 쓰면 되겠지' 하는 생각은 절대로 하지 말 것. 작품을 쓸 때 '이 정도면' 이나 '다음에' 라는 말은 없다고 생각할 것. 낮은 수준에 자기 작품을 맞추면 자꾸만 낮아신다. 한 작품 한 작품 자신의 온 정신과 온몸을 다 바칠 것. 세월이 흘러도 절대로 타협하지 말 것.

미결수로 있을 때 월급 및 보너스, 기결수가 되고 난 다음에 저축해둔 작업 상여금, 그리고 여기서 나갈 때 받을 수 있는 제대비 등은 결코 헛된 곳에 쓰지 않으리라. 우선 아버지가 좋아하는 술을 먼저 사야지. 그리고 사회생활에 적응할 때까지 읽을 몇 권의 책과 원고지를 사고 나머지는 어머니께 드려야 되겠다.

옷이 자꾸 커진다. 공장에 나와 거울을 본다. 바짝 마르고 누렇게 뜬 낯선 사내가 거기 서 있다. 흠칫 놀란다. 저놈이 나였단 말인가. 저렇게 흐리멍덩, 눈이 흐려진 놈이 진정 나였단 말인가. 살 한 번 쪄보는 게 소원이다. 건강하게 나가야 할 텐데, 거울 속 사내가 비웃듯 씨익 웃는다.

감옥에서 마지막 절기를 가을로 맞이한다. 그동안 작업했던 의자와 책상을 대형 트럭에 실어 보내고 땀 흘리며 몸을 추스른다. 벌레들도 사람 쪽으로 온다. 사람들을 그리워한다. 미루나무 잎이 떨어진다. 새벽 쪽으로, 새벽 쪽으로 한 발 더 나아가보자.

1984. 9. 8.

삼립 팥빵 비닐봉지에는 이런 글이 인쇄되어 있다. '믿는 자에겐 능히 못할 일이 없으리라.' 그렇다면 나는 진정으로 믿은 게 아니었구나. 빵 두 개, 기술 교육장으로 나온 특식이다. 작년 추석에는 그래도 회식다운 회식을 했는데…… 우리 중대원들은 모두 대취해서 상스런 유행가를 고래고래 불러 제꼈다. 그때가 그립다. 아무 이유 없이 머리가 아프고 잠이 잘 안 온다. 몽테뉴에 이어 임어당, 아우렐리우스를 읽었다. 국방부에서 발간하는 『마음의 양식』 6집을 싫어하는 음식 억지로 먹듯 거칠게 씹어 삼켰다. 『신약 전서』와 『금강경』도 몸이 회복되면 천천히 읽으리라.

영신이에게 미안하다. 여기서 나가면 다시 찾아가서 거짓말한 걸 실토하고 사과하리라. 작년과 같은 시간의 허비는 결코 없으리라. 모든 잘못을 송두리째 게워내야 한다. 화면을 거꾸로 돌려서 그동안 저질렀던 실수들을 모두 삭제하고 싶다. 지워서 없애고 싶다.

1984. 9. 11.

앓고 나자 가을이 왔다. 우리 재소자들은 여름 지나고 가을이 왔는데도 서로를 배려하는 데 너무 인색하다. 모두들 물이 잔뜩 들어 있는 풍선 같다. 누군가 바늘로 살짝 건드리기만 해도 대폭발이다. 범람한다. 헐뜯고 싸우는 데는 어떤 동물보다 빠르다.

비디오와 잔소리로 먹칠한 연휴. 고향 생각, 친구 생각, 여자 생각, 시 생각, 생각…… 생각……, 살아 있는 깨우침은 없고 그저 무릎 꿇고 기도만 할 뿐. 문득, 기도는 소극적인 사람이 하는 자기 위안이 아닐까 하는 생각도 했다.

토요일은 기교장 특식 먹고 들어와서 스포츠와 영화, 대통령 하사 빵 네 개. 하사? 대통령 계급인가? 하사만도 못한 개새끼들. 먹지 않아도 토할 것 같아 동료들에게 나누어주다. 일요일, 바둑과 성가 연습, 대예배(송편 한 봉지, 풋내 나는 사과 흰 알), 〈낮은 데로 임하소서〉 다시 한 번 보다.

추석날, 바둑과 비디오, 특식 카스텔라 두 개, 〈삼손과 데릴라〉 시청, 여자는 신과 악마의 두 얼굴이다. 늘 조심할 것.

추석이다. 벌써 몇 년째 실감도 나지 않는 명절이 지나간다. 생일도 잊었다. 누가 아버지 없는 고향을 찾아주었을까. 자식이 아무리 많으면 무엇하나. 아버지 산소에는 누가 술을 올리고 절을 할꼬. 새벽에 몰래 일어나 남쪽 하늘에다 큰절 두 번 올리다. 무릎 꿇고 오래 엎드려 있었다. 나는 죽는 날까지 꿇어야 한다. 어머니는 소리도 못 내고 엄청 우셨으리라. 나는 왜 가지도 못, 사랑하지도 못할 고향을 둔 걸까. 백여 명의 접견자 명단 중에 왜 내 이름 부르는 사람 하나 만들지 못했나. 아직도 무얼 기대한단 말인가. 약해졌구나.

바람은 소슬하고 구름은 높다. 너무 시끄러워 책 한 권 읽지 못했다. 용기(본명 수근), 약속대로 편지를 보내왔다. 역시 멋쟁이다. 편지는 최상의 정신 치료제임을 다시 한 번 실감하다. 찾아주는 사람이 없다고 이 가을을 쓸쓸하게 맞지 말자. 아직 내게는 어머니 살아 계시는 고향이 있지 않은가. 서걱이는 옥수수대 너머로 참머루 쓰다듬듯 바람이 불면 산을 부르며 달려가리라. 가슴에 분노가 쌓여 주체할 수 없을 때 산 위에 올라 산과 이야기를 나누고 산의 말씀을 듣고 화해하며 세상 사람들과 어울려 사는 가르침을 들으리라. 아버지, 지게에다 어린 나를 태우고 귀가할 때 배경으로 푸르게 깔리던 장산 골짜기, 그 장엄한 산의 침묵을 배우리라.

1984. 9. 13.

사월에 이어 두 번째 체육대회. 우리 3중대가 종합 우승했다. 짠밥 차이는 교도소까지 그대로 이어져 오는 모양이다. 빵 두 개, 요구르트 하나, 콜라 한 병. 우리는 하나도 즐겁지 않았다. 울안에 갇힌 짐승이 그 안에서 뛰면 얼마나 뛸 수 있단 말인가. 어쨌든 그들이 북 치고 장구 치고 우리는 흥도 나지 않는 억지춤을 추었다. 형식적인, 지극히 형식적인, 그래서 계급장과 제복을 그대로 유지하고 싶어 하는 그들의 꼭두각시 노릇을 한 것이다. 단체사진을 꼭 찍는다. 여기저기에다 홍보하겠지, 봐라, 남한산성도 이렇게 좋아졌다고.

박양호의 중편소설 「늑대를 찾아서」를 읽으면서 나는 항상 한 세대쯤 늦게 뒤쫓아가는 사람인 걸 확인했다. 이런 말이 가슴을 찌른다. "난 생의 가장 밑바닥에 있기 때문에 아무것도 두려운 게 없는 사람이야. 두려움이 있는 사람들은 자신이 가지고 있는 것을 잃어버릴까 봐 모든 일을 염려하고 있지만 난 아무것도 가진 것이 없기 때문에 생이 두렵지 않아. 보통 사람들이 말하는 올바른 길을 꼬박꼬박 갈 수 없다는 약점이 있지만 그것도 경우에 따라서는 강점이 될 수도 있는 거야. 정해진 길이 있는 사람은 그 정해진 길밖에 갈 수가 없지만 난 내 마음대로거든." 그러고 보니 항상 지각생이었다. 왜 그렇게 늦게만 도착하는 것일까. 가슴을 치며 탄식을 해도 소용없다. 늦게 오는 것도, 늦게 깨닫는 것도 모두 내 탓이다.

씩씩한 얼굴로 종문이가 면회를 왔다. 휴가를 나오자마자 왔다는 녀석은 검게 탄 얼굴에 상병 계급장을 달고 있다. 결국 양평으로 돌아가지 못하고 멀리 강원도 화천으로 이동 배치되었다고 한다. 짧은 세월이었지만 감옥 생활을 해봐서 그런지 음식물을 엄청 많이 넣었다. 여러 사람과 나누어 먹었더니 기분이 좋다. 의리 있는 놈, 나가면 신세 톡톡히 갚아주마.

1984. 9. 17.

안개가 천지를 뒤덮는다. 아침저녁으로 쌀쌀해졌다. 어제 공장에서 은식이 손가락이 잘렸다. 목공에서 일하는 은식이는 기계 톱날에 장갑이 끼는 바람에 순식간에 피투성이가 되었다. 단순하게 작업하다 실수한 것인데 교도소 안은 완전히 화생방 주의보다. 얼마나 아팠을까. 개새끼들, 치료 받으러 가는 환자를 곤봉으로 마구 때린다. 자해를 했다는 것이다. 개새끼들, 저것들은 인간도 아니다. 다치고 싶어서 다친 사람이 누가 있겠는가. 죄 없이 군대 끌려와서 전과자 된 것도 서러운데 손가락까지 잘리다니. 우리 공장 사람들은 일제히 휘파람을 불며 에어총을 공중으로 쏘아대며 항의했다. 순식간에 기동타격대가 출동하고 개머리판이 춤을 추고 한바탕 난리법석을 떨고 난 뒤 잠잠해졌다. 감시병을 두 배로 증원, 배치하는 녀석들을 보니 순전히 겁쟁이들이다. 비열한 놈들, 말로는 사랑, 이해, 협조, 봉사……, 귀가 막히도록 늘어놓더니, 아나, 엿이나 먹어라, 씹새끼들아!

외국인 국악 가요 경연 대회. 자유스럽고 꾸밈이 없다. 소탈하다. 저절로 배어 나오는 자연스런 몸짓이 부럽다. 아침에 출동하면서 특식으로 나온 삶은 달걀을 은식이에게 슬쩍 건네주었다. 석고붕대를 한 은식이는 무슨 마네킹 닮았다. 찌푸리면서도 싱긋 웃는다. 빨리 낫기를 기도했다.

1984. 9. 24.

이제 반 평도 채 못 되는 재봉틀 탁자와도 이별인 듯싶다. 며칠 전, 뜬금없이 중대장이 호출했다. 늘 잔뜩 골이 난 얼굴을 달고 다니는 사람이다.

"만기일이 언제인가?"

"넷, 십일월 이십육일입니다!"

"음……, 알았어. 나가봐."

그러더니 어제는 오랜만에 정훈장교가 찾아왔다.

"야, 김호식."

"옛! 136번 수련생!"

"공부 열심히 하는구만. 졸지도 않고 말이야. 여기서 나가면 글쓰는 사람 될 거야?"

"……."

"잘해보라고. 여기 경험 살려 쓰면 괜찮은 거 하나 건질지도 모르잖아?"

그렇게 알쏭달쏭한 말을 남기고 올라가더니 오늘 아침 공장에 출동하려고 복도에 나와 앉아 있는데 소대장이 어깨를 툭 친다. 한쪽 눈을 찡긋 감으면서 오른쪽 엄지손가락을 쑥 내민다. 특사 명단에 올랐다는 표시인가.

그래. 그걸로 끝이여, 끝난 거냐고?

그럼 끝이지, 뭐 있겠습니까? 국민학교 아이들 가방만 한 징역 보따리 들고, 세상에 버려졌지요. 어느 날 어머니 뱃속에서 처음 떨어져 나와 마구마구 울었듯이 또 세상이라는 거대한 감옥 문이 아가리를 턱하니 벌리고 기다리고 있더군요.

기분이 어떻던가?

뭐, 그걸 한마디로 얘기할 수 있겠습니까요. 꼭 벼르고 별러 돈을 모은 다음에 술집과 여자에게 모두 쏟아 붓고 난 아침 같았지요. 하늘은 푸르고 가로수 잎들은 햇빛에 반짝이며 출렁거리고 거리의 사람들은 출근하거나 학교에 가기 위해 바쁘게 움직이고 있는데, 혼자만, 혼자만 갈 곳 없어, 망연히 서 있는 그런 형국이었지요. 뭐. 시원했으나 섭섭했으며, 날아갈 듯 가벼웠으나 돌에 매달린 듯 무거웠으며, 개운하면서도 찝찔했으며, 우울하고 허탈하고 슬프고 역겨웠고, 웃으면서 울었고, 울면서도 웃었지요. 가소롭고 비루했고 비천했고 비참했고 피식

피식했고 꺼졌고 부풀어 올랐고 무서웠고 막막했고 쓸쓸했지요. 쓸쓸하다는 말이 어떤 말인지도 잘 모르겠지만, 그냥, 다 살아버린 듯합디다. 웬 뼈만 남은, 금방이라도 송장 넥타이 매고 뗏장 이불 덮을 노인 하나가 된 기분이랄까요. 텅 비고 가벼워진 검불 하나가 가을 들판 한복판에 위태위태 서 있었습니다.

자네는 흠이 하나 있어. 잘 나가다가 꼭 저렇게 길 가생이로 빠진다니까. 할 말이 더 없는가. 그래도 자네를 사람이라고, 술 사주고 밥 사주고 차비 주고 아꼈던 친구나 편지 왕래하고 면회 와서 몸까지 대준 여자들에게 한마디해야 할 거 아녀. 벼룩도 낯짝이 있다는 말 들어봤겠지?

인정합니다. 아무리 떨거지 인생, 밑바닥 인생, 막장 인생이라 하더라도 오장육부 정상 작동하는 인간인데 뭘 모르겠습니까? 다 알죠. 특히 제가 잘못한 부분에 대해선 누구보다도 부끄럽게 생각하고 후회하고 반성하고 다시는 이런 일이 되풀이되지 않도록 단단히 마음먹고 있었지요. 그러나, 그 마음이란 녀석은 무슨 얼굴이 있는 것도 아니고 형태가 있는 것도 아니어서, 아무리 다잡고 다그치고 몰아세워도 몸 앞에서는, 현실 앞에서는 바로 무릎을 꿇고 마는 무력한 놈이었어요.

그거야, 자네가 심지가 굳지 못해서 그렇지. 안 그런가? 다른 사람들은 그렇지 않아. 그걸 견디지 못하면 늘 자네같이 실패할 수밖에 없지.

아무렴요, 입이 열 개가 있어도 모자랄 판이지요. 우선 군대 동기인 본창이 얘기를 해야겠군요. 장마가 소강상태에 들고, 몇 번 태풍이 몰아친 뒤 돈사 옆, 밤꽃 지고 풋밤 열리고, 싸리꽃 피고, 호박꽃 피고, 강아지풀 고개 숙이고, 풋감 떨어지고, 달맞이꽃 피고, 참매미, 말매미 울음소리 잦아들고, 쓰르라미 노랫소리 가늘어지다가 아침저녁으로 귀뚜리 소리 처량해서, 아 벌써 초가을이구나. 저 바람과 안개 속에 숭늉 냄새가 섞여 있는 걸 보니 들판에 나락이 패기 시작했구나. 고추가 여물고 참깨꽃이 피고 들깨 모종이 나날이 자라고 고구마 잎이 자주색으로 물들고 개망초가 시들 무렵 본창이가 면회를 왔더군요. 대학을 다니다 군에 끌려갔으니 삼 개월 면제 혜택을 봐서 복학을 했다고 찾아왔더라구요. 큰 키에 머리를 기르고 얼굴색은 뽀얗게 분 바른 여자 같았는데, 녀석, 눈가 주름은 여전하더군요. 가장 먼저 취사장에 있던 노트와 책을 물어봤습죠. 단 한 권도 건지지 못했대요. 무슨 시국사건이라도 되었으면 좋겠시만, 전하의 개집범 수사에도 참고자료가 필요했던지, 제 개인 노트와 일기장, 몇 권 안 되는 책을 모조리 헌병대에서 압수해 가버렸다는 거예요. 분했지만 어쩔 수 없었지요, 사람의 기억이란 한계가 있어서 그 아름다운 양평의 풍광과 추억을 어떻게 다시 말할 수 있겠어요. 서툴지만, 일기 형식으로 편지 형식으로 적어놓은 노트가 다섯 권도 넘었는데, 아까웠어요. 크나큰 재산을 잃어버린 듯 허전했지요. 그러거나 말거나 본창이는 찰떡과 빵, 각종 음료수와 과자를 한 보따리 넣어주고 가더군요. 역시 군대 동기는 사회에서 피를 나눈 형제만큼이나 의리가 있나봐요. 콧망울이 시큰하대요. 난 본창이를 위해 해준 게 하나도 없는데, 늘 도움만 받으니 빚만 늘어난 거죠. 사회에 나오면 연락하라고 전화번호도 알려주더라구요. 그 뒤 사회에 나가 이런 일 저런 일 하면서 본창이 도움을 많이 받았습니다. 본창이는 대학 졸업하고 대기업 자금 담당 부서에 취직했는데, 구김 없이 크고 좋은 집안에서 태어나서 그런지 평소 씀씀이가 컸습니다. 뼈대가 큰 것처럼 시원시원했지요. 좁쌀영감인 나 같은 인간하고는 격이 다른 친구였습죠. 술과 밥은 물론 용돈까지 챙겨주고 특히 애경사 때와 결혼식에도 다른 친구들보다 곱절로 봉투를 했더라구요. 본창이를 생각하면 늘 미안하고 고맙고, 어떻게 이 빚을 다 갚을까 아직까지 고민이 많습니다. 승준이는 공전 출신이라 꼬박 삼십 개월 근무하고 신설동 근처에다 간판 가게를 냈답니다. 계집애만큼 곱상한 녀석이 까맣게 타서 이리 뛰고 저리 뛰는 걸 보니 감개무량합디다. 여러 이유를 들어 교도소에 면회 못 온 걸 미안해하는데, 참, 제가 더 거시기합디다. 뭐 벼슬했다구, 그런 대접을 받겠습니까. 아직까지 저를 그래도 친구라고, 삼겹살집에 데려가 소주를 사주면서 감옥에서 부실하게 먹은 거 영양 보충하라고, 고깃집에서 통닭집까지 순례를 시키고 헤어지면서 차비까지 넣어준 녀석 마음을 어떻게 다 짐작하겠습니까. 그럼요, 물론이지요, 복이지요. 언감생심, 제가 꿈이나 꾸겠어요? 이런 친구들 덕분에 아직까지 죽지 않고 숨이 붙어 있지 않나 생각합니다. 민구는 또 어떻구요. 시간 날 때마다 편지로 격려해준 문학 스승이지요. 제대하고 결혼하고 애 낳고 여태까지 소식이 끊어지지 않고 연락하는 친구들은 몇 안 돼요. 민구는 여전합니다. 대학 동기와 결혼해 애를 셋씩이나 낳고 잡지사 편집부장이 되어 굳건하게 살아가고 있습지요. 언젠가 너무나도 어렵사리 전화를 해와 돈을 좀 부탁한 적 있었는데, 그때 저도 마침 천신만고 끝에 개업한 우유 사업이 폭삭 망할 때라 구해주지 못한 점,

지금도 마음이 아픕니다.

여자들은 어떻게 됐나? 그 면회 온 여자가 누구였더라. 자네가 가짜 대학생 행세했던…… 그리고 교도소에서 편지질 했다던, 바닷가가 고향인 그 처녀 말이야…….

아, 영신이하고 윤경이 말인가요? 하아, 끝까지 물고 늘어지는군요. 어지간하십니다. 까마득히 잊고 있었는데…….

이 사람이 지금, 그러니 자네가 나쁜 사람이라구. 그렇게 많은 사람들에게 피해를 입히고, 그걸, 그렇게, 간단하게 잊을 수 있는 겨? 증말 한심한 말종이구먼.

왜 또 이러십니까? 이제 입도 아프고 배도 고프고 그만둘까 합니다. 피곤하고 지지고 힘들어서 낮잠이라도 한숨 때릴까 생각 중이구먼요. 말종인지 소종인지 개종인지 모르지만 하여튼 짐승도 피곤하면 만사가 다 귀찮다구요.

알았어, 알았다구. 그 여자 이야기나 마저 해보라구. 여기서 나가 밖에서 만나면 내 한잔 사지.

정말인가요? 믿을 수 있는 뉴스인가요? 그 뉴스, 담보 없이, 세금 없이 믿어도 되나요? 참, 그 믿거나 말거나 개그 역사신문에 이런 뉴스가 실렸대요, 들어보셨나요? 어느 술집에 신문기자와 경찰과 선생이 술을 먹으러 갔는데요. 먹고 난 다음 누가 계산했을까요?

그래, 누가 계산했다나?

누가 했을 거 같아요?

글쎄, 그걸 알면 내가 자네 같은 사람하고 이 황금 같은 근무 시간에

썰 풀고 있을 필요가 없겠지비.

알 만합니다. 술값은 술집 주인이 냈답니다.

…….

왜, 정 경장님, 갑자기 조용하십니다. 찔리는 게 있나요? 예, 알겠습니다. 예, 예, 음, 그러니까 영신이에게는 긴 편지를 썼지요. 구구절절 썼습지요. 제가 태어나서 여기까지 오게 된 사연을 구만리장천, 구름 풀어놓듯, 강줄기 휘어지듯, 산맥 치닫다 달아나듯, 바람 켜켜이 나이테 늘어놓듯, 솔직하게, 꾸밈없이, 장식 없이 썼습지요. 그렇지요, 암요, 잘못했다고 거짓말했다고, 이렇게 나는 치사한 놈이라고 용서해달라고 긴긴 편지를 썼습니다. 그러나, 당연한 결과인 듯 답장은 없었습니다. 할 수만 있다면 찾아가서, 그 어디라도 영신이가 있는 곳이라면 찾아가서 손이 발이 되도록 무릎 꿇고 빌고 싶었어요.

바로 지금 자네 말이 꾸미고 있는 겨. 알기는 알아? 자네 태생을 벌써 눈치 채고 피하던 사람을 억지로 먹어놓고 무슨 또 예수 그리스도 환생 버전이야? 당신, 좀 지겹구먼, 입만 열면 이똥 냄새와 거짓부렁이밖에 없으니, 저 주둥이를 그냥 돌로 짓이겨놨으면 딱인디 말이야.

뭐라구요? 정 경장님도, 무슨 정신병자도 아니고 술값 계산할 대목에서는 꿀 먹은 벙어리 같더니, 왜 대학생 영신이 애기 나오자마자 갑자기 고혈압 환자로 변하는 거죠? 혹시, 여대생 알레르기라도 있나요?

아, 막말로, 자네가 어떤 신세인지, 그 소크라테스적으로 말하면 몽타주 파악 한 번 잘하고 있는지 묻는 겨? 자네가 언제 누구 사정 봐주면서 뭐시기 했냐. 그게 똥인지 된장인지 확인해볼 새도 없이 처먹구, 처바루구, 지랄해놓구. 무슨 얼어 죽을 반성이구 후회여, 무릎을 꿇었다구? 흐이구, 또 여자 앞에서나 서둘러 벗어 던졌겠지.

정말, 보자 보자 하니까 보이네요. 이제 막가자는 겁니까? 인두겁을 썼다고 해도, 최소한의 그 뭐랄까 양심 같은 것이 있습니다. 그건 인간이 가지고 있는 기본 예의지요. 아무리 형편없는 인간 말종이라도 풀과 꽃과 나무를 보면, 강과 바다와 산을 보면 마음이 푸근해질 때가 있고 세상 모든 게 용서가 될 때가 있는 법이지요. 하물며 어릴 때부터 이슬과 나물과 꽃과 열매를 따먹고 눈 까만 산짐승처럼 살아온 저에게 어떻게 그런 말씀을 하실 수 있죠? 저는 지금도 개고기는 물론 토끼탕이나 자라용봉탕이나 쇠고기나 돼지고기 같은 육류를 썩 좋아하지 않고 가능하면 먹지 않고 살이가고 있습니다. 제가 무슨 걸신들린 아귀같이 보이나본데, 이거 사람 잘못 봤시다. 잘못 봐도 한참 잘못 봤다구요.

거야, 당신 생각이구. 아마 육식 못하는 건 동족 생각해서겠지. 무슨 딴생각이 있을라구. 자네가 언제 뭘 따지고 먹을 처지였냐구. 특히 당신은 말야, 몸 전체가 흉기라구, 무기여, 발화 물질이라구. 여자들에겐 막무가내 아니었냐구. 막 들이대기밖에 한 게 없었잖어. 여튼, 그 윤경인가 뭔가 하는 여자는 만나봤어? 만나봤냐구.

정말……, 당신이 이기셨습니다, 텔레비전 프로에 주인공 같군요, 근무자님은. 만나봤죠. 예비사 신고를 마치고 고향에 가기 전에 먼저 남쪽 먼 바닷가에 살고 있는 윤경이를 만나러 갔습니다. 예? 죄책감이 앞섰지요. 당장, 출감했단 소식을 누님께 듣고 목이 빠져라 셋째 아들

기다리고 있는 어머니도 그렇고, 저 뒷산 콩밭 위에 모신 아버지 산소에 먼저 가서 절하고 술 따라야 하는데, 그 마음보다는 징역 때 찌든 제 육신을 씻어버리고 싶은 여자가 간절히 그립습니다. 도대체 어떤 여자이길래, 감옥 안에 있는 전과자를 대수롭지 않게 생각하나, 가슴이 얼마나 부처님 반토막 같길래 개잡범 하나를 인간 취급하여 그 정성 어린 편지를 부쳤는지 한번 만나보고 싶었습니다. 기대 반 설렘 반, 버스는 남쪽 바다 끝자락 군청소재지에 저를 떨구어놓더라구요. 전화를 했죠. 당장 난리가 났어요. 그쪽 집안이 그 소재지에서는 식당과 다방을 여럿 운영하는 토호세력이었더군요. 우리는 길거리에서 어색하게 만났습니다. 반은 중, 반은 속인 여자였어요. 한눈에 저 여자다 싶더군요. 머리숱은 적은데다가 생머리 단발이고 선이 가늘고 코는 폭이 좁은데다가 그리 높지 않아 팔자 사나워 보였습니다. 광대뼈가 그나마 발달하여 상대적으로 볼이 좀 들어간 듯 보였고 유일하게 입술은 눈에 들어옵디다. 입매가 꼭 영화 〈차타레 부인의 사랑〉에 나오는 실비아 크리스텔 닮았는데요, 남자깨나 밝히는 타입으로 보였습니다. 치아도 가지런하고 목소리는 약간 높고 가는 톤에다가 비음이 섞여 있어 그 지방 사투리와 잘 어울렸습니다. 바지는 흔히 얘기하는 몸빼 같은 회색 승복, 위는 하얀 티셔츠를 받쳐 입었는데, 전체적으로 가슴이 크고 볼륨이 있는 몸매였습니다. 우리는 곧 오래 만난 친구처럼 택시를 타고 바닷가로 나갔습니다. 활대처럼 휘어진 해수욕장에는 소나무 숲이 웅장했습니다. 여름 성수기를 끝낸 해수욕장은 잔잔했어요. 곧 바다만큼 조용한 횟집에 들어갔습니다. 민박도 겸하는 흔한 바닷가 이층 횟집

말이지요. 고생했다, 고맙다. 꼭 한번 만나고 싶었다, 에서 한 잔, 두 잔 술은 술술 아리랑고개를 넘어갔습니다. 이미 오래전부터 만났던 것 같다고 한 사람은 윤경이였고, 너무 오랜만에 먹어서 그런지 금방 취하는 것 같다고 한 건 저였어요. 한적한 횟집은 우리가 첫 손님이자 마지막 손님이었나봐요. 사십대 초반 여주인은 윤경이가 알 만한 사람인 듯 음식을 차려주고 그냥 어디론가 사라졌어요. 술은 냉장고에 있으니 얼마든지 꺼내 마시라구요. 결론부터 말하면 많이 마시지 못했어요. 소주 세 병도 비우지 못하고 벌써 앞에 앉아 있는 윤경이가 흔들리고 소나무가 흔들리고 모래사장이 흔들리고 바다가, 파도가 넘실거리면서 솟아오르기 시작하는데요, 아무리 화두를 붙잡고 미간을 찌푸리며 용을 써도, 일 년여, 감옥 안에서 썩은, 부실한 몸은 지탱하기가 어렵더군요. 저는 미안하다면서 비스듬히 쓰러졌습니다.

　그거 작전 아녀? 이 사람이 정말…….

　아닙니다. 진짜 취하더라구요.

　그래서, 했어? 안 했어?

　하기는 했어요. 근데…….

　근데? 빨리 말해, 이 사람아.

　솔직히 제 스타일이 아니더라구요.

　자네 스타일이 뭔데? 지금 식은 밥, 더운 밥 따지게 됐어? 찬물에 말아 먹어도 시원찮을 판국이, 자네가 아닌가?

　아니, 정 경장님이 더 애가 타는 모양인데요. 왜 그러시죠?

　자네는 꼭 중요한 대목에서 어깃장을 놓더라. 그 버릇, 안 좋은 거라구. 어때? 좋았어?

저는 사실 이런 걸 좋아하거든요. 어릴 적 고향마을에서 고동(다슬기, 대수리)을 잡을 때, 저 아랫마을 새내까지 걸어가요. 가서 올라오면서 잡는데, 가만가만 돌을 쓰다듬듯 훑고 지나가거든요. 사납게 통탕거리거나 돌을 뒤집으면 고동이 놀래서 다 떠내려가거든요. 버들치나 피라미나 잉어와 붕어 땡살이나 장어 잡아 올리듯, 달걀 쥐듯 손에 힘을 빼고 가만, 가만히……, 나물 캐듯, 풀피리 불듯, 담비털 쓰다듬듯, 그해에 맨 처음 산꼴을 베어 송아지 혓바닥에 넣어주듯, 서로의 손이 서로의 발이, 서로의 눈빛이, 서로의 혀가, 서로의 돌출된 부위와 함몰된 부분이, 바람인 듯, 구름인 듯, 별빛인 듯, 이슬인 듯, 부드럽고 부드럽게 이어졌다가 끊어졌다가 다시 만나듯, 그런 섬세함이, 그런 부드러움이 좋은데, 윤경이는 그렇지 않더라구요. 저보다 두 살 어린 여자인데도 굉장히 폭력적이고, 기세가 대단한데다가 사전 예약 없이 불쑥 들어오는, 막가파처럼 그냥 막 본론으로 들어가는데, 저는 숨이 막히고 무섭기까지 하더라구요. 저 호랑이 담배 피우던 시절, 마을 뒷산에 나무 한 짐 하러 가더라도 준비하는 게 얼마나 많았습니까? 안다랭이를 거쳐, 골방다리에서 병풍바위를 뒤로 칠성암까지 올라가는 동안, 늘 우리가 만나는 길가에 돌이끼도 만져보고 마른억새도 쓸어보고 칡넝쿨도 쓰다듬고 무당개구리 헤엄치는 연못에 입술도 축이고 올챙이 알도 간질거려보고 대나무숲 속의 더덕 냄새도 맡고 이 언덕에 쉬고 저 언덕에서 지게 목발 받쳐두고 유행가도 부르고 새소리에 화답하고 흙과 바위와 나무와 풀로 거대한 말씀을 이루고 있는 산에 경배하듯,

엎드려, 허리 굽혀 올라가, 절하면서 등거지 한 짐, 삭다리 한 짐, 물거리 한 짐씩 짊어지고 내려오잖아요? 저는 세상의 모든 어머니들께, 세상의 모든 아내들에게 이런 경배의 자세를 가져야 한다고 생각합니다. 설령, 술집 여자라 하더라도, 설령, 창녀라 하더라도, 그 한 번의 결합을 위해서는, 남자가 가지고 있는 모든 예의를 죄 쏟아 넣어야 한다고 생각하고 있거든요. 어떤 극진한 예배가 수반되어야 한다고 봅니다. 그런데 윤경이는 모든 절차를 생략하고 바로 69 자세로 들어가는 거예요. 익히 상상은 했지만, 그곳에서 나는 냄새만큼은 도저히 어찌할 수 없을 정도로 고약했습니다. 이건 청결의 문제가 아니라, 몸 상태에서 오는 어떤 질환 아니었을까요? 하여튼 거꾸로 붙어서 빨고 핥고 별의별 짓을 나 했지만 기분이 나쁜 긴 사실이었습니다. 불쾌했다고 말하는 게 더 솔직하겠지요. 바로 싫증이, 권태가 찾아오더군요. 예? 물론 두 번 연거푸 했습니다. 두 번째는 후배위를 원하더군요. 저는, 저 샛별 같은 눈빛을 보면서 정상위로 하는 것을 원했는데, 윤경이는 프로였어요. 그쪽 방면에서는 혀를 내두를 만큼 능수능란했습니다. 비유한다면 순한 초식동물 하나가 거대한 육식동물들 세계에 발을 들여놓았다고 나 할까요. 저는 도망치고 싶었어요. 빨리 이 상황을 마무리 짓고 싶었어요. 살을 섞는다는 것은, 살뿐만 아니라, 몸과 마음뿐만 아니라, 상대방의 영혼까지 서로 교감하는 거라고 상상해왔던 내게, 몸만 있는, 교접에 떨고 있는, 신음 소리만 높은, 남녀 사이는 삭막하기만 했습니다. 물론 내색 안 하고 최선을 다했습니다. 그동안 가지고 있던 부채감(그 많은 편지로 감옥 속에서 위안을 받고 견딜 수 있었던 고마움)과 감옥 때를 저 바닷물에 씻어내듯 온몸을 다해, 온 정성을 다해, 씻김굿을 했지요. 지금 죽어도 좋다는 듯, 고해성사를 하긴 했지요. 어떤 경우에도 기본은 지켜야 되지 않겠어요?

이 사람이, 똥 누러 갈 때 마음 다르고 일 보고 나올 때 마음 다르다더니, 뭐라구? 호강에 바쳐 상투 틀고 자빠졌네. 그럼 당신 같은 사람에게 새색시 같고 선녀 같고 학 같은 처녀가, 어떤 숫처녀가 동정녀 마리아라도 되는 양, 홀딱 벗고 대주겠나? 꼬라지 파악도 유분수지. 또 그 뭐시냐, 사람이 어떤 한 사람을 진정으로 사랑한다면 구강으로 하든 항문으로 설왕설래를 하든 무슨 상관 있겠어, 정도의 차이는 있을지언정. 내가 보기에 자네는 넓이보다는 깊이에서 차이가 나는 것 같어. 사랑의 깊이 말일세. 진짜로 상대를 사랑한다면 모든 단점이 장점으로 보이고, 뭐를 줘도 아깝지 않잖어. 마누라가 이쁘면 처갓집 기둥 보고 절한다는 속담도 있잖나. 윤경이라는 그 여자, 아마도 자네가 상상한 것보다는 못생겨서 그랬을 거야. 그냥, 생긴 게 마음에 안 들어서 그랬다고 털어놓으시지, 비겁하게 빙빙 돌리지 말라고, 사내가 솔직해야지. 그 여자가 미스 마늘 아가씨니 미스 고추 아가씨 뺨치는 향토 미인이었다고 해봐라, 환장하고 달려들었을걸.

날카로우시군요. 여태까지 내색도 하지 않은 유식한 말씀까지 하시고…… 글쎄, 그럴 수도 있겠다 싶지만……, 하여튼 꼭 집어 말할 수 없는, 그냥 느낌이랄까, 막연한, 무언가가 가로막고 있는 듯한, 왠지 벽 하나가 가로막고 있는 듯한, 보이지 않는 곳에서 삐걱거리고 맞지 않는 소리가 나는 거예요. 그걸 속궁합이라고 해야 하나, 사주 관상이라고 해야 하나…… 뭘 해도 개운치 않고, 일보고 뒤 닦지 않은 것처럼 찝찔하고, 비릿하고…….

치사하게 변명하지 말라구, 앞에서는 별 지랄 다 떨어놓구선, 이제 와서 성인군자인 척 아닌 보살이야, 설레발치는 거야 뭐야, 나는 그런 사람이 제일 싫더라……, 그래서, 그 뒤로 죽 이어졌어? 아닌 것 같은디.

몇 번 더 만났지요. 고향에 가서 어머니 만나고 아버지 산소 가서 절하고 가을걷이 하고 겨울나무 해놓고 서울 가서 공장에서 식당으로 날품팔이 일용직 잡부로 동가식서가숙할 때 몇 번 더 만나서 여관까지 갔지만, 똑같은 잠자리는 계속되더군요. 그 다짜고짜 거꾸로 하는 체위가 너무 싫어, 자연, 멀리하면서 만나지 않았더니 서서히 멀어지더군요. 그래도 공부하라고, 만날 때마다 책을 한 아름 사주고 나중에 마음 돌아서면 결혼할 마음이 있었는지, 제 이름으로 적금까지 부어왔다는 사실을 나중에 소개시켜준 군대 후배 상곤이한테 들었는데요, 이건 저한테 너무 벅찬, 감당하기 힘든 선물 아니겠어요? 그러니 천사나 부처는 세상 가까운 곳에 숨어 있는 것 같아요. 참 고마운 여자였지요. 세월이 한 칠,팔 년 지나 우연히 통화할 기회가 있었는데, 안기부 출신 재력가와 결혼해서 아들 하나 낳고 잘살고 있다더군요. 암요, 윤경이 같은 여자는 복 받아야 마땅합니다. 사람이 사람 하나를 구원한다는 게 얼마나 어려운 일인데요.

글쎄, 나라면 자네 같은 사람은 절대 구제하지 않았을 걸세. 그건 그렇고, 자네 맨 처음에 나한테 큰소리친 지금 살고 있는 부인 얘기나 해주지. 어떻게 만났나?

  이 냥반이, 정말, 다른 건 몰라도 집사람은 들먹거리지 말라고 했죠? 아내와 아이 생각하면 가슴이 찢어질 듯, 꼭 죽을 것만 같거든요. 여기서 끝냅시다. 저, 지금, 폭발 일보 직전입니다요. 제발, 건드리지 말라구요.

  자, 자, 알았네, 알았어. 성질 죽이고, 그놈의 부사리 같은 성질 좀 죽여. 다음에 하지 뭐, 널린 게 시간인데. 다음 근무 교대 시간에 내가 특식 하나 장만할 테니, 당직사령 순찰 뒤에 조용히 모이자구, 알았지? 곡차 한 병 몰래 준비할 테니, 맘 푸셔. 이건 비밀이야, 나가서도 입 닫아야 돼. 만약에 탄로라도 나면 나 바로 모가지야, 오케이? 왜 대답이 없어? 지금 자는 척하는 거야 뭐야? 또 콧구멍 씩씩대고 있는 겨?

  …….

  출감이었다. 기쁘고 쓰고 달고 뭐 아무런 감정을 느낄 수 없었다. 오히려 약간 쓸쓸했다. 허탈했다. 포근한 내 미싱 탁자. 서러운 내 젊은 날의 고통을 고스란히 받아주었던 탁자. 아버지 생각하며 숨죽여 울었던 탁자. 강아지 잡으며 수음을 했던 탁자. 윤경이에게 비밀스런 편지를 썼던 탁자. 시를 쓰던 탁자. 침 흘리며 낮잠을 잤던 탁자. 불명예제대 탁자. 꽉 채워서 이 년 동안 현역 근무, 그것도 모자라 징역살이 일년을 더 했어도 이등병으로 강등된 탁자. 황 소위와 헤어지면서 끝내 먼저 울음을 터뜨린 탁자. 육본 명령 기다리면서 과자와 껌과 담배를 공장 안으로 던지는 탁자. 대민 지원 사업 나가서 막걸리 두 잔에 비틀거린 탁자. 잡초 제거하는 탁자. 양어장과 돈사 청소하는 탁자. 밤을 줍는 탁자. 벼를 베고 추수를 돕는 탁자. 개구리복에 이등병 계급장을 다는 탁자. 새벽에, 여섯 개의 철문을 벗어나 비로소 세상에 나오는 탁자. 고개 숙인 벼에 매달린 이슬을 보고 이제 자유다, 외치는 탁자. 가평여인숙 창녀 사타구니 냄새처럼 시큼한 두부를 먹는 탁자. 우는 누님을 달래는 탁자. 남대문 시장 가서 병장 계급장으로 바꾸어 다는 탁자. 사과 한 박스, 청주 한 병을 들고 사단 신병교육대대를 찾아가는 탁자. 아무도 남아 있지 않은 탁자. 흔적도 없는 탁자. 혹시나 해서 취사장과 목욕탕을 구석구석 뒤지는 탁자. 옛날과 똑같이 붉은 노을을 강물에 쏟아 붓고 넘어가는 해를 바라보며 넋을 잃은 탁자. 흡사 중요한 걸 잃어버린 사람처럼 쉽게 양평 땅을 떠나지 못하는 탁자. 기차 속에서 옛날 버릇 도져 술 마신 탁자. 향토사단에 예비군 신고하는 탁자. 텅 빈 집에 도착하는 탁자. 마루 왼쪽에 무명으로 가린 아버지 영정 앞에서 술을 올리고 오열하는 탁자. 마루 밑에서 작은형이 선물한 까만색 아버지 구두를 오랫동안 어루만지는 탁자. 가는쟁이 콩밭으로 어머니 찾아 걸어가는 탁자. 낫자루 내던지고 쓰러지는 어머니를 부축하는 탁자. 산소에 술 올리고 절하는 탁자. 담배도 불붙여 꽂아놓는 탁자. 이미 가을이 깊어 앞산도 첩첩, 뒷산도 첩첩, 어머니 주름살로 눈물을 닦는 탁자. 무덤가 떨어진 낙엽으로 눈물을 닦는 탁자.

에필로그

늦가을 새벽,
흐린 달빛 아래 길이 얕은 허물로 꼬여 있다
까치독사도 독기를 더 깊게 품고
꿈의 긴 겨울을 버티리라
또아리 튼 길은 가는 사람이 풀어야 한다
삶의 매듭 또한 마음으로 우선 풀어야지
두런두런 달래듯 바람 불고 잎 저만치 따라오고
채마밭 김장 무 배추 싱싱청청
서릿발 움벼 파란 싹 여즉,
끈질기게 땅을 물어뜯고 있는데
별빛 따라 꼿꼿이 고개 세운
또 한 굽이 길이 다가온다

뼛가루 곱게 빻아 길 위에 뿌리며

오래도록 걸어간 사람들의 꼬장꼬장한 어깨가

얼핏 보인다

그래, 늦은 것은 후회가 아니다

틀린 어법처럼 한 마리 벌레 되어

천천히 걸어가리라